ALLEEN HUILEBALKEN HEBBEN SPIJT

Peter R. de Vries

ALLEEN HUILEBALKEN HEBBEN SPIJT

DE FONTEIN

Van Peter R. de Vries verschenen bij De Fontein:
Uit de dossiers van commissaris Toorenaar
Beroep: misdaadverslaggever
Cipier, mag ik een pistool van u?
De ontvoering van Alfred Heineken
Een moord kost meer levens
De moord die nooit mag verjaren
Een crimineel liegt niet altijd...
Alleen huilebalken hebben spijt

Eerste druk 2005

ISBN 90 261 2229 2
NUR 330/401

Ontwerp omslag: Wil Immink
Typografie: v3-Services

Inhoud

Voorwoord

Misdaad... schuld... boete... en spijt?

Als crimereporter heb je bijna altijd te maken met de drie begrippen misdaad, schuld en boete. Iemand pleegt een delict, is daar verantwoordelijk of toerekeningsvatbaar voor en krijgt een straf. Het is een strafrechterlijke drie-eenheid die al eeuwen geldt. Ik ben echter zo vrij om daar nog een vierde bestanddeel aan toe te voegen: spijt. 'Leedwezen over iets waarvan men het gevoel heeft dat het ook anders had kunnen zijn, met name het gevoel iets verzuimd te hebben,' stelt Van Dale. Iets vrijer vertaald: je hebt iets gedaan of nagelaten en zou dat achteraf gezien liever terugdraaien. En hoewel spijt of berouw een zeer subjectief, persoonlijk gevoel is, speelt dat begrip bij elke strafzaak die de rechter haalt een prominente rol: 'Hebt u spijt?' is op 'Bent u schuldig?' na misschien wel de meest gestelde vraag in de rechtspraktijk. Oprechte spijt, soms niet te onderscheiden van geacteerde spijt, zorgt er vaak voor dat de dader met andere – mildere – ogen wordt bekeken, terwijl het de ernst of impact van een misdrijf natuurlijk niet verandert. Het uitblijven van een spijtbetuiging zorgt voor het omgekeerde en wordt regelmatig in het requisitoir van de aanklager aangegrepen om aan te geven dat iemand een 'nietsontziende crimineel' is en de maximale straf verdient.

Ik moet toegeven dat ik het zelf ook regelmatig vraag aan mensen die een misdrijf hebben gepleegd. Ik heb in mijn loopbaan tientallen, misschien zelfs wel honderden moordenaars, bankrovers, ontvoerders, verkrachters, geweldplegers en oplichters gesproken en altijd wilde ik wel weten of er sprake was van berouw, van inzicht in de eigen misdragingen, van gevoel voor het slachtoffer, ja van spijt dus. Ik kan u zeggen dat ik alle gradaties van spijt – of juist het ontbreken daarvan – gezien en gehoord heb. Ik heb bikkelharde criminelen gesproken die volkomen onschuldige mensen levenslang in de vernieling hebben geholpen, maar nooit een woord van spijt of medeleven over hun lippen konden krijgen. Integendeel, zij konden soms nauwelijks hun ergernis over het 'gezeur' van het slachtoffer of de nabestaanden verbergen. Maar o wee als zij zelf in de gevangenis een keer onheus werden behandeld of hen enig onrecht werd aangedaan, dan vlogen de beklagprocedures en advocatenbrieven je om de oren en waren zij tot in het diepst van hun ziel gekrenkt. Ook het andere uiterste heb ik meegemaakt: daders die spontaan de tranen in de ogen springen als er alleen maar over het delict dreigt te worden gesproken, soms ook jaren later nog. De vraag is dan overigens wel of dit werkelijk empathie – het zich kunnen verplaatsen in de gevoelswereld van het slachtoffer – is, of handig gecamoufleerd zelfbeklag. Ik vrees vaak het laatste.

Ik heb ooit over dit onderwerp gesproken met Heineken-ontvoerder Cor van Hout. Ik was benieuwd hoe hij op zijn (mis)daden terugkeek. Had hij spijt van de kidnap van Alfred Heineken en Ab Doderer? Van Hout hield mij voor dat hij mensen met spijt altijd wantrouwde. 'De meeste criminelen hebben spijt dat het fout is afgelopen, maar dat is natuurlijk heel wat anders dan berouw over je daden. Gedetineerden hebben spijt dat ze iets hebben gedaan, omdat ze daardoor achter de tralies zitten. Maar denk je dat ze spijt hadden gehad als er geen straf op stond, of als ze nooit waren gepakt? Ik geloof alleen in spijt als iemand spontaan – zonder dat hij tegen de lamp is gelopen – tot inkeer komt en zijn buit of voordeel teruggeeft of moeite doet het door hem aangebrachte leed te verzachten. Al het andere is meestal theater uit eigenbelang. Ik kan natuurlijk makkelijk roepen dat ik spijt heb van de ontvoering... en ik heb dat eerlijk gezegd ook wel eens gedaan, omdat ik dacht dat de mensen die over mij moesten oordelen daar op zaten te wachten. Maar denk je dat ik spijt had gehad als we niet gepakt waren? Denk je dat ik het losgeld dan vrijwillig zou hebben terugbetaald? Natuurlijk niet! Daar zou ik pas spijt van hebben gehad! Ik heb achteraf wel gedacht dat ik bepaalde dingen anders had moeten doen. We hadden bijvoorbeeld niet Heinekens chauffeur Doderer ook moeten ontvoeren. Dat vond ik een taxatiefout. Maar is dat spijt? Ik weet het niet... ik had in ieder geval niet zoveel spijt dat we hem hebben thuisgebracht... snap je, dat is het verschil.' En vervolgens concludeerde hij, alsof het een wet van Meden en Perzen in de onderwereld betrof: 'Nee, Peet, geloof mij maar: *Alleen huilebalken hebben spijt.*'

Peter R. de Vries – 2005
prdv@xs4all.nl

Geen bedankje, maar bedreigingen

Eind november 2003 hebben collega Kees van der Spek en ik in Baarn een dubbele moord ontdekt, die we op een presenteerblaadje hebben aangedragen bij het regiokorps Utrecht. Naar aanleiding daarvan werden begin 2004 de stoffelijke resten opgegraven van het echtpaar Hans en Ria Müller. De man die wij als verdachte hadden aangewezen, Paul de R., werd gearresteerd. Je zou zeggen: mooi, een dubbele moord opgelost, iedereen blij, maar de werkelijkheid is dat de relatie tussen mijn programma en het regiokorps Utrecht buitengewoon ijzig is. In februari 2004 zakte het relatiekwik zelfs naar een dieptepunt, toen twee rechercheurs met een dwangbevel van de rechter-commissaris bij mij alle videobanden van de zaak kwamen opeisen, nog voordat ik zelf maar iets had uitgezonden. Dat komt onwerkelijk en ook nogal ondankbaar over, maar ik zal u schetsen hoe dat heeft kunnen gebeuren.

Toen ik de politie belde met het verhaal dat wij een ernstig misdrijf op het spoor waren en daar graag alles over wilde vertellen, ontstond er meteen al gekibbel omdat de recherchechef niet naar ons kantoor wilde komen. Wij moesten maar naar hem komen op het politiebureau. Die toon. Toen wij voet bij stuk hielden, kwam hij met zijn collega en gaven Van der Spek en ik een presentatie van de door ons ontdekte feiten. Ik hield de politiemensen voor dat ik – op basis van concrete gegevens – de overtuiging had dat de verdwenen Hans en Ria Müller niet meer leefden en dat ze vermoord waren. De dader kon in mijn ogen alleen maar de eigenaardige huisbewaarder Paul de R. zijn, die aan ons een aan alle kanten rammelend verhaal over zijn doen en laten had opgehangen. De twee politiemensen ontdooiden wat en de interesse was gewekt. De recherche wilde het onderzoek graag voortzetten, maar verlangde wel dat wij dan pas op de plaats maakten. Wij hadden de verdachte al een keer – met de verborgen camera – aan de tand gevoeld, maar dat soort dingen konden nu niet meer. 'Kappen...

nu!' stelde de recherchechef streng. Dat wil ik – in het belang van de zaak – wel doen, zei ik, maar hoe blijven wij op de hoogte van de voortgang? Nou, niet dus. Men was strak in de leer. Er zouden geen mededelingen – ook niet informeel – over het onderzoek worden gedaan. Andere korpsen zijn in zulke situaties weliswaar toeschietelijker, maar vooruit. Maar als er publicitair gezien wel iets vrijgegeven kan worden, stelde ik, dan neem ik toch aan dat dit wel via mijn programma gebeurt? Ik geef immers alles uit handen, stop zelf met onderzoeken, maar ben natuurlijk niet gek, ik blijf wel journalist. De twee politiemensen knikten tegelijk: 'Natuurlijk! Da's een ander verhaal, als er info naar buiten kan, spreekt het vanzelf dat dit via jullie gaat.'

In de week daarna – begin december 2003 – werden Kees en ik uitgebreid gehoord en gaven we een lange, gedetailleerde verklaring af. Ook overhandigden we belastende documenten die we hadden verzameld en foto's van het verdwenen echtpaar Müller. In het ontvangstbewijs liet ik de rechercheurs verklaren dat we de foto's 'zo spoedig mogelijk retour' zouden krijgen, aangezien we die zelf voor onze uitzending nog nodig hadden. Het onderzoek begon en de recherchechefs hielden woord: we kregen niks te horen, zelfs niet of het speurwerk naar wens ging. Er werd alleen gebeld als ze iets van ons nodig hadden. In de weken daarna werden er tot onze verbijstering echter ineens persberichten uitgegeven, foto's gepubliceerd en er werd aan publicaties van anderen meegewerkt. De belofte dat wij als eerste zouden worden ingeschakeld werd genegeerd, geschonden en later zelfs ontkend, hoewel vier van de zes aanwezigen uitdrukkelijk verklaren dat die belofte is gedaan. Alleen de twee jokkebrokken zelf spraken dit tegen.

De zaak kwam ook in het programma *Opsporing Verzocht*. Opnieuw was er geen enkel contact met ons programma. Er werd in Baarn begin 2004 met groot materieel gezocht bij de kinderboerderij, het huis van Paul de R. en de woning van de Müllers. Wel een bericht daarover op de site van de politie, maar geen telefoontje naar ons. De lijken van het echtpaar werden medio januari 2004 gevonden, een trieste afloop, maar tegelijkertijd natuurlijk ook een opsporingssucces. Geen telefoontje, geen briefje, geen bedankje voor de gouden tip. Niets. Wel een persconferentie, waarvoor wij níét werden uitgenodigd – ja, u leest het goed. De aangeleverde foto's kregen we ook niet retour, hoewel de Müllers al waren gevonden en de verdachte vastzat. En na dit alles durfde men nog te vragen of ze de banden van het interview van ons mochten hebben. Ik weigerde. Het was welletjes zo. Twee dagen later stonden er twee rechercheurs op de stoep. Ze moesten mij persoonlijk spreken, benadrukten zij, maar hadden geen afspraak gemaakt. Even flitste het door me heen: zouden ze – beter laat dan nooit – nu toch met een bedankje komen? Hoe kon ik zo naïef zijn... Toen de mannen mijn kantoor binnenkwamen, overhandigden zij mij een dwangbevel van een rechter-commissaris (wie heeft haar zo gek gekregen te tekenen?) dat ons verplichtte alle videobanden direct in te leveren. Toen ik de rechercheurs met lege handen de deur uit had gehoond, zette de Utrechtse officier van justitie mevrouw Y. Hopman mij later die dag telefonisch nog onder druk door te dreigen met juridische gevolgen – 'als u weigert is dat strafbaar en kan ik u daarvoor laten vervolgen!' – als ik niet zou gehoorzamen. Mijn antwoord was kort maar krachtig: 'Mevrouw, u vervolgt maar een eind weg... Goedemiddag!' Er past in mijn ogen maar één kwalificatie op deze handelwijze van Justitie: ordinair machtsmisbruik – dat niet mag worden beloond. Die banden geef ik dus nooit, *never*. En geloof me, mevrouw de officier, ik houd me wél aan mijn beloften!

NASCHRIFT: Paul de R. is door de rechtbank in Utrecht tot levenslange gevangenisstraf veroordeeld. In het vooronderzoek zijn Kees van der Spek en ondergetekende als getuige gehoord. Daarbij is door de rechter-commissaris opnieuw gevraagd of wij bereid waren de videobanden af te staan. Dit is door ons geweigerd.

'De meest bijzondere man'

De ontvoerder en de journalist

Nadat Heineken-ontvoerder Cor van Hout op 24 januari 2003 in Amstelveen werd doodgeschoten, ontstond er enig rumoer toen ik in de krant een overlijdensadvertentie plaatste, een toespraak hield op zijn begrafenis en zei dat Van Hout de 'meest bijzondere man' was die ik ooit had ontmoet. Een misdaadverslaggever die bevriend is met een topcrimineel? De discussie daarover begin 2003 heeft mij altijd enigszins verwonderd. Er werd gedaan alsof het de onthulling betrof van een altijd zorgvuldig geheimgehouden vriendschap, terwijl daar in de jaren daarvoor juist al veelvuldig over was gepubliceerd. Onder meer door mij zelf in diverse weekbladen. Ook in die reportages had ik het al over 'een bijzondere vriendschap'. Dit verhaal beschrijft hoe het allemaal is begonnen en hoe Nederlands best verkochte misdaadboek – De ontvoering van Alfred Heineken *– totstandkwam.*

De eerste keer dat ik Cornelis van Hout in levenden lijve zie is woensdag 7 maart 1984 voor de rechtbank in Parijs. Het is zo'n vier maanden na de ontknoping van de ontvoering, die in november 1983 Nederland drie weken in de ban heeft gehouden. De kidnap van Alfred Heineken en zijn chauffeur Ab Doderer is in die tijd wereldnieuws: niet alleen omdat het om de bekende bierbrouwer gaat, maar ook omdat de ontvoering met militaire precisie en ongekende lef is uitgevoerd. Bovendien is er een recordlosgeld van vijfendertig miljoen gulden betaald. Voor het dagblad *De Telegraaf* heb ik de zaak van de eerste tot de laatste minuut verslagen en wanneer de voortvluchtige Cor van Hout en Willem Holleeder een paar maanden na de bevrijding van Heineken en Doderer in de Franse hoofdstad worden gearresteerd, vlieg ik daar direct naartoe. Het duo moet aan Nederland worden uitgeleverd en daarover wordt door de Franse rechter geoordeeld in de zogenaamde *Chambre d'Accusation* van het Paleis van Justitie in hartje Parijs.

Ik kijk uit naar de confrontatie met de twee ontvoerders. De afgelopen maanden heb ik als misdaadverslaggever van *De Telegraaf* bijna dag en nacht aan de zaak gewerkt en me dikwijls een voorstelling proberen te maken van de personen die dit misdrijf hebben beraamd en uitgevoerd. Op die woensdagmiddag in maart is het dus zover. De belangstelling van de internationale pers is groot in de statige en zeer goed bewaakte rechtzaal. Ik heb echter een plaatsje op de eerste rij weten te bemachtigen, naast Philip Freriks, toen nog Frankrijk-correspondent van het NOS-Journaal.

Even na twee uur 's middags worden de twee Amsterdammers geboeid binnengeleid: een blonde man met bril en een donkere met baard, beiden midden twintig. Dit zijn ze dus, denk ik. Even later begint de rechter met z'n ondervraging. Ik observeer Cor van Hout, de blonde. Hoe het komt weet ik niet, maar mijn intuïtie zegt mij direct dat hij de baas van het span is. Over de rolverdeling tussen de vijf ontvoerders is in de media tot op dat moment niet of nauwelijks iets gepubliceerd. Het is een stevige vent, een jongeman eigenlijk nog. Goed, ietwat fors gebouwd. Kortgeknipt haar en 27 jaar, even oud als ik op dat moment. Jong nog voor een misdrijf van dat internationale kaliber. Van Hout dwaalt met zijn ogen door de zaal, terwijl de Franse rechter wat identificatieformaliteiten vervult en met de aanklager praat. De ontvoerder kijkt ook even naar de volle perstribune en op dat op moment kruisen onze blikken elkaar. We hebben elkaar nooit eerder ontmoet of gesproken, maar toch is er een merkwaardig, onverklaarbaar moment van herkenning: Van Hout knikt mij gedag. Ik beantwoord zijn groet door mijn wenkbrauwen even op te trekken. Philip Freriks kijkt mij verbaasd aan: 'Hè, Ken je hem?'

Nee, ik ken 'Cornelis van Hout, geboren 18 augustus 1957 te Amsterdam' niet, maar vanaf dat moment zal ik veelvuldig en ingrijpend met hem te maken krijgen. Die korte hoofdknik in maart 1984 is het begin van een bijzondere relatie: de ontvoerder en de journalist.

Na een paar van de Franse rechtbankzittingen in daarop volgende weken, waarbij Van Hout mij telkens opnieuw met zijn ogen heeft opgezocht, besluit ik hem na enig twijfelen een brief te schrijven in de beruchte Parijse gevangenis Le Santé, waar hij met Holleeder is gedetineerd.

Op 5 mei 1984 begin ik mijn brief met een schuchter 'Hallo Cor...' Schuchter, omdat ik als journalist fanatiek achter hem en de andere ontvoerders heb aan gejaagd en hem met vele primeurs en onthullingen nou niet bepaald een dienst had bewezen. Direct na de ontvoering is er van mijn hand een soort journalistiek dagboekje verschenen onder de titel *De Zaak Heineken*, waarin de daders als nietsontziende criminelen worden neergezet. Het zou schijnheilig zijn om dan nu ineens een amicale toon aan te slaan. Bovendien vind ik het ook niet passend om iemand die zo'n zwaar misdrijf heeft gepleegd 'Beste Cor' te noemen.

'Je kijkt misschien vreemd op dat je van mij een briefje krijgt,' zo schrijf ik, '... maar ik ben sinds jullie aanhouding in Parijs steeds bij de rechtszittingen aanwezig geweest en daarbij hebben we een vorm van contact opgebouwd.' Ik vraag Van Hout of er een mogelijkheid is om bij hem op bezoek te komen voor een interview, omdat de achtergronden en toedracht van de ontvoering nog altijd met veel raadsels zijn omgeven. Hoe is het ooit begonnen? Waarom Heineken? Mijn schrijven aan Van Hout heeft een beetje het karakter van een briefje in een fles die in de oceaan wordt gegooid: je weet niet of ie aankomt en hoe er op gereageerd zal worden. Het blijft dan ook lange tijd stil na mijn brief en ik vermoed dat Van Hout mijn 'flessenpost' direct in de glasbak heeft gegooid. Maar dat valt mee, want bij de daarop volgende rechtszitting in Parijs smiespelt hij bij het binnenleiden naar mij: 'Bedankt voor je brief!' Maar verder geeft hij geen reactie die erop duidt dat ik een antwoord kan verwachten.

Dan, op 29 juni 1984, ruim anderhalve maand later dus, ligt er in mijn postvakje op de krant ineens een brief met Frans poststempel: '*Rue de la Santé 42 Cel nr. 309 Cedex 14 Paris*' staat er als afzender op. Antwoord. Van Cor van Hout. 'Hallo Peter' staat erboven, even neutraal als in mijn brief. De openingszin luidt: 'Hier dan eindelijk een kort briefje van Cor. Ik hoop dat je mijn handschrift een beetje kunt lezen, want ik zit op mijn bed te schrijven...'

Van Hout schrijft dat hij mijn boekje heeft gelezen en is inderdaad niet laaiend enthousiast: 'Ik vond het wel aardig... Alleen zaten er een paar foutjes in en maak je nogal veel reclame voor de politie. Je schrijft dat ze slim zijn, maar ik heb daar een andere gedachte over. Nu zul jij wel zeggen, hoe kan dat nou, want jij zit in de gevangenis, maar als zij die anonieme "tip 547" niet hadden gehad, hoe hadden ze ons dan moeten arresteren? Vraag ze dat maar eens.'

Van Hout schrijft verder dat hij in dit stadium niets ziet in een interview en dat hij daarmee wil wachten tot na de rechtszitting, maar stelt: 'Een ding beloof ik je in ieder geval, als ik iemand een interview geef, ben jij de eerste.' Dat is tenminste iets. Van Hout vraagt mij nog wel om een kleine dienst: 'Misschien kun je mij in de paar weken dat ik hier nog zit de maandag-*Telegraaf – Telesport* laten bezorgen. Ik heb hier verder helemaal niets. De Santé schijnt een van de slechtste gevangenissen van Frankrijk te zijn en een beetje afleiding is dus wel welkom. Dan kan ik in ieder geval volgen wat Ajax heeft gedaan.' Hij sluit af met: '*A bientôt*, Cor.' Tot spoedig. Onder aan de brief staat nog een P.S.: 'Wie zichzelf spaart, krijgt nooit rente!' Ik zal later leren dat dit typische Van Hout-humor is.

Ik besluit aan zijn verzoek te voldoen en stuur vanaf dat moment niet alleen op maandag *De Telegraaf*, maar ook de resterende dagen van de week een krant naar de Santé, in de verwachting dat de uitlevering, zoals Cor al schreef, nog maar enkele weken op zich zal laten wachten. Een kleine moeite dus. Dat is echter een misrekening van jewelste. Tussen Nederland en Frankrijk ontstaat over de uitlevering een enorme juridische touwtrekkerij en Cor van Hout en Willem Holleeder blijven al die tijd keurig zitten waar zij zaten: in hun middeleeuwse celletje in de Santé. Weken gaan voorbij. Maanden verstrijken. Ja, het duurt uiteindelijk bijna twee jaren eer er duidelijkheid komt. En al die tijd stuur ik elke dag in een gele kantoorenveloppe de krant op naar '*monsieur Van Oet*' in cel 309 van de Santé. Beloofd is beloofd. Soms met een briefje er bij, dan weer met een tijdschrift of een boekje, waarvan ik verwacht dat het hem interesseert.

De correspondentie tussen de ontvoerder en de journalist neemt toe, naarmate de tijd verstrijkt. Bij de rechtbankzittingen die over de uitleveringsprocedure worden gevoerd kijkt Van Hout voortaan nadrukkelijk of ik ook aanwezig ben. De hoofdknik maakt plaats voor een snel opgestoken geboeide hand. Cor schrijft nu ook regelmatig terug en informeert mij over de stand van de uitleveringsprocedure en zijn gevangenisleven. 19 juli 1984: 'Ik zit hier met vier Fransen in een celletje van twee bij drie meter en die Hollanders maken er niets van in de Tour de France, dus ik moet nu elke dag de afwas doen. Wanneer winnen ze eens een etappe?'

Natuurlijk wil ik ook graag andere dingen over de ontvoering van hem te weten komen en probeer daar in mijn brieven subtiel achter te komen. Op 15 februari 1985 schrijft Van Hout terug: 'Die brieven van jou, daar staan meer vraagtekens in dan in een boek van vijfhonderd pagina's. Ik weet niet waar je het vak geleerd hebt, maar mijn complimenten!' Antwoord geven op die vragen doet hij overigens niet.

In die tijd gooi ik ook voorzichtig een balletje op om met zijn medewerking een boek te schrijven over de Heineken-ontvoering. De zaak is weliswaar opgelost, maar het hoe, wat en waarom is op vele punten nog een mysterie. De ontvoerders zelf zwijgen namelijk in alle talen. Het lijkt mij een fantastisch boek als Van Hout zijn geheimen van de meest geruchtmakende kidnap aller tijden onthult. De Amsterdammer houdt zich in de brieven echter op de vlakte: 'Het lijkt me beter daar voorlopig nog mee te wachten, totdat we weer in Holland zijn. Dan moeten we maar eens zien wat er allemaal gebeurt,' aldus Van Hout, die vervolgens snel overschakelt op de minder beladen mededeling dat hij in de Santé 'De Vliegende Hollander' wordt genoemd vanwege zijn hardloopprestaties op de binnenplaats.

Het valt me na enige maanden corresponderen op dat zijn brieven humor en zelfspot bevatten, terwijl het in de Santé toch echt geen lolletje is. 12 maart 1985: 'Ik mis Amsterdam, vooral de Jordaan en het Leidseplein en ik zal blij zijn als we binnenkort teruggaan vanuit Frankrijk naar Amsterdam, alhoewel... het zal voorlopig wel eerst de Bijlmer worden...' Dat wordt het echter niet. In de eerste week van december 1985 krijgt de slepende uitleveringsklucht een verrassend nieuw bedrijf. Van Hout en Holleeder worden om juridische redenen, waar ik nu niet over zal uitweiden, onder 'huisarrest' geplaatst in een motel en worden dus vrijgelaten uit de Santé. Het duo wordt ondergebracht in een vertegenwoordigersmotelletje in het plaatsje Beauvais bij Parijs, dat heel toepasselijk de naam *L'évasion vert* – De groene ontsnapping – draagt. Nog dezelfde dag scheur ik er voor *De Telegraaf* ook naartoe en ben een van de eersten van het mediacircus dat daar zijn tenten zal opzetten. Als ik mijn auto op het kleine parkeerplaatsje neerzet, komt Van Hout toevallig net aanlopen. In de afgelopen negen maanden waren er geen rechtszittingen meer geweest en hij is in die periode zo afgevallen dat ik hem aanvankelijk nauwelijks herken. Een gelig gezicht (gebrek aan daglicht) en een overhemdboordje dat om zijn nek slobbert en aangeeft dat hij heel wat kilo's is kwijtgeraakt in het strenge gevangenisregime, maar het is hem wel. En op 8 december 1985 schud ik voor het eerst de hand van de man met wie ik al zo lang heb gecorrespondeerd. 'Dat van die krant vond ik tof van je,' zegt Van Hout direct. 'Ik dacht, ach dat doet ie een poosje en dan haakt ie weer af. Maar ik heb 'm elke dag gekregen, bijna twee jaar lang en het was in de sleur van de Santé toch dagelijks een hoogtepuntje om wat nieuws uit Nederland, uit Amsterdam te krijgen. Bedankt. Ik zal dat niet vergeten.'

De wereldpers is bij het hotelletje samengedromd en wil de twee kidnappers voor de camera's hebben voor een interview. Van Hout en Holleeder overleggen in een zaaltje met hun advocaten mr. Max Moszkowicz en mr. Ipo de Vos wat ze moeten doen. Het is december en het is akelig koud buiten. De pers krijgt koude tenen en moppert dat het lang duurt. Iedereen wil de ontvoerders wel eens zien. Ineens komt een van de Franse politieagenten dan naar buiten en vraagt of 'monsieur Peeeetér le Vri-és' binnen wil komen. Mijn collega's, die natuurlijk niets afweten van mijn correspondentie met Van Hout, kijken verbaasd op. Wat gebeurt hier nou weer?

Binnen legt Cor van Hout het snel uit: 'Peter, jij bent de enige die een interview met ons kunt krijgen. Dat heb ik je destijds beloofd, dus dat kom ik na.' Hij leunt achterover en zegt: 'Nou, vraag maar...' Twee jaar lang de krant opsturen wordt terugbetaald.

Die avond eten we in het restaurant van het hotelletje een biefstukje, voor Van Hout na twee jaar vissenkoppensoep de hemel op aarde. We bestellen er ook een pilsje bij en als de ober – o, ironie – even later twee flesjes Heineken op tafel zet, kijken wij beiden veelbetekenend naar het etiket. 'Ja, ook dat heb ik gemist,' zegt Van Hout dan. De volgende dagen en weken maken we uitgebreider kennis. Het contact is aardig, maar ook afwachtend. Ik schrijf elke dag over de zaak in de krant en veel enthousiasme kan mijn berichtgeving bij hem niet teweegbrengen. Te kritisch en te negatief, vindt hij. Anderzijds weet ik ook bij hem niet wat voor vlees ik in de kuip heb. Hij lijkt een normale vent, maar ondertussen heeft hij met die ontvoering wel heel Nederland in de ban weten te houden en de gemoederen en emoties daarover zijn nog bepaald niet bedaard.

Na een paar dagen vraagt Van Hout of ik een uurtje met hem wil hardlopen. Dat deed hij in de Santé ook elke dag. Ik twijfel even, maar als hij zegt: 'In je brieven schreef je dat je ook trainde... laat nu maar eens zien, of was dat allemaal gelul?' trek ik ook mijn sportkleren aan. Het is niet met zoveel woorden gezegd, maar hij daagt me uit. Het is een krachtmeting. Van de politie mogen we alleen op het parkeerplaatsje lopen, een terreintje van vijfentwintig bij vijfentwintig meter. Een halfuur lang lopen we linksom en daarna een halfuur rechtsom. Tegen het einde gaat Van Hout steeds harder lopen, in een poging mij een rondje te lappen. Ik houd hem echter bij en moet alleen in het laatste rondje in de eindsprint lossen. Hijgend en zwetend laten we ons daarna in het grasveld vallen. 'Nou nou,' puft Van Hout goedkeurend, 'ik was kampioen van de bajes, daar kon niemand me bijhouden.' Ik ben geslaagd, al kan ik de dagen daarop nauwelijks lopen van de spierpijn in mijn enkels, door het constant in scherpe rondjes lopen, iets wat Van Hout op de gevangenisbinnenplaats wel gewend was.

Omdat ik voor de krant ook mijn intrek in het motelletje heb genomen, zien we elkaar vele uren van de dag. *De Telegraaf* had gezegd dat ik 'er bovenop moest blijven zitten' en dat doe ik. Cor van Hout en Willem Holleeder komen in mijn kamer en soms zitten we daar, lang te praten. Over van alles: Amsterdam, sport, televisie, Ajax, school, werk en... heel voorzichtig... de Heineken-ontvoering. Van beide kanten waakzaam, nieuwsgierig, aftastend, geïnteresseerd. Ik ervaar het als onwerkelijk. Tijdens de ontvoering ben ik ontzettend benieuwd geweest wie de kidnappers waren. Ik had er ik-weet-niet-wat voor overgehad om dat te weten te komen. En nu zitten ze gewoon bij mij in de hotelkamer of zijn we rondjes aan het hardlopen op de parkeerplaats. Kan dat eigenlijk wel?

In de gesprekken, meestal wandelend over het parkeerplaatsje, begin ik ook weer voorzichtig over het boek dat ik over de zaak wil schrijven. Van Hout houdt de boot echter nog steeds af, de uitlevering aan Nederland is in een impasse geraakt en er kan daardoor nog van alles gebeuren. Een boek schrijven zou een bekentenis zijn en, zoals het oude gevangenisgezegde stelt: bekennen is om straf vragen. En daar heeft hij geen behoefte aan. Na twee jaar Santé-ontberingen staat hun hoofd naar heel andere dingen. Ik moet het onderwerp voorlopig laten rusten.

De feestdagen van 1985 komen eraan en alle journalisten en fotografen die hun intrek in het motelletje in Beauvais hadden genomen, vertrekken schielijk naar huis. Er wordt geen nieuws verwacht. Ik blijf echter, samen met fotograaf Wim Hofland. Juist als iedereen weggaat moet jij blijven, zeg ik tegen mezelf. Op 31 december, oudjaar, is het motel echt verlaten, er is zelfs geen personeel. Cor van Hout, Willem Holleeder, hun vrouwen en Wim Hofland en ik blijven, onder politiebewaking, achter. We maken de wonderlijkste jaarwisseling uit ons leven mee. Cor en Willem nodigen ons op hun kamertje uit. We schuiven een paar tafels tegen elkaar waar het koude buffet op komt. We kletsen wat. Tv is er niet op de kamer en van een oud en nieuw-sfeer is dan ook geen sprake. Ik heb wel twee flessen champagne meegenomen, die we om klokslag twaalf uur ontkurken. Van Hout voelt de even onwennige als speciale situatie aan en zegt: 'Het lijkt een waardeloze oudjaar, op zo'n donker industrieterrein, waar geen vuurpijl te zien is, maar wedden dat we 'm allemaal nooit zullen vergeten?' Hij heeft gelijk gekregen. Oud en nieuw van 1985-1986 zal altijd in mijn herinnering blijven.

Cors persoonlijkheid komt aardig overeen met de indruk die ik van hem had gekregen uit de inhoud van zijn brieven. In feite lijken we wel een beetje op elkaar, we hebben althans nogal wat overeenkomsten: even oud, lang en blond, sportief, hardlopers, Ajax-fan, niet-rokers, afkomstig uit Amsterdam, enzovoort. Toch is er ook een enorm verschil: hij is ontvoerder en ik ben de journalist. En niet zelden staan we op gespannen voet met elkaar. De keren dat hij 's morgens de ontbijtzaal binnenkomt en (quasi-)verontwaardigd uitroept: 'Hé, De Vries... Ik kreeg net telefoon uit Nederland... wat heb je nou weer allemaal geschreven?' zijn na een poosje niet meer te tellen. Waarop ik steevast terugkaats: 'Ja, wat dacht je dan, dat ik je voor een lintje had voorgedragen?'

Als hij met Wim Holleeder of een familielid binnen gehoorsafstand in gesprek is, zegt hij dikwijls met een hoofdknik naar mij en een wijsvinger op zijn lippen: 'Kijk uit, *De Telegraaf*!' En als we op het parkeerterrein rondwandelen, verzucht hij menigmaal: 'Pff, kun jij nooit eens iets vertellen in plaats van alleen maar te vragen? Ik word gek van je!' Naarmate ik Van Hout beter leer kennen, merk ik hoe intelligent hij is. Zijn geheugen is vlijmscherp en menigmaal test hij mij op kleine dingetjes, die ik in de loop van twee jaar aan hem heb geschreven. Veel schoolopleiding heeft hij niet, maar zijn analyses van situaties zijn helder en moeilijke juridische zaken snapt hij na een korte uitleg en onthoudt hij met wetsartikelen erbij. Hij heeft een arendsoog voor details en zorgvuldig geformuleerde bijbedoelingen prikt hij na een paar zinnen door. Zijn Amsterdamse humor en zelfspot zijn bijna onbegrensd en in benarde posities weet hij met een kwinkslag de lucht te klaren. Ik vraag me dikwijls af waarom deze man met zulke kwaliteiten in 's hemelsnaam in de misdaad terecht is gekomen.

Het is een waarneming die ik niet alleen doe. Ook advocaat mr. Max Moszkowicz spreekt daar regelmatig zijn verbazing over uit en zelfs de bodyguards van Alfred Heineken, die in Frankrijk opduiken, drinken af en toe in de hotelbar geanimeerd een slok (Heineken-bier) met hun vijanden mee en zeggen dan later: 'Ik kan nauwelijks geloven dat zij die boeven van die ontvoering zijn.'

Als ik met de redactie en thuis bel vanuit het motelletje in Beauvais, vragen zij mij allemaal nieuwsgierig en met een ondertoon waar het antwoord al in zit opgesloten: hoe zijn die twee gasten nou? Ik merk dan dat ik voor een dilemma sta. In Nederland zijn de woede en emoties over de ontvoering nog nauwelijks geluwd en het liefst had men daar de sleutel van de Santé in de Seine gegooid, zodat Van Hout en Holleeder er nooit meer uit waren gekomen. Natuurlijk realiseer ik me ook – ik zou haast zeggen als geen ander – dat de ontvoering een ernstig misdrijf was en is, maar ik heb nu zelf geconstateerd dat Van Hout niet de man is met een laag voorhoofd, doorlopende wenkbrauwen, een litteken op zijn kin en barse stem, zoals de meeste mensen misdadigers denkbeeldig graag voor zich zien. Maar ja, dat is niet wat men wil horen. Voorzichtig zeg ik dan ook: 'Je zult het misschien niet geloven, maar het zijn best aardige kerels...'

De tijd verstrijkt en het geharrewar over de uitlevering aan Nederland is nog niet ten einde. Op woensdagavond 12 februari 1986 krijg ik 's avonds om halfzeven een telefoontje van Cor van Hout, vanuit het plaatsje Cergy Pontoise, een voorstadje van Parijs, waar hij met Willem Holleeder sinds kort in het Arcadehotel is ondergebracht. 'Peter, als ik jou was zou ik hiernaartoe komen. Volgens mij gaat er nu snel wat gebeuren,' meldt Van Hout. Hij heeft dat opgevangen van de Franse politiemensen die hen in het hotel bewaken. Ik aarzel geen moment. In de afgelopen maanden heb ik gemerkt dat zijn voorspellingen over allerlei ontwikkelingen zeer trefzeker zijn.

Toen Van Hout bijvoorbeeld met de onwaarschijnlijke bewering kwam dat Alfred Heineken 'geheim agenten' naar Frankrijk had gestuurd om hen te schaduwen, bleek dit bij controle feilloos te kloppen. De handige manier waarop hij daar achter kwam, dwong bij mij – onderzoeksjournalist – toen wel iets van respect af. Het is Van Hout opgevallen dat er voor een van de kamers een auto staat met een sticker van een verhuurbedrijf erop. De eigenaar laat zich nooit zien. De gordijnen blijven de hele dag dicht, al een paar dagen achter elkaar. En dat is gek, oordeelt Cor, in een zakenmotel. 'Ik vermoed dat het agenten van Heineken zijn,' zegt hij, 'die Willem en mij in de gaten komen houden.' De hele situatie was mij eerlijk gezegd niet opgevallen en ik vind het wat vergezocht. Van Hout laat het echter niet met rust. Zijn intuïtie zegt hem dat er iets niet klopt.

In de weken dat hij in het motel verblijft, heeft hij een aardig contact opgebouwd met de manager, die natuurlijk garen spint bij deze situatie. De aanwezige pers verteert de hele dag volop: *merci beaucoup*! Van Hout vraagt of hij even in het gastenboek mag kijken en dat is geen probleem. En ja hoor, de man in de kamer met de gesloten gordijnen is een Nederlander, ene Van der Meer. Dat is vreemd. Cor vraagt met een niets-aan-de-hand-knipoog of er soms vanaf de kamer is gebeld en de manager toont argeloos een computeruitdraai waarop alle nummers staan. Er wordt vanuit de kamer constant gebeld met een nummer in Katwijk, zo blijkt. Interessant. Cor van Hout en Willem Holleeder schrijven het op en draaien het vervolgens op hun eigen kamer en horen dan dat wordt opgenomen met: 'Proseco BV, u spreekt met Abrahams.' De volgende stap is dat Willem H. met verdraaide stem die Van der Meer in het motel weer opbelt en zegt: 'Ja, Abrahams hier, goedemorgen... Hoe staat het ermee?' Van der Meer tuint er prompt in en zegt: 'Nou, ik weet het niet hoor, maar die twee hebben volgens mij iets in de gaten. Ze stonden vanmorgen door het gordijn naar binnen te gluren.' Het bewijs was geleverd: Van der Meer hield de ontvoerders in de gaten en Proseco BV was het beveiligingsbedrijf dat Heineken na zijn ontvoering had laten oprichten.

Een dag later opent *De Telegraaf* de voorpagina met de primeur dat Alfred Heineken zijn ontvoerders laat achtervolgen door veiligheidsagenten. Het NOS-Journaal neemt het nieuws 's avonds over. 'Mooie primeur, Peter! Hoe ben je daar achter gekomen?' vraagt mijn chef. Tja...

Maar goed, dat was in Beauvais en nu zaten Van Hout en Holleeder in een hotel in Cergy Pontoise en had Van Hout opnieuw het gevoel dat er iets stond te gebeuren. Dat was op zich niet onlogisch. De uitleveringsprocedure verkeert op dat moment in een impasse en het is duidelijk dat de Fransen *les deux ravisseurs* – de twee ontvoerders – niet de rest van hun leven in een hotelletje huisarrest kunnen en willen geven. Ik pak daarom snel mijn koffer, bel de krant, maak een afspraak met fotograaf Wim Hofland om hem op te pikken en stap in de auto richting Parijs.

Als wij tegen twaalven het hotel binnenvallen, staat Cor van Hout in de hal ontspannen een spelletje te flipperen, een voorliefde waaraan hij zijn bijnaam 'Flip(per)' te danken heeft. Ik vermoed dat wij ons voor niets zo hebben gehaast, maar dan laat Van Hout ons een officieel document zien, waarin staat dat hij en Willem Holleeder de volgende ochtend worden overgebracht naar het Franse eiland Guadeloupe. De autoriteiten willen hen niet langer in Frankrijk zelf hebben. Guadeloupe klinkt ver weg en dat is het ook. Van Hout wijst het ons op een atlas aan: het is een zonovergoten eilandje bij Zuid-Amerika, vlak bij Grenada en Barbados. Het is een verrassende ontwikkeling. En hoewel de twee Amsterdammers totaal niet weten wat hen daar te wachten staat, zijn ze er tamelijk opgewekt onder. Het 'hotelarrest' begon eerlijk gezegd ook alweer een sleur te worden en deze Caraïbische ballingschap brengt tenminste wat leven in de brouwerij, om in termen van de kidnap te blijven. Snel bel ik het verhaal van deze primeur naar de krant door en ga dan aan de slag om een ticket 'Pointe a Pitre – Guadeloupe' te bestellen. En nog voor men in Nederland de krant met het opzienbarende nieuws in de bus heeft, staan wij al op het vliegveld Orly.

We zitten in hetzelfde vliegtuig en na wat geschuif zelfs op dezelfde rij stoelen. Er reizen ook een paar Franse rechercheurs mee en juist als Van Hout en Holleeder zich afvragen wat nu toch de bedoeling van deze Caraïben-trip is, vertelt een van hen dat er op Guadeloupe alleen maar een tussenlanding wordt gemaakt en dat daarna wordt doorgevlogen naar Saint Martin. Ik zie het gezicht van Van Hout direct betrekken. Hij vertrouwt het niet. Waarom horen ze dat nu pas op tien kilometer hoogte? Ogenschijnlijk is er echter niets aan de hand. Saint Martin wordt wel de parel van Frankrijk genoemd en we gaan dus gewoon naar een nog mooier eilandje. Dat maakt toch niets uit? Dat doet het dus wel. Even later, als Van Hout naar het toilet gaat, knoopt hij een praatje met een andere Nederlandse passagier aan. Als die naar het reisdoel vraagt, antwoordt Van Hout: 'Saint Martin.' Waarop de man direct informeert: 'Aha, Sint-Maarten! Naar het Franse of het Hollandse gedeelte?' Enigszins wit weggetrokken schuift Van Hout weer op onze rij en sist: 'Godverdomme, ik wist het wel, we worden er ingeluisd! Saint Martin is gewoon Sint-Maarten. Nederlands grondgebied!'

Na ruim tien uur vliegen over de oceaan is de feitelijke uitlevering aan Nederland dus alleen maar dichterbij gekomen in plaats van verder weg. Kennelijk heeft er iemand op een ministerie in Frankrijk of Nederland een 'gouden idee' gehad. Sint-Maarten is het enige stukje land ter wereld waar Frankrijk en Nederland naadloos en zonder duidelijke overgang aan elkaar grenzen... Op deze manier kan de uitlevering geruisloos en onzichtbaar plaatsvinden. Van Houts hersens draaien op volle toeren. Hij kijkt grimmig. 'Nu zijn jullie er in ieder geval getuige van, als ze ons op Nederlands grondgebied eruit gooien,' zegt hij met enige nadruk. Het is de eerste keer in zijn leven dat de ontvoerder echt blij is met de aanwezigheid van een journalist.

Als wij op donderdag 13 februari 1986 met onze winterkleren op het snikhete Guadeloupe aankomen, blijkt dat men daar niet goed raad weet met de situatie. De autoriteiten lopen nerveus heen en weer. Het vliegtuig naar Sint-Maarten draait al warm. Kennelijk is het van meet af aan de bedoeling geweest de twee op Nederlands grondgebied te droppen. Van Hout wijst dan op ons en dreigt in zijn beste Frans: 'Haal geen trucs uit, deze mensen zijn van de pers. Morgen staat alles in de krant!' Het maakt indruk.

Even later wordt dan ook besloten dat men de ontvoerders naar een ander eilandje zal brengen: Saint Barthlémy, dat geheel Frans is. Fotograaf Wim Hofland en ik mogen echter niet mee. Geen pottenkijkers, denkt men na de waarschuwing van Van Hout kennelijk en dus moeten we er maar op eigen gelegenheid achteraan reizen. Ik heb er zwaar de pest over in. We zijn natuurlijk niet meegereisd om het spoor bijster te raken. Ik wil heet van de naald verslag doen en dan moet je er bovenop zitten, maar daar zitten de Franse autoriteiten niet op te wachten.

Van Hout en Holleeder vertrekken in een vliegtuig en wij hebben het nakijken. Koortsachtig telefoneer ik met wat lokale politie-instanties en autoriteiten, maar ik krijg overal nul op het rekest. Niemand weet zogenaamd iets. Ik vervloek de situatie en heb visioenen van een verkapte uitlevering zonder dat Wim Hofland en ik er getuige van zijn. Mobiele telefoons bestaan in die tijd nog niet en dus is contacten leggen en houden moeilijk. Het is 1986 en ik zeul zelfs de hele tijd een zware schrijfmachine met me mee, iets wat vandaag de dag in het elektronische tijdperk gewoon ondenkbaar is.

Het onvoorziene vertrek van Van Hout en Holleeder vormt overigens de inleiding tot een ongelooflijke gebeurtenis die ik nog altijd beschouw als een van grootste toevalligheden uit mijn carrière. Om een telefonische zoektocht in het Caraïbisch gebied te kunnen houden, besluiten Hofland en ik – enigszins ten einde raad – door te vliegen naar Sint-Maarten en daar onze intrek te nemen in een internationaal hotel. In het Franse kustplaatsje Marigot komen we in het PLM St. Tropez terecht, een hotel met een paar honderd kamers en goede telefoon- en telexlijnen. We installeren ons op een kamer op de vierde verdieping en bellen stad en land af naar de verblijfplaats van de twee Amsterdamse ontvoerders, maar komen geen barst verder. De tegenwerking is enorm. Er zijn tientallen eilandjes waar ze kunnen zitten. Het is zoeken naar een speld in een hooiberg. Ook in Holland weet men niets, ervaar ik als ik contact heb met mr. Max Moszkowicz, de advocaat van Van Hout. Zij rekenen er juist op dat wíj alles weten!

Aan het einde van een lange, vermoeiende dag, zo tegen halfeen 's nachts, besluiten we onze pogingen voor die dag te staken. Een beetje mismoedig stel ik fotograaf Wim Hofland voor om beneden in de bar nog maar wat te gaan drinken. We moeten dan maar overleggen wat we de komende dagen gaan doen. Ik doe mijn kamerdeur open en precies op dat moment gaat aan de overkant van de gang, recht tegenover mij, ook een deur open. Er stapt een man naar buiten. Ik schrik. Ik wrijf mijn ogen uit en denk dat ik een fata morgana zie: ik sta oog in oog met Van Hout! 'Cor!' roep ik verbaasd en hij antwoordt even verbouwereerd met: 'Peet!' We hebben gezocht naar mensen die slechts een deur verder zaten. Hoe is het mogelijk! Je raakt elkaar kwijt in het Caraïbisch gebied, komt vervolgens op het Franse gedeelte van Sint-Maarten terecht in een van de vele hotels – met honderden kamers – en dan zit je op precies dezelfde etage recht tegenover elkaar en doe je op exact hetzelfde moment de deur open! Is dat toeval? Of is het voorzienigheid? Het is een moment waar Cor van Hout en ik het in de jaren daarna nog veelvuldig met elkaar over hebben:

'Weet je nog toen we...' Ik vraag me nog wel eens af wat er gebeurd zou zijn als wij vijf minuten eerder naar beneden waren gegaan... We zullen het nooit weten.

Er volgt een zeer tumultueuze week, waarin de ontwikkelingen elkaar razendsnel opvolgen en we met gammele vliegtuigjes van het ene eilandje naar het andere eilandje reizen. Op geen enkel eilandje zijn de ontvoerders echter welkom en soms verhuizen we twee keer per dag van hotel, omdat de autoriteiten weer van gedachten zijn veranderd. Inmiddels bemoeit ook de lokale pers zich met de affaire en die vraagt zich in grote koppen af waarom hun mooie eilandjes 'de vuilnisbak van Europa' moeten worden, waarin 'ongewenste topcriminelen worden gedumpt'. De oppositie tegen de aanwezigheid van de Nederlanders steekt op als een orkaan. De volgende dag breken er op het eiland fikse rellen uit door de aanwezigheid van de ontvoerders. De oproerpolitie, een speciale, zwaarbewapende garde, rukt uit. Een plaatselijke zender jut ondertussen de inwoners nog wat op. Er gebeurt niet zo vaak wat op de eilandjes en nu dat een keer wel het geval is, willen de media er ook 'plezier' van hebben kennelijk. En inmiddels zijn ook drie mensen van Alfred Heinekens veiligheidsdienst Proseco in het PLM-hotel gearriveerd en Van Hout veronderstelt – niet ten onrechte – dat zij niet te beroerd zullen zijn om de plaatselijke bevolking een handje te helpen met het lokaliseren van de ontvoerders... Een Franse politieman ziet de ontwikkelingen zorgelijk aan en verordonneert even later dat we ons moeten verstoppen: 'De mensen zijn door het dolle heen. Als ze jullie vinden, ben je er geweest!'

Via een diensttrap worden we naar een in de kelder gelegen televisiezaaltje geloodst, dat wordt verduisterd en op slot gedraaid. Daar moeten we tussen de stoelen op de grond gaan liggen, zodat niemand ons kan zien. Het oproer komt snel angstig dichtbij. Met fakkels lopen er mensen door de hotelgangen, op zoek naar de ontvoerders. We kruipen nog verder naar achteren en houden ons doodstil. Door de vitrages zien we het schijnsel van de naderende fakkels. We horen onheilspellend gejoel en Van Hout fluistert dan: 'Zou je niet weggaan, Peter? Nu kan het nog. Als ze ons vinden vragen ze echt niet eerst wie wie is. Dan pakken ze jou gewoon ook. Je wordt gelyncht.' Ik weiger echter. Ik ben journalist en geen wegloper. Ik ben juist dolblij dat ik hen weer heb gevonden. Zal ik dan vrijwillig weer vertrekken? Nee, geen denken aan, nu blijf ik erbij. Willem Holleeder ligt een halve meter bij mij vandaan, en terwijl we gespannen naar het gekrakeel buiten luisteren, verzucht hij: 'Leuk, hè, het leven van een crimineel? In Nederland denkt men dat we het leven van Peter Stuyvesant leiden, maar het is vluchten, wegduiken en schrikken van iedere klop op de deur.' Van Hout maant hem tot stilte en zegt met zijn speciale gevoel voor humor, dat hem zelfs in de meest hachelijke omstandigheden niet in de steek laat: 'Wat zeur je nou, Willem, je ligt toch goed, of verlang je terug naar de Santé?'

In het holst van de nacht, als de zoekactie van de woedende eilandbewoners niets heeft opgeleverd en zich naar elders heeft verplaatst, worden we door de politie behoedzaam het hotel uit gesmokkeld. Een jongensboekennacht begint. We sluipen een voor een naar het haventje, waar een motorbootje al ligt te pruttelen. Zachtjes varen we weg, naar een zeewaardig jacht dat onverlicht buiten de haven gereed ligt. Snel klimmen we aan boord en nog voor de touwladder is binnengehaald wordt het anker gelicht en varen we als een soort spookschip om het eiland heen. Een politieman met geweer op de plecht, wij in de kajuit. Doodmoe, dorstig en hongerig. Na een uur varen komen we bij het eilandje Tintamarre aan, dat in een ver verleden een schuiloord voor dranksmokkelaars was. Op een oude landingsstrip komt een legerhelikopter ons straks oppikken, legt de politieman ons uit, maar eerst kunnen we een uurtje slapen en dat is maar goed ook, want dat is er al dagen bij ingeschoten. Als het lichtje in de kajuit uitgaat, zegt Cor van Hout met enig gevoel voor journalistiek: 'Wat een verhaal, hè, Peet? Hier scoor je mee in Nederland. Wedden?' En na een korte stilte: 'Willem en ik moeten er nog maar heelhuids zien uit te komen...'

Anderhalf uur later waden we door het zeewater naar het eilandje. In het donker struikelend over scherpe rotsen en geniepige doornstruiken komen we met bebloede enkels uiteindelijk bij de totaal overwoekerde landingsstrip. Om klokslag halfzes landt de helikopter en luttele seconden later stijgt hij weer op: een halfuur later zijn we weer veilig terug op Guadeloupe, waar de Caraïben-trip ook begonnen was.

We worden door de Franse politie-autoriteiten eerst nog een paar dagen in de afgelegen villa van een voormalige Duitser ondergebracht. Het is een wat dubieuze man, een jaar of zestig en wit-grijs. Hij heeft een rek riotguns aan de muur hangen en doet geen stap buiten de deur zonder zijn grommende dobermanns. Als wij in een kelderkast een kleine honderd boeken over nazi-Duitsland zien staan, wordt hij door Van Hout, die iedereen bijnamen geeft, direct tot 'De Witte Engel' omgedoopt.

Als op Guadeloupe een paar dagen later echter ook rellen uitbreken, houdt Frankrijk de escapades voor gezien en worden de ontvoerders teruggevlogen naar Parijs. Daar begin ik ook weer over het boek over de ontvoering, dat ik nog steeds in mijn hoofd heb. De relatie met Van Hout heeft zich de afgelopen maanden verdiept. Onze Caraïbische avonturen hebben daar behoorlijk aan bijgedragen. Het feit dat ik ook bleef toen het zeer penibel werd, heeft op Van Hout en Holleeder indruk gemaakt. 'Je bent tenminste geen mooiweer-journalist,' zegt Van Hout. Om er direct op te laten volgen: 'Integendeel, als jij in de buurt bent, pakken de donkere wolken zich voor ons direct samen...'

Ik dring aan op een beslissing over het boek. Het ziet er immers naar uit dat de twee opnieuw de gevangenis in gaan, aangezien er onverwacht toch weer schot in de uitleveringsprocedure is gekomen en alles er op wijst dat ze binnenkort naar Nederland zullen worden overgebracht. En daar wacht geen hotel... 'Het is nu of nooit,' houd ik Van Hout voor. Hij twijfelt echter. Het is nogal wat om een journalist alle geheimen van de ontvoering te onthullen, terwijl je nog niet eens berecht bent. Als ik kwaad wil, zou ik zijn hele bekentenis zo aan de politie kunnen geven en dan hangt hij. 'Geef me nog een dag bedenktijd,' vraagt hij daarom. De volgende ochtend zegt Van Hout: 'Ik heb er de hele nacht wakker van gelegen. En ik weet niet of ik er goed aan doe... maar laten we er maar aan beginnen...'

Ik neem vier weken vakantie op bij de krant en neem mijn intrek in het Ibis-hotel in Evry, waar de twee nu zijn ondergebracht. En dan krijg ik stap voor stap, van minuut tot minuut te horen hoe alles in zijn werk is gegaan. We werken in mijn kamer. Ik zit achter het schrijftafeltje en Van Hout en Holleeder zitten of liggen op de twee bedden en vertellen en vertellen... Dag na dag. De ene blocnote na de andere vliegt er door. We laten broodjes en koffie komen om geen tijd te verliezen. Soms praten we door tot twaalf uur 's nachts. Alles moet ik weten. Van iedere handeling, van elke gebeurtenis. Waar was het? Hoe laat? Wie waren erbij? Wat dacht je? Wie zei er wat? Was dat ervoor of erna? Wiens idee? Waarom? Waarvoor? Uitputtende sessies, maar ik noteer het allemaal met rode oren. De feiten, de achtergronden en de omstandigheden waar iedereen in Nederland om zat te springen, krijg ik gedetailleerd te horen. Niemand mag het echter weten. Het boek moet in het diepste geheim worden geschreven. En dan nog, zo had Van Hout bedongen, zou hij beslissen of het gepubliceerd mocht worden. Ik neem het risico. Ik wil het boek gewoon schrijven, punt uit!

Als ik tijdens de interviewsessies Van Hout een keer vraag of hij spijt heeft van de ontvoering, antwoordt hij: 'We hebben de zaak twee jaar lang secuur voorbereid, het is geen impuls geweest. Als je nu zegt dat je spijt hebt, dan ben je een huilebalk. Die vraag moet je ook eigenlijk niet stellen aan mensen die gepakt zijn, want die hebben het natuurlijk altijd verkeerd gedaan. Denk je dat we spijt hadden gehad als we niet gepakt waren? Dat we dan de miljoenen hadden teruggegeven? Ik denk het niet... of liever gezegd: ik weet wel zeker van niet! Maar als ik er dan toch iets over moet zeggen: we hadden Ab Doderer, de chauffeur van Heineken, er niet bij moeten betrekken. Dat was verkeerd. Kijk, Heineken is een sterke *captain of industry*, die volgens mij zoiets kan verwerken, maar voor Doderer ligt dat anders, dat hadden we niet moeten doen.'

Na drie lange weken heb ik het hele verhaal compleet en reis ik terug naar Nederland om alle aantekeningen te rangschikken en het verhaal in boekvorm te schrijven.

Kort daarna worden Van Hout en Holleeder inderdaad opnieuw in de gevangenis gezet in afwachting van hun overtocht naar Nederland. We zijn juist op tijd. Ik hervat het dagelijkse ritueel van het opsturen van de *De Telegraaf* naar Van Hout in de gevangenis. En ook onze correspondentie nemen we weer op. Alleen is die minder vrijblijvend dan voorheen. We delen een geheim en in een vooraf afgesproken code houd ik hem in mijn brieven op de hoogte hoe het boek vordert: '*Het hardlopen gaat goed, ik train veel.*' De daadwerkelijke uitlevering duurt uiteindelijk tot eind oktober 1986 en zoals Van Hout al eerder had voorspeld, komt hij eerst terecht in de Bijlmerbajes.

Het proces staat gepland voor februari 1987. Het komt precies goed uit met mijn manuscript, dat tegen die tijd ver is gevorderd. Met kerst 1986 krijg ik een kaart van Van Hout, waaruit nog eens blijkt dat de relatie echt is veranderd: '*Hoi Peet, heel fijne feestdagen en een gelukkig*

1987 toegewenst. Eind 1983 heb ik je wel eens wat anders toegewenst. Gelukkig heb je dat toen niet gekregen. Zo zie je maar: tijd slijt!'

Als het manuscript een maand daarna, vlak voor het proces klaar is, komt natuurlijk de vuurproef. Wat vindt Van Hout ervan? Komt het boek uit, of heb ik al het werk een jaar lang voor niets gedaan? Het manuscript wordt ongezien de inrichting binnengesmokkeld en Cor meldt zich er twee dagen ziek. Elke bladzijde die hij heeft gelezen, spoelt hij in snippers door het toilet. Niemand mag het in handen krijgen vóór het proces. Daarna ga ik bij hem op bezoek in de Bijlmerbajes. En met Van Hout-humor zegt hij: 'Ik heb het in één ruk uitgelezen... ik was toch nog benieuwd naar de afloop.'

Enfin, de afloop van dit verhaal is bekend en staat ook in het boek dat ik over de Heineken-ontvoering heb geschreven. Van Hout en Holleeder werden inderdaad uitgeleverd en in maart 1987 door de Amsterdamse rechtbank beiden tot elf jaar cel veroordeeld, zonder dat zij voor de rechtbank een verklaring hadden afgelegd. 'Dat doen wij op een nader te bepalen manier en tijdstip,' lieten zij tijdens de rechtszitting raadselachtig weten. Daarmee werd het boek bedoeld, dat een paar weken na de uitspraak op de markt kwam, heel veel nieuwe feiten onthulde en insloeg als een bom. En daarna begon de sleur van het Nederlandse gevangenisleven voor Van Hout en Holleeder. In de vijf jaren die na aftrek van voorarrest nog resteerden, zocht ik hen minimaal een keer per maand op in de gevangenissen van Scheveningen, Alkmaar en Veenhuizen. Daarnaast hadden we verder ook minimaal een keer per week telefonisch contact.

Op 27 april 1992 sta ik om zeven uur 's morgens in Hoorn voor de ophaalbrug van de aan het IJsselmeer gelegen gevangenisinrichting, waar Van Hout de laatste maanden van zijn straf heeft gezeten. Om weer aan de maatschappij te wennen heeft hij overdag in een plaatselijke bloemenstal gewerkt en rozen, fresia's en kamerplanten verkocht, uiteraard zonder dat de huisvrouwen van Hoorn wisten wie hij was. En op deze dag komt hij definitief vrij. Acht 'kerstbomen' heeft hij vastgezeten. Elfenhalf jaar cel, minus de vervroegde invrijheidstelling. De straf zit erop. Ondanks dat het fris is en bepaald geen tijdstip voor drank, openen we een fles champagne Dom Perignon als hij naar buiten is gekomen. Als symboliek. Ik zeg: 'Weet je de eerste zin van het boek nog?' Van Hout knikt en citeert: 'De champagne stond klaar.

Goed gekoeld...' Hoorn is nog in slaap en de ontvoerder en de journalist kijken een moment uit over het mistige IJsselmeer, zonder iets te zeggen. Er is veel gebeurd de afgelopen jaren. En terwijl we van de champagne nippen, mijmeren we even over wat de toekomst nog in petto heeft...

Naschrift: zie ook pagina 251: *Primeur in Paraguay – de ontdekking van Heineken-ontvoerder Frans Meijer.*

Het betonijzer van een Hells Angel

Iedereen in Nederland is bang voor Hells Angels. Het publiek, de pers, maar ook de politie. En dat is lastig als de motorclub in het nieuws is, zoals half februari 2004, toen drie prominente leden van de club Nomad uit het Limburgse Oirsbeek werden vermoord. Uit het water van de Geleensbeek werden de door kogels doorzeefde lijken van 'president' Paul de Vries (54), Cor Pijnenburg (33) en Serge 'Moon' Wagener (34) geborgen. Zo'n drievoudige moord is natuurlijk nieuws, maar wel nieuws dat moeilijk te verslaan is, want bijna niemand durft er iets over te zeggen. Sinds Frits Barend en Henk van Dorp in hun studio onaangekondigd bezoek én een blauw oog van de Angels kregen – die daarvoor niet werden opgepakt – en er nog wat andere incidenten plaatsvonden, staat men niet in rijen van drie opgesteld om de activiteiten van de motorclub te duiden. Ik ben de afgelopen week een aantal malen door media gebeld, die ronduit zeiden dat ze niemand voor de microfoon konden krijgen en bijna smeekten of ik 'alsjeblieft' wat kon vertellen. Het feit dat enkele Nomads in de week na de drievoudige moord bij hun clubhuis een paar camerateams molesteerden – zonder dat de politie optrad – heeft zegslieden niet bepaald gretiger gemaakt.

Ik heb wel commentaar gegeven, maar de reporters niet verteld wat ze graag wilden horen. Uit hun vraagstelling bleek dat ze hoopten dat ik dé Angels (in de zin van: alle) tuig van de richel zou noemen en de club zelf een criminele organisatie die zich bedruipt met drugshandel en afpersing. Misschien is dat wel het imago van de Hells Angels, maar in mijn ogen wordt dat niet gedekt door hard bewijs. En iets wordt natuurlijk niet waar door het maar vaak te roepen. De keren dat er doden vielen, zoals in de seksclub Esther in Haarlem in februari 2000, waren Hells Angels bovendien niet de moordenaars, maar de slachtoffers. Toch een nuanceverschil... En als een lid of 'president' van de motorclub een bankroof pleegt, een kroeg kort en klein slaat of iemand tijdens een ruzie naar de andere wereld helpt, zegt dat dan altijd iets over dé Hells Angels? Zo ja, dan vindt u zeker ook dat als een Ajax-aanhanger of een bestuurslid van de voetbalclub een misdrijf pleegt, Ajax dan een criminele organisatie is? Er worden ook elk jaar delicten gepleegd door christenen, is de kerk dus een maffiasyndicaat? En enige tijd geleden is een bestuurslid van een politieke partij veroordeeld wegens incest... is die partij nu een genootschap van zedendelinquenten?

'Je hebt zeker zélf nooit met ze te maken gehad?' vroeg een enigszins teleurgestelde verslaggever met nauwelijks gecamoufleerd cynisme. Ik had niet gedacht dat het me nog eens deugd zou doen dat ik volmondig kon zeggen: 'O, zeker wel... Sterker nog, ik heb het ooit met Paul de Vries, de nu doodgeschoten president, flink aan de stok gehad.' En wel op de volgende manier... Op 20 februari 2002 deed ik met collega Kees van der Spek een onderzoek in de zogenoemde Bolhaar-moordzaak, waarin een voormalige Amsterdamse Hells Angel, Louis H., de hoofdverdachte was. We wilden daarvoor een vrouw in het Brabantse Budel horen, die iets over H. kon vertellen, omdat ze lang met hem had samengeleefd. Ze was niet thuis en dus informeerden we in een plaatselijke kroeg of men iets van haar wist. 'Jawel,' zei de kroegbaas, 'ze gaat om met een Hells Angel, ene Paul de Vries, een beer van een kerel.' Ze viel kennelijk nogal op leden van de motorclub. We haalden onze schouders op en Kees grapte nog: 'Ach, dat zijn allemaal watjes.'

Een uurtje later reden we terug naar de woning van de vrouw en wachtten daar in de auto voor de deur tot zij thuiskwam. Wat we niet beseften, was dat onze komst als een lopend vuurtje door het Brabantse dorp was gegaan en men door het 'kroeggesprek' ook wist voor wie wij kwamen. We zaten daar een kwartiertje voor de deur, toen er twee auto's langzaam naderden. Bij de woning sprongen er zes of zeven man uit: Hells Angels, gewapend met stokken en kettingen. Even keken ze zoekend om zich heen en dat was onze redding. Ik startte snel de auto en op dat moment sprintten de mannen op ons af. Met piepende banden reden we weg, maar een van de Angels slaagde er nog wel in een stuk betonijzer tegen mijn autoportier te gooien. Als we ze niet op tijd hadden gezien, was mijn auto gesloopt... en wij er bij. Ik had een paar duizend euro schade en deed bij de politie in Maarheze direct aangifte van bedreiging, geweldpleging en vernieling. 'Zou u dat wel doen?' vroeg de agent op een ontmoedigende toon van 'begin er niet aan'. Natuurlijk deed ik wél aangifte en ik noemde daarin ook de naam van Paul de Vries.

Toen ik een paar maanden later informeerde of men al wat was opgeschoten met het onderzoek, sprak de recherchechef gewichtig dat men er 'heel druk' aan gewerkt had, maar dat de zaak 'helaas niet was opgelost'. Op mijn vraag of zij Nomads-president Paul de Vries hadden gehoord en zijn vriendin, waar het allemaal voor de deur was gebeurd, schutterde hij: 'Eh... eh... nee, dat niet nee'. Er was gewoon niets gedaan! Kijk, dat bedoel ik nou. Zo is het dus niet verwonderlijk dat er een beeld rijst dat Hells Angels boven de wet staan. En het ergste is dat de politie hen daarbij behulpzaam is!

NASCHRIFT: Tijdens het onderzoek naar de moord op de drie Nomads kwam ik in contact met de dochter van Paul de Vries. Nadat zij kennis had genomen van mijn column over de confrontatie met haar vader, schreef ze: 'Het was geen stuk betonijzer, maar een hamer'. Ik hoefde dat echter niet te rectificeren...

Psychologische oorlogvoering in de verhoorkamer...

Als je een politieman uitscheldt voor 'klootzak', komt je dat te staan op een behoorlijke boete. Als je een agente toebijt dat ze 'een ordinaire stinkhoer' is, ga je met handboeien om naar het politiebureau. Er wordt dan proces-verbaal opgemaakt en je krijgt een dagvaarding om voor de politierechter te verschijnen. En die weet meestal wel raad met verdachten die zich verbaal te buiten gaan tegen een ambtenaar in functie. Justitie noemt dit 'zero tolerance beleid', wat vrij vertaald betekent: we pikken niets... Ik denk niet dat er veel mensen zijn die met deze aanpak problemen hebben. Omgekeerd verwachten we natuurlijk hetzelfde fatsoen van gezagsdragers tegenover burgers, maar het merkwaardige is dat de politie er in een verhoorsituatie met verdachten dan soms heel andere maatstaven op na blijkt te houden.

Dit is aan het licht gekomen door de Haagse strafpleiter mr. A. Westendorp, de raadsman van de 48-jarige Cihan S., die eind september 2003 in haar cel zelfmoord pleegde door zich op te hangen aan haar hoofddoek. De vrouw zat in voorlopige hechtenis voor de gruwelijke moord op haar nichtje Kumral Bağci. Het in negen stukken gesneden lijkje van het 7-jarige meisje werd op 23 juni 1995 in een paar tassen en vuilniszakken in Den Haag gevonden. In 2002 werd het vastgelopen onderzoek nieuw leven in geblazen en enige tijd later werden Cihan S. en haar zoon gearresteerd. De kindermoord zou mogelijk het gevolg zijn van een verkeerd afgelopen overspelaffaire tussen de vader van Kumral en de gearresteerde vrouw. Cihan S. ontkende in alle toonaarden haar betrokkenheid en zolang het tegendeel niet door een onafhankelijke rechter is vastgesteld wordt een verdachte geacht onschuldig te zijn, zo luidt de wet. En daar hoort een beetje respectvolle, fatsoenlijke verhoormethode bij.

Nu haast ik mij om te zeggen dat een verhoor natuurlijk bedoeld is om iets te weten te komen, dus moet er soms enige druk worden uitgeoefend. Je mag best laten merken dat je vermoedt dat iemand liegt, om de waarheid heen draait of iets verbergt en je hoeft een verdachte ook echt niet met 'majesteit' aan te spreken. En als de verdachte het bloed onder je nagels vandaan haalt, verwacht niemand dat je vriendelijk blijft glimlachen. Maar een verhoor moet wel over feiten gaan, moet waardig blijven en mag nooit ontaarden in een psychologische oorlogvoering, waarbij de verdachte wordt beledigd, geïntimideerd en vernederd. Dat heeft niets met een professioneel verhoor te maken en zo'n aanpak leidt ook eerder naar een valse, afgeperste bekentenis, dan naar de waarheid.

In de zaak van Cihan S. heeft de recherche het heel erg bont gemaakt, zo ontdekte advocaat mr. Westendorp, toen hij na de zelfmoord de videobanden van de verhoren bekeek. Zijn cliënte werd door de mangel gehaald, op een wijze waarbij de beruchte *Zaanse verhoormethode* een theekransje was. Terwijl de rechercheurs met stemverheffing spraken, op tafel sloegen en de vrouw geboden hen aan te kijken, voegden zij haar bij herhaling dingen toe als: 'Je bent geen mens, maar een beest... Je bent geen beest, maar een monster. Je bent een ordinaire stinkhoer.' En over de moord op Kumral vroegen ze de ontkennende vrouw: 'Hoe ziet dat eruit, een kind van zeven jaar spartelend in doodstrijd? Zie je het dode hoofd van Kumral voor je? Hoe werkt dat, een kind afslachten? Heb je het de keel afgesneden? Vies, hè... het bloed spuit alle kanten op, terwijl het hartje nog doorklopt. Heb je het toen als een varken opgehangen om uit te laten bloeden? Mochten jouw kinderen helpen met de rotzooi opruimen? Vijf liter bloed van een kind van zeven jaar, dat is een halve emmer. Dat bloed gaat klonteren, dat ruikt...' Vervolgens werd 'het rotwijf, de egoïstische trut, de vieze vuile leugenaarster' voorgehouden dat haar eigen kinderen ongetwijfeld ook vermoord zouden worden als ze niet bekende. 'Je bent het laagste van het laagste. Leugenachtig monster! Vuile vieze hoer! Je offert je eigen kind op, je bent een monster.' Enzovoort, enzovoort. Twee dagen later hing de vrouw zich in haar cel op.

Wie denkt dat de verhorende rechercheurs meteen op non-actief werden gesteld, vergist zich. Een onderzoek van de Rijksrecherche naar de feiten en achtergronden van deze suïcide leverde op 'dat geen van de betrokkenen bij dit betreurenswaardige incident iets valt te verwijten'. Volgens het rapport is 'niet gebleken dat het verhoor een dusdanige psychische druk veroorzaakte dat er een relatie met de zelfdoding zou kunnen zijn'. Het zijn formuleringen zoals we die tegenkwamen in het voormalige Zuid-Afrika, Chili en andere landen waar de mensenrechten geschonden worden. Hoe durf je het op te schrijven! Natuurlijk kun je niet exact aangeven welke factoren bepalend waren voor de zelfmoord, maar uitsluiten kun je het helemaal niet. Integendeel, we kunnen veilig aannemen dat de vrouw het allesbehalve een opbeurend verhoor heeft gevonden. Het is een regelrechte schande dat dit alles gebeurd is, maar nóg erger is dat onze autoriteiten dit gewoon goed willen praten en doen alsof dit allemaal tot de normale politiepraktijk behoort. Welk kamerlid maakt zichzelf eens nuttig en schopt hier een enorme rel over?

NASCHRIFT: Het onderzoek naar de moord op Kumral Bağci is opnieuw gesloten. Verdachte Evren T. – de zoon van Cihan S. – werd in juli 2004 door de rechtbank vrijgesproken, nadat ook de officier van justitie had geoordeeld dat er geen bewijs tegen hem was. Een verzoek van advocaat Westendorp om de betrokken rechercheurs te vervolgen, is door de hoofdofficier van justitie in de hofstad afgewezen.

'Die ogen blijven me achtervolgen...'

Op maandag 3 februari van 2003 werd ik op kantoor gebeld door een man die volledig overstuur klonk. Een familielid van hem had de vrijdag ervoor in Den Bosch zelfmoord gepleegd en hij wilde mij absoluut vóór de begrafenis spreken. Mijn agenda liet dat eigenlijk niet toe, maar hij klonk zo wanhopig dat ik toch wat afspraken verzette. Op dinsdagochtend 4 februari om 11.00 uur zat hij tegenover mij. Zijn ogen rood omrand, nog steeds zwaar geëmotioneerd. Hij vertelde dat het om 'ons Bart' ging, die zelfmoord had gepleegd. Met trillende vingers schoof hij een handgeschreven briefje naar me toe, waar mijn telefoonnummer op stond en de nogal raadselachtige tekst: 'Hoe meer je weet of denkt te weten... kom je er achter dat je steeds minder weet.' De zelfmoordenaar had dat voor mij opgeschreven. Ik keek de man vragend aan. En met horten en stoten vertelde hij zijn verhaal. 'Ons Bart' was Bart Heesbeen, een zevenendertig jaar oud geworden beroepscrimineel uit Den Bosch, met de merkwaardige bijnaam 'de Priester' vanwege zijn luisterend oor voor andermans problemen. En hoewel hij alles had gedaan wat God had verboden, kon hij het leven niet meer aan. Daarom was hij er uitgestapt. Er was iets gebeurd wat hem blééf achtervolgen. 'Ons Bart had het vaak over u,' zei de man tegenover mij. 'Hij wilde u graag spreken. Hij wilde via u schoon schip maken...' Hij zweeg even en vervolgde toen met: 'Nu hij dood is, doe ik dat voor hem...'

Mijn nieuwsgierigheid was gewekt. Ik voelde intuïtief aan dat het hier om iets ernstigs ging. 'Kent u die viervoudige moord bij Hilvarenbeek, van een jaar of vijf geleden?' vroeg het familielid aarzelend. Ik knikte, natuurlijk kende ik die, dat was een van de meest geruchtmakende moorden van de laatste jaren. Op 16 juli 1998 waren op het landgoed De Blauwe Hoef in Hilvarenbeek vier personen doodgeschoten. Twee Limburgse criminelen, Rinus den Boer (45) en zijn handlanger Nico van Golde (39), maar ook twee volmaakt onschuldige jongens, de broers Polle (20) en Frank (18) Taminiau, die samen met hun ouders op het landgoed woonden. De twee knapen waren waarschijnlijk ongewild ergens getuige van geweest en waren ter plekke doodgeschoten toen ze terugkwamen van een autorijles. Sindsdien stond de zaak bekend als de Taminiau-moorden. 'Ons Bart heeft dat gedaan... samen met een maat van hem, Pukkie Verspeek,' zei de man tegenover mij. 'Hij kon er niet meer mee leven. Het feit dat hij twee onschuldige jongens had doodgeschoten, bleef aan hem knagen. Die ogen blijven me achtervolgen, zei hij steeds. Met die ogen bedoelde hij de ogen van die twee jongens, vlak voordat ze werden doodgeschoten. Bart wilde dat aan je opbiechten...'

In het uur dat volgde ontrolde het hele verhaal zich. Bart Heesbeen en Pukkie Verspeek hadden een afspraak gemaakt met de twee Limburgse criminelen en die had toevallig op het landgoed De Blauwe Hoef plaatsgevonden. Het ging om een cocaïne-ripdeal, waarbij Puk en Bart definitief 'afrekenden' met Rinus den Boer en Nico van Golde en er toen tot hun ontzetting achter kwamen dat de twee jongens ooggetuige waren geweest. Heesbeen en Verspeek hadden elkaar even aangekeken en in die *split-second* was het vonnis geveld. 'Zij moeten ook slapen...' werd er gezegd en even later waren Polle en Frank geliquideerd. Bart had er voor zijn dood tegenover familie toespelingen over gemaakt en regelmatig gezegd dat 'die ogen van die jongens' hem bleven achtervolgen. Na zijn dood was er in de schuur van de ouderlijke woning van Bart een soort afscheidsbrief gevonden, waarin de moorden door hem waren opgebiecht. In de brief stond dat deze na lezing moest worden verbrand en daar hebben Barts nabestaanden naar hun zeggen gevolg aan gegeven. Mededader Pukkie Verspeek was in januari 1999, al kort na de viervoudige moord, zelf bij een ruzie in een kroeg in Den Bosch doodgeschoten en nu Bart zelfmoord had gepleegd, waren beide daders dus niet meer in leven.

Het was een onthutsend verhaal. Het familielid vertelde me dat naast mij ook de politie was geïnformeerd en dat er een rechercheteam op was gezet. In de verwachting dat de viervoudige moord nu snel officieel opgelost zou zijn, vroeg hij mij niets te doen wat het onderzoek kon verstoren. Ik zegde dat toe, maar liet wel de begrafenis van Bart Heesbeen met een verborgen camera filmen en ook sprak ik met enkele betrokkenen om het verhaal te verifiëren. Ik stuurde bovendien een fax naar de officier van justitie in Breda en vroeg haar of het rechercheteam van de Taminiau-moorden inderdaad afwist van de zelfmoord van Bart Heesbeen. Een vraag die heel omzichtig positief werd beantwoord. Maar vervolgens werd het stil en zou het nog een jaar duren eer er duidelijkheid kwam. De door mij geplande uitzending schoof telkens op, van het voorseizoen naar het naseizoen en weer naar het voorseizoen... En juist toen ik het familielid meldde dat mijn geduld op was, kwam Justitie begin maart 2004 met het nieuws dat de zaak was opgelost en dat nog twee andere medeplichtigen waren opgepakt. Toen de aanhoudingen bekend werden, werd ik door diverse media gebeld met de vraag of het nieuws van deze doorbraak mij – ruim vijf jaar na de moorden – verrast had...

NASCHRIFT: Uit het omvangrijke rechercheonderzoek is naar voren gekomen dat Bart Heesbeen en Puk Verspeek inderdaad vrijwel zeker bij de viervoudige moord betrokken zijn geweest. Justitie gaat er – op basis van DNA-onderzoek – echter van uit dat er ook nog enkele medeplichtigen een helpende hand hebben geboden. Enkele verdachten zijn gearresteerd, maar ontkennen betrokkenheid. Op het moment dat dit boek werd gedrukt, was het onderzoek nog gaande.

De moordexpert uit Anloo

Zo'n jaar of vijf, zes geleden kreeg ik regelmatig post van een zekere Gerrit Visser uit Anloo. Het waren hanenpoterig geschreven brieven, meestal van een paar kantjes, zonder één witregel en vol met toevoegingen en verwijzingen in de kantlijn. Bijna niet te lezen, maar de eerste keer dat ik een brief van hem kreeg, was ik toch oprecht geïnteresseerd. Zijn schrijven begon veelbelovend: 'Ik weet hoe de Puttense moordzaak in elkaar steekt. U hebt gelijk dat de twee veroordeelden onschuldig zijn, maar verder zit u op een verkeerd spoor. Bij de moord zijn vooraanstaande personen betrokken, die voor niets terugdeinzen...' Maar in de dichtbeschreven alinea's die volgden, verslapte mijn interesse per regel, want de heer Visser spiegelde mij een complot voor waar Koningin Beatrix, officieren van justitie en andere hoogwaardigheidsbekleders bij betrokken waren. En in het vervolg van zijn brief sleepte hij er nog een aantal moorden bij, waarvan hij óók de oplossing wist: Marianne Vaatstra uit Zwaagwesteinde en Nicky Verstappen uit Heibloem. En realiseerde ik mij wel dat hij ook de sleutel had voor de oplossing van het verdwijningsmysterie rond Cheryl Morriën in IJmuiden in 1986? Ja zeker... die zaak had heel veel te maken met de moord op Nicole van der Hurk in 1995 in Eindhoven. Had ik nooit begrepen dat dit een gevolg was van de moord op Jessica Richel uit Etten-Leur in 1991? Nee? Nou, bij deze dan! Het merkwaardige was alleen, zo schreef hij, dat niemand die verbanden zag... Maar nu hij een aantal uitzendingen van mijn programma had gevolgd, had Gerrit Visser er alle vertrouwen in dat ik het hele complot zou ontrafelen.

De brieven volgden elkaar in een hoog tempo op. Zodra er een nieuwe moord was gepleegd die een beetje aandacht in de pers kreeg, schreef Gerrit Visser mij de aanleiding en achtergronden, die uiteraard allemaal verband hielden met andere onopgeloste levensdelicten. Toen ik begin 2000 een programma maakte over de moord op de 18-jarige Sabrina Pellizon op Schouwen-Duiveland, stuurde hij me prompt weer een brief. Hij kon me alles vertellen over het motief. Er volgde een relaas waaruit bleek dat de moord was veroorzaakt door een kleine advertentie in *De Telegraaf*, een zogenoemde 'Speurder', waarin een woning werd aangeboden in Almere en waar Visser zelf op had gereageerd. Welnu, die advertentie was doorgestoken kaart, had hij ontdekt... De hoofdofficier van Alkmaar had daar alles mee te maken en ook de Koningin was er weer van op de hoogte. Als 'hard bewijs' had hij een kopie van de advertentie bijgevoegd. Hij sloot af met: 'De moord op Sabrina is gepleegd in opdracht van Beatrix, de politie en de hoofdofficier van justitie, om tegenover mij het geknoei met de woning in Almere te camoufleren. Deze beschuldiging trek ik NOOIT terug. Naar waarheid opgemaakt – G. Visser in Anloo.'

De brieven bleven komen, soms wel een paar in de week en altijd met 'hard bewijs' bijgevoegd in de vorm van nietszeggende krantenartikeltjes, hele of halve kentekens, advertenties, aanmaningen en bankafschriften. Meestal kon ik het aan het handschrift op de enveloppe al zien dat het een bericht uit Anloo was en maakte hem dan zuchtend open. Vaak had ik het te druk om van de door hem ontdekte intriges kennis te nemen, maar soms liet ik me een paar minuten halfgeamuseerd meenemen in zijn complottheorieën voor ik weer echt aan het werk ging.

Op een gegeven moment hield de brievenschrijverij op en werd het stil in Anloo, overigens zonder dat ik dat bewust besefte. Een onaangekondigde brief die niet komt, mis je ook niet... Ik was Gerrit Visser in feite langzamerhand vergeten. Maar een paar weken geleden las ik een bericht in de krant waardoor ik ineens weer aan hem moest denken. Er werd gemeld dat de 94-jarige Coba Visser uit het Drentse Anloo werd vermist. Voor een misdrijf werd gevreesd. Visser uit Anloo? Er begon iets te knagen. Het bleek dat de bejaarde vrouw al op 15 september van het jaar daarvoor was verdwenen, maar dat haar 57-jarige zoon, met wie ze samenwoonde, geen alarm had geslagen. En wie was die zoon? Jawel, 'onze' Gerrit Visser uit Anloo. Hij was gearresteerd op de verdenking de hand te hebben gehad in de verdwijning van zijn moeder. Justitie moest hem wegens gebrek aan bewijs na een paar dagen weer vrijlaten. Hij zei niet te weten waar zijn moeder was gebleven: 'Ik denk dat ze dood is. Er zijn wel eens mensen aan de deur geweest die iets van haar wilden. Misschien hebben zij haar wel meegenomen. Ik heb geen idee.' Hoewel het een ernstige zaak is, moest ik glimlachen. De man die jarenlang de oplossing van élke moord in Nederland wist, had nu het uitgerekend de verdwijning van zijn moeder betrof 'geen idee'. Of zou hij met alle door hem opgedane 'kennis' nu soms zelf de perfecte moord hebben gepleegd?

De bekentenis

De werkelijke toedracht van de moord op bingo-koning John Bestebreurtje (1988)

In de zomer van 1988 werd in Rotterdam de bekende bingo-koning John Bestebreurtje achter het stuur van zijn Mercedes vanaf een motorfiets doodgeschoten. De daders werden na slepende processen tot vijftien jaar cel veroordeeld. Toch bleef er altijd een waas van geheimzinnigheid om de moord hangen. Had Justitie wel de goede opdrachtgever te pakken? En wie vuurde nu eigenlijk de dodelijke kogels af? Nadat de zaak juridisch was afgedaan, sprak ik in de gevangenis uitvoerig met de toen 37-jarige Rick uit den Boogaart. Hij vertelt voor het eerst de werkelijke toedracht van de liquidatie en bekent: 'Ik was de man achter op de motor en ik schoot Bestebreurtje dood.' Maar ook: 'Justitie heeft niet de goede opdrachtgever veroordeeld. Hij zit onschuldig.' Hier volgt de echte ontknoping van een van de meest geruchtmakende moordzaken uit de jaren tachtig.

De toedracht

Bingo-koning John Bestebreurtje en zijn toen 37-jarige vrouw Will reden die zaterdagochtend van de twaalfde augustus 1988 tegen halftien weg bij hun woning aan de Plasoord 17 in de Maasstad, om naar hun nieuwe woning in het Belgische plaatsje Schoten te gaan kijken. Johan Adolf Bestebreurtje, een op dat moment 42-jarige selfmade man, die rijk geworden is in de bingo en bekendheid geniet vanuit de motorsport, draaide zijn rode Mercedes Cartier, via de Straatweg en de Statenlaan de Rotterdamse Kleiweg op en moest even later op de kruising met de Uitweg stoppen voor het rode licht. Het gevaar kwam van achteren. En aan de voorkant kon Bestebreurtje niet weg, want er stond nog een auto voor hem. Een Honda-motorfiets, type CM 400 T, met twee gehelmde mannen erop, manoeuvreerde zich op de tramhalte naast de Mercedes. De man achterop keek even door het raampje in de auto, haalde vervolgens een vuurwapen tevoorschijn en schoot dwars door het portierraampje heen: John Bestebreurtje was kansloos. De bingo-koning werd geraakt door acht kogels waaronder één in zijn hart en overleed ter plekke. Zijn vrouw liet zich tijdens het vuursalvo in paniek uit de auto op het asfalt van de Kleiweg glijden. De motor met de twee mannen scheurde ervandoor. John Bestebreurtje zakte zwaar getroffen naar de passagiersstoel en hield alleen met zijn duim en wijsvinger van zijn rechterhand het stuur nog vast...

Zo kwam er op zaterdag 12 augustus 1988 een einde aan het bewogen leven van John Bestebreurtje. 's Morgens om 09.40 uur precies was de rekening vereffend. Vereffend ja, want hoewel de recherche nog heel wat moeite zou moeten doen om de daders te achterhalen, stond één ding al vrijwel direct vast: de aanslag op de flamboyante bingo-koning was geen verrassing. Het was niet zozeer de vraag óf het zou gebeuren, maar meer wannéér. De gebruikte methode – een schutter op een motorfiets die zijn slachtoffer snel en van achteren nadert – was toen tamelijk revolutionair, maar zou later een zeer gangbare manier worden om liquidaties uit te voeren.

De aanleiding

De 'oude rekening' was het gevolg van een schietpartij met dodelijke afloop op het station Hollands Spoor in Den Haag in februari 1987, bijna anderhalf jaar voor de dood van John Bestebreurtje. Bij die schietpartij werd de toen 33-jarige Willem Scheffer, telg uit een beruchte Haagse familie, gedood. De fatale kogel werd afgevuurd door een lijfwacht van... John Bestebreurtje, die eveneens aanwezig was en ook door de rondvliegende kogels werd getroffen. Het treffen op het station was het gewelddadige sluitstuk van een slepend conflict dat tussen de Scheffers (Haagse gok) en Bestebreurtje (Rotterdamse gok) was gerezen over het exploiteren van winstgevende bingohallen.

De familie Scheffer verdacht Bestebreurtje er ten onrechte van ervoor gezorgd te hebben dat zij geen vergunning kregen voor een bingohal in Wateringen. Over en weer was er al minder vriendelijke taal geuit en Bestebreurtje liet zich om die reden ook bijna altijd vergezellen door gewapende bodyguards, want de Scheffers stonden bekend als een hechte familieclan die bij moeilijkheden niet naar de wijkagent liep, maar de boontjes zelf wel even dopte. Blauwe bonen in dit geval.

Het was de bedoeling van Bestebreurtje om het conflict met de Scheffers op het station 'uit de wereld te helpen', maar daar werd een wel erg letterlijke uitleg aan gegeven. Het was, wat je noemt, direct bingo: Willem Scheffer werd door een bodyguard van Bestebreurtje na een korte woordenwisseling doodgeschoten en zijn toen 25-jarige broer Cor Scheffer raakte gewond. Insiders voorspelden toen reeds dat de Scheffers de dood van Willem zouden willen wreken. John Bestebreurtje zelf hield daar ook ernstig rekening mee. Hij gedroeg zich zenuwachtig, wilde verhuizen naar België, had vaak lijfwachten om zich heen en ging zich steeds vaker te buiten aan drugsgebruik om de harde werkelijkheid even te ontvluchten...

Het gevolg

Het rechercheonderzoek naar de moord op Bestebreurtje spitste zich dan ook al snel toe op het Holland Spoorverleden en de oorlog tussen de Haagse en Rotterdamse bingowereld. Er kwamen bij de politie in de Maasstad ook de nodige anonieme tips binnen die bevestigden dat de dood van de bingo-koning een wraakoefening was, waarvoor de familie van Willem Scheffer had getekend.

Na een intensief onderzoek verrichtte de recherche een aantal arrestaties en de voorspellingen (b)leken uit te komen. De twee belangrijkste arrestanten waren: Rick uit den Boogaart, een dan 31-jarige Belg, ex-legionair en vanwege zijn goede contacten in de Chinese onderwereld ook wel 'Rik de Chinees' genoemd, en... Cor Scheffer, de al eerder genoemde broer van Willem. Het onderzoek wees uit dat Rick en Cor met elkaar bevriend waren geraakt in de Bijlmerbajes, waar Scheffer vanwege de schietpartij op het Haagse station zat en Uit den Boogaart in afwachting was van een uitlevering aan België.

Cor Scheffer ontkende ook maar iets met de liquidatie van John Bestebreurtje te maken te hebben gehad en deed er tijdens de verhoren voornamelijk het zwijgen toe. Rick uit den Boogaart, die geconfronteerd werd met belastende getuigenverklaringen en technisch bewijs, gaf toe dat hij 'iets met de moord te maken had'. Wie er nu precies op de motorfiets zat en wie de schutter was, zei hij echter niet. Wel ontkende hij vanaf het begin dat Cor Scheffer bij de uitvoering betrokken was geweest.

Voor het Gerechtshof in Den Haag beweerde Uit den Boogaart dat niet Cor Scheffer bij de moord betrokken is geweest, maar diens zwager Henk van Reeken, een in de Haagse onderwereld gevreesde figuur, wiens naam in verband met meer moordaanslagen is genoemd, waaronder een op zijn eigen vader. Van Reeken en de doodgeschoten Willem Scheffer waren 'bloedgabbers' van elkaar en compagnons-in-duistere-zaken. Als er iemand getroffen was door de dood van Willem, dan was het Henk van Reeken wel, aldus het verhaal van Uit den Boogaart.

De betrokkenheid van Van Reeken was eerder tijdens het proces al onthuld door Rika Scheffer, de zus van hoofdverdachte Cor Scheffer, die met Henk getrouwd was. Voor het Gerechtshof verklaarde zij dat Henk van Reeken haar in januari 1989 – Cor Scheffer was toen al voor de moord op Bestebreurtje gearresteerd – had toevertrouwd dat hij achter de liquidatie zat. Rika Scheffer toen: 'Henk zei: *maak jij je nu maar geen zorgen om Cor, want die komt toch wel thuis. Want ik heb het gedaan en heb daar anderen bij betrokken.*' Rika kwam overigens pas met haar verrassende getuigenis op de proppen toen de zaak al in hoger beroep diende. Naar haar zeggen had ze er niet eerder over durven praten, maar nu kon zij niet langer verdragen dat haar broer Cor onschuldig in de cel zat.

Hoewel Justitie er altijd op heeft gezinspeeld dat de verklaring van Rika Scheffer door de verdediging van haar broer Cor was georkestreerd, waren er vanaf het begin wel degelijk aanwijzingen dat Henk van Reeken bij de moord betrokken kon zijn. Niet alleen kwamen er bij de Rotterdamse politie een paar concrete tips binnen die Van Reeken als dader noemden, maar ook waren er verklaringen van enkele getuigen uit onverdachte hoek, die een uur na de aanslag op Bestebreurtje de twee daders hebben zien lopen op een volkstuintjescomplex aan de Zestienhovensekade in Rotterdam en die onafhankelijk van elkaar beweerden dat een van de mannen een flinke tatoeage op z'n bovenarm had. Voor het Hof werd aangetoond dat Cor Scheffer geen tatoeages op zijn armen had, maar zijn zwager Henk van Reeken wel. Het Gerechtshof bleef echter sceptisch, te meer omdat Henk van Reeken niet meer in staat was die beschuldiging te weerleggen: want, doden spreken niet. Samen met zijn broer Jan was hij op vrijdagavond 10 maart 1989 – ruim een halfjaar na de moord op Bestebreurtje – op brute wijze zelf geliquideerd. De twee broers werden die avond in hun Mercedes buiten de bebouwde kom van Rijsbergen bij een camping aangetroffen en waren vanaf de achterbank doodgeschoten. De politie vermoedde dat zij in een drugsaffaire waren verwikkeld. Merkwaardig was dat de broers allebei hun paspoort bij zich hadden toen zij werden vermoord. De dubbele moord is nooit opgelost en van een verband met de zaak Bestebreurtje is evenmin gebleken.

Het Gerechtshof veroordeelde Rick uit den Boogaart en Cor Scheffer uiteindelijk allebei tot vijftien jaar cel (na een eis van achttien jaar), ondanks dat op veel punten twijfel bleef bestaan en andere aspecten van de zaak totaal niet uit de verf kwamen. Het arrest van het Gerechtshof was vaag omdat men gewoon niet wist wie er nu precies wat gedaan had. De rechtbank was er eerder van uitgegaan dat Cor op de motor had gezeten bij de liquidatie van Bestebreurtje, maar het Hof vond dat dit niet aangetoond kon worden en 'haalde hem er weer van af' en bestempelde Scheffer nu als 'uitlokker'. En Rick uit den Boogaart, wat had hij nu gedaan? Goed, hij had 'betrokkenheid' toegegeven, maar zat hij op de motor? Was hij de schutter?

De zaak-Bestebreurtje werd gesloten, veel vragen bleven.

De bekentenis

Het is vier jaar na die zaterdagochtend waarop John Bestebreurtje bij het verkeerslicht aan de Kleiweg werd doodgeschoten, als ik Rick uit den Boogaart in de gevangenis opzoek. De Belgische ex-legionair, zevenendertig jaar nu, zit in de Extra Beveiligde Inrichting (EBI) van gevangenis De Schie in Rotterdam. Hij wordt als zeer ontsnappingsgevaarlijk beschouwd, zeker nadat hij in februari 1990 betrokken was bij de eerste helikopterontsnapping uit gevangenis De Marwei in Leeuwarden. Uit den Boogaart bungelde al aan de heli waarmee de Turkse drugshandelaar Halil H. wist te ontkomen, maar viel op het laatste moment terug op de luchtplaats.

De afgelopen jaren heb ik regelmatig met Uit den Boogaart over de zaak-Bestebreurtje gesproken en gecorrespondeerd, waarbij hij steeds bleef beklemtonen dat de zaak 'anders' in elkaar stak en Cor Scheffer onschuldig in de gevangenis zit. Op deze dag, zo heeft hij mij aangekondigd, zal hij vertellen wat er werkelijk is gebeurd en wat er aan de geruchtmakende liquidatie vooraf is gegaan. In het kleine, hermetisch afgesloten 'advocatenkamertje' dat ons is toegewezen, is het warm en benauwd. Uit den Boogaart schuift onwennig op zijn stoel en het lijkt alsof hij aarzelt een begin te maken. Dat blijkt te kloppen. Hij lacht even verlegen en zegt dan: 'Het valt niet mee om hier zomaar over te praten, alles te vertellen. Dat is helemaal tegen onze natuur in. In ons milieu praten we nooit openlijk over wat we gedaan hebben...'

Het verhaal begint in het voorjaar van 1987. Rick uit den Boogaart en Cor Scheffer zitten dan samen in de Bijlmerbajes. De twee mannen kunnen het goed met elkaar vinden en spreken af elkaar op te zoeken als de straf erop zit. Uit den Boogaart wordt half juni van dat jaar voor een korte celstraf uitgeleverd aan België. Uit den Boogaart: 'Aan de vooravond van mijn invrijheidstelling in 1988 belde ik naar de familie Scheffer in Den Haag. Ik had met Cor afgesproken dat we in België wat illegale loterijen zouden opzetten. Ik kende daar de juiste mensen in het milieu en de Scheffers hadden de loterijkennis in huis. Dat was een mooie combinatie.'

Cor Scheffer was echter niet thuis toen 'de Belg' belde, maar Rick kreeg wel Henk van Reeken aan de lijn, de zwager van Cor en voormalig compagnon van de doodgeschoten Willem Scheffer. 'Ik vertelde Henk dat ik de volgende dag vrij zou komen en naar Holland wilde. Hij bood toen direct aan om mij te komen halen. En inderdaad, de volgende dag stond hij met een Mercedes 300 voor de deur. We reden naar Amsterdam, waar een vriendin van mij woonde, en onderweg begon Henk erover...'

Uit den Boogaart pauzeert even. *Begon Henk erover...* betekent in dit geval: begon Henk over het vermoorden van John Bestebreurtje. Uit den Boogaart knikt: 'Ja, hij zei mij dat hij het zelf al had geprobeerd met een brandbom in Bestebreurtjes auto, maar dat dit was mislukt. Het was Henk z'n bedoeling hem op te blazen in z'n auto en voor dat doel had hij al staven dynamiet uitgeprobeerd in de polder.' (Terzijde: op vrijdag 8 januari 1988 is de Mercedes van John Bestebreurtje bij zijn woning aan de Plasoord in Rotterdam inderdaad enkele minuten na zijn thuiskomst in brand gevlogen. Uit rechercheonderzoek bleek dat het om brandstichting ging.) Uit den Boogaart weer: 'Henk zei me dat hij veel verhalen over mij had gehoord en vroeg of ik hem wilde helpen. Henk vertelde dat Cor Scheffer het moeilijk had met de dood van zijn broer en het feit dat hij voor die schietpartij bij het station Hollands Spoor gevangenisstraf had gekregen. Henk benadrukte dat Cor er daarom niks van mocht afweten, hij had al ellende genoeg gehad. Henk was zelf erg gebeten op Bestebreurtje, zo bleek mij. Willem was zijn compagnon, z'n bloedgabber. Henk vond ook dat zijn eigen aanzien in het milieu was geschaad. *Ze lopen over ons heen*, mopperde hij. Henk zei dat de zaak hem een ton waard was. Het ging mij in de eerste plaats echter niet om het geld, maar om de contacten met hem. Henk was een grote.'

In de weken die daarop volgden, overlegde Uit den Boogaart dikwijls met Van Reeken over de mogelijke liquidatie van Bestebreurtje, die daarvoor de plastische codenaam 'Worstenbroodje' meekreeg. Uit den Boogaart: 'Henk kreeg haast, want hij had gehoord dat Bestebreurtje naar Amerika wilde. Ik had er eigenlijk niet veel trek in, had in ieder geval geen haast, want ik was net vrij, maar uiteindelijk heb ik me laten overhalen.'

De liquidatie

In die periode begon het 'afleggen' van het doelwit. Rick riep daarvoor de assistentie in van zijn broers Erwin en Philip en trof samen met Henk van Reeken de voorbereidingen. Er werd een motorfiets aangeschaft en wapens, helmen en een verrekijker, waarmee de woning van Bestebreurtje aan de Plasoord werd geobserveerd. 'Dat afleggen was moeilijk,' aldus Uit den Boogaart, 'het viel daar nogal op. We konden net zo goed een bord meenemen waar op stond: hier zijn we! In de loop van juli, augustus van dat jaar ben ik daarom vooral 's morgens vroeg en 's avonds een paar keer met Henk wezen kijken. We hadden de spullen ondertussen allemaal klaarstaan. Wat ons betreft was het wachten op een goede gelegenheid. Het plan was dat we hem vanaf de motor op straat zouden neerschieten, omdat we dan het snelste konden wegkomen.'

Die goede gelegenheid diende zich op zaterdag 12 augustus 1988 aan. Uit den Boogaart: 'Henk en ik gingen die ochtend weer kijken, eigenlijk een beetje op de bonnefooi, want we wisten natuurlijk nooit zeker of en wanneer hij weg zou gaan. Voor hetzelfde geld sliep hij tot twaalf uur uit. Het was ongeveer kwart over negen toen we hem ineens naar buiten zagen komen. Henk en ik keken elkaar bijna verrast aan. *Hebben we alles?* vroeg Henk. Ja, we hadden alles bij ons, de donkere integraalhelmen, wapens, speciale kleding. *Kom op!* zei Henk, *nu dan*. We reden onopvallend achter de rode Mercedes van Bestebreurtje aan en zagen dat hij op de Kleiweg bij het verkeerslicht moest wachten. Wij stonden er een paar auto's achter. Henk maakte een beweging met z'n hoofd, waarmee hij mij vroeg: wat doen we? Ik zei: 'Nu!' en gebaarde hem de tramheuvel op te rijden en naast de auto van Bestebreurtje te gaan staan. Ik haalde ondertussen mijn Browning 7.65 uit mijn zak. Toen de motor naast de wagen stilstond, keek ik even snel naar binnen, want ik had op de passagiersstoel ook iemand zien zitten en dacht dat het misschien een bodyguard was. Het was echter z'n vrouw.'

Kleine zweetdruppeltjes parelen op het voorhoofd van Uit den Boogaart als hij in dit stadium van zijn bekentenis is beland. Is het de warmte van het praathokje waar we zitten? Of speelt de herinnering mee? Uit den Boogaart doet dan voor hoe hij heeft geschoten en gaat staan: wijdbeens, om door een onverwachte beweging van de motor en de terugslag van het wapen niet uit balans te raken. Zijn arm met het pistool gestrekt. 'Bij het eerste schot viel het portierraam in gruzelementen. Daarna heb ik nog een aantal keren geschoten en gekeken of hij dood was en niet deed alsof. Ik zag dat hij morsdood was. Vervolgens zijn we weggescheurd en heb ik het wapen in het water van de Overschiese Kleiweg gegooid. Kort daarna zijn we dat volkstuintjescomplex opgelopen, waar die mensen ons dus gezien hebben.'

Na de geslaagde liquidatie en het opruimen van zo veel mogelijk bewijsmateriaal, besloot Rick uit den Boogaart een poosje uit beeld te verdwijnen en vertrok naar een wel heel bijzonder onderduikadres: de woning van Jan I., een dan 57-jarige gevangenisbewaarder die hij in de Bijlmerbajes had leren kennen en die er wel heel ruime normen van resocialisatie op na hield.

Ome Jan, zoals Jan I. door Rick werd genoemd, woonde in Hoogland, onder de rook van Amersfoort, en stond zijn woning voor duizend gulden per maand bereidwillig af. Waar kun je beter zitten als onderduikende crimineel, dan bij de kachel van een gevangenisbewaarder? Ome Jan I. verleende allerlei hand- en spandiensten aan Rick en diens vriendin. Hij huurde bij de bank een kluisje, haalde er op gezette tijden wat geld uit en reed ook een keer met Uit den Boogaart naar Den Haag om daar, bij het bedrijf van de Scheffers, een briefje af te geven. En op de avond van Ricks komst, wees de gevangenbewaarder Uit den Boogaart hulpvaardig op een vijver in de buurt, waarin vervolgens een plastic tas met geluiddemper en broek werd gedumpt die bij de liquidatie waren gebruikt. Uit den Boogaart: 'Voor ik vertrok naar Hoogland, had Henk mij die spullen gebracht met het verzoek ze weg te werken. Ik vroeg Jan I. toen of hij daarvoor een sloot in de buurt wist en 's avonds zijn we daar toen naartoe gewandeld en heeft hij dat in het water gegooid.' (Terzijde: Jan I. heeft dit later hardnekkig ontkend, maar toen de brandweer het vijvertje droogpompte, werden de geluiddemper en broek wel degelijk gevonden.)

Alle voorbereidingen ten spijt, werd Rick uit den Boogaart enige tijd later toch gearresteerd en, naar hij zegt, tot zijn verbazing Cor Scheffer ook. 'Cor had er helemaal niets mee te maken, maar aanvankelijk vond ik het niet zo erg dat ze hem als dader zagen, want daarmee zaten ze op een verkeerd spoor. Henk zou daardoor mooi buiten schot blijven en mijn rol zou misschien ook wel onduidelijk blijven. Ik dacht daarom: *het gaat goed, want het gaat verkeerd*, als je snapt wat ik bedoel. Ik ging ervan uit dat na enige tijd wel zou blijken dat ze tegen Cor helemaal geen bewijs hadden en hij weer vrij zou komen.'

Dat gebeurde echter niet. 'Ik merkte in de verhoren en tijdens de rechtszittingen wel dat ze er op voorhand van uitgingen dat Cor erbij betrokken was. Hij móést het gewoon gedaan hebben, daar was geen praten tegen.' Volgens Uit den Boogaart is er in deze zaak veel gelogen, gedraaid en gemanipuleerd: 'Neem nou die gevangenisbewaarder. Die man heeft ik weet niet wat gedaan, heeft allerlei dubieuze contacten met criminelen, maar wordt dan door Justitie als een soort kroongetuige opgevoerd, die van alles en nog wat verklaart. Het gekke is dat hij door Justitie niet ontslagen is. Volgens mij is er met die man gewoon een deal gemaakt: als je verklaart wat wij willen, mag je je baantje houden.'

Zowel voor de rechtbank als het Gerechtshof ontstond er – door toedoen van de advocaten Boone en Doedens – weliswaar ernstige twijfel aan de betrokkenheid van Cor Scheffer en de rol van Van Reeken, maar Uit den Boogaart gaf toen hij zelf werd verhoord geen uitsluitsel over de gebeurtenissen. Waarom eigenlijk niet? Uit den Boogaart: 'Er stond een straf van vijftien tot twintig jaar op het spel. Omdat er twijfel was over wie er nu precies op die motor had gezeten en wie er had geschoten, hoopte ik de dans te kunnen ontspringen, door gebrek aan bewijs. En ik ging ervan uit dat het bewijs tegen Cor Scheffer er al helemaal niet was en dat hij zeker zou worden vrijgesproken. Daarom heb ik niet alles verteld: bekennen is om straf vragen in ons milieu.'

Waarom dan nu wel praten? Rick uit den Boogaart: 'Alle rechtsmiddelen zijn inmiddels uitgeput, dus van die kant is er formeel niets meer te verwachten. Cor Scheffer zit echter onschuldig en die gedachte vind ik onverteerbaar. Dit is geen truc of opzetje van mij, ik heb Scheffer na de veroordeling nooit meer gezien of gesproken. Ik vertel dit op eigen initiatief: het is de waarheid en niets dan de waarheid. En denk maar niet dat ik het zo leuk vind om dit te vertellen: het is nogal niet wat om hardop te zeggen: ja, ik schoot, ik was de moordenaar. Daar word ik echt niet beter van, integendeel...'

Naschrift

Het relaas van Rick uit den Boogaart heeft ervoor gezorgd dat mr. P. Doedens, de advocaat van Cor Scheffer, het dossier Bestebreurtje weer uit zijn archief heeft gehaald. Mr. Doedens: 'Het is een zeer interessante verklaring van meneer Uit den Boogaart. De hele kwestie is voor rechtbank en Hof eigenlijk zeer onbevredigend afgehandeld. Er bleven heel veel vragen open, of er kwam maar een half of onjuist antwoord op. Uit den Boogaart bevestigt nu wat wij altijd hebben beweerd, namelijk dat mijn cliënt onschuldig is en de liquidatie de opdracht was van Henk van Reeken. De vraag is echter of hiermee nog wat gedaan kan worden. In feite zijn we uitgeprocedeerd en een revisie, een herziening, krijg je in Nederland niet snel. Dan moet er sprake zijn van nieuwe feiten. Dat zijn dit wel, maar het punt is dat wij tijdens de processen de mogelijke rol van Henk van Reeken ook al nadrukkelijk onder de aandacht hebben gebracht, onder meer via de verklaring van Rika Scheffer, de vrouw van Van Reeken. Het Hof heeft dat toen min of meer genegeerd en gezegd: we sluiten niet uit dat Van Reeken er ook iets mee te maken heeft, maar de hoofddaders zijn Uit den Boogaart en Scheffer.'

Juridisch heeft de bekentenis van Uit den Boogaart uiteindelijk geen consequenties gehad. Cor Scheffer werd tijdens zijn detentie ernstig ziek, is daardoor voortijdig vrijgekomen, maar kort daarna overleden. Rick uit den Boogaart heeft zijn straf volledig uitgezeten.

De verkeerde afslag van Martin Hoogland

In 1973 zat er op de politieschool Noord-Holland in Amsterdam een jonge knaap, een zekere Martin. Hij was een echte Amsterdammer, veel humor, schrander, type ruwe bolster, blanke pit. Hij doorliep de opleiding fluitend, hoefde er niet veel voor te doen. Hij was populair, mede omdat hij een prima voetballer was en daarmee de eer van de school hooghield. Zijn vader was overleden toen Martin nog jong was. Na verloop van tijd had hij de naam van zijn stiefvader aangenomen, die samen met zijn moeder een slagerij in Amsterdam-West dreef. Met enige regelmaat ging Martin 's middags met een paar opleidinggenoten bij hen langs om zich eens een goed maal voor te laten zetten, want de dagelijkse kost op de politieschool was niet bepaald haute cuisine.

Na een halfjaar kwam er een leerling op de politieschool, die heel in de verte familie was van Martin. De twee kwamen met elkaar in gesprek en de nieuweling vroeg of Martin soms een kind was van die en die... Martin knikte bevestigend. Hoezo? De aspirant-agent vertelde dat hij zijn vader kende. Martin sprak dat tegen: dat kon niet, zijn vader was al heel lang dood. Welnee, zei de jongeman, je vader leeft en heeft een kroeg in de buurt van de Kinkerstraat. Geschokt, maar ook nieuwsgierig, ging Martin een paar dagen later stiekem kijken. In één oogopslag zag hij dat de aspirant-agent de waarheid had gesproken: achter de tap stond een oudere versie van hemzelf. Na een emotionele ontmoeting ontstond er een contact tussen vader en zoon. Een relatie die niet veel later door Martin ook weer werd verbroken, toen hij vermoedde dat zijn biologische vader het met bepaalde dingen niet zo nauw nam. Dat kón niet, vond hij als aankomend agent die geacht werd de wet te dienen.

Na de opleiding kwam Martin bij de Mobiele Eenheid en liep stage in een van de hoofdstedelijke districten. Hij werd gezien als een prima diender. De enige kanttekening die zijn mentor maakte, was dat hij wel nog erg jong was en misschien beter eerst wat kon 'rijpen' in een buitendistrict. Na een paar jaar zou hij dan geschikt zijn voor het grotere stadswerk. Martin werd daarom geplaatst op het bureau Mosplein in Amsterdam-Noord, intern spottend aangeduid als het 'boerendistrict'. Het was daar overigens wel de bedoeling dat jonge agenten eens in de zoveel tijd een late middagdienst draaiden op het bureau Warmoesstraat, wat in vergelijking met het 'brave' Mosplein een Sodom en Gomorra was. Martin kreeg zodoende de smaak van de binnenstad te pakken en nam dikwijls vrijwillig diensten van collega's over. Nog weer een poosje later vroeg hij overplaatsing naar de politiepost in de warme buurt aan. Ex-collega's zouden later zeggen dat dit het begin van het einde voor Martin was. Het rapport van zijn mentor, die stelde dat hij echt een aantal jaren op een buitendistrict moest zitten, werd genegeerd. Martin draaide voortaan zijn diensten op de beruchtste vierkante kilometer van Nederland, en langzaam maar zeker veranderde hij.

Martin kreeg nieuwe vrienden van een verkeerd slag en ging stappen in 'foute tenten' op het Rembrandtplein. Collega's begonnen hem een beetje te wantrouwen. Toen hij een keer met een dure ring voor zijn vriendin aankwam, die hij 'voor een habbekrats' in een louche zaak had gekocht, fronsten zijn collega's de wenkbrauwen. Een van hen vraagt zich nog steeds af waarom hij Martin toen niet de huid vol heeft gescholden. Misschien was er nog een weg terug geweest. Nu ging het alleen maar verder...

Martin werd ook wel eens betrapt terwijl hij in diensttijd 'een bakkie deed' bij een prostituee. En nog weer later werd hij daar ook na diensttijd soms gesignaleerd. Men vond het toen geen 'zuivere koffie' wat hij daar dronk. Collega's en klasgenoten van de politieschool gingen hem mijden. Er deden steeds meer geruchten over hem de ronde. Zijn collega's voelden intuïtief aan dat omgang met Martin een risico kon inhouden voor het welslagen van hun eigen carrière. Later hoorden ze dat Martin onvrijwillig was overgeplaatst. Een paar jaar nadien was hij de dienst uitgezet.

Deze Martin is de Martin Hoogland die op 18 maart 2004 in Hoorn koelbloedig werd geliquideerd toen hij een paar uur verlof uit de plaatselijke gevangenisinrichting had. Martin was de man die in 1991 maffiabaas Klaas Bruinsma bij het Hilton-hotel had doodgeschoten. Hij zat toen tot zijn nek in de misdaad en maakte deel uit van een gevreesde groepering Joegoslaven. Hij stond in het milieu bekend als Martin de Rechercheur, maar is alleen maar uniformagent geweest. Bij de Amsterdamse politie is hij uiteraard verguisd, maar niet vergeten. Een ex-collega die hem jarenlang heeft meegemaakt, schreef mij in de week na de moord op Martin: 'Ik vraag me af: hoe kan een goed mens, een leuke kerel, zo diep vallen? Verdorie, ik denk wel eens dat we het hadden kunnen voorkomen, als we maar met elkaar gepraat hadden, maar zo was de politiecultuur toen niet. Hij heeft natuurlijk zelf de verkeerde afslag genomen, foute dingen gedaan, maar als wij anders, beter met hem om waren gegaan, was zijn leven waarschijnlijk niet zo gelopen.' De ex-collega schreef tot slot: 'Ik vind dit triest. Met name voor die verschrikkelijk nette en aardige moeder en stiefvader die hij had. Die mensen moeten verder leven met deze ellende. Dat mag ook wel eens worden gezegd.'

Bij deze.

Geachte moordenaar...

Er wordt wel eens gezegd dat je, als je de welvaart en beschaving van een land wilt peilen, een kijkje moet nemen in de gevangenissen. Daar zie je snel welke normen en waarden een land heeft. Gevangenissen zijn meestal een sluitpost, waarvoor de bevolking en politici liever de hand zo veel mogelijk op de knip houden. De behuizing, de medische verzorging, de hygiëne, de aan- of afwezigheid van sport- en recreatievoorzieningen en werkprojecten, de keukenkwaliteit, het niveau van de bewaarders en de celinrichting, vormen doorgaans een voortreffelijke graadmeter voor de leefsituatie in de rest van het land. Welvaartsstaat Nederland is internationaal gezien regelmatig geprezen om het gevangeniswezen: het gold als humaan, met goede voorzieningen. Dit in weerwil van het feit dat volgens mij veel Nederlanders het liefst zouden zien dat criminelen op water en brood worden opgesloten in koude kerkers, waarvan men de sleutel is kwijtgeraakt...

De laatste jaren staat het beeld van een verzorgd gevangeniswezen behoorlijk onder druk. Er is een cellentekort en om te voorkomen dat gedetineerden voortijdig moeten worden vrijgelaten of, nog erger, helemaal niet worden opgesloten, verzint men alternatieven. De bouw van nieuwe gevangenissen gaat te langzaam, dus moeten er meer mensen in één cel en als dat niet genoeg is desnoods in een bezemkast. Niet omdat dit uit bijvoorbeeld resocialisatie-oogpunt beter is, maar eigenlijk alleen maar omdat men de zaken niet voor elkaar heeft en er bezuinigd moet worden. De bevolking is massaal voor – men is überhaupt nooit tegen een strengere aanpak op dit gebied. Dat bewaarders en gevangenisdirecties om veiligheidsredenen grote reserves hebben, doet er niet toe. En wat de gedetineerden er zelf van denken, is natuurlijk helemaal niet interessant.

Er wordt mij vaak gevraagd wat ik ervan vind. Ik houd mensen dan het volgende voor: stel, ik stop jou en je partner met twee van je beste vrienden in een vakantieappartement dat ietwat aan de kleine kant is, maar verder alle denkbare luxe en comfort heeft. Je moet de badkamer en keuken delen. Je mag het zo gezellig maken als je wilt. Dat klinkt dan goed, maar toch verzeker ik je dat reeds na drie weken de onderlinge spanningen hoog opgelopen zullen zijn en de hechte vriendschap aan het eind vaak voorgoed voorbij is. En dan gaat het dus om vrienden in een vakantiestemming... Maar zo werkt het als je met elkaar op een paar vierkante meter zit. Bedenk eens hoe dat gaat met vreemden uit vaak verschillende culturen, die tegen hun wil worden opgesloten in een klein celletje en niet elkaars beste vrienden zijn. Niet drie weken, maar bijvoorbeeld drie jaar. Of dertien jaar. En niet in alle gezelligheid, maar in een vijandige sfeer. Nu zult u zeggen: nou, dan hadden ze maar geen misdrijf moeten plegen, eigen schuld. Ik begrijp dat, maar zeg ook: de straf die men criminelen oplegt, is dat zij hun vrijheid verliezen. Meer niet. En gelooft u mij, ook al heeft je cel twee kleurentelevisies en een douche met gouden kranen, dan nog is dat een maatregel die ieder mens heel, heel zwaar valt. De straf is níét: hoe maak ik het leven van een gedetineerde tijdens zijn opsluiting zo zuur mogelijk. Nee, gedetineerden komen ooit weer op straat en niemand heeft er iets aan als dit gefrustreerde, wraakzuchtige tijdbommen zijn geworden, die ieder moment kunnen afgaan.

In Nederland wordt de discussie over het wel en wee van het gevangeniswezen nog op redelijk bedaarde toon gevoerd. Dat het ook anders kan, merkte ik toen ik in het najaar van 2003 voor een jaarlijks voetbaluitje een weekeinde in Londen verbleef en daar de krant kocht. In de kiosk blokletterde de *Daily Express*, naar eigen zeggen *The world's greatest newspaper*, verontwaardigd op de voorpagina: 'NOW PRISONERS MUST BE CALLED MISTER', ofwel: gedetineerden moeten met 'meneer' worden aangesproken. Volgens de krant is er in het land een *uproar* uitgebroken toen dit bekend werd. Het artikel noemt het 'een krankjorum voorbeeld van politieke correctheid'. Binnen in de krant wordt er nog een pagina aan gewijd en zien we de ongebalkte foto's van drie beruchte kindermoordenaars, met daarboven de kop: WEES BELEEFD TEGEN DEZE MOORDENAARS, JE MOET ZE MENEER NOEMEN. Kennelijk zouden ze de betrokkenen liever aanspreken met *bloody bastard*.

In Nederland zie ik het niet zo gauw gebeuren dat over de 'aanspreektitel' van gedetineerden rumoer ontstaat. U kijkt er misschien van op, maar bewaarders en gedetineerden gaan over het algemeen tamelijk relaxed met elkaar om. Ze zijn immers letterlijk en figuurlijk tot elkaar veroordeeld en hebben er wijselijk voor gekozen normaal te doen, anders hebben beiden geen leven. Soms moet je jarenlang met elkaar optrekken, of je wilt of niet. Bewaarders noemen gedetineerden bij hun achternaam, maar vooral langgestraften worden meestal gewoon bij hun voornaam aangesproken. Het is je en jij. Verzoeken of mededelingen worden op normale toon gedaan en er wordt op gezette tijden ook gelachen of gesport met elkaar. De bewaarder is er om de zaken correct te laten verlopen, niet om de gedetineerde te sarren of voortdurend met opgeheven vinger zijn misse daden in te wrijven. Dat doet de officier van justitie of rechter wel. En hoewel ik weet dat veel mensen er gevoelsmatig anders over denken, zeg ik: zo hoort het, ook al hebben de gedetineerden een strafblad waar je 'u' tegen zegt...

De dood van Lange Bert

Op 14 februari 1998 deed de Nederlandse politie in het Spaanse Fuengirola een grote vangst: een van Nederlands meest gezochte drugshandelaren Henk Orlando Rommy, alias de Zwarte Cobra, werd er op een terrasje gearresteerd. En dat was allesbehalve stom toeval. De recherche was naar de schuilplaats van de Cobra geleid door de Rotterdamse beroepscrimineel Bert Schilder, alias Lange Bert, die Rommy om allerlei redenen liever áchter de tralies zag dan ervoor. Zo gesmeerd als de arrestatie verliep, zo gecompliceerd waren echter de naweeën. Door een stomme verspreking van een Nederlandse rechercheur begreep de Zwarte Cobra direct dat hij was verlinkt door Lange Bert. En de Cobra heeft in de onderwereld toevallig wel een reputatie waarmee niet te spotten is. In een van de politiedossiers die over hem zijn aangelegd staat de volgende, veelzeggende zin: 'Het is opvallend hoeveel mensen die zaken hebben gedaan met Henk Rommy een gewelddadige dood sterven.' *Need I say more?* De politie erkende de gemaakte fout en dat leidde ertoe dat Bert Schilder in een zogenaamd getuigenbeschermingsprogramma werd opgenomen. Hij sloot een contract met de minister van Justitie en kreeg een nieuwe identiteit. Hij ging voortaan als Bram Swaluw door het leven in plaats van als Bert Schilder en vertrok naar een geheime, zonnige bestemming aan de andere kant van de wereld. Waar dat was mocht niemand weten en Schilder moest ook zwart op wit beloven dat hij met niemand meer contact zou opnemen, ook niet met zijn eigen familie, omdat men anders zijn veiligheid niet kon garanderen. Alle schepen moest hij achter zich verbranden.

Ik kan nu onthullen dat de geheime verblijfplaats Isla Marguerita was, een eiland voor de kust bij Venezuela. Bert Schilder had vijfenveertigduizend gulden meegekregen om daar een nieuw bestaan op te bouwen en kreeg daar ook zijn maandelijkse WAO-uitkering van vijfentwintighonderd gulden overgemaakt. Dat klinkt allemaal best aardig, maar het was niet alleen maar zonneschijn in Venezuela. En ik kan dat weten, want samen met collega Kees van der Spek ben ik in december 2001 een weekje bij Lange Bert op bezoek geweest. Wij hebben toen een reportage over zijn nieuwe leven gemaakt, zonder te vermelden waar we precies verbleven. Ik trof een ongelukkige man, met heimwee, voortdurend geldzorgen en – wat erger was – een gezondheid die hard bergafwaarts ging. Schilder had longemfyseem, was meer dan dertig kilo afgevallen, had het altijd benauwd, kreeg niet de juiste medische verzorging en betaalde zich scheel aan doktoren. Bij zijn contactpersonen van het getuigenbeschermingsprogramma – het Korps Landelijke Politie Diensten (KLPD) in Driebergen – probeerde hij telefonisch begrip te krijgen voor de moeilijke situatie waar hij in zat. Zijn uitkering was met deze kosten te veel om dood van te gaan, maar te weinig om van te leven. Konden ze niet wat meer doen? Maar Schilder, die na de arrestatie van de Zwarte Corbra nog de held was, was nu een blok aan hun been. Toen hij met hen belde, was ik er getuige van hoe stuitend 'Driebergen' zich opstelde. Schilder vroeg eerst of hij kon terugkeren naar Nederland. Nee, dat kon niet, 'de dreiging' was er nog steeds, beklemtoonde contactpersoon 'Jan'. Een terugkeer zou zijn dood worden. Schilder, geestelijk murw en lichamelijk een wrak, zei dat hij er genoeg van had: 'Ik heb geen geld, ik ben beroerd, ik heb het gehad.' Aan de andere kant van de lijn klonk het geïrriteerd: 'Als je terugkomt... trekken wij de stekkers eruit.'

'Jullie laten mij gewoon barsten?' vroeg Schilder voor alle duidelijkheid.

'Verrekken, ja... absoluut,' antwoordde de KLPD-man.

Zo wordt er tegen je gesproken als je een contract met minister hebt afgesloten.

Na een week gingen wij weer weg. 'Potverdomme, Peter... er is niets wat ik liever had gedaan dan met je meevliegen... terug naar huis,' zei Schilder geëmotioneerd toen hij ons op het vliegveld uitzwaaide. Sindsdien belde hij me regelmatig op. Hij werd steeds kortademiger, zijn stem wanhopiger en zijn geldzorgen groter. Ik heb hem een paar keer financieel geholpen, omdat hij volkomen aan de grond zat en zijn schamele woning uitgezet dreigde te worden. Het KLPD kocht uiteindelijk het contract met hem voor een luizige vijfduizend dollar af als 'finale kwijting' en liet hem verder aan zijn lot over. Dat was een stomme zet van Schilder, maar hij stond met zijn rug tegen de muur en had in arren moede de ontbindingsvoorwaarden maar geaccepteerd. Iets was beter dan niets, in zijn kortetermijndenken.

Begin april 2004 belde Bert Schilder me weer op. Zijn stem klonk hees en hijgend. Hij had na lang dubben een beslissing genomen. 'Peter, morgen vertrek ik naar Nederland. Ik houd het niet meer vol. Ik ben doodziek. Het kan me niet schelen wat ervan komt, maar hier ga ik weg. Ik wil naar huis.'

Twee dagen later rinkelde al vroeg de telefoon op mijn kantoor. Het was 'Lange Bert' vanuit het ziekenhuis in Den Bosch. Na zijn aankomst op Schiphol was hij direct opgenomen, in vrij kritieke toestand. De huid op zijn benen was opengebarsten van het vele vocht dat zijn lichaam vasthield. De lange vlucht had dat proces verergerd, maar toch klonk hij vrij monter, blij dat hij weer terug was op Nederlandse bodem. 'Eindelijk goede verzorging,' hijgde hij. Tegelijkertijd vroeg hij me of er geen mogelijkheid was toch het KLPD nog aan te spreken. Ik beloofde Schilder dat ik snel bij hem zou langskomen. 'Maar laat eerst maar een weekje aan je dokteren,' zei ik, 'de rest komt later wel.' Anderhalve dag later werd ik gebeld dat Bert Schilder in een coma was gegleden, een hartstilstand had gekregen en was overleden. Slechts zesenveertig jaar oud. Uitgemergeld door de jaren dat hij op de vlucht was geweest onder regie van ons koninkrijk. Het KLPD had in één ding gelijk: zijn terugkeer zou zijn dood worden... Zij hebben hem inderdaad laten verrekken. Drie dagen daarna was ik bij zijn begrafenis in het Brabantse Oss. Van het KLPD of van Justitie was er – natuurlijk – niemand. De minister van Justitie en de politiemensen zouden slapeloze nachten moeten hebben van zijn dood, maar gaat u er op mijn gezag maar van uit dat zij geen minuut wakker hebben gelegen...

De roofmoord op Jacob Barber

Op de avond van woensdag 14 april 1971 werd in Amsterdam-Buitenveldert de 67-jarige diamantair/goudsmid Jacob Barber op gruwelijke wijze vermoord in zijn woning aan het Nijenburg. Barber had die avond twee klanten op bezoek, een man en een vrouw die juwelen en sieraden wilden bekijken. In het bijzijn van zijn 60-jarige vrouw Rosetta had Barber de twee bezoekers rond negen uur in zijn flat ontvangen. Hij deed dat wel eens vaker, echte service houdt niet om zes uur op en ook niet bij de winkeldeur. De man en de vrouw waren eerder die dag al in zijn zaak aan de Amsterdamse Keizersgracht geweest en hadden de diamantair een lucratieve transactie in het vooruitzicht gesteld, die zij die avond wilden afronden. Toen de collectie sieraden op tafel was gekomen, had het paar echter een vuurwapen getrokken. Jacob Barber was abrupt doodgeschoten en het tweetal had voor een vermogen aan gouden horloges, diamanten en briljanten bij elkaar gegrist en was er vervolgens vandoor gegaan, de ontredderde Rosetta als weduwe achterlatend. De zaak is nooit opgelost.

De reden dat ik over dit al lang verjaarde, oude misdrijf begin, is dat ik in het voorjaar van 2004 bezoek kreeg van de zoon van Jacob Barber. Hij vertelde me dat de roofmoord een verlammende uitwerking op zijn moeder heeft gehad. Zij heeft het trauma van die avond nooit kunnen verwerken en bleef altijd bang dat de voortvluchtige daders ooit nog eens terug zouden komen, ook toen het misdrijf achttien jaar later verjaard was. In december 2003 was ze op 92-jarige leeftijd overleden en op haar sterfbed had ze het met haar zoon opnieuw over die noodlottige avond uit 1971 gehad. 'Ik wil weten wie het gedaan hebben,' had ze gezegd. De zoon had kort daarvoor alles wat zij nog wist over het misdrijf op een bandje opgenomen. Samen met een stapel vergeelde documenten en oude krantenknipsels legde hij het voor mij neer, met de vraag of er, nu zijn moeder was overleden, toch nog iets kon gebeuren.

Mijn interesse was gewekt. Ik kende de zaak al. In de door mij geschreven memoires van de roemruchte Amsterdamse commissaris Gerard Toorenaar wordt de moord zijdelings genoemd. Ik nam het dossier en het bandje aan en nam het mee naar huis. Daar speelde ik de bijzondere nalatenschap van Rosetta Barber af. Ik hoorde een oudevrouwenstem, sympathiek en met een onmiskenbaar Amsterdams accent. Nauwkeurig deed ze aan haar zoon verslag van wat er die avond gebeurd was. Ze had zelf geen goed gevoel gehad bij de twee klanten die op bezoek kwamen. 'Ik zei nog tegen je pa: Jacob, kijk uit, ik vertrouw ze niet.' Maar Jacob lachte, je weet toch wel hoe hij altijd lachte? Hij zei: *Wat denk je nou, doe niet zo mesjogge, ik sla ze met hun koppen tegen elkaar als ze wat proberen.'*

Rosetta Barber was tijdens de transactie in de flatwoning aanwezig, maar begreep niet alles omdat de bezoekers Engels spraken. Maar er vielen haar wel een paar dingen op, zo bleek uit het bandje. 'Het waren een man en een vrouw, maar ik weet zeker dat zij een pruik op had. Ze had grote zwarte ogen, met duidelijk aangeplakte wimpers. Ze hield ook steeds haar handschoenen aan, zelfs toen Jacob haar een ring wilde laten passen. Dat was heel gek. En toen je vader een cognacje serveerde, zoop dat wijf dat ook in een keer op.' De recherche ging er later van uit dat de vrouw wellicht een verklede man was. Haar 'echtgenoot' zouden wij tegenwoordig een 'Tedje-van-Es-type' noemen: krullenkop, penozebril en bakkebaarden.

Na een poosje was Jacob Barber met het 'echtpaar' naar het zijkamertje in de woning gegaan waar hij ook sieraden had liggen. Over wat er toen gebeurde verhaalde Rosetta op het bandje: 'Ik hoorde pa in het kamertje ineens twee keer zeggen: *Wat doe je nou... wat doe je nou?* Ik hoorde ook wat rammelen, maar geen echte schoten. En toen was het ineens stil. Ik wilde naar het kamertje toelopen, maar die vrouw kwam toen net de woonkamer weer binnen. Ze keek me met grote ogen aan. Ze had een revolver in haar hand en deed haar wijsvinger op haar lippen: ik mocht geen kik geven. Het was een overval... Toen kwam je vader naar binnen strompelen en viel neer met in zijn kielzog de moordenaar, die alles haastig in zijn zakken begon te proppen.'

De politie ging er destijds van uit dat de daders zuidelijke types waren, wellicht Italianen, Spanjaarden of Zuid-Amerikanen. Er werden compositietekeningen verspreid, maar het recht had nooit zijn loop. De daders moeten anno 2005, bijna vijfendertig jaar na dato, als zij nog leven ook dik in de zestig zijn, want ze waren in 1971 door Rosetta op zeker dertig jaar geschat. Ik heb bij de Amsterdamse politie geïnformeerd of men nog informatie heeft over deze moordzaak, maar het dossier blijkt vernietigd te zijn nadat de zaak strafrechterlijk was verjaard. Er zijn alleen nog wat foto's van de technische recherche bewaard gebleven.

Rosetta Barber wilde ruim dertig jaar lang weten wie haar levensgeluk hebben vernietigd, maar durfde dat nooit hardop te vragen. Toen ze zelf een paar maanden geleden hoogbejaard stierf, was haar vermoorde man Jacob in haar gedachten. En toen ik het bandje met haar trieste relaas helemaal had afgeluisterd, had ik het gevoel dat ik haar laatste wens niet kan en mag negeren en dus vraag ik hier: weet iemand wie op de avond van woensdag 14 april 1971 in Amsterdam-Buitenveldert de 67-jarige diamantair/goudsmid Jacob Barber in zijn woning heeft vermoord?

Tips of informatie: prdv@xs4all. nl

Het 'Beest van Harkstede'

Getrouwd met een seriemoordenaar

Ze was de vrouw van de grootste lustmoordenaar uit onze misdaadgeschiedenis. Groningse Adri was bijna twintig jaar getrouwd met Willem van E., de man die minstens vijf vrouwen om het leven bracht en sinds zijn arrestatie, eind 2001, door de pers het 'Beest van Harkstede' wordt genoemd. De pers maakte jacht op haar, ze was kapot van verdriet en zat vol schuldgevoel. Een paar dagen na de aanhouding van haar ex-man belde ze mij op. We hadden elkaar in het verleden al eens een paar keer gesproken in verband met het verleden van Willem van E. 'Nu kan ik het nog niet, maar op een dag vertel ik mijn verhaal,' beloofde ze. In maart 2002 was het zover. 'Het idee dat hij 's avonds wegging, een moord pleegde, weer thuiskwam, een kop koffie dronk en een kletspraatje met me maakte, kan ik nog steeds niet verdragen. Waarom heb ik al die tijd niets gemerkt?'

Nee, eigenlijk had ze nooit argwaan, nooit wantrouwen gehad, ook al had Willem van E. voor hun huwelijk al twee gruwelijke moorden gepleegd. Het gekke is dat het gevoel dat er iets helemaal mis was in feite pas kwam toen ze al uit elkaar waren gegaan in oktober 2000. Adri weet nog precies wanneer de afschuwelijke waarheid tot haar doordrong. Ruim een halfjaar na haar vertrek, in juli 2001, was in het water van het Slochterdiep, bij Harkstede, het naakte lijk van de Groningse prostituee Sascha Schenker gevonden. Het was de 'zoveelste hoerenmoord' in de regio. Ze had er aanvankelijk niet echt acht op geslagen, maar toen een week later *Opsporing Verzocht* met deze zaak op de buis kwam, had haar zoon Lau vooraf gebeld en gezegd: 'Mam, je moet even kijken...' Dat was het moment. 'Tijdens de uitzending kreeg ik het helemaal koud. Ik dacht: nee, laat dit niet waar zijn. Maar direct na afloop belde Lau weer. Hij had precies hetzelfde gevoel. Dit is fout! Lau zei toen: *Ik bel de politie. Dit heeft Willem gedaan!* De volgende dag zaten we bij de recherche. Ik wilde het liever niet geloven en dus zei ik nog voorzichtig: *Ik ben bang dat Willem het is geweest...* En ja, toen ging het rollen.'

Op een geheim adres, hemelsbreed hooguit een kilometer of tien van de 'horrorboerderij' in Harkstede, zit ik een avond lang te praten met Adri, een 61-jarige vrouw, de voormalig echtgenote van Willem van E. Ze is klein van stuk, kordaat, met grijs haar aan de slapen. Ze vroeg me of ik alsjeblieft pas wilde komen als het buiten donker was, zodat niemand in de buurt me zou herkennen. Het naambordje bij de bel is weggehaald. De gordijnen zijn dicht. Op tafel staat een thermoskan met koffie. Adri heeft de afgelopen maanden alles gedaan om de pers te ontlopen, maar tegelijkertijd heeft ze er behoefte aan haar verhaal een keer te vertellen. De afgelopen maanden hebben diepe sporen getrokken. Haar tranen zijn al lange tijd op, zegt ze. De uren dat ze 's nachts alleen maar 'lag te malen' zijn niet meer te tellen. Ze voelt zich 'zo ontzettend besodemieterd, zo verschrikkelijk gebruikt', daar zijn gewoon geen woorden voor. Ze wilde per se niet aan de pillen, hoewel de huisarts dat nadrukkelijk adviseerde. Maar onlangs moest ze wel. 'Toen ik op een avond thuiskwam was een van m'n honden nogal blafferig en druk. Ik ging toen ineens helemaal door het lint. Er knapte iets. Ik kon het ineens niet meer aan, terwijl ik stapelgek op ze ben. Ik heb dat arme beest verschrikkelijk geslagen, ik hield niet meer op, hij jankte het uit. Ik ben me daar rot van geschrokken. Ineens drong toen tot me door: nu moet je wat doen, Adri...'

Ze pakt een doosje pillen van het tafeltje naast haar, schudt er even mee en zegt met matte stem: 'Het gaat nu beter.' Een van de honden, een mooie Berner Sennen, vlijt zijn kop op haar schoot, alsof hij het hele verhaal gehoord heeft. Ze aait hem. 'Als ik hun niet gehad had, dan... dan...' Ze maakt de zin niet af.

Toen het ging rollen duurde het nog even eer Van E. werd gearresteerd, omdat de politie eerst nog 'om hem heen' wilde rechercheren. Dat hij contact met Sascha had gehad, stond gauw vast, hij gaf het zelf ook toe. Maar daarmee heb je nog geen moord bewezen.

Op maandag 12 november 2001 was het echter zover. Van E. werd gearresteerd. En al de volgende morgen kreeg Adri bezoek van twee rechercheurs die vertelden dat Willem direct drie moorden had bekend. Alle drie op prostituees. 'Op zo'n moment zakt de grond onder je weg. Het leek alsof ik ondersteboven in een groot, leeg gat tuimelde... Ik had onder één dak geleefd, ja in één bed gelegen met een seriemoordenaar, want zo noem je zo iemand toch? Hij was weggegaan om te moorden en vervolgens gewoon weer thuisgekomen zonder dat ik ook maar iets in de gaten had. Dat heb ik mezelf heel erg kwalijk genomen. En waar ik steeds aan moet denken is: ben ik nou zo dom en naïef geweest, of was Willem gewoon zo doortrapt? Ik twijfel nu aan alles en weet zelfs niet meer of hij wel ooit echt van mij gehouden heeft, of dat hij mij alleen maar gebruikt heeft om op vrije voeten te komen toen hij als een hopeloos geval in de Van Mesdagkliniek zat.'

Maar de vraag is niet alleen of Willem van E. wel echt van Adri hield, de vraag die veel meer mensen na de arrestatie en ontmaskering van de voormalig hooibergbouwer stelden, ging over Adri zelf: hoe kun je in 's hemelsnaam verliefd worden op en trouwen met een man die in een tbs-kliniek zit en van wie je weet dat hij al twee vrouwen heeft vermoord?

Adri knikt beamend als ik haar dit voorleg. Ze glimlacht even. Ja, dat is bijna niet uit te leggen, maar toch is het gebeurd. In een paar zinnen schetst ze vervolgens de aanloop tot haar ontmoeting met Willem van E. Ze is zelf in het eerste oorlogsjaar in Rotterdam geboren. Haar beide ouders overleden binnen een jaar toen ze nog op de lagere school zat. Jarenlang tehuis in en tehuis uit. De bakkersschool in Groningen gevolgd en zo in het hoge noorden terechtgekomen. Getrouwd met een vrachtwagenchauffeur van wie ze vijf kinderen kreeg.

Toen hij er met haar beste vriendin vandoor ging, stond ze er alleen voor met vijf jonge kinderen. Geen fijne tijd. En het was in die periode – begin 1980 – dat haar oog stomtoevallig op een contactadvertentietje in het *Nieuwsblad van het Noorden* viel. 'Er stond zoiets als: *Jonge man van 38 jaar zoekt kennismaking met vrouw. Kinderen geen bezwaar,*' herinnert Adri zich. En vervolgens met een diepe zucht: 'Nou ik had er vijf... en ik had behoefte aan contact. Ik was het alleenzijn beu.'

Ze schreef een brief en kreeg snel antwoord. De schrijver was ene Willem van E. en het correspondentieadres luidde: De Engelse kamp 5 in Groningen. Adri: 'Wist ik veel dat het 't adres van de Van Mesdagkliniek was... Daar kwam ik pas later achter.' Van E. beweerde in zijn brieven dat hij ook vrachtwagenchauffeur was en dat hij graag met Adri wilde kennismaken. Hij maakte twee keer een 'afspraak' met haar in de stationsrestauratie van Groningen, maar stuurde de dag ervoor steeds een telegram dat hij 'wegens omstandigheden' verhinderd was. 'Ja, dat was een smoes. Hij mocht de kliniek natuurlijk niet uit,' schampert Adri nu. Toch kwam het uiteindelijk tot een ontmoeting. Adri kreeg bezoek van een kliniekmedewerker die uitlegde wat de werkelijke 'omstandigheden' van haar penvriend waren. Dat hij een tbs-patiënt was. Waarvoor Van E. precies zat vertelde hij niet, maar duidelijk werd wel dat het niet voor een winkeldiefstal was. Adri: 'Ik dacht: o, dat heb ik weer... maar ik was ondertussen wel nieuwsgierig geworden en die medewerker was behoorlijk positief over Willem.'

Niet veel later ging Adri op bezoek in de kliniek. Ze weet het nog precies: fouilleren, detectiepoortjes, deuren open, deuren dicht, lange gangen, zenuwen, afdeling Noord-I, bezoekkamertje, koffie, kennismaking: een kleine, tengere man met achterovergekamd haar en een lichte spraakstoornis. 'Willem was toen heel open,' vertelt Adri. 'Hij vertelde meteen dat hij daar zat omdat hij twee vrouwen had vermoord. Ik schrok me wezenloos, kon bijna niet meer denken, maar gek genoeg had ik niet zoiets van: ik moet weg hier. Ik maakte het bezoekuur vol, maar dacht wel: hier kom ik niet meer terug. Willem liep met me mee naar de deur en ik weet nog heel goed dat hij toen zei: *Ik vond het leuk dat je er was, maar eh... je komt zeker niet meer hè?* Ik voelde me een beetje betrapt en hakkelde dat ik het nog niet wist, dat ik erover zou nadenken. Maar juist die veronderstelling van hem dat ik waarschijnlijk niet meer zou komen, zorgde ervoor dat ik ging twijfelen. Ik kan dat niet goed verklaren, maar misschien heeft het ermee te maken dat ik als kind in tehuizen heb gezeten en me ook eenzaam en verlaten heb gevoeld. Ik denk dat ik er iets in herkende.'

Een medewerker van de kliniek gaf ongewild het laatste zetje. 'Hij raadde me aan niet meer te komen. Hij vond mij geen geschikt bezoek voor Willem. Eerst dacht ik nog: o... nou, dat lost zich dan vanzelf op. Maar toen dacht ik: wie denkt ie wel dat hij is? En toen heb ik twee weken later toch weer contact met Willem opgenomen.'

Er volgde een periode van lange brieven, telefonische gesprekken en wekelijkse bezoeken. Er groeide vriendschap en uiteindelijk, ja zeker, echte liefde: een alleenstaande moeder met vijf kleine kinderen en een veroordeelde lustmoordenaar. Een combinatie die niet elke dag voorkomt. 'Ja, maar ik vond Willem leuk. Hij was belangstellend en alert. Ik voelde me geen moment onveilig bij hem. En dat gevoel werd versterkt toen ik mijn kinderen meenam naar het bezoek: het klikte direct tussen hen. Het klinkt misschien gek, maar het was gewoon gezellig als we bij hem waren. Het bleek ook dat ik een goede invloed op Willem had. Ik zorgde dat hij zich beter verzorgde, zijn kamer opruimde en toegankelijker werd voor het personeel. Hij knapte zichtbaar op, dat stond ook in alle rapporten over hem.'

In die eerste periode werd door Adri en Willem veel gepraat over de delicten die hij had gepleegd en hoe hij daar op terugkeek. 'Ik wist de namen van die vermoorde vrouwen, Cora Mantel en Aaltje van der Plaat, maar niet de precieze details. Ik vroeg hem wel: *hoe heb je dat ooit kunnen doen?* Willem antwoordde dan: *ik weet het niet, het gebeurde gewoon, er ging een knop om...* Ja, zo zei hij dat: er ging een knop om. Ik had de indruk dat hij er echt spijt van had. Hij sprak er zelfs zo vaak over dat ik er genoeg van kreeg en zei: *Wat wil je nou? Dat ik blijf komen of dat ik wegga? Dan moet je nou ophouden over die moorden! Ja maar, ik wil dat je weet wie ik ben,* antwoordde Willem. *Nou oké, dat weet ik dan,* zei ik!'

Het kost Adri zichtbaar moeite dit gedeelte van het verhaal te vertellen, alsof ze zich met terugwerkende kracht realiseert dat haar leven bij een andere opstelling misschien wel heel anders was verlopen. En ja, goedbedoelde waarschuwingen waren er destijds natuurlijk genoeg geweest van familieleden en vrienden. Veel hadden er gezegd: Adri, word wakker... waar begin je aan? Stoppen! Het was echter tegen dovemansoren.

Adri schudt nu haar hoofd: 'Ik hield op dat moment van hem. Ja echt waar. Ik kon niet meer terug. Wilde dat ook niet. Ik was supereigenwijs. Stik allemaal maar, dacht ik. Ik geloofde in een toekomst met Willem, ik wilde iets met hem opbouwen.'

En dat gebeurde ook. Op 19 oktober 1982, ruim twee jaar na hun kennismaking, trouwden Adri en Willem in de Van Mesdagkliniek. Niet bepaald een echte bruiloft, herinnert Adri zich. 'Er mochten een paar gasten komen, die allemaal eerst langs een detectiepoortje moesten. In de kantine werd een glaasje fris geschonken en na een uur stond iedereen weer buiten, inclusief de bruid! Dat was onze trouwdag... zonder huwelijksnacht.' En dat niet alleen, het was misschien wel voor alles een huwelijk zonder toekomst. Want het verblijf van Willem van E. in de tbs-kliniek kon in feite onbeperkt voortduren, wel levenslang. Een huwelijk steunend op bezoekuurtjes en telefoongesprekken, jarenlang... bijna acht jaar om precies te zijn. Maar toen de relatie onder die moeilijke omstandigheden standhield, onderkenden ook de psychiaters de positieve invloed die de nuchtere, stabiele Adri op Van E. had. Men ging zelfs zover te verklaren dat zolang de relatie intact zou blijven, zij geen vrees voor herhaling hadden. Een dure misrekening, zo zou achteraf blijken.

In 1990 werd de tbs officieel opgeheven en via een woning in Groningen kwamen Adri en Willem terecht in een vrijstaand boerderijtje aan de Hoofdweg 167 in Harkstede, een dorpje vlak bij Groningen. Adri: 'Daar hadden we steeds van gedroomd: een eigen huisje, met wat dieren erbij. De boel een beetje opknappen en ondertussen werken op de dierenambulance.'

Adri schenkt weer een kop koffie in en roert het lepeltje wel honderd keer rond, als ze in haar gedachten teruggaat in de tijd. Dan zegt ze: 'En achteraf gezien is het daar dus fout gegaan, uitgerekend de plek waar we jarenlang van gedroomd hadden. Willem veranderde daar geleidelijk. In Groningen was er sociale controle en toezicht van buren en kennissen. Hij was toen hulpvaardig, deed dingen in het huishouden. Maar in Harkstede zaten we tamelijk geïsoleerd en werd dat allengs minder, hoewel de buitenwereld dat niet in de gaten had. Ik wilde dat ook niet toegeven voor mezelf. Ik had steeds geroepen in de kliniek: ik zal jullie aantonen dat het lukt. En dan ga je niet na twee jaar zeggen dat het allemaal niet werkt. Maar de waarheid was dat Willem steeds meer ging drinken, hij werd onverschilliger, verwaarloosde zichzelf en reageerde bits op kritiek van mij. 's Avonds ging hij vaak weg. Vissen, zei hij dan. Maar meestal ging hij naar de hoeren, zo blijkt nu. We dreven steeds meer uit elkaar. Seksueel contact hadden we ook niet meer. We boeiden elkaar niet meer. We kregen steeds vaker ruzie, soms dansten de pannen op het dak. Ik dacht toen ook wel vaak: Adri, Adri... waar ben je aan begonnen?' Ze is even stil, denkt na en zegt dan: 'En ja, achteraf, nu dus, weten we dat het al heel snel misging, in 1993 al...'

Adri zegt het niet met zoveel woorden, maar met 'mis' doelt ze op de moord op de 23-jarige Roemeense tippelaarster Michelle Fatol, wier stoffelijk overschot in november 1993 in een sloot bij Zuidhorn werd gevonden. Gewurgd. En in januari 1995 was het opnieuw raak en vrijwel op dezelfde manier. De 31-jarige prostituee Annelies Reinders werd bij Appingedam in het Eemskanaal gevonden, nadat Van E. haar in de Groninger binnenstad had opgepikt.

Maar pas in oktober 2000, op de kop af achttien jaar na hun huwelijk, barstte tussen Adri en Willem de bom. Er ontstond in de boerderij een knallende ruzie, waarbij Van E. haar de telefoon uit handen sloeg en uiteindelijk zelfs de politie eraan te pas moest komen. En Adri, die nooit ook maar een seconde bang voor hem was geweest, realiseerde zich toen: nu moet ik weg! Met hulp van haar zoon pakte ze kort daarna haar spullen, nam de honden mee en verdween. 'En vanaf dat moment heb ik hem ook nooit meer gezien.' Maar Adri hoorde zo nu en dan wel wat over Willem en dat waren zorgelijke berichten. 'Kennissen vertelden me dat de BMW's van escortservices af en aan reden bij de boerderij en dat Willem regelmatig prostituees bezocht. Ik heb toen Frans Hamersma, de reclasseringsambtenaar van Willem gebeld en hem gewaarschuwd. Maar tot mijn verbijstering zei hij: *Ben je soms jaloers, Adri? Willem mag toch zelf weten wat hij doet? Ja,* antwoordde ik, *van mij wel, maar als hij drank op heeft en zo'n meid doet niet wat hij zegt, heb je zomaar kans dat de knop omgaat...'* En, inderdaad, de knop zou nog een keer omgaan.

'Als er toen actie was ondernomen, als ze toen serieus was genomen, had Sascha Schenker nu misschien nog geleefd,' zegt Adri aarzelend. De gedachte kwelt haar. Vooral ook omdat ze keer op keer, duizenden keren in totaal, haar eigen herinneringen aftast om na te gaan of ze ergens in gebreke is gebleven, of ze argwaan had moeten hebben, of ze nog harder aan de bel had moeten trekken. 'Ik neem het mezelf kwalijk dat ik niks gemerkt heb, ook al zegt iedereen in mijn omgeving dat ik er echt niks aan kan doen. Willem was ook een handige donder in dat soort dingen, zo is mij nu wel duidelijk. Als ie 's nachts zogenaamd ging vissen, kwam hij 's morgens ook daadwerkelijk met vis thuis. En toen er in Groningen een aantal prostituees werd vermoord en wij daar op tv een reportage over zagen, verblikte of verbloosde hij niet. *Zo'n gast moeten ze aan z'n pik ophangen,* zei hij toen letterlijk. Hij is ook nog twee keer in een moordzaak opgeroepen om als ex-zedendelinquent aan een DNA-test mee te doen. Een keer in de zaak van Marianne Vaatstra en een keer voor een moord in Utrecht. In beide gevallen ging hij heel relaxed en zelfverzekerd naar het ziekenhuis. Zo'n houding van 'ik begrijp wel dat ze mij nog oproepen, maar ik heb nu een heel ander leven'. Dat gaf mij vertrouwen, maar ondertussen had hij er dus al wel weer twee vermoord!'

Naarmate het gesprek vordert, wordt Adri steeds emotioneler, kwader ook. En er komen wel degelijk nog tranen tevoorschijn. Soms haalt ze ineens verbaal uit, dan wordt het haar te machtig en kijken de honden die aan haar voeten liggen verschrikt op. 'Als ik nou op die achttien jaar terugkijk, dan voel ik me zo besodemieterd, zo gebruikt. Het laatste stukje gevoel voor hem is weg, verdwenen, echt waar. En komt ook nooit meer terug. Ik heb ook alle spullen van hem die ik nog had weggedaan. Ik haat 'm... ik haat 'm om wat hij gedaan heeft. Ook het vertrouwen van mijn kinderen heeft hij verschrikkelijk beschaamd. Zij hebben 'm een tweede kans gegeven toen hij uit de kliniek kwam, maar hij heeft hen gewoon bedonderd en bedrogen. Daar ben ik razend om! Ik heb zoveel in hem gestoken, zoveel geïnvesteerd, zo in hem geloofd... en wat krijgen we ervoor terug van meneer? Ach, het is zo'n... zo'n...' Adri heft haar handen machteloos op en trekt een gezicht waar de walging vanaf is te lezen.

Ze gelooft ook niet dat het in die jaren bij drie slachtoffers is gebleven, zoals Willem beweert. 'Nee,' zegt ze heel beslist. 'Dat zou betekenen dat hij in 1993, in 1995 en in 2001 heeft toegeslagen. Is er dan tussen 1995 en 2001 helemaal niks meer gebeurd? Ik kan me dat niet voorstellen met wat ik nu weet. Er moet meer op zijn lijstje staan.'

Kort na ons gesprek zal bekend worden dat Willem van E. ook wordt verdacht van de moord op Shirley Hereijgers in 1997, maar hoewel haar DNA in de woning van Van E. is aangetroffen, wordt er geen bewijs gevonden dat hij haar ook heeft vermoord. Van E. ontkent dat ook.

Over wat er met Willem moet gebeuren, hoeft Adri niet lang na te denken: 'Ze moeten hem nooit meer loslaten, dat is duidelijk! Geen nieuwe kans meer. Hij heeft zijn kansen gehad en verprutst. Het klinkt hard, maar deze man moet gewoon tot zijn dood blijven vastzitten. Hij hoeft mij ook nooit meer te schrijven of te bellen. Om iets uit te leggen, zeg je? Pff, er valt niks uit te leggen! Hou op... Ik geloof hem niet meer. Never. Nooit! Die man heeft me kapotgemaakt. Als mijn kinderen mij niet hadden opgevangen en als ik niet geweldig geholpen was door mijn buurvrouw en een vriendin, dan had ik nu in een inrichting gezeten, of misschien wel nog erger. En als je dan hoort dat meneer met zijn advocaten nog met allerlei procedures bezig is om een uitkering van de sociale dienst te krijgen, dan ga ik helemaal over mijn nek. Waar haal je het lef vandaan zeg?'

Adri heeft vrijwel de hele avond op het puntje van de bank gezeten, vol vuur vertellend, druk gebarend. Nu zakt ze echter vermoeid terug, ze ziet er afgetobd uit. De koffie is koud geworden. Haar stem zwakt steeds meer af. Het verhaal is verteld. In gedachten verzonken aait ze de kop van haar hond, die zich weer troostend heeft aangeboden. Er valt een lange stilte. Beiden laten we het gesprek op ons inwerken. Dan mijmert ze zachtjes: 'Als ik ooit wat terug zou kunnen draaien in mijn leven, dan zijn het wel die paar seconden dat twintig jaar geleden mijn oog op dat contactadvertentietje viel...'

Het blijft even stil en dan zucht ze diep. 'Maar ja...'

De moorden van Willem van E.

De eerste moord pleegde Willem van E. op 20 juni 1971 op de nog maar 15-jarige Cora Mantel uit Uithoorn. Na een dansavondje in Amsterdam kreeg ze een lift van hem aangeboden. Toen ze niet op zijn avances wilde ingaan, reed hij naar een polder tussen Uithoorn en De Kwakel, waar hij haar misbruikte en wurgde. De moord bleef drie jaar lang onopgelost en zorgde voor veel onrust.

Het tweede slachtoffer van de hooibergbouwer uit Ter Aar, was een plaatsgenote, de 44-jarige verpleegster Aaltje van der Plaat. Toen zij op 18 augustus 1974 vanuit de kerk naar huis liep, kruiste ze het pad van Van E. die juist half beschonken uit de kroeg kwam. Pas een dag later werd haar stoffelijk overschot in een maïsveld teruggevonden. Van E. heeft haar met een mes verschrikkelijk toegetakeld. Ook zij zei nee op zijn toenaderingspogingen.

Van E. wordt gepakt en voor beide moorden veroordeeld tot achttien jaar cel en tbs. In de tbs-kliniek leert hij via een contactadvertentie Adri kennen. In 1990 komt hij weer op vrije voeten en gaat samen met haar in Harkstede wonen.

Het duurt dan geen drie jaar of er valt weer een dode: de Roemeense prostituee Michelle Fatol wordt in november 1993 in een sloot bij het plaatsje Zuidhorn gevonden. Niemand denkt dan nog aan 'ex'-zedendelinquent Willem van E., hoewel hij dan toch al regelmatig op de Groningse tippelzone komt.

Twee jaar later is het opnieuw raak: in januari 1995 is de 31-jarige Annelies Reinders het dodelijk slachtoffer. Van E. heeft haar opgepikt in het centrum van Groningen en korte tijd later levenloos in het Eemskanaal bij Appingedam gedumpt.

En hoewel de reclassering inmiddels is gewaarschuwd, wordt er nog een prostituee vermoord. Het lijk van de 34-jarige Sasja Schenker wordt op 17 juli 2001 naakt teruggevonden in het Slochterdiep bij Harkstede. Dat Willem van E. enige tijd daarvoor zijn rijbewijs is kwijtgeraakt, is hem daarbij waarschijnlijk noodlottig geworden. Hij wordt ditmaal gedwongen het lijk dicht bij zijn woning weg te werken. Zijn ex-vrouw en haar zoon slaan daarop aan en waarschuwen de politie.

Op 12 november 2001 wordt hij gearresteerd en bekent de drie moorden. Willem van E. is zowel door de rechtbank als het Gerechtshof veroordeeld tot levenslange gevangenisstraf.

Niet veilig thuisgebracht, maar wel verkracht...

In de zomer van 2001 kreeg ik een brief van Moniek uit Hellevoetsluis. Ze berichtte me dat ze het jaar daarvoor, op 16 april 2000, door drie jongens seksueel was misbruikt na een avondje uit. Het trio had destijds het 18-jarige meisje beloofd haar veilig thuis te brengen, omdat het 'niet vertrouwd was alleen over straat te gaan'. Moniek zou aanvankelijk met een vriend meerijden, maar was hem misgelopen en dacht, na uitvoerig beraad, dat het wel vertrouwd was. Ze schreef me dat de jongens haar echter niet thuisbrachten, maar naar een woning waar ze haar in een donkere slaapkamer onzedelijk betastten en verkrachtten. Vastgehouden, verlamd van angst en door de duisternis had ze niet kunnen zien wie precies wat deed. De volgende dag had ze direct aangifte gedaan bij de politie, die DNA-sporen veiligstelde. Het trio werd pas een week later gearresteerd en had volgens Moniek intussen een verhaal in elkaar gedraaid. Twee van hen beweerden dat zij inderdaad seks met haar hadden gehad, maar dat dit geheel vrijwillig was. En de derde verdachte, ene Jerwin, verklaarde dat hij Moniek met geen vinger had aangeraakt en in de woonkamer stoned in slaap was gevallen, terwijl zijn twee vrienden met haar in de slaapkamer bezig waren. In ieder geval een van de drie verdachten was een zware jongen. Hij had ooit al eens iemand met een bijl bijna doodgeslagen. Ook had hij ooit deelgenomen aan een (andere) groepsverkrachting en kort na de aangifte van Moniek was hij opgepakt voor een moord en uiteindelijk veroordeeld tot zestien jaar cel.

Moniek was geestelijk kapot van de verkrachting. Ze vreesde dat de daders hun straf zouden ontlopen. Ze vroeg of ik misschien een oogje in het zeil kon houden, wat ik vanaf dat moment inderdaad deed. Ik fungeerde als een soort klankbord. Ik moedigde haar aan, beurde haar op en gaf wat tips. En dat was niet ten overvloede, want er gebeurden merkwaardige dingen in haar zaak. Het werd al snel duidelijk dat Justitie zich bepaald niet het vuur uit de sloffen liep om de drie te vervolgen. Sterker nog, toen Moniek mij benaderde, was eigenlijk al besloten de zaak te seponeren. Men vond het bewijs nogal dun en hield er rekening mee dat de seks inderdaad vrijwillig was geweest en Moniek achteraf spijt had gekregen. Dat haar schaamdelen beschadigd waren en zij ook op andere lichaamsdelen blauwe plekken had, hoefde niets te betekenen, stelde de politie, want er zijn nu 'eenmaal ook vrouwen die houden van ruwe seks...'

Er begon een lang getouwtrek, waarbij het incasseringsvermogen van Moniek zwaar op de proef werd gesteld. Met heel veel moeite wist zij Justitie te bewegen tot nader onderzoek. Toen bleek ook dat er slordig was gewerkt. Justitie meldde dat het rapport van de politiearts die Moniek had onderzocht en blauwe plekken had geconstateerd, was kwijtgeraakt. Veel later moest men toegeven dat hij het om een of andere duistere reden nooit had opgemaakt en dan is het dus heel begrijpelijk dat je het niet kunt vinden! Maar het onderzoek leverde ook een belangrijke doorbraak op. Het Nederlands Forensisch Instituut (NFI) meldde dat op Monieks linkertepel DNA van Jerwin was aangetroffen... En laat hij nou net degene zijn die bezwoer dat hij haar niet had aangeraakt! Rara hoe kan dat dan? Gênant was overigens wel dat het NFI in zijn DNA-rapport over een 'peuk' in plaats van een tepel sprak. Vergissinkje. En zo ging het maar door. Als Moniek vragen had over de gang van zaken gingen er maanden overheen eer Justitie met een antwoord kwam en vaak was dat dan nog teleurstellend ook.

Uiteindelijk kwam men toch in actie. Mede op grond van het DNA-rapport moest Jerwin terechtstaan. De zittingsdatum werd eerst nog een aantal keren verschoven, maar begin 2004 was het eindelijk toch zover. Jerwin moest nu uitleggen hoe zijn DNA op Monieks tepel was gekomen. De jongen beweerde met droge ogen dat zij die avond in het bed lag waarin hij in de weken daarvoor ook regelmatig had gelegen en ja, zo was zijn DNA misschien wel op haar tepel gekomen... De president van de rechtbank reageerde sceptisch en cynisch op het nogal gekunstelde verhaal van Jerwin. De officier eiste een celstraf van één jaar en Moniek voelde zich na de zitting beter dan ze zich de laatste jaren had gevoeld. Dit gaf weer vertrouwen.

Maar... toen kwam de uitspraak. Jerwin werd vrijgesproken! De rechter oordeelde dat weliswaar zijn DNA op Monieks borst was aangetroffen, maar dat de jongen verkrachting – binnendringing van het lichaam – ten laste was gelegd en dat dít met het tepel-DNA in ieder geval niet was bewezen. Moniek had in het donker immers niet goed gezien wie wat deed, dus kon iemand anders voor de binnendringing verantwoordelijk zijn geweest. Er was vrijwel niemand die in de rechtszaal aan Monieks verhaal twijfelde, maar dat is voor een veroordeling niet genoeg. Kort daarna kreeg ik een brief van Moniek. Ze schreef teleurgesteld: 'Dit is zo frustrerend. Ik voel me zo machteloos. Er zijn zoveel fouten gemaakt. Het is moeilijk te geloven dat dit allemaal kan. Ik heb vier jaar lang gestreden, maar uiteindelijk heb ik niets bereikt.'

Ik heb Moniek laten weten dat dit laatste niet waar is. Ze heeft juist heel veel bereikt. Ze heeft nooit opgegeven, ze is nooit gezwicht voor de aandrang van anderen om er maar mee te stoppen. Ze heeft Justitie in beweging gekregen. Moniek, ik heb heel veel respect voor je!

De val van Vivienne: moord of een ongeluk?

Op 12 december 1997 werd in het Brabantse Best in de hal van een woning het stoffelijk overschot aangetroffen van de toen 34-jarige Jeanette Kluijtmans. Een doodsoorzaak kon niet echt worden gegeven. Er werd geconcludeerd dat de jonge vrouw op de trap was gestruikeld en een dodelijke smak had gemaakt. Pas toen haar man en erfgenaam Rob H. zes jaar later – in maart 2003 – werd gearresteerd voor de moord op haar 62-jarige moeder Hanny Kluijtmans, vroeg men zich af of Jeanette misschien was geduwd in plaats van gestruikeld. Haar stoffelijke resten werden opgegraven, er werden inderdaad wat belastende sporen gevonden, maar het bewijs kon niet meer worden geleverd. En zo zijn er meer gevallen bekend van een ongeluk dat net zo goed een misdrijf had kunnen zijn. En soms de perfecte moord is.

Op vrijdag 28 november 2003 werd in een woning aan de Alberdingk Thijmstraat in Cuijk het lijk van de 36-jarige Vivienne Plant gevonden. Ze lag onder aan de trap, in een plas bloed. Ze had diverse schedelbreuken, maar ademde nog wel. Kort na aankomst in het ziekenhuis overleed zij. Een ongelukkige val van de trap, of was er meer aan de hand? Vivienne woonde in huis bij de 38-jarige C., een kapitein op de grote vaart. Omdat hij maar weinig thuis was, mocht Vivienne van zijn woning gebruikmaken. De twee hadden geen verhouding met elkaar. C. had haar onder aan de trap gevonden, nadat ze de avond daarvoor behoorlijk met elkaar geboemeld hadden. Ze hadden tot diep in de nacht met elkaar gekletst en er waren drieëntwintig pijpjes bier doorheen gegaan, zo leerden de lege flessen. Aanvankelijk was de dood van Vivienne ook als een ongeluk beschouwd, maar de ambulancemedewerkers was opgevallen dat C. niet bepaald 'aangedaan' was. En de schouwarts en een specialist van het ziekenhuis vonden de schedelbreuken wel erg zwaar voor een val van een trap. De recherche werd ingeschakeld, maar eigenlijk net iets te laat. C. had nadat Vivienne naar het ziekenhuis was gebracht alle sporen inmiddels opgeruimd. Het bloed in de gang was opgedweild. De kapitein werd niettemin aangehouden op verdenking van zware mishandeling de dood ten gevolge hebbend.

De sectie wees vervolgens uit dat Vivienne was overleden als gevolg van 'heftig uitwendig mechanisch botsend geweld op het hoofd, *zoals bijvoorbeeld ten gevolge van de val van een trap*'. Kennelijk werd het letsel door de deskundigen van het Nederlands Forensisch Instituut (NFI) anders beoordeeld dan door de schouwarts en de ziekenhuisspecialist. C. werd uitvoerig verhoord en werkte volledig mee aan het onderzoek. Hij meldde dat er die avond niets bijzonders was voorgevallen. Ze hadden gekletst, een flinke slok gedronken en hij was tussen vier uur en halfvijf beschonken naar bed gegaan. Toen hij opstond was het ongeveer halftwaalf en had hij Vivienne onder aan de trap gevonden. Nee, hij had niets gemerkt die nacht. En ook de buren hadden geen geruzie, gestommel of noodkreten gehoord, zo kwam uit het buurtonderzoek naar voren. De vriend van Vivienne attendeerde de politie erop dat C. volgens het slachtoffer toenadering had gezocht toen hij van zijn laatste zeereis in Cuijk terugkeerde. Een sms'je aan haar had hij bijvoorbeeld met xxx ondertekend, wat staat voor kusjes. C. wees erop dat dit niets betekende en kon bewijzen dat Vivienne dat omgekeerd naar hem ook wel deed. Ze waren als huisbewoners op elkaar gesteld, maar dat wil nog niet zeggen dat je dan een seksuele relatie hebt of beoogt. Alles wat C. verklaarde klopte, voorzover dat tenminste te controleren was. Justitie liet hem na een paar dagen gaan en stelde in het dossier: 'Met betrekking tot de dood van Vivienne Plant is van enig strafbaar feit niets gebleken.' Een tragisch ongeluk, maar geen misdrijf.

Henk Plant, de vader van Vivienne, was minder overtuigd. Hij is bewaarder in een penitentiaire inrichting en heeft uit de aard van zijn beroep gaandeweg verstand van de materie gekregen en naar zijn zeggen ook enig psychologisch inzicht in dadergedrag. Hij vond de handelwijze van C. direct verdacht. Hij wijst erop dat C. snel alle sporen heeft opgeruimd, dat de schedelbreuken voor een val van de trap nogal zwaar zijn en dat C. ook niet geschokt leek na het overlijden van zijn dochter. En het motief? Misschien had de kapitein – net terug van een verblijf op zee – avances gemaakt die niet beantwoord werden? Tussen Justitie en de vader is vervolgens onenigheid ontstaan over de afdoening van de zaak: het seponeren van de aanklacht tegen C. Henk Plant heeft mij gevraagd of ik me in het dossier wil verdiepen. Hij wil het sepot bij het Gerechtshof aanvechten en gedaan krijgen dat C. alsnog terecht moet staan.

De vraag is nu of er inderdaad sprake is van een redelijke verdenking, of dat vader Plant de tragische en onnodige dood van zijn dochter niet kan verwerken en daar nu hoe dan ook een zondebok voor zoekt. Het is een moeilijke kwestie. C. heeft de sporen uitgewist. Een dader doet dat, maar een onschuldige kan dat ook heel goed doen als er inderdaad sprake is van een noodlottig ongeval. Want waarom zou je het bloed dan in je gang laten liggen? Vivienne had een behoorlijke slok op, bovendien slikte ze ook nog spierverslappers. Er is niets gebleken van een handgemeen of ruzie. Een echt motief lijkt te ontbreken. Maar ja, dat leek bij Jeanette Kluijtmans in Best in 1997 ook het geval. En Justitie maakte het bij vader Plant toch al geknakte vertrouwen in de afhandeling niet groter toen het parket in Den Bosch op 4 februari 2004 een brief aan hem schreef om uit te leggen dat het toch echt een ONGEVAL was. En wat schreef de officier van justitie toen abusievelijk? 'Van de politie heb ik een proces-verbaal ontvangen waaruit blijkt dat Vivienne slachtoffer is geworden van een TRAGISCH MISDRIJF.' Een pijnlijke verschrijving, moest Justitie achteraf toegeven. Maar leg dat maar eens aan de nabestaanden uit.

Boven zijn brief aan mij schreef vader Plant: 'Inzake de DOODSLAG/MOORD op onze dochter Vivienne.'

'Nee, dát is geen verschrijving,' beklemtoonde hij me bij ons eerste mondelinge contact.

De rechter en de blote jongetjes

Als trouw volger van de rechtspraak in Nederland valt mij vaak op hoezeer rechters altijd weten hoe burgers zich in hachelijke, gevaarlijke situaties hadden moeten gedragen. Uit de formulering 'hadden moeten' kunt u afleiden dat de betrokkenen dit dus veelal niet gedaan hebben, wat hen op een veroordeling kwam te staan. Een voorbeeld: ene A. krijgt het in de kroeg aan de stok met een stuk of drie als agressief bekendstaande, beschonken bezoekers, zeer uit de kluiten gewassen types. Na wat heen en weer gescheld, dringt het trio de man langzaam maar zeker naar de hoek van het café, waar hij letterlijk met zijn rug tegen de muur staat. Een van de drie mannen maakt een snijbeweging langs zijn hals. A., die in de minderheid is, besluit niet af te wachten wat er komen gaat. Hij pakt een kapstok die daar toevallig staat en maait er mee in de rondte. Glaswerk sneuvelt. Lampen slaan kapot. Er ontstaat paniek. Een van de drie wordt tegen het hoofd geraakt en valt bewusteloos neer, met behoorlijk letsel. De vraag is of A. in deze situatie geweld had mogen gebruiken. Zelf voelde hij zich ernstig bedreigd, maar er was natuurlijk nog geen klap gevallen. De rechters, die er uiteraard niet bij zijn geweest en dus ook de sfeer niet echt kunnen aanvoelen, oordelen dat A. zich 'aan de vermeende dreiging had kunnen onttrekken door het etablissement in een eerder stadium, reeds bij het begin van het ontstaan van de onenigheid, te verlaten'. En zij stellen vast dat het ook A. was die 'zijn kalmte had verloren' en dat hij het ook is geweest die 'zijn toevlucht tot geweld heeft gezocht'. En dus volgt er een veroordeling. Recht of onrecht? Is A. dader of slachtoffer? De rechters geven aan hoe hij moeilijkheden had kunnen voorkomen, maar is dat wel de realiteit? Of is hun juridisch kompas van slag en benaderen zij alles te theoretisch vanuit een ivoren toren? Ik heb regelmatig mensen veroordeeld zien worden door rechters van wie ik dacht: het is achteraf makkelijk om te zeggen wat iemand had moeten doen, maar hoe hadden jullie, rechters, zelf in zo'n situatie gereageerd?

Mede om die reden heb ik in 2003 en 2004 het proces tegen mr. F., de voormalig vice-president van de rechtbank in Maastricht, nauwlettend gevolgd. F. stond terecht voor het in bezit hebben van kinderporno. Een elektricien had eind oktober 2001 tijdens verbouwingswerkzaamheden in zijn woning bij toeval onder een plankenvloer elf videobanden en vier diskettes vol met kinderporno gevonden. Het voor handen hebben van kinderporno is een ernstig misdrijf. Iedereen wordt geacht dat te weten en al helemaal een rechter die zich ook met strafzaken bezighoudt. Als u op straat voor vijfentwintig euro een fiets koopt, stelt elke rechter dat u had 'kunnen en moeten begrijpen' dat hier sprake is van heling. Een rechter die verklaart dat dit bezit van kinderporno niet strafbaar is, is net zo naïef. Toch waagde mr. F. een poging. Tijdens de zittingen stelde zijn advocaat dat hij de banden 'gewoon' via advertenties in de *Gaykrant* en in Duitsland in de winkel had gekocht. 'Kortom, gewoon videobanden die voor privé-bezit in het openbaar te verkrijgen waren,' stelde zijn advocate, alsof het dan allemaal geoorloofd was. Rechter F. zelf was op de zitting niet op komen dagen. Zo gaat dat als de heren zelf een keer verdacht zijn. Ook was hij nooit bij het verhoor van de rechter-commissaris of bij andere besloten zittingen geweest. Uiteraard zijn goed recht, maar niet bepaald een lichtend voorbeeld voor 'gewone' verdachten die ook de dag des oordeels vrezen. En als er met die videobanden nou eigenlijk niks aan de hand was, waarom lagen die dan zo goed verstopt onder een plankenvloer? Ook werd er tijdens het proces (en daarna) gesteld dat de gevonden afbeeldingen geen kinderporno maar tienerseks betroffen, waarbij de leeftijdsgrenzen nu eenmaal moeilijk zijn te trekken. 'Wat bandjes en plaatjes gevonden... Meer is het niet,' betoogde zijn advocaat. In hun ogen betrof het dus legale video's van seks tussen jonge jongens, die heel goed zestien jaar konden zijn. Nu was het punt dat de gevonden videobanden wel 'bekend' waren bij de zedenpolitie en in eerdere zaken al waren onderzocht op kinderporno. De bevindingen waren vastgelegd in een speciale kinderpornodatabank. Van de elf gevonden videobanden kwamen er tien in het bestand voor. En van de honderddrieëntwintig afbeeldingen op de diskettes van 'jonge ontklede jongens' voldeden er zevenenveertig aan de criteria voor kinderporno. Tieners van mogelijk zestien jaar? Rechter F. had bijvoorbeeld de film *Platino 5 – Heisses Bangkok* in bezit. Inhoud: onder meer twee jongens van twaalf en dertien jaar (!) die oraal en anaal seksueel contact hebben met anderen. En ook op de diskettes was duidelijk dat de afgebeelde jongens nog geen brommer mochten rijden, maar wel vergaande seksuele onderlinge contacten hadden. In het bestand '2boys', zo staat letterlijk in het vonnis, is een naakte jongen van '11 à 12 jaar te zien. Naast hem ligt een andere naakte jongen van ongeveer dezelfde leeftijd. Deze tweede heeft de erectie van de eerste in zijn mond.' Enzovoort, enzovoort.

Dat rechters situaties soms heel anders inschatten dan de gewone burger doet, was genoegzaam bekend. Dat ze soms echter niet in staat zijn het verschil te zien tussen een jongen van elf of twaalf jaar en een knaap van zestien jaar is nieuw en schokkend. Schort er dan toch iets aan hun beoordelingsvermogen?

NASCHRIFT: Mr. F. is veroordeeld tot drie maanden voorwaardelijke gevangenisstraf en vijfentwintighonderd euro boete. Er is hoger beroep aangetekend.

De Kralingse asbak-moord

Joop Westhof wordt in de vroege ochtend van 11 januari 2002 dood aangetroffen in zijn woning aan de Sara Cornelia Molen in Rotterdam-Kralingen. De 50-jarige productiemedewerker van de Heinekenbrouwerij in Zoeterwoude ligt op de grond in een grote plas bloed. Zijn schedel is ingeslagen. Westhof is gevonden door Hennie B., de zoon van zijn vriendin Anneke, die sinds vier maanden in verband met een scheiding bij hem inwoont. B. heeft na een nacht stappen om 06.12 uur in de ochtend 112 gebeld. De politie staat voor een raadsel: Joop was een harde werker, een aimabele vent zonder vijanden. Wie wil deze man nu dood hebben? Uit technisch onderzoek blijkt echter dat de dader een bekende moet zijn. Er zijn geen inbraaksporen en uit een reconstructie van de gevonden bloedspatten komt naar voren dat de Kralinger zittend in zijn televisiestoel moet zijn neergeslagen met een stomp voorwerp. Buren verklaren dat zij even na 24.00 uur in de woning lawaai hebben gehoord, gevolgd door schoonmaakgeluiden.

De politie neemt daarom de 33-jarige huisgenoot Hennie B. nader onder de loep en doet verrassende vondsten. Op de onderkant van zijn sok vindt men bloed dat van Joop Westhof afkomstig is. B. kan de herkomst ervan niet verklaren. Ook treft men tussen de benen van het slachtoffer een schoenspoor aan dat gelijkenis vertoont met het schoenenprofiel van B. Als men zijn verdere gangen nagaat blijkt dat B. die nacht om ongeveer kwart voor één nogal bezweet in een kroeg is binnengekomen. Ook had hij duidelijk meer geld bij zich dan voor hem gebruikelijk was. B. claimde bij zijn terugkeer direct 112 te hebben gebeld, maar als de politie alles terugrekent, komt uit dat B. minstens tien minuten eerst nog iets anders heeft gedaan... De vraag is wat precies. Het moordwapen wordt aanvankelijk niet gevonden, maar anderhalve maand na de moord krijgt de politie een anonieme tip dat Hennie B. de moordenaar is en dat hij Westhof heeft doodgeslagen met een massief glazen asbak die in de hal stond. De politie doorzoekt opnieuw de woning en in de meterkast wordt dan inderdaad een glazen asbak gevonden, die zorgvuldig is schoongemaakt. Toch weet men er in het laboratorium nog wat DNA-materiaal op te vinden. Dit is afkomstig van Hennie B. en kan er alleen opgekomen zijn als hij kracht op de asbak heeft uitgeoefend. Door ermee te slaan bijvoorbeeld.

Niet veel later – in mei 2002 – ontving ik een brief van Didi, de zus van Joop. Zij vroeg mij of ik haar misschien kon helpen met het achterhalen van de toedracht, want van de politie hoorde ze weinig tot niets. Ze had weliswaar de namen van een paar contactpersonen gekregen, maar als ze belde, waren de heren op vakantie, op cursus, vrij, ziek of onderweg. En als er dan eindelijk een afspraak was gemaakt, werd deze telkens weer verzet. Wat ze van de zaak wist, had ze uit de krant, waar de zaak inmiddels werd aangeduid als de Kralingse asbakmoord. Het is het oude liedje. Vervelend was ook dat zij het verzegelde huis van Joop niet in mocht – 'in het belang van het onderzoek' – en zodoende veel zaken niet kon afhandelen. Ruim een halfjaar (!) na de moord kreeg Didi pas de sleutels. Toen ze de deur openmaakte, sloeg de stank van geronnen bloed haar tegemoet. De woning zag er verschrikkelijk uit. Op de grond van de woonkamer was het lijk van Joop uitgetekend, zoals hij daar dood had gelegen. Op de plek waar zijn hoofd had gelegen, lag nog steeds de plas bloed, ingedroogd tot een zwarte koek, compleet met wattenstokjes en schrapertjes. Niemand had er bij de politie kennelijk aan gedacht dat te verwijderen. De hele woning zat verder onder luminolsporen (middel om bloedsporen te ontdekken) en grafietpoeder (om vingerafdrukken veilig te stellen). 'Is dit normaal dat de politie dat zo overdraagt?' vroeg Didi mij geschokt. In het huis vond ze overigens ook nog een jasje met bloed en schoenen met bloedsporen. Kon dat geen bewijsmateriaal zijn? Justitie reageerde geschrokken en beloofde dit snel te komen halen.

Hennie B. kwam ondertussen voor de rechtbank. Het leek een ronde zaak. De bloedsporen kon hij niet verklaren, zijn alibi rammelde en hij was de laatste die Joop in leven heeft gezien en ook degene die hem heeft gevonden. De officier van justitie eiste acht jaar cel. Volgens hem heeft B. de moord uit geld- en drankzucht gepleegd en wilde hij de pinpas van het slachtoffer hebben. B. ontkende alles en werd kort daarop tot veler verrassing door de rechtbank vrijgesproken. 'Ik word gek,' schreef Didi mij ontzet. 'Hij wordt vrijgesproken wegens gebrek aan bewijs, maar de schoen en het jasje zijn ze ondertussen nooit komen halen...'

Er kwam echter nog een hoger beroep. En hoewel het om dezelfde feiten ging, werden deze door het Hof in Den Haag nu anders beoordeeld. Heel anders. De ontkennende Hennie B. werd alsnog schuldig bevonden en veroordeeld tot maar liefst veertien jaar cel. Maar omdat hij in cassatie is gegaan bij de Hoge Raad, blijft hij in afwachting van deze uitspraak tot ongenoegen van de nabestaanden op vrije voeten.

In het voorjaar van 2004, ruim twee jaar na de moord, kreeg ik Didi weer aan de telefoon. Er was een wonder gebeurd! De politie was aan de deur gekomen en had verteld dat Hennie B. zich plotseling bij de recherche had gemeld en had bekend dat hij inderdaad de moordenaar was. Hij had Westhof met de asbak doodgeslagen na een ruzie. Het cassatieberoep trok hij na zijn bekentenis in, waardoor de veertien jaar cel van kracht werd. De zaak was nu écht opgelost, ondanks alles. En wat zei B. – volgens Didi – voordat hij in de cel verdween? 'Als ik geen advocaat had gehad, had ik al veel eerder bekend...' Tja, soms is je geweten de beste raadsman!

De moord op Milica van Doorn

Wie pleegde de pinkstermoord in Zaanstad?

Elke moord is even erg en toch is de ene moord niet de andere, zo weet ik uit ervaring. In ruim vijfentwintig jaar heb ik honderden moorden onderzocht en van een aantal heb ik de details eerlijk gezegd niet meer scherp voor ogen. Maar van andere weet ik tien jaar na dato alles nog. Een van die moorden die in mijn denkbeeldige toptien van op te lossen misdrijven staat is al jarenlang de moord op de 19-jarige Milica van Doorn tijdens de pinksterdagen van 1992. 'Hoe laat gaat de laatste bus?' vroeg de blonde havo-scholiere tijdens een feestje op eerste pinksterdag aan haar vrienden. 'Vier minuten over twaalf,' antwoordde iemand en Milica zei: 'Dan ga ik.' Uitgerekend die avond reed er echter geen bus meer. De volgende ochtend werd Milica vermoord in een kerkvijver gevonden...

De melding

Het telefoontje kwam op de ochtend van de tweede pinksterdag 1992 om 08.54 uur binnen, weet rechercheur Ab Bergers nog precies. Twee minuten later waren de politiemensen ter plaatse. De pastoor van de St. Jozefkerk aan de Veldbloemenweg in de Zaanse wijk Kogerveld had in de vijver naast zijn pastorie het gedeeltelijk ontklede lijk van een vrouw zien drijven. Het was provisorisch toegedekt met geknakte stengels van de rietkragen die de walkanten markeren.

'Een gekke, onlogische plek,' zegt rechercheur André Boelkens, die net als Ab Bergers vanaf het eerste moment bij het onderzoek betrokken is geweest. 'Ja, de dader moet het lijk van Milica dwars door bosschages en langs obstakels daar naartoe hebben gesleept, terwijl er genoeg andere mogelijkheden waren,' vult Ben Posthumus, de groepschef Zware Criminaliteit van de politie Zaanstreek-Waterland aan. Ab Bergers: 'Ik ben direct naar de plaats delict gegaan en heb even later zo veel mogelijk rechercheurs opgetrommeld. Dat viel niet mee, want iedereen was met Pinksteren vrij.'

Het dossier

Jaren na de moord op Milica van Doorn zijn er bij de betrokken politiemensen nauwelijks details vervaagd. 'Ik hoef het dossier niet in te kijken. Ik heb alles nog haarscherp hier zitten,' zegt André Boelkens terwijl hij op zijn hoofd wijst. 'Zeker nu Pinksteren weer in aantocht is, wordt er op onze afdeling weer veel over gesproken. De zaak leeft enorm en zolang die onopgelost is, zal dat ook wel zo blijven.' Ab Bergers: 'Ik heb zelf twee opgroeiende dochters en waarschuw hen wel eens. *Denk aan Milica,* zeg ik dan.'

We zitten op het politiebureau aan het Guishof in Zaandijk in de kamer van voorlichter Martin Eijben te praten, te filosoferen en vaak ook te speculeren. Wat is er in 's hemelsnaam in de nacht van maandag 7 op dinsdag 8 juni 1992 gebeurd? Waarom werd een jong, onschuldig meisje van het leven beroofd? De Zaanse recherche maakt graag van de gelegenheid gebruik om de geruchtmakende pinkstermoord opnieuw onder de aandacht te brengen. Op mijn openingsvraag wat er nu nog met het dossier van Milica gebeurt, zegt Ab Bergers eerlijk: 'Het staat in de kast, maar bij het minste of geringste halen we 't er weer uit. Elke tip wordt direct nagetrokken.'

De identificatie

'We wisten al snel om wie het ging,' verhaalt Ab Bergers. 'We vonden op de pd, de plaats delict, wat kleding en een handtas van Milica en daar zat een postidentiteitskaart in. Op dat moment was zij nog niet als vermist opgegeven.' De negentien lentes tellende Milica was een vlotte, populaire en zelfstandige meid, die weliswaar nog bij haar ouders in het centrum van Zaanstad woonde, maar wel eens vaker onaangekondigd bij vrienden of vriendinnen bleef slapen. Milica, de middelste uit een gezin van drie dochters, had zojuist haar eindexamen havo gedaan op het plaatselijke St. Michaelcollege en was die bewuste avond op verjaardagsvisite geweest bij vrienden aan de Fluitekruidweg. Tegen twaalf uur was zij vertrokken om buslijn 63 te halen die haar naar het centrum moest brengen. Het was hooguit vijf minuten lopen van de flat naar de bushalte, een afstandje van niets. Er was echter één MAAR, ontdekte het vijfentwintig man sterke rechercheteam al snel bij het natrekken van haar laatste gang: in verband met Pinksteren reed er op dat tijdstip geen bus meer.

Milica had geen geld bij zich en besloot daarom waarschijnlijk om maar naar huis te gaan lopen. André Boelkens: 'Dat is tenminste wat we denken. Maar echt zeker weten, doen we het niet. Ze is tweehonderd meter voorbij de bushalte nog door een echtpaar gezien toen ze langs een telefooncel aan de Fluitekruidweg liep. Nee, ze heeft er niet gebeld. En tja... daarna ontbreekt ieder spoor.' En vanaf dat moment zijn er dus ook verschillende theorieën mogelijk. Ben Posthumus: 'We weten niet wat zij op dat moment heeft besloten of gedacht. Het kan best zijn dat ze is teruggelopen naar de flat en dat ze daar in het trapportaal is aangevallen en meegenomen. Het hoeft niet per se bij de bushalte te zijn gebeurd.'

De doodsoorzaak

Uit de sectie blijkt dat Milica door een mes om het leven is gebracht. Als ik vraag door hoeveel messteken, kijken de drie rechercheurs elkaar een moment twijfelend aan. 'Enkele,' antwoordt Bergers dan. En Boelkens verbetert: 'Schrijf maar: meerdere... We moeten bepaalde dingen achter de hand houden, begrijp je.' Waren het direct vitale steken? De rechercheur knikt. 'De dader heeft gericht gestoken en had absoluut de bedoeling, de opzet, om te doden. Daar kan geen twijfel over bestaan...' Er valt even een stilte in de kamer.

Uit het buurtonderzoek blijkt dat omwonenden die nacht hebben horen gillen, overigens op verschillende tijdstippen. Het Kogerveld is met een treinstation een rumoerige buurt, waar beschonken stappers met de laatste trein uit Purmerend en Amsterdam terugkeren en hun feestje luidruchtig op straat voortzetten. De meldingen bij de politie over het gegil, angstkreten volgens sommigen, liepen echter qua tijdstip zo uiteen, dat de recherche er geen conclusies aan kon verbinden.

De vindplaats

De vindplaats van het stoffelijk overschot levert de politie een aantal aanwijzingen op. De belangrijkste is zonder meer dat Milica niet aan de oever van het vijvertje is vermoord. 'Nee,' stelt rechercheur Ab Bergers. 'Wij denken, of liever gezegd, wij zijn ervan overtuigd, dat Milica op een andere locatie is vermoord en dat zij pas later onder de rietstengels in die vijver aan de Veldbloemenweg is "verstopt". Waarom we dat geloven? Er is ter plekke te weinig bloed gevonden. Veel te weinig. Haar verwondingen waren van dien aard dat er meer bloed moest zijn. Bovendien blijkt uit de sporen die wij hebben gevonden dat er met het lijk over de grond, door bosschages en langs allerlei obstakels is gesleept. Als Milica nog had geleefd, was dat niet nodig geweest.'

Ben Posthumus: 'De grote vraag is natuurlijk: waar is Milica dan wél vermoord? Vaststaat dat daar een grote plas bloed moet hebben gelegen.'

Ab Bergers: 'We hebben ons ook steeds afgevraagd waarom ze nu precies op deze rare plek is achtergelaten, praktisch voor de deur van de kerk. Op Pinksteren ook nog. Had dat een bedoeling? Was dat een teken?'

André Boelkens: 'Een andere theorie is dat ze eerst in een auto is gestapt of gesleurd en elders is omgebracht en vervolgens in het water bij de kerk is gelegd. Het vreemde is dat de dader daarvoor vrijwel zeker ook zelf te water moet zijn gegaan. Anders kon hij Milica daar niet zo onder die afgebroken rietstengels neerleggen. Maar waarom doet een dader dat zo ingewikkeld?'

Ab Bergers: 'De jaren erna hebben we op Pinksteren de omgeving van het Kogerveld nog extra in de gaten gehouden, omdat we vreesden dat de dader dan misschien in herhaling zou vallen.'

Het tijdstip van overlijden

Volgens de rechercheurs is het niet mogelijk dat Milica in het water nog veel bloed heeft verloren. 'Nee,' stelt groepschef Posthumus vrij beslist. 'Het is ondiep, stilstaand water daar. Dan hadden we aan de rietstengels meer bloedresten moeten vinden. Milica was al dood toen zij daar werd neergelegd, want er is bij sectie geen water in haar longen gevonden.' Het tijdstip van haar overlijden, recherchetechnisch een zeer belangrijk gegeven, kon daardoor niet goed worden vastgesteld. Omdat het stoffelijk overschot in het water lag, was het ondoenlijk om, zoals gebruikelijk is, aan de hand van haar afgekoelde lichaamstemperatuur het tijdstip van overlijden vast te stellen. Dat was een handicap volgens de rechercheurs, omdat het de witte plek in de denkbeeldige tijdbalk van die Pinksteravond vele uren groter maakt. 'Het kan tien minuten na haar vertrek zijn geweest, maar ook enkele uren later,' aldus André Boelkens.

De getuige

Een klein beetje houvast gaf de getuigenis van een conducteur, die de bewuste nacht om vijf minuten over twee met de laatste trein aankwam en langs de St. Jozefkerk naar huis wandelde. Het was pikdonker bij de ietwat afgelegen kerk, vooral ook omdat de bomen en bosschages vol blad zaten en vrijwel al het maanlicht wegnamen. Ab Bergers: 'De conducteur liep langs de ingang van de kerk, waar het lijk van Milica, gezien de sleepsporen, ook even gelegen heeft. De man zag in de struiken toen twee donkere gestalten, maar liep door. Hij dacht dat het een vrijend paartje was en meldde deze waarneming pas toen hij in de krant over de moord had gelezen. Of het Milica was met haar moordenaar? Het zou kunnen. We hebben in ieder geval nooit kunnen vaststellen wie het anders waren.'

Het motief

Het lijdt weinig twijfel dat de moord op Milica een zedendelict is. Een lustmoord. Het feit dat zij gedeeltelijk ontkleed was, wijst daarop. Bergers: 'Haar kleding is niet stukgescheurd, maar wel met kracht uitgetrokken.' Waren er behalve dat misschien nog andere sporen van seksueel geweld? André Boelkens bedachtzaam: 'Daar zijn we niet helemaal zeker van. Er zijn bij de sectie geringe spermasporen bij Milica gevonden. We hebben die in een speciaal laboratorium in Duitsland laten onderzoeken, maar daar kon men geen uitsluitsel geven over de ouderdom van het sperma. We komen nu niet verder dan de vaststelling dat Milica binnen de vierentwintig uur voor haar dood nog gemeenschap heeft gehad, maar we weten niet of dit onder dwang is gebeurd.' Ab Bergers met nadruk: 'Maar we hebben evenmin een vriendje gevonden die verklaarde dat hij nog intiem contact met Milica had gehad. Het is net als met die waarneming van die conducteur: het zijn aanwijzingen, maar ze zijn nét niet concreet genoeg om iets anders uit te sluiten.'

Het buurtonderzoek

Een nadeel voor het rechercheteam was dat de moord met Pinksteren plaatsvond, meent Ab Bergers: 'Niet alleen veel rechercheurs waren dat weekeinde vrij en afwezig, maar ook heel veel omwonenden. Dat heeft ons in het buurtonderzoek wel parten gespeeld. Ook het feit dat het lijk van Milica buiten op publiek terrein is gevonden, maar vrijwel zeker op een andere plaats is vermoord, maakte het sporenonderzoek extra moeilijk.' Ben Postumus: 'We hebben de hele locatie afgezet en uitgekamd, maar als je dan ziet wat je tussen die struiken allemaal tegenkomt aan troep, daar sta je versteld van. En alles kan er in principe mee te maken hebben.' Voorlichter Martin Eijben, met enig gevoel voor understatement: 'Ja, we hebben daar ik weet niet wat gevonden, behalve een aansteker met initialen van de dader...'

De relatiekring

De recherche heeft uiteraard de aanwezigen op het verjaardagsfeestje nagetrokken en ook de rest van de vriendenkring van de havo-scholiere tegen het licht gehouden, maar geconcludeerd dat niemand daarvan iets met het misdrijf te maken had. Ab Bergers: 'Wie kon vooraf weten hoe laat zij daar weg zou gaan? Niemand. Dat was allemaal toeval.' André Boelkens: 'Wat helemaal een onbekende factor was, was dat er op dat tijdstip toevallig geen bus meer ging. Dat zijn allemaal omstandigheden waar niemand rekening mee heeft kunnen houden. Wij gaan er daarom van uit dat Milica op een verkeerd moment en op de verkeerde plaats de verkeerde persoon heeft getroffen. Een gruwelijke speling van het lot en geen vooraf beraamde misdaad. Ze had op dat moment alles gewoon tegen.' En vervolgens mijmerend: 'Die meid heeft zo'n pech gehad dat er die avond geen bus meer ging.'

Ben Posthumus: 'We hebben echt alles nagetrokken hoor: taxi's, bussen, tuinhuisjes, caravans, noem maar op. We hebben zelfs gecontroleerd of er in die vijver misschien bootjes hebben gevaren.' En met een spijtig gezicht: 'Het heeft niets opgeleverd.'

De foto

André Boelkens bladert in het dossier en haalt er dan een korrelige zwartwitfoto uit. 'Kijk,' zegt hij, 'deze is tegen elf uur nog op het verjaardagsfeestje gemaakt. Het is de laatste foto van Milica.' Hij toont 'm aan mij. Op de foto zie ik een klassiek jongerenfeestje. Op tafel staan wat lege Heineken bierflesjes. Een jongen proost lachend naar de fotograaf. Milica zit met haar mooie blonde haar samen met nog iemand op de leren bank en kijkt een beetje stuurs voor zich uit. Niet echt vrolijk, maar de foto kan daarin volkomen vertekenen. Boelkens bergt 'm weer secuur op in het dossier. Nog geen uur nadat ie was genomen, was Milica waarschijnlijk al overrompeld en vermoord. Die gedachte maakt dat het zorgeloze beeld van de foto een beladen dimensie krijgt.

De schoen

Een belangrijk aanknopingspunt vlak na de moord was voor de recherche het feit dat er bij de vijver slechts één schoen, de rechter, van Milica was gevonden. De ander ontbrak. Ab Bergers: 'We dachten: joepie! Die linkerschoen moest dus ergens anders zijn. Misschien nog op de plaats van de moord of anders in het bezit van de dader. Als we die schoen ergens zouden vinden, hadden we waarschijnlijk ook meteen de dader.' En dus werden er huis-aan-huis pamfletten verspreid en werd er in AVRO's *Opsporing Verzocht* een oproep gedaan aan mensen of zij de ontbrekende schoen hadden gezien of gevonden. Het was een opvallende zwarte instapschoen met daarop een zilverkleurige, hartvormige gesp. De foto ervan haalde alle kranten. Ben Posthumus quasi-nijdig: 'We hebben echt ongelooflijk veel energie aan die rotschoen besteed! We hebben de gemeente gevraagd om alle bloemperken in de omgeving te snoeien, omdat hij daar tussen kon liggen. We hebben containers en vuilnisbakken nagekeken, stortplaatsen overhoop gehaald, drie dagen lang een vuilnisbelt uitgekamd, de brandweer laten duiken... Noem het maar op en we hebben het gedaan.'

Ab Bergers: 'We hebben zelfs tot uit Maastricht tips over die schoen gehad.' André Boelkens: 'En hoeveel keer we iemand dagenlang hebben geobserveerd omdat een buurman meende dat er een damesschoen achter in diens auto lag, is ook niet meer te tellen. Iedere keer gingen we er weer achteraan: wie is die man, wat doet hij, heeft hij antecedenten... heel tijdrovend. En vervolgens bleek dan na vier dagen speuren dat het helemaal niet om een schoen ging, dat de buurman het verkeerd had gezien.'

Ab Bergers weer: 'We hebben ook nog een auto gehad die in de nacht van de moord in het centrum van Zaandam was uitgebrand en waarin bloedsporen waren aangetroffen. We zijn daar dagen mee in de weer geweest. Dat is 'm, dachten we! De auto is vast in brand gestoken om bloedsporen te wissen, maar uiteindelijk bleek het ook een loos spoor te zijn. Ja, we hebben ons aan alles vastgeklampt.'

De ontgoocheling was bij de speurders dan ook groot toen zich ongeveer een halfjaar na de moord een dakdekker meldde, die de ontbrekende schoen gewoon op het platte dak van de St. Jozefkerk had gevonden. De politie had er al die tijd bijna letterlijk bovenop gestaan. Door regen en wind waren mogelijke sporen inmiddels vergaan. Ben Posthumus: 'Tja, dat deed natuurlijk even pijn... dat was een foutje van ons. We hadden wél op het kerkdak gekeken destijds, maar waren er niet echt opgeklommen. Dat moet je dus wel doen. De schoen lag precies achter een pijpje waardoor je 'm niet zag. Moet je nagaan, we hebben destijds nog luchtfoto's laten maken en nu we weten waar de schoen lag, zeggen we: verhip, je kunt 'm er nog op zien ook: een klein zwart stipje. Maar ja, dat is achteraf.'

André Boelkens: 'We denken dat de moordenaar zich van de schoen heeft willen ontdoen door hem in het water te gooien, maar dat hij is afgezwaaid en op het dak terecht is gekomen.'

De dwaalsporen

Tips kreeg de politie de eerste tijd volop, maar de inspanningen leidden nooit tot succes. Wel tot niet-alledaagse onderzoeken en verdachten. Ab Bergers: 'We hebben zelfs eens iemand op de korrel gehad die met botulisme in het ziekenhuis was opgenomen en zijn arm in het verband had. Wij gaan ervan uit dat de dader die nacht ook in het water is geweest en als hij verwondingen had, wat zeer waarschijnlijk is, kan hij botulisme hebben opgelopen. Ook hier hebben we weer dagen aan besteed, maar de man in kwestie bleek zijn arm gewoon te hebben bezeerd aan zijn fiets. Niks aan de hand.'

André Boelkens toelichtend: 'Het is vrijwel zeker dat de dader die nacht gewond moet zijn geraakt, toen hij Milica overmeesterde. Ik wil daar om tactische redenen niet te veel over kwijt, maar ik kan je verzekeren dat ze voor haar leven heeft gevochten, als een kat, ja als een leeuwin...' Bergers en Posthumus knikken zwijgend.

Op 1 augustus 1992, een paar maanden na de moord, dacht de krantenlezer even dat het misdrijf zou worden opgelost. Toen werd namelijk bericht dat de 29-jarige Arnold H. in Zaanstad was gearresteerd voor de moord op een vrouw die op het eerste gezicht overeenkomsten vertoonde met de zaak van Milica. H. had na een avondje stappen de 48-jarige Trijntje Zwart in blinde woede doodgeschopt, omdat zij niet op zijn avances wilde ingaan en hem in het gezicht had gekrabd. Bergers: 'We hebben hem natuurlijk stevig aan de tand gevoeld over Milica, maar naast een paar overeenkomsten zaten er toch ook grote verschillen in beide zaken. H. heeft volgens ons niets met de moord op Milica te maken gehad.'

Boelkens: 'Ach, er hebben in deze zaak zoveel wilde verhalen de ronde gedaan. Bijvoorbeeld dat de paskamermoord op Sandra van Raalten in 1984 en de moord op Anita Bührs en haar 3-jarig zoontje Berry in de zomer van 1993 er iets mee te maken hadden. Op een gegeven moment ontdekte iemand dat de voornamen van alledrie de slachtoffers, Milica, Sandra en Anita, op een A eindigde en dat kwam in de pers. Maar dat was dus echt allemaal onzin. Wij hebben geen enkel verband in die zaken kunnen ontdekken. We hebben in de loop der tijd een aantal serieuze verdachten hier op het bureau in hechtenis gehad. Soms dachten we: nou, we zijn warm. Maar dan bleek na een poosje dat het 'm toch niet was en moest je weer opnieuw beginnen.'

Het daderprofiel

Om meer inzicht in de persoonlijkheid van de dader te krijgen, hebben de Zaanse rechercheurs Carlo Schippers, een specialist van de Centrale Recherche Informatiedienst (CRI), in alle stilte een zogenoemde profiel- of daderschets laten maken. Het is de rechercheurs niet toegestaan om daar inhoudelijk iets over te vertellen, maar Ben Posthumus zegt wel: 'Zo'n schets is akelig precies. Alsof de opsteller er zelf bij is geweest. Het heeft veel weg van een verhaal van een paragnost, die soms ook heel feitelijk gebeurtenissen beschrijft.' In zijn algemeenheid kan wel worden vermeld dat de profiler ervan uitgaat dat de dader ter plekke goed bekend is en waarschijnlijk in de buurt woont. Maar die buurt is nog behoorlijk groot als je niet precies weet wie je moet hebben.

Boelkens: 'Het klinkt allemaal interessant, maar wij moeten feitelijkheden hebben.' Bergers: 'Ja, want er staat mij bij dat zo'n profiel er ook wel eens gruwelijk naast zit. In de Heijn-zaak bijvoorbeeld. Het kan dus ook heel gevaarlijk zijn om je daar op te richten.'

Wat de politiemensen in hun onderzoek vooral hoofdbrekens bezorgt, is de vraag of het toeval is dat de dader het lijk van Milica na de moord op haar looproute naar huis heeft achtergelaten. Boelkens: 'Als je er nu van uitgaat dat hij haar daar niet heeft vermoord, waarom neemt hij dan het risico om met haar lijk terug te gaan naar de buurt waar hij haar heeft overmeesterd? Dat begrijp ik niet. Is dat toeval geweest? De dader nam daarmee een groot risico. Of had het een bedoeling?' Bergers: 'Het is niet echt een doorgaande wijk. Dat zou erop wijzen dat de dader er bekend moet zijn. Iemand die wist wat hij deed, want het is de enige uitgaande route. Misschien wilde hij van Milica af voordat hij de wijk verliet. De wat afgelegen, donkere locatie bij de kerk was dan een geschikte plaats.' Posthumus: 'Ik weet het niet. Volgens mij is het een toevalstreffer geweest. Hier zit geen logica in.'

De oproep

Hoe dan ook, het wachten is nu toch op de gouden tip, beklemtonen de drie speurders. Zo'n beetje alles is uitgezocht en nu moet er iemand met een nieuw spoor, een nieuwe tip, komen. Ab Bergers: 'Er moeten mensen zijn, die weten hoe het zit. Dat kan niet anders. Zij moeten praten, hun geweten laten spreken. Voordat deze dader opnieuw slachtoffers maakt, als dat niet al gebeurd is.'

André Boelkens: 'De dader heeft ongetwijfeld met iemand over de gebeurtenissen van die nacht gesproken. Als je zo'n misdrijf pleegt, heb je een uitlaatklep nodig. Dat kun je niet alleen verwerken.' Ab Bergers: 'Ik vraag iedereen daarom nog eens goed alles na te gaan. De dader is in de nacht van de moord vrijwel zeker nat thuisgekomen, was vermoedelijk gewond aan handen en/of gezicht en had waarschijnlijk ook bebloede kleding. Het gaat er bij mij niet in, dat niemand dat heeft opgemerkt.'

Naschrift

Anno 2005 is de moord op Milica van Doorn nog steeds onopgelost, maar het dossier is niet gesloten. Rechercheurs van de politie Zaanstreek-Waterland zijn nog steeds met de zaak bezig en hebben hoop ooit de oplossing te kunnen aandragen. Er zijn nieuwe technieken en methodieken op de zaak losgelaten. Het gevonden DNA levert nu meer informatie op dan destijds. Profiler Carlo Schippers is gevraagd op basis van 'voortschrijdend inzicht' een nieuw daderprofiel te maken. Ook worden er nog steeds nieuwe tips nagetrokken en oude getuigen gehoord.

Voor tips: prdv@xs4all.nl

De Snelwegschutter van Soesterberg

Een van de meest bizarre moordzaken waarmee ik me ooit heb beziggehouden, is ongetwijfeld die van Peter Troost, die op 17 oktober 1988 om het leven werd gebracht door de 'Snelwegschutter van Soesterberg'. Peter, een snackbarmedewerker, was die bewuste avond op weg naar een vriend en reed in zijn Opel Kadett over de Amersfoortsestraat ter hoogte van de Vliegbasis Soesterberg, toen zijn zijruit plotseling verbrijzeld werd. Andere automobilisten zagen hoe Peter nog zelf zijn auto tot stilstand bracht, maar vervolgens bewusteloos wegzakte. Tegen een helpende passant had hij nog gemompeld dat er een steen door zijn ruit was gegooid. Dat kon goed kloppen. Peter had een bloedende wond aan zijn hoofd, veroorzaakt door glassplinters, veronderstelde men. Een paar uur later overleed hij in het ziekenhuis. Toen er sectie werd verricht, bleek dat het raadselachtige ongeluk een keiharde moord was. De 24-jarige Soesterberger was geraakt door een kogel, die waarschijnlijk was afgevuurd door een hem tegemoet rijdende auto. De politie startte een groot onderzoek en vond uit dat er die avond meer schietincidenten waren geweest. Uit de getuigenverklaringen kwam naar voren dat de 'snelwegschutter' waarschijnlijk vanuit een rode Renault 4 had geschoten.

Voor de ouders van Peter, John en Cootje Troost, was zijn gewelddadige dood niet te verwerken. Na de moord ben ik een aantal malen bij hen thuis geweest en heb gezien hoe hard dit misdrijf hen heeft getroffen. Peter, die nog thuis woonde, was hun oogappel. Een goedlachse, hulpvaardige jongen, die nooit iemand kwaad deed. Waarom was juist hij slachtoffer van zo'n lukraak schot geworden? De gedachte dat hun zoon nu nog gewoon zou leven als hij een halve minuut later van huis was vertrokken, als hij misschien drie kilometer harder of zachter had gereden, of gewoon een halve meter meer naar rechts of naar links had gestuurd, was gekmakend. In hun woning houden zijn ouders Peters kamer intact. De symbolen van een zorgeloos jongensleven – een vishengel, een tennisracket, een gitaar, een draaitafel en veel langspeelplaten – vormen de tastbare herinnering van het jonge leven dat hen abrupt was afgenomen.

De politie tastte aanvankelijk in het duister over de moord. Men ontdekte dat er op dezelfde avond, naast de schietincidenten op de snelweg, ook nog op een garage van een automatiseringsdeskundige in het naburige Zeist was geschoten, waarschijnlijk met eenzelfde wapen. Ook hier ontbrak een motief. Een paar weken later, in november 1988, werd bij een golfbaan in Bilthoven een man met een priem in de hartstreek gestoken. Hij had iemand betrapt die autobanden lek prikte en had die confrontatie bijna met de dood moeten bekopen. Het slachtoffer kon een goed signalement geven en dat leidde nog dezelfde avond tot de arrestatie van de toen 53-jarige Kommer Q. Deze bleek in het bezit te zijn van een vuurwapen met hetzelfde kaliber en dezelfde munitie als bij de moord op Peter Troost waren gebruikt. En dat niet alleen: hij reed ook in een... rode Renault 4 en was ook in het bezit van een visitekaartje van de man uit Zeist wiens garage was beschoten. De arrestant had voor hem gewerkt; het dienstverband was na onenigheid verbroken. In de auto van Kommer Q. werd bovendien een krant gevonden waarin over de daden van de 'snelwegschutter' werd bericht. En tot slot werden in de Renault 4 en op de kleding van Q. zogenaamde schotresten aangetroffen. De verdachte zelf zweeg en weigerde elke medewerking aan het onderzoek.

Hoewel de zaak zo klaar als een klontje leek en de aanklager zelfs levenslange gevangenisstraf tegen hem eiste, werd Q., tot verbijstering van John en Cootje Troost, door zowel de rechtbank als het Gerechtshof vrijgesproken van de moord op Peter. Er was onvoldoende direct bewijs, vond men. Kommer Q. werd wel veroordeeld tot een jarenlange gevangenisstraf voor het neersteken van de man bij de golfbaan, maar daarmee was de zaak gesloten. Echter niet voor John Troost. Hij had bij het graf van zijn zoon gezworen dat hij wraak zou nemen op de man die dit had gedaan. Ook tegenover mij heeft John dat vaak herhaald. 'Ik ga er graag voor zitten,' zei hij dan. Zijn leven was toch al kapot. De curieuze rechtsgang had zijn haat tegen de dader alleen maar aangewakkerd. Het onrecht verteerde hem vanbinnen, letterlijk en figuurlijk. Ex-marinier Troost veranderde van een sterke kerel in een lichamelijk wrak. Hij viel vijfentwintig kilo af en kon aan niets anders meer denken dan aan de moordenaar die de dans was ontsprongen. Hij schreef de minister van Justitie boze brieven, hij vroeg de aanklagers en rechters om opheldering. Kon de zaak niet heropend worden? En toen het antwoord ontkennend was, 'bedreigde' hij de advocaat van Q. Ik zag alles met lede ogen aan. Ik begreep John Troost al te goed, maar wist tegelijkertijd dat de vrijspraak onherroepelijk was.

Jaren verstreken en andere zaken eisten mijn aandacht op. Zo af en toe hoorde ik nog wat van John Troost, via een brief of een telefoontje. Ik wist dat hij inmiddels tegen de zeventig liep en ergens hoopte ik dat hij het noodlottige verlies van zijn zoon een plaats kon geven en dat de verbittering en haat langzaam iets zouden wegebben. Al realiseerde ik mij wel dat de blik in de ogen van John Troost altijd heel andere taal sprak en hij het Uur der Wrake waarschijnlijk nooit uit zijn hoofd kon zetten.

Een tijd later, begin mei 2004, werd ik door iemand gewezen op een mysterieuze kleine advertentie, een zogenoemde 'Speurder' in *De Telegraaf*. Er stond: 'Gezocht: woon- en/of verblijfplaats van Kommer Q. Dit in verband met het nakomen van mijn belofte aan hem gedaan in 1989.' Wat ik vermoedde was waar: eventuele reacties moesten naar J. Troost in Soesterberg...

Hongerdood in een politiecel – de derde Baarnse zaak

In eerdere hoofdstukken schreef ik al eens dat er in de gemeente Baarn twee roemruchte moordzaken hebben plaatsgevonden, die allebei misdaadklassiekers zijn geworden. Om te beginnen was er de moord op de 14-jarige Theo Mastwijk. Zijn lijk werd op vrijdag 27 oktober 1961 in de tuin van een kapitale Gooise villa bij toeval gevonden door een werkman die een oude waterput leegschepte. Mastwijk was ongeveer een jaar daarvoor vermoord, waarna zijn lijk in de put met ongebluste kalk was bedekt, waardoor het ontbindingsproces werd versneld. De daders waren twee vriendjes van de jongen, die in de villa woonden en uit een vooraanstaande familie kwamen. Deze eerste Baarnse moordzaak beheerste ruim veertig jaar geleden maandenlang het nieuws, mede omdat er een zweem van klassenjustitie omheen hing: rijkeluisdaders die zich moesten verantwoorden voor de moord op een sloeber die niemand echt had gemist.

De tweede Baarnse moordzaak is eind vorig jaar door toedoen van mijn tv-programma aan het licht gekomen. Collega Kees van der Spek en ik reageerden toen op een melding van een verontruste buurtbewoner die vertelde dat het echtpaar Hans (69) en Ria (63) Müller bij hem in de straat al vier jaar niet meer was gezien, terwijl hun huishoudelijke beslommeringen al die tijd werden waargenomen door een ietwat zonderlinge oppas, Paul de R. Hij had min of meer zijn intrek in het huis genomen, maar beweerde niet te weten waar het echtpaar verbleef en wanneer zij terug zouden komen. Omwonenden hadden een paar keer de politie op de vreemde gang van zaken geattendeerd, maar werden telkens afgepoeierd. Kees en ik hadden na een middagje snuffelen al door dat het geen zuivere koffie was en verzamelden vervolgens zo veel belastend materiaal dat de onwillige politie er niet meer omheen kon. In januari werden de stoffelijke overschotten van Hans en Ria Müller in de grond van een kinderboerderij gevonden, waarvan Paul de R. beheerder was.

Een poosje nadat ik over deze twee zaken had geschreven, ontving ik een e-mailtje van iemand die mij erop wees dat er in Baarn nog een derde roemruchte zaak heeft plaatsgevonden, die qua ernst zeker kan wedijveren met de andere twee. Er zijn niet veel mensen meer die zich deze derde kwestie kunnen herinneren, doordat deze zich ruim tachtig jaar geleden – in 1924 – heeft afgespeeld, maar hij is huiveringwekkend gruwelijk. De derde Baarnse zaak is dus feitelijk de eerste, maar dat terzijde. Kon de Baarnse recherche in de tweede Baarnse moordzaak beticht worden van ernstig tekortschieten; in de zaak van 1924 was de dood van de hoofdpersoon zelfs veróórzaakt door pure nalatigheid van de plaatselijke politie: een zwerver was in een politiecel vergeten (!) en daar van uitputting, honger en dorst gestorven... Mijn interesse was op slag gewekt, dus probeerde ik erachter te komen wat er precies was gebeurd. Via oude krantenartikelen en internet* kreeg ik meer inzicht in deze schokkende affaire.

Op 15 april 1924 meldde *De Gooi- en Eemlander*, in een éénkolomsbericht: 'EEN VREESELIJK VERZUIM! OPGESLOTEN ZWERVER DOOR DE POLITIE VERGETEN – DEN HONGERDOOD GESTORVEN.' In het artikel werd bericht dat op 25 maart 1924 de 56-jarige zwerver Pieter Rigters uit Vlaardingen zich bij het politiebureau in Baarn had gemeld en daar om een slaapplaats had gevraagd. De man werd naar een cel in het nachtverblijf gebracht, dat geheel los stond van het politiebureau. Volgens voorschrift werd 'den ongelukkige zwervende tobber' in het nachtverblijfregister ingeschreven. Maar bij de wisseling van de wacht werd verzuimd dit ook mondeling aan de nieuwe wachtcommandant mede te delen en omdat deze op zijn beurt weer niet in het register keek, werd de arme zwerver glad vergeten. Een dag, twee dagen, een week... nog langer. In die tijd was er kennelijk nog zo weinig criminaliteit in 't Gooi dat het arrestantenverblijf wekenlang leeg stond en er niemand kwam. Pas op 11 april, tweeënhalve week nadat Rigters in het bijgebouwtje was opgesloten, moest er opnieuw iemand worden ondergebracht en vond men het lijk van de ongelukkige, die volgens de krant 'den vreeselijken hongerdood gestorven moest zijn'.

* Met dank aan: www.oud-baarn.nl

Waarschijnlijk heeft de toch al uitgemergelde zwerver dagenlang achter de massieve deur van zijn cel om hulp geroepen, zonder dat iemand hem hoorde. De man had niets gedaan en had gewoon de volgende dag – na een verkwikkende nachtrust en een sober staatsontbijt – op vrije voeten moeten worden gesteld, maar in plaats daarvan stierf hij in de ruim twee weken die volgden een gruwelijke marteldood. Ook toen bracht de tragedie Nederland wel in beroering, maar opvallend is hoe onderdanig de pers over de kwestie berichtte. 'De Justitie heeft de zaak in handen en wij onthouden ons dus van verder commentaar', schreef men letterlijk. Nou, dat had vandaag de dag eens moeten gebeuren! Wel werd er aan toegevoegd dat men hoopte dat dit 'schandaal dat aan de Middeleeuwen herinnert niet in den doofpot gestopt wordt'. Daar was ik ook wel nieuwsgierig naar. Hoe werd zo'n afgrijselijke blunder strafrechterlijk afgedaan? Ook daar gaven de kranten antwoord op. De rechtbank in Utrecht sprak op 10 juni 1924 'Den Baarnschen politieagent' W. Huisman vrij van dood door schuld, nadat één maand cel tegen hem was geëist. De rechtbank achtte niet bewezen dat de diender 'met veeljarigen diensttijd' in deze kwestie 'hoogst onvoorzichtig, nalatig en onnadenkend zoude hebben gehandeld'. Men wil ons soms wel eens doen geloven dat dit 'de goede, oude tijd' is, maar als u het niet erg vindt, prefereer ik onze tijd...

1924: DE EERSTE VERBORGENCAMERA-ACTIE

Vandaag de dag is de verborgen camera een even gewoon als geducht wapen in de televisiejournalistiek. Werd het nog niet zo lang geleden bij uitzondering ingezet, tegenwoordig maken alle zichzelf respecterende consumentenrubrieken, automagazines, actualiteitenrubrieken en misdaadprogramma's er gebruik van. Wie het gebruik van de verborgen camera heeft uitgevonden, is mij niet bekend, maar bij het grote publiek deed deze zijn intrede met beroemde amusementsprogramma's als *Poets* en *Bananasplit*. In alle onbescheidenheid mag ik zeggen dat ik vanaf 1991 ook een rol heb gespeeld bij de introductie en verbetering van deze methodiek in de televisiejournalistiek, eerst bij het programma *Crime Time* (samen met Jaap Jongbloed) bij de TROS en later natuurlijk bij mijn eigen programma. Wij maken tegenwoordig gebruik van verborgen camera's, die zo klein zijn als een luciferkop, wanneer we willen vastleggen wat je niet te horen of te zien krijgt als je met open vizier filmt. Misstanden en onbetamelijk gedrag kun je meestal alleen registreren als de betrokkenen zich niet van je aanwezigheid bewust zijn. De verborgen camera heeft mij en mijn tv-programma de afgelopen tien jaar zodoende onschatbare diensten bewezen.

De reden dat ik hier over begin, is dat ik in het voorjaar van 2004 bij toeval op een van de allereerste verborgencamera-acties ben gestuit, die tachtig jaar daarvoor (!) heeft plaatsgevonden. En dat had alles te maken met de lugubere dood van de 56-jarige zwerver Pieter Rigters, die in 1924 in een politiecel aan het Baarnse Stationsplein de nacht zou doorbrengen, maar vervolgens door de dienstdoende agenten gewoon werd vergeten. Rigters stierf een gruwelijke hongerdood in zijn cel en werd pas na zestien dagen bij toeval gevonden toen zich een paar andere zwervers voor onderdak meldden. In het vorige hoofdstuk heb ik deze 'Eerste Baarnse zaak' uitvoeriger beschreven. Ik meldde toen ook dat de pers zich in deze kwestie destijds buitengewoon gedwee opstelde. De kranten schreven toen: 'De Justitie heeft de zaak in handen en wij onthouden ons dus van commentaar.'

Maar toch had dit schokkende incident ook journalisten aan het denken gezet. Was de dood van de zwerver een tragisch ongeluk, of was er sprake van structurele verwijtbare nalatigheid en onjuiste bejegening? Hoe gingen autoriteiten en burgers eigenlijk met 'landloopers' om? Er was natuurlijk maar één goede manier om dat te ontdekken, concludeerde een fotoredacteur van het geïllustreerde blad *Het Leven* in Amsterdam. En die methode was: de proef op de som nemen. En dus trok de man in juli 1924 een 'schooierspakje' aan, dook een paar afgetrapte schoenen en een oud hoedje op, liet een baard staan en ging op pad, met in zijn kielzog een fotograaf met verborgen camera. Omdat landlopen in die tijd strafbaar was en de veldwachterij daar behoorlijk op gespitst was, had de redacteur, die in het blad slechts werd aangeduid als 'collega B.', een 'negotiekist' (kist met handelswaar) bij zich met 'spelden, garen en band'. In het weekblad werd de 'operatie' als volgt aangekondigd en gerechtvaardigd: 'We wilden in woord en beeld meer licht laten vallen op het schrikkelijke leven des zwervers, om zoodoende meer belangstelling te wekken voor hun lot en door die belangstelling verbetering! Hoe zouden we dat beter kunnen doen, dan zelf maar eens te ondervinden wat het beteekent zonder een cent op zak te moeten zwerven – dan door zelf voor een poos landlooper te worden, 'n paria onder de menschen, ellendig en nietswaardig, iemand die men schuwt als de pest. Een onzer fotoredacteuren heeft de ondankbare, vaak haast niet te volbrengen taak op zich genomen om als landlooper aan den lijve te ondervinden wat het leven van een geminachte zwerver wel beteekent.'

Vijf weken lang pakte *Het Leven* elke zaterdag met de belevenissen van collega B. uit onder de kop 'Als zwerver op weg naar 't Baarnsche politiebureau! De ervaringen van een onzer fotoredacteuren als landlooper in het Gooi'. De lezers, die weinig gewend waren, smulden ervan! Het was in 1924 uitermate gedurfd, maar de verhalen – gelardeerd met sprekende praktijkfoto's – zouden vandaag de dag als langdradig en ronduit slaapverwekkend worden betiteld. Pagina na pagina verhaalde de redacteur oeverloos over wat hem allemaal overkwam: de misprijzende blikken op het station als hij een tweedeklas kaartje kocht, mensen die met opgetrokken neus de treincoupé verlieten als hij met z'n oude plunje binnenkwam. Er volgden confrontaties met norse politiemensen, bekakte Gooise miljonairs en uitbaters op terrassen, in cafés en restaurants, waar men natuurlijk niets moest hebben van zulke haveloze figuren. Bijna ontdaan beschreef collega B. dat men hem – in het nog steeds bestaande – etablissement Jan Tabak in Bussum de toegang wilde ontzeggen en 'een pootige hotelknecht' hem 'een-twee-drie-hup op straat zette'! Ja heus waar... Week na week werd toegewerkt naar het klapstuk: de overnachting in het cellencomplex van het 'Baarnsche politiebureau', waar enige maanden eerder Pieter Rigters zo schandalig aan zijn einde was gekomen. Toen collega B. er de nacht doorbracht, gebeurde er eigenlijk niets en bleek de Baarnse politie zijn les te hebben geleerd: er was een belletje aangebracht dat hij eerst even moest proberen voordat de deur dichtging. 'Ik moet erkennen dat de cel er zindelijk uitzag', schreef hij in zijn verhaal.

We zijn inmiddels ruim tachtig jaar verder en het kan niet anders of mijn anoniem gebleven collega B. is inmiddels overleden. En hoewel zijn reportage nu ietwat kinderachtig aandoet, wil ik hem hier gedenken en roemen als een journalist die een grote stap heeft gezet op de lange weg die uiteindelijk heeft geleid naar kritisch en onafhankelijk journalistiek onderzoek!

De Amsterdamse rum-moord?

In het voorjaar van 2004 somde ik aan het begin van mijn televisieprogramma enkele omstreden moordzaken op, om te illustreren dat de rechtspraak in ons land soms ter discussie staat. Ik verwees naar de Puttense moordzaak (1994), waar Christel Ambrosius slachtoffer van is, de Deventer moordzaak (1999), waarbij weduwe Jacqueline Wittenberg werd omgebracht, de Schiedammer parkmoord (2000), die de jonge Nienke Kleiss het leven kostte en de Zaanse paskamermoord (1984) die Sandra van Raalten fataal werd. Een paar dagen erna kreeg ik een kribbige e-mail van ene Henk-Maarten Laane, huisarts te Muiden, die mij schreef dat in mijn rijtje de zaak van Dick van Leeuwerden ontbrak en dat ik, als ik zo graag de vinger op onvolkomenheden in de rechtspraak legde, mij eens in die kwestie moest verdiepen!

Dick van Leeuwerden was een veredelde butler die in 1985 werd veroordeeld voor de moord op de gefortuneerde weduwe Dorothea van Wylick. Van Leeuwerden was als dertiger bij de 72-jarige Amsterdamse in dienst getreden en had al snel een vertrouwensrelatie met haar. Mevrouw Van Wylick had een zwakke gezondheid, maar sloeg wel dagelijks behoorlijk wat alcoholhoudende drank – witte wijn – achterover. Ze had een flink vermogen bij elkaar gespaard: bijna twee miljoen gulden. Omdat er behalve Dick niet echt iemand naar haar omkeek, had ze besloten dit kapitaal aan haar verzorger na te laten. De twee trouwden zelfs, ondanks een leeftijdsverschil van vierendertig jaar. In oktober 1983, slechts vijf weken na het huwelijk, was mevrouw Van Wylick overleden. En hoewel gewaarschuwde artsen eigenlijk niets bijzonders konden ontdekken, werd er sectie gepleegd en al snel was Dick van Leeuwerden toen verdacht. Een homoseksuele verzorger die met een ruim dertig jaar oudere miljonaire trouwt, deed menig mens zijn wenkbrauwen fronsen.

De conclusie van de vermaarde patholoog dr. J. Zeldenrust luidde dat de weduwe door een combinatie van alcoholvergiftiging en medicijnen om het leven was gekomen. Twee andere huisvrienden van de weduwe getuigden dat Dick van Leeuwerden haar opzettelijk soep met Surinaamse rum met een alcoholpercentage van 95% had gegeven, wat de toch al kwakkelende weduwe de das om zou hebben gedaan. De verzorger zou bovendien hebben verzuimd om tijdig een arts te waarschuwen, dit alles in de wetenschap dat haar vermogen spoedig het zijne zou zijn. Van meet af aan was de zaak omstreden. Van Leeuwerden ontkende in alle toonaarden en hard bewijs was er niet. Het waren meer de nogal buitenissige omstandigheden die de zaak kleurden. De verzorger werd eerst vrijgesproken, maar later door het Gerechtshof alsnog – tamelijk verrassend – tot twaalf jaar veroordeeld.

Terwijl hij zijn straf uitzat, kreeg ik voor het eerst met hem te maken. Ik zag hem in de gevangenis Veenhuizen, waar ik toen een andere gedetineerde bezocht. Van Leeuwerden was geen geharde crimineel en geen getapte jongen in de bajes. Maar toch werd hij niet gepest: de meeste veroordeelden geloofden in zijn onschuld. Later, toen hij zijn straf had uitgezeten, kwam Van Leeuwerden bij mij op de redactie. Of ik zijn zaak wilde behandelen in mijn programma. Hij had dikke dossiers bij zich, waaruit bleek dat de medische experts – dr. Zeldenrust voorop! – de plank destijds geweldig hadden misgeslagen. De vastgestelde doodsoorzaak klopte niet. Het verhaal van de rum was aantoonbare kletskoek. De twee getuigen gaven nu toe dat zij onder druk van de intimiderende verhoren een valse verklaring hadden afgelegd en nieuw onderzoek had aannemelijk gemaakt dat weduwe Van Wylick leed aan talloze gebreken en kwalen die haar, in combinatie met haar levensstijl, een natuurlijke (acute hart)dood hadden bezorgd. Specialisten van naam en faam hadden daar onder aanvoering van Van Leeuwerdens huisarts – Henk-Maarten Laane – onderzoek naar gedaan. Er moest een herziening van zijn vonnis komen, betoogde Van Leeuwerden. Ik hoorde zijn verhaal belangstellend aan. Ik bladerde door de dossiers en realiseerde mij dat dit een kwestie van de lange adem zou worden. Een veroordeling buig je niet zomaar om en, zo overwoog ik, Van Leeuwerden was alweer vrij. Niettemin intrigeerde de zaak mij wel. Maar er speelde nog iets. Ik was in die tijd net in de Puttense moordzaak gedoken en had de eerste uitzendingen daarover achter de rug. Ik wist dat er nog meer uitzendingen zouden volgen. De veroordeelden van die moord zaten nog wél achter de tralies. Twee van zulke zaken tegelijk aan pakken? Nee, dat ging niet. Ik koos daarom voor 'Putten' en moest Van Leeuwerden laten vallen. Zo zie je hoe dingen soms van toevalligheden aan elkaar hangen. Want wat zou er gebeurd zijn als 'Putten' niet op mijn pad was gekomen?

Hoe dan ook, het afwijzen van Van Leeuwerden knaagde wel altijd een beetje aan me. Ik bleef de ontwikkelingen in zijn zaak nadien volgen. Inmiddels is de kwestie vijf keer voor ons hoogste rechtscollege, de Hoge Raad, geweest – en is daarmee een juridisch recordhouder. Steeds meer prominente deskundigen hebben de bevindingen van destijds van tafel geveegd. Eigenlijk is er nauwelijks nog twijfel over het feit dat Van Leeuwerden onrecht is aangedaan. Maar de zaak is nooit rechtgezet. Voor een revisie zijn 'nieuwe feiten' nodig en hier gaat het alleen om 'gewijzigde meningen', aldus de Hoge Raad. En dat is niet genoeg. En dus strijdt huisarts Henk-Maarten van Laane nu al meer dan twintig jaar voor eerherstel van Dick van Leeuwerden.

Als u dit gelezen hebt, begrijpt u dat ik hem de geagiteerde toon in zijn mailtje geen seconde kwalijk neem. Integendeel, Laane verdient bewondering voor wat hij doet. En Van Leeuwerden na ruim twintig jaar strijd eerherstel!

Naschrift: In het najaar van 2004 heeft mijn programma alsnog een volledige uitzending besteed aan het dossier over de zaak van Dick van Leeuwerden. Daarin kwamen een aantal vooraanstaande medici getuigen dat de destijds aangehouden doodsoorzaak nooit een gevolg van Van Leeuwerdens doen en laten kan zijn geweest. Er wordt door de advocaat van Dick van Leeuwerden – de Amsterdamse strafpleiter dr. mr. G.J. Knoops – nu gewerkt aan een zesde herzieningsverzoek.

Kindermoord in Alkmaar

Petertje Hoytink (10) stierf omdat hij niet zindelijk was

Het meest afschuwelijke misdrijf is de moord op een kind. Meestal gepleegd uit seksuele lust door een buitenstaander of buurtgenoot. Maar heel soms wordt een kind ook gedood door de mensen die hem of haar juist zouden moeten beschermen en liefhebben en bij wie het zich onder alle omstandigheden veilig zou moeten voelen. Een van de schokkendste zaken op dit gebied is zonder meer de gewelddadige dood van Petertje Hoytink uit Alkmaar in augustus 1992. Het 10-jarige jongetje werd door zijn moeder en stiefvader in hun woning nachtenlang gemarteld, alleen omdat hij niet zindelijk was. In Nederland wordt met verbijstering gereageerd op het nieuws dat Petertje zo bizar werd gedrild dat hij dit met de dood heeft moeten bekopen. Had dit Alkmaarse drama voorkomen kunnen worden? En door wie dan? Of kan het juist overal gebeuren? Het verhaal van de buurt, de politie, de kinderbescherming en de daders.

Op de voordeur van het huisje aan de Gaffelstraat 47 in Alkmaar-Noord is een sticker van de Hartstichting geplakt. 'Kalmte kan je redden...' staat er. De zo goed bedoelde tekst roept in het straatje nu echter louter smalende reacties op. Want juist die kalmte, dat kleine beetje geduld, ontbrak op nummer 47 volledig en heeft de nog maar 10-jarige Petertje Hoytink op barbaarse wijze het leven gekost. 'En een hart hadden ze evenmin,' gromt een buurtbewoner verontwaardigd.

Kalmte kan je redden. Maar het blonde scholiertje uit de kaasstad was in de nacht en vroege ochtend van 4 augustus reddeloos verloren toen zijn 41-jarige stiefvader Henk B. en zijn 40-jarige moeder Dieneke R. de touwen, sjaals, handdoeken, een luier en riemen waarmee ze Peter die nacht aan de trapleuning en een paal van een droogmolen hadden gekneveld, steeds strakker aandraaiden tot dat Peter – mede door een prop in zijn mond – nauwelijks nog kon ademen. 'We konden horen dat hij echt zuurstof moest aanzuigen,' zouden de verdachten later verklaren. Daarnaast was hij geslagen, gestompt en in de keel geknepen. En ook in een stadium dat de jongen begon te hallucineren en en zei dat hij 'overal beestjes zag', schrokken Henk B. en Dieneke R. niet wakker uit de nachtmerrie waarin zij een lugubere hoofdrol vertolkten. Integendeel. Henk B. zou later zeggen dat de waanvoorstellingen van Peter hen de indruk gaven dat Peter zich van alle 'viezigheid' wilde bevrijden en dat het de goede kant op ging. Tussen vijf uur en zeven uur 's morgens, nadat hij twee nachten deze beproevingen had moeten doorstaan, kwam er een einde aan de gruwelijke marteling, toen bleek dat Petertje was gestikt. Of beter gezegd gewurgd. Omdat hij door alle problemen die de scheiding tussen zijn ouders had meegebracht, niet zindelijk meer was.

Een paar dagen na de dood van Peter zijn de bewoners van de Gaffelstraat nog hevig ontzet. De gedachte dat een kind van tien jaar door z'n stiefvader als het ware is doodgemarteld, terwijl zij een paar huizen verderop rustig lagen te slapen, is voor de meesten van hen onverdraaglijk. Ze scholen samen op straat en vragen zich af of dit drama nu wel of niet voorkomen had kunnen worden. Waar was iedereen eigenlijk toen dit gebeurde? Petertje was immers lid van een 'erkend' probleemgezin. Waar was het maatschappelijk werk? De Kinderbescherming? Het RIAGG?

Henk B., de stiefvader van Peter, woonde zo'n jaar of drie in het kleine huisje in de Gaffelstraat en werd in de buurt beschouwd als een buitenbeentje, een zonderling. Vanwege zijn onverzorgde uiterlijk – een baard en een slecht gebit – maar ook omdat hij met de omwonenden nauwelijks contact had, werd hij door hen onderling 'Catweazle' genoemd, naar de bizarre kluizenaar die jaren geleden op het Nederlandse tv-scherm te zien was.

'Het is altijd een merkwaardige man geweest,' zegt een buurvrouw. 'Moet je nagaan: hij woont hier nu drie jaar, maar ik weet eigenlijk niet eens hoe hij heet. Henk B.? Kan zijn, ik weet het niet. Hij heeft zich nooit voorgesteld, nooit moeite gedaan om een praatje te maken. Hij viel eigenlijk helemaal uit de toon hier. De enige contacten bestonden uit conflicten, vooral om die hond van hem. Ik vond hem maf, gestoord. Zijn huis en tuin waren altijd een bende, zelfs zodanig dat de woningbouwvereniging er bij moest komen. Op zich moet iedereen natuurlijk zelf weten wat hij doet, maar hij was wel érg onaangepast. En als je dan hoort dat Petertje is vermoord omdat hij niet zindelijk was, dan ben ik helemaal verbijsterd. Want kijk zelf maar eens bij dat huis...'

Het huis van Henk B. valt inderdaad uit de toon in het keurig verzorgde rijtje. De voortuin wordt ontsierd door grote stapels stenen en woekerend onkruid. Het gras in de achtertuin is verdord. Er staan nog een paar konijnenhokken. Een langoorkonijn zit er in de brandende zon en drukt nieuwsgierig zijn neus tegen het gaas.

Binnen in het huisje staan kooien met tientallen cavia's en marmotten letterlijk opgestapeld. De Alkmaarse politie geeft ze één keer per dag water en eten. Het is in huize B. letterlijk een beestenboel geweest. In de woonkamer wipt er nog een grote papegaai nerveus in een kooi heen en weer. En wie bedenkt dat er dan ook nog een flinke hond werd gehouden, kan zich bijna niet voorstellen hoe men in dit tweepersoonshuisje – woonkamer, keukentje en twee slaapkamertjes – met vier personen heeft kunnen leven. Naar nu is gebleken, kon dat dus ook niet.

Regelmatig verbleven ook nog twee andere kinderen van Henk B. uit een eerder huwelijk aan de Gaffelstraat nummer 47. Boven de deurpost in de woonkamer hangt een foto van twee jongens die verlegen lachend in de lens kijken: Peter en zijn broer Hans. Ernaast hangen twee tegeltjes met oude gezegden: 'Na regen komt zonneschijn...' en 'Van het concert des levens krijgt niemand een program'. Hoe versleten clichés in schrijnende teksten kunnen veranderen.

Peter en Hans verbleven pas een halfjaartje aan de Gaffelstraat. Daarvoor woonden zij met hun moeder in de Speelstraat, eveneens in Alkmaar. Peter wordt beschreven als een moeilijk opvoedbare jongen. Een geestelijke ontwikkeling op LOM-niveau, nogal in zichzelf gekeerd, een knaap die op school werd gepest, mede omdat hij nog niet zindelijk was. Volgens een buurman trokken Peter en Hans voornamelijk met elkaar op en hadden zij weinig contact met leeftijdgenoten. 'Ze voetbalden hier nogal eens. Je zag ze eigenlijk altijd samen, zelden met anderen. Het viel me op dat die twee eigenlijk nooit ruzie met elkaar hadden, wat ik voor jongens van die leeftijd toch wel opmerkelijk vond. Ergens voelde je wel dat er iets was met die knapen, maar je kon het niet beredeneren. Contact hadden we niet met hen. Ik moest in de krant lezen dat ze Peter en Hans heten.'

Wat er achter de muren van het overbevolkte woninkje op nummer 47 plaatsvond, wist eigenlijk niemand in de buurt. Vaak waren de rolgordijnen naar beneden. De laatste dagen was er zelfs een laken voor het raam gespannen. Tegen de zon, dachten de buurtbewoners in eerste instantie. Maar nu men weet wat er zich die nacht heeft afgespeeld, gelooft men eerder dat Henk B. en Dieneke R. op deze manier hun bizarre opvoedingsmethoden van de buitenwereld hebben willen afschermen.

De Alkmaarse politie heeft door de verhoren en bekentenissen inmiddels enig zicht op wat er de week voor de dood van Petertje Hoytink is gebeurd. Adjudant J. Hiemstra, leider van het onderzoek, heeft ook na een paar dagen nog moeite om zijn ontsteltenis over deze moord te verbergen: 'Ik krijg er nog kippenvel van als ik erover praat,' bekent hij. Volgens de recherchechef zijn de daadwerkelijke mishandelingen ongeveer een week voor de dood van Petertje begonnen. 'Die knaap was van de scheiding van zijn ouders psychisch in de war geraakt en dat gaf fysieke reacties: hij was niet zindelijk. Op zich is dat geen onbekend beeld bij kinderen van die leeftijd. De moeder en stiefvader hebben daar aanvankelijk wel wat aan willen doen en zijn met hem naar het RIAGG geweest, maar kennelijk ging dat niet snel genoeg. Voorzover wij nu weten heeft zijn stiefvader toen wat methoden bedacht om dat probleem zelf op te lossen en dat ging gepaard met grove, hardhandige mishandelingen.'

Het lijdt volgens adjudant Hiemstra geen twijfel dat de moeder van Peter met de barbaarse maatregelen heeft ingestemd en/of heeft meegedaan: 'Het woninkje is zo klein; het kan geen van de aanwezigen ontgaan zijn wat er is gebeurd.' Toen de eerste strafmaatregelen niet afdoende hadden geholpen en Petertje zich bovendien een paar keer had losgewurmd, nam Henk B. in de avond en nacht van maandag 3 op dinsdag 4 augustus zijn toevlucht tot nog gruwelijker sancties. De jongen werd met touwen, sjaals, handdoeken en riemen aan de trapleuning vastgebonden zodat hij zich niet meer kon verroeren en moest daar zo de hele nacht blijven staan. Een kind van tien jaar. De opvoeding van een kind met wat problemen ontaardde in regelrechte terreur.

Adjudant Hiemstra: 'Waarschijnlijk heeft hij tegengestribbeld en zichzelf geprobeerd te bevrijden. Zijn stiefvader heeft toen in de loop van de nacht die knevels steeds vaster gedraaid en hem ook de mond gesnoerd, zodat hij bijna geen adem meer kreeg. Tegen een uur of vijf gebeurde dat voor het laatst. En toen hij om een uur of zeven weer bij Peter ging kijken, bleek hij van uitputting te zijn gestikt.'

Zijn moeder en stiefvader knoopten Petertje los en legden hem op bed. Vervolgens belden zij zelf de huisarts en de politie. De twee deden geen pogingen om de fatale mishandeling te maskeren en gaven direct toe dat Peter was gestikt doordat zij hem hadden vastgebonden. Adjudant Hiemstra: 'Ze wisten heel goed wat ze hadden gedaan. Deze mensen... deze mensen zijn van een kaliber dat... eh... nou laat ik dat maar niet zeggen. Daar ben ik niet voor aangesteld.'

Hans, het twee jaar oudere broertje van Peter, moet van de nachtelijke martelingen op zijn minst oorgetuige zijn geweest, maar hij was volgens de Alkmaarse politie niet bij machte om iets tegen de praktijken van zijn stiefvader en moeder te ondernemen. Recherchechef Hiemstra: 'Die jongen heeft waarschijnlijk in angst gezeten en gedacht: ik houd mijn mond, want anders overkomt mij dat ook nog. Het is natuurlijk ook nog maar een jochie.'

Op het Alkmaarse parket twijfelt men even over wat de verdachten ten laste moet worden gelegd. Normaal gesproken is dat in dit soort zaken 'zware mishandeling de dood ten gevolge hebbend', maar in deze zaak overweegt men verder te gaan dan dat en het paar wegens moord of doodslag aan te klagen, waar een langere straf op staat. Het punt is alleen dat moord en doodslag zogenaamde 'opzetdelicten' zijn, waarbij men dus het voornemen, de opzet, heeft gehad de ander te doden. En de vraag rijst of daar wel sprake van is.

Adjudant J. Hiemstra: 'In dit geval zou je kunnen zeggen dat een volwassene had moeten kunnen weten en begrijpen dat als je een kind van tien jaar op deze wijze koeioneert, mishandelt, vastbindt en dan die riemen steeds verder vastsjort, het dan komt te overlijden. Dan is er sprake van "voorwaardelijke opzet" en kun je toch moord of doodslag ten laste leggen.' Tijdens de rechtszitting zal officier van justitie mr. F. Oosterhuis inderdaad gaan voor opzet. Er wordt zelfs moord ten laste gelegd. De aanklager gaat ervan uit dat de dood van Petertje is beraamd.

De zaak is des te schrijnender omdat de biologische vader van Peter en Hans al enige tijd had aangegeven dat hij voor zijn zoons wilde zorgen. Na een huwelijk van veertien jaar, waarvan de laatste zes jaar problematisch waren, waren de kinderen Hans en Peter bij de onvermijdbare scheiding aan moeder Dieneke toegewezen. Eigenlijk tamelijk willekeurig, omdat zij de jongens de laatste maanden in huis had gehad. Volgens de vader, technisch tekenaar Jan Hoytink, zaten de kinderen in het huisje aan de Gaffelstraat 47 al snel 'klem' en moest er wat gebeuren. Hij had zelf begin juni – dus bijna twee maanden voor de 'moord' – al een brandbrief over de in zijn ogen onhoudbare situatie geschreven aan de Raad voor de Kinderbescherming in Alkmaar. Vader Hoytink maakte daarin duidelijk dat Petertje bij zijn exvrouw 'elke dag op zijn donder krijgt' als hij weer niet zindelijk was geweest. Er was ook een gesprek geweest met het RIAGG. Zijn acties kwamen echter te laat; er werd althans door alle betrokkenen onvoldoende naar geluisterd. Nu, na de dramatische gebeurtenissen, vraagt iedereen zich af hoe dit heeft kunnen gebeuren en wijst men ook vertwijfeld naar elkaar: hebben jullie dan helemaal niks gemerkt?

Bij de Alkmaarse Raad voor de Kinderbescherming vindt directrice A. Bijleveld de kritiek echter niet terecht. Haar dienst valt geen verwijt te maken, meent zij. 'Nee, iedereen vraagt nu waarom wij daar niet regelmatig zijn wezen kijken. Die reactie is wel menselijk, maar niet reeel. Men verwacht te veel van ons, want dat is ons werk helemaal niet. Toen de ouders van Peter gingen scheiden, zijn de kinderen na een onderzoek van ons aan mevrouw toegewezen en die beslissing sloot toen aan bij de reeds bestaande omgangsregeling. Enige tijd geleden is de vader van Peter bij ons geweest en heeft zich over die omgangsregeling beklaagd. Die stagneerde, vond hij. Hij heeft toen gezegd dat de kinderen "klem" zaten, maar daarmee heeft hij niet bedoeld dat ze werden mishandeld. Hij wilde daarmee zeggen dat de omgangsregeling niet functioneerde en dat de kinderen daartussen zaten. In overleg met de maatschappelijk werker die deze zaak begeleidde, hebben we besloten daar na diens vakantie eens over te praten. Maar ik moet daar met klem aan toevoegen dat dit eigenlijk onze taak niet is. Een omgangsregeling is een zaak voor de ouders zelf. En alleen als er sprake is van mishandelingen of ontsporingen in de opvoeding, kunnen wij iets doen. Maar dan moeten er wel aanwijzingen zijn dat er van zoiets sprake is. En dat was hier absoluut niet het geval,' aldus directrice Bijleveld.

Zij wijst er voorts op dat ten tijde van de toewijzing van de kinderen, stiefvader Henk B. nog helemaal niet in beeld was. 'Mevrouw woonde toen nog alleen met de kinderen en er was geen sprake van onoorbare toestanden. Later heeft zij B. leren kennen en is bij hem gaan wonen. Hadden we dat soms tegen moeten houden? Je kunt moeilijk twee volwassen mensen verbieden een relatie aan te gaan. Die macht hebben wij niet en ik zeg erbij: gelukkig niet. Dat zou maatschappelijk gezien totaal niet wenselijk zijn. De mensen zouden dan terecht zeggen: waar bemoei je je mee? Nogmaals: wij kunnen alleen wat doen als wij serieuze meldingen binnenkrijgen dat er iets mis is in de behandeling en opvoeding van de kinderen. En dan moet u ook nog weten dat er dikwijls over en weer verwijten worden gemaakt, wat het schiften van de informatie er niet makkelijker op maakt.'

Jan Hoytink, de vader van Peter hoort de uitspraken van mevrouw Bijleveld met verbijstering aan, zo vertelt hij later in een interview aan Cees Koring van *De Telegraaf*: 'Ik heb me aan haar uitspraken verschrikkelijk geërgerd. Ik ben blij dat ik het gesprek met de maatschappelijk werker op papier heb gezet en ter bevestiging aan de raad heb opgestuurd. Ze kunnen daar nu niet meer zeggen dat ze van niets wisten.' Volgens vader Hoytink was Peter geen makkelijke jongen. Hij had een uitgesproken eigen wil en liet zich niet dwingen. Hij luisterde soms slecht en na de scheiding zette hij zich – meer dan zijn broer Hans – tegen de situatie af. Maar volgens vader Hoytink was hij met aandacht en de juiste benadering zeker handelbaar. Met zijn moeder klikte het echter niet. Hoytink, toen hij eind 1993 in *De Telegraaf* op de affaire terugblikte: 'Ik heb een gesprek gehad met een psycholoog van het RIAGG, die zei dat Petertje veel problemen had. Ik heb toen geantwoord: 'Peters enige probleem is zijn moeder. Hij wordt al negen jaar lang door haar op zijn kop gezeten. Ik ben bang dat ze zich nog een keer aan hem vergrijpt en dat ik die jongen naar zijn graf moet brengen.' Het waren profetische woorden.

Hoewel de dood van Peter landelijk gezien ontzetting en onbegrip teweeg heeft gebracht – de zaak kreeg tot en met de Tweede Kamer veel aandacht – is er in de Alkmaarse Gaffelstraat ook een buurvrouw die het voor Henk B. en de moeder van Peter opneemt. Zij vindt dat het paar van het begin af aan is dwarsgezeten en geen eerlijke kans heeft gehad. 'Er is veel te veel naar het uiterlijk van die mensen gekeken. Er werd maar gezeurd over dat rommelige tuintje en die hond. Ik vond het echt waanzin dat zelfs de woningbouwvereniging zich daarmee bemoeide. Die twee mensen waren gek op elkaar, dat kon je zo zien. Ze waren gelukkig, maar niemand wilde hen helpen. Dat huisje waar ze in zaten was veel te klein, maar toen Henk een aanvraag deed om een groter huis verderop in de straat te krijgen, werd dat louter en alleen afgewezen omdat men hem een vreemde snoeshaan vond die zijn tuin niet verzorgde. Ik heb me daar zeer aan geërgerd. In dat opzicht kan ik een eind met ze meevoelen.' En na een korte stilte: 'Alleen niet met die moord natuurlijk... dat is voor niemand te begrijpen.'

Tijdens de rechtszitting in januari 1993 voor de rechtbank in Alkmaar overheerste nog steeds de verbijstering over wat er in de woning aan de Gaffelstraat allemaal was gebeurd. Vice-president mr. B. Posch vroeg aan de verdachten, nadat de martelmethoden uitvoerig de revue waren gepasseerd: 'Hebt u nou nooit gedacht: dit kunnen we niet maken, het is te gek, we moeten stoppen? Tijdens mijn 32-jarige loopbaan heb ik veel gezien, maar dit is toch iets waarvan ik denk: grote genade, waar zijn we mee bezig?'

Moeder Dieneke antwoordde: 'Nee, de andere middelen waren op. Peter wilde maar niet zindelijk worden en we hadden begrepen dat dit noodzakelijk was om hem naar een LOM-school te laten gaan.' Op een normale manier was het niet gelukt Peter zindelijk te krijgen. Zijn onzindelijkheid werd door haar en Henk B. als onwil gezien en dus werd er zwaarder geschut in gezet, legde zij uit. 'Samen kwamen we op het idee hem op een hardhandige manier duidelijk te maken hoe het moest. Er bleef idioot genoeg niets anders over. Hij moest zich bewust worden van zijn probleem. Maar voor we het beseften, liep het uit de hand. Het gaat rollen en dan zit je er middenin.' En stiefvader Henk B.: 'Ik begrijp dat we hem hebben doodgemarteld, maar het is nooit onze bedoeling geweest hem kwaad te doen. We waren ten einde raad omdat hij niet zindelijk te krijgen was. Hij poepte en plaste steeds in zijn broek en bed. Ik hield ontzettend veel van dat jong, echt waar.'

Hoe kun je dan toch zoiets doen? Psychiater J. van Renesse van het Pieter Baan Centrum probeerde deze vraag te beantwoorden. Hij stelde dat beide verdachten beperkte verstandelijke vermogens hadden en ten tijde van het delict 'verminderd toerekeningsvatbaar' waren.

Hij constateerde bij beiden een persoonlijkheid die wordt gekenmerkt door 'innerlijke leegte, wantrouwen, een gebrekkig afgebakende eigen identiteit en een wankel zelfgevoel'. En zo'n diagnose kan kennelijk ten grondslag liggen aan dramatische gebeurtenissen.

De deskundige: 'Beide verdachten hadden op zich niet de bedoeling de jongen te doden. Peter werd door zijn stiefvader als het ware met oogkleppen op getuchtigd. Hij kan zijn eigen handelen dan niet meer op waarde taxeren. Geen van beiden had in de gaten dat werd doorgegaan tot het bittere einde.' De psychiater omschreef moeder Dieneke als een 'drenkeling die het zwemmen niet machtig is, terwijl op de kant hulpverleners staan die volstrekt ongecoördineerd bezig zijn'. Funest was zijns inziens dat beide verdachten een mislukt huwelijk achter de rug hadden en een 'fatale interactie' op elkaar uitoefenden. Ze stortten zich op elkaar en isoleerden zich tegelijkertijd van de buitenwereld die ze de schuld gaven van al hun problemen.

Volgens officier van justitie mr. Oosterhuis waren beide verdachten even schuldig. Hoewel stiefvader B. misschien de meeste handelingen heeft verricht, was de moeder van Peter daarvan de inspirator: 'Van haar kwamen de ideeën. Zij stond op de brug en hij was de machinist. Hij was de uitvoerder van haar wensen.'

Tijdens de zitting bleek dat de hulpverleningsinstellingen, zoals het RIAGG en het maatschappelijk werk, wel degelijk een verwijt viel te maken. Moeder Dieneke had ooit wel hulp gevraagd en ook aangeboden gekregen, maar door de onbeholpen manier waarop zij haar probleem verwoordde, was de ernst onderbelicht gebleven en omdat zij door haar argwanende, wantrouwende aard niet in staat was die aangeboden hulp echt te accepteren, was er vervolgens ook niets van terechtgekomen. Een vicieuze cirkel. En alles wat fout kon gaan, ging ook fout. Psychiater Van Renesse van het Pieter Baan Centrum had zelf tijdens zijn onderzoek ook ervaren dat er met het RIAGG nauwelijks contact te krijgen viel, wat vice-president mr. Posch deed verzuchten: 'Als het ú al niet lukt om met deze instellingen te praten, hoe moeilijk moet het dan wel voor gewone mensen zijn? Waarom heeft een instelling als het RIAGG niet genoeg in huis om deze mensen met hun grote moeilijkheden te helpen?'

Psychiater Van Renesse: 'De hulpverlening is een doolhof. Je moet over veel kennis van zaken beschikken om te spreken met wie je wilt spreken.'

De advocaten mr. P. Lingen en mr. J. de Goeij, die namens stiefvader Henk B. en moeder Dieneke R. optraden, zeiden in hun pleidooi dat de tenlastelegging van moord en doodslag in deze zaak veel te zwaar was. Er was in hun ogen sprake van een mishandeling, die fataal is afgelopen, zonder dat de verdachten dat hadden beoogd of gewenst. Mr. Lingen: 'Mijn cliënt is geen gewelddadig, gewetenloos man. Nooit eerder heeft hij geslagen. Hoe wrang het ook klinkt: Henk B. wilde Peter een goed leven geven, een leven waarin hij niet werd gepest.'

Petertje Hoytink is dood. Tien jaar jong. Maar zou er iemand zijn die daar iets van geleerd heeft? Dan zou zijn dood nog een heel, heel klein beetje zin hebben gehad. Ik vrees echter het ergste...

Naschrift

Na een eis van zes jaar cel en tbs werden Dieneke R. en Henk B. door zowel de rechtbank als het Gerechtshof veroordeeld tot een straf van vier jaar gevangenisstraf en tbs. Men ging niet uit van moord, maar van mishandeling de dood ten gevolge hebbend. Dieneke R. en Henk B. zijn inmiddels allebei weer op vrije voeten.

De laatste minuten van een vermoord kind

Het ergste wat je als ouder kan overkomen, is dat je kind wordt vermoord. Tijdens mijn lange loopbaan heb ik heel wat vaders en moeders leren kennen die dit is overkomen. Met de ouders van zesendertig vermoorde of verdwenen kinderen heb ik persoonlijk contact (gehad). En ik weet van hen: over het gewelddadige verlies van een kind kom je nooit heen. Ze zijn allemaal zelf vanbinnen ook doodgegaan. En ze worden allemaal beheerst door één vraag: wat heeft ons kind in de laatste minuten van zijn of haar leven moeten doorstaan? In veel gevallen kwam daar geen antwoord op, want de dader werd nooit gepakt of hun kind werd nooit gevonden.

Het is nog niet zo lang geleden dat een onderzoek naar een middelgrote drugsbende meer prioriteit kreeg dan een kindermoord. Er bleven steeds meer van dit soort delicten onopgelost, onderzoeken werden soms al na amper drie maanden speurwerk gestopt. De maatschappelijke onvrede daarover nam toe en toen er medio 1999 opnieuw enkele gruwelijke delicten plaatsvonden, werd het Landelijk Team Kindermoorden (LTK) opgericht. 'We gaan nieuwe technieken gebruiken, nieuwe onderzoekmethoden bedenken en zoeken naar andere invalshoeken dan de gebruikelijke. Dat alles met maar één doel: de daders van dit soort gruwelijke misdrijven uit de samenleving verwijderen,' legde de teamleiding bij de lancering uit. Een perfect initiatief: denkbeeldig hing ik de vlag uit.

Het werk van het Team Kindermoorden was niet gemakkelijk, want bij de oude moordzaken moesten de dossiers soms bijna uit het politievuilnis worden gevist en er was ook behoorlijk wat materiaal onvolledig, verdwenen of vernietigd. Maar het Team Kindermoorden werd gevormd door gedreven, onafhankelijke, deskundige politiemensen, die inderdaad een nieuwe aanpak introduceerden. Zaken die al jarenlang muurvast zaten, werden vlotgetrokken. Er werden op aanwijzingen van het team moorden opgelost, zoals die op de 18-jarige Jessica Richel uit Etten-Leur in juni 1991. De dader is in maart 2004 tot een lange celstraf veroordeeld. Zonder het speciale team zou hij waarschijnlijk voor altijd de dans zijn ontsprongen – en misschien wel ooit een nieuw zedendelict plegen. Bij de ouders van andere vermoorde of verdwenen kinderen groeide de hoop dat zij eindelijk, eindelijk ook antwoord zouden krijgen op die kwellende laatste-minutenvraag. 'Denk je dat het Team ook een keer onze zaak zal oppakken?' vroegen ze mij de afgelopen jaren herhaaldelijk.

Het antwoord is: nee! Want het Landelijk Team Kindermoorden is in juli 2004 opgeheven. Niet omdat alle zaken zijn opgelost... en ook niet omdat de daders daadwerkelijk uit de samenleving zijn verdwenen, zoals de doelstelling was. Nee, integendeel... Er zijn nog tientallen onopgeloste moorden en verdwijningen die schreeuwen om een heropening van het onderzoek. Maar toch heeft het team 'aan zijn opdracht voldaan', zo wordt met droge ogen geschreven. En kennelijk kun je dan een voortreffelijk functionerend, hoogst noodzakelijk team in betrekkelijke stilte gewoon om zeep brengen. Oké, er is bekendgemaakt dat er wel een landelijk officier van justitie wordt benoemd die de aanpak van (alle) *cold cases* in de regio's gaat coördineren. Een doekje voor het bloeden, zo schreef een justitiële klokkenluider mij toen de opheffing bekend werd. De officier heeft geen eigen rechercheteam tot zijn beschikking en is dus niet meer dan een goedwillende papieren tijger. Gevolg is volgens de klokkenluider dat vele oude kindermoorden nu niet meer zullen worden onderzocht. De eigen regio's hebben geen tijd en dikwijls ook onvoldoende expertise. Nabestaanden moeten het voortaan maar weer uitzoeken met de lokale politie, die er al die tijd toch al niet is uitgekomen. Een aantal ouders van vermoorde kinderen heeft mij vol ongeloof benaderd: dit kan toch niet waar zijn? Een van hen zei: 'Het voelt alsof de moordenaar van mijn kind een vrijgeleide krijgt.'

Maar wie hoort hen? Politici roepen wel ferm dat ze de verjaringstermijn van levensdelicten verlengen, maar wat heb je daaraan als je niet écht bereid bent om langdurig onopgeloste kindermoorden opnieuw en door een onafhankelijk team te laten analyseren? Er is bijna onhoorbaar een Kamervraag gesteld, maar de politiek lijkt zich tegenwoordig drukker te maken over een pony die onzedelijk is betast dan over een onopgeloste kindermoord. De leiding van het Landelijk Team Kindermoorden mag zelf van hogerhand geen commentaar geven over de opheffing. Dat zegt al genoeg. Voor de ouders van al die omgebrachte en verdwenen kinderen is de liquidatie van het Landelijk Team Kindermoorden een misse daad. Een dwaling die snel moet worden rechtgezet. Voor Marianne, Arthur, Nicky, Andrea, Sabrina, Tanja, Germa, Peter, Manon, Sedar, Ria, Nicole, Willeke, Anouschka, Milica en al die anderen...

NASCHRIFT: Naar aanleiding van deze column heeft Socialistische Partij vragen gesteld aan de minister van Justitie. Dit heeft overigens de opheffing van het LTK niet kunnen voorkomen.

Een verboden video van die 'bekende man'

Het lokaal van de Koningin Beatrix Kazerne in Den Haag is begin 2004 gevuld met jonge politiemensen, die op dat moment nog bij de uniformdienst werken, maar graag rechercheur willen worden. Ze volgen daarom in de avonduren de Recherche Basis Cursus. Het is soms taaie stof en niet alles is interessant, maar deze avond staat er iets speciaals op het programma, zo kondigt de cursusleider aan. De televisie met video staat klaar. 'We gaan een film bekijken, die eigenlijk illegaal is, verboden...,' zegt de politieman, terwijl hij een veelbetekenende stilte laat vallen. De cursisten spitsen hun oren. 'Alle exemplaren van deze film hadden vernietigd moeten worden, maar zoals jullie zien is dat niet gebeurd,' vervolgt hij met enige trots. 'Het gaat om een beroemde zaak, van een bekend persoon. Jullie mogen hier dan ook niet met anderen over praten, want daar kunnen we problemen mee krijgen.'

De politie die zélf tijdens een cursus een verboden videoband toont, is niet het summum van het goede voorbeeld aan jonge wetshandhavers, zou je denken, maar de aandacht is gevangen. Het is doodstil in het klaslokaal als de video wordt gestart voor de speurders in spe. De band is van matige kwaliteit en zeker al een jaar of vijftien oud. De kijkers zien een stuk bos dat is afgezet door de politie. De cursusleider geeft commentaar en licht toe dat er een lijk van een man wordt opgegraven uit een tamelijk diep gat. Als het wordt blootgelegd, gaat er door het klaslokaal een huivering. De tv biedt een lugubere aanblik: het stoffelijk overschot is één bonk mos, het heeft kennelijk maanden in de bosgrond gelegen. Zonder kist heeft de natuur vrij spel gehad. Het lijk verkeert in staat van ontbinding. De cursusleider legt uit dat na de opgraving sectie op het lijk werd verricht en ook daar krijgen de jonge agenten de beelden van te zien. Er wordt getoond hoe het slachtoffer op de autopsietafel wordt schoongemaakt, en als men het lijk iets verschuift, breekt zijn voet zichtbaar af. Ook de rest van de sectie is op film vastgelegd en wordt in alle facetten getoond. De wetenschap dat dit die 'bekende man' is, geeft de beelden een extra dimensie. Een van de cursisten beschrijft de video later aan mij als 'oneervol en respectloos'. Maar de film is nog niet afgelopen. Er is ook een reconstructie van het misdrijf gemaakt, met de werkelijke dader (die toen nog verdachte was) en die krijgen de cursisten eveneens te zien. Ze zijn er getuige van hoe de dader zijn slachtoffer – nagespeeld door een politiefigurant – met een schot in de nek doodt. Vervolgens bootst de dader na hoe hij met een mes op een plankje de pink van het slachtoffer afsnijdt. Als de figurant professioneel zijn pink in zijn handpalm vouwt, waardoor het lijkt alsof hij nog maar vier vingers heeft, horen ze de dader zeggen: 'Zo... het lijkt net echt.'

Het vertonen van deze 'illegale, verboden band' is geen incident. De band wordt al jaren aan rechercheurs in opleiding vertoond. De video wordt door velen zelfs beschouwd als het 'hoogtepunt' van de cursus. Het merkwaardige is overigens wel dat de cursisten achteraf niet of nauwelijks kunnen aangeven wat het leerdoel ervan was. Een van hen geeft wanneer ik daarnaar vraag, ronduit toe: 'Het ging ook om de sensatie.' Ook G. Kroon, de directeur-organisator van de Recherche Basis Cursus, blijft vaag als ik schriftelijk vraag welke 'les' of 'instructie' van deze schokkende beelden uitgaat en in het kader van welk cursusonderdeel deze getoond worden. 'De door u genoemde video wordt gebruikt ter ondersteuning van verschillende onderdelen van de lesstof,' antwoordt hij slechts. Op de vraag of hij aan de nabestaanden toestemming heeft gevraagd om de opgravings- en sectiebeelden te mogen vertonen, geeft hij helemaal geen antwoord. Wel schrijft hij dat het niet de bedoeling is geweest de 'nagedachtenis van wie dan ook te bezoedelen'. Maar nu ik ernaar geïnformeerd heb, voegt Kroon er haastig aan toe: 'Om deze reden hebben wij nu toch besloten deze video niet meer te gebruiken.'

Dat is dan net op tijd, want anders zou de familie van het slachtoffer dat wel hebben verlangd. Zij laten in een reactie weten een en ander 'pijnlijk en bizar' te vinden. 'Er is nooit toestemming gevraagd. Deze beelden zijn natuurlijk niet bestemd voor vertoning.'

De politie die met gevoel voor dramatiek jarenlang een 'illegale, verboden' band afdraait voor jonge politiemensen in een poging de rechercheursus populair te maken. De jacht op goede 'kijkcijfers' is niet alleen aan televisiemakers voorbehouden, zo blijkt wel.

Naschrift: De videofilm is na publicatie van deze column niet meer vertoond. Overigens bleek dat de band ook nog in menige 'bibliotheek' van politieopleidingen te verkrijgen was en veelvuldig werd uitgeleend. De video is de afgelopen jaren ook getoond aan functionarissen die helemaal niets met recherchewerk te maken hebben, zo getuigden enkele politiefunctionarissen.

De ‘zorgvuldige’ aanpak van een rechercheteam

Op 10 april 1993 werd in Alkmaar aan het Luttik Oudorp drugshandelaar Jaap van der Heijden vermoord. De 47-jarige Noord-Hollander werd op het moment dat hij naar binnen wilde gaan, opgeblazen met een bom die in een tas aan zijn deur was gehangen. Het was een mirakel dat er geen andere slachtoffers in het drukke straatje zijn gevallen. De daders hebben Van der Heijden vrijwel zeker opgewacht en het explosief met een afstandbediening tot ontploffing gebracht. Zij konden direct resultaat van hun werk zien. De moord op Van der Heijden is nooit opgelost, terwijl er jarenlang veel hardnekkige geruchten over de aanslag de ronde deden.

De zaak is medio 2004 heropend door onze splinternieuwe Nationale Recherche in Driebergen, die geacht wordt het neusje van de zalm te zijn. De dienst houdt zich bezig met zware en georganiseerde criminaliteit, de grote misdaadsyndicaten, mensensmokkel en bijvoorbeeld ook terreurbestrijding. Zouden de *cracks* van de Nationale Recherche kunnen wat andere diensten eerder niet gelukt is?

In het programma *Opsporing Verzocht* toonden zij in het voorjaar van 2004 een filmpje van een Duitse toerist, dat vlak voor de moord was gemaakt. Met speciale technieken waren de beelden opgewaardeerd, verscherpt en vergroot en aan de hand daarvan vroeg men een vrouw in een zwarte jas met een tasje zich te melden. Zij was vlak voor de explosie langs het huis gelopen, zo bleek uit de beelden. Knap werk, dacht ik. Maar later die week werd bekend dat de bewuste vrouw zich elf jaar daarvoor al met haar hele verhaal bij de recherche had gemeld en nu zeer verbaasd was dat men zich kennelijk opnieuw afvroeg wie zij was. Dat schoot lekker op. Ze belde daarom met de Nationale Recherche en vertelde dat zij die gezochte vrouw met zwarte jas was op wie alle aandacht was gericht. Haar telefoonnummer werd genoteerd, maar drie dagen later was ze nog steeds niet teruggebeld...

Er kwamen meer telefoontjes binnen bij de dienst. Er meldde zich ook een getuige uit de kop van Noord-Holland, die een concrete naam van een dader noemde. Nu reageerde men sneller. Rechercheurs Rob van der Z. en Paul P. zouden op woensdag 7 april om halfelf langskomen. Rond tien uur werd de getuige gebeld: de rechercheurs stonden in een file en zouden een uurtje later komen. Kan gebeuren. Maar om halftwaalf bleef het stil. Om twaalf uur belden de twee speurders opnieuw. Ze stonden met pech ter hoogte van Purmerend. Stom, stom, stom... er was bij het tanken benzine in plaats van diesel in de auto gegooid. Enfin, rond één uur 's middags, zo'n tweeënhalf uur te laat, stond het duo dan toch ietwat bedremmeld voor de deur. De getuige vertelde een bijzonder verhaal, maar gaf aan dat hij/zij wel angst voor de gevolgen had. Deze verklaring kon wel eens tot wraakacties leiden en de getuige wilde liever niet ook een plastic tas aan de deurknop... Wat kon de Nationale Recherche voor veiligheidsgaranties bieden? De rechercheurs beklemtoonden dat ze buitengewoon zorgvuldig te werk gingen, dat de veiligheid van de getuige vooropstond en dat deze desnoods in een zogenoemd getuigenbeschermingsprogramma kon worden opgenomen.

Twee uur later vertrokken de speurders. Toen de getuige weer in de woonkamer kwam, bleek rechercheur Rob van der Z. zijn leren politietas te zijn vergeten, met diskettes, een lijst met privé-adressen en telefoonnummers van collega-rechercheurs en een volgeschreven notitieblok met conceptverklaringen van betrokkenen in de Van der Heijden-zaak. Met naam en toenaam. Zo vertelde een van hen bijvoorbeeld wie volgens hem degene was die de moordaanslag had georganiseerd, wie ter plekke de 'observanten' waren en wie er precies op de knop hadden gedrukt. Maar er stond ook van alles over het motief en de achtergronden van de moord. De getuige las het ontzet: aha, dit bedoelden ze bij de Nationale Recherche dus met 'zorgvuldig werk' en het 'optimaal afschermen van getuigen' die een belastende verklaring afleggen. Gewoon de map met alle geheime gegevens laten rond slingeren... De getuige ging ervan uit dat de twee rechercheurs pijlsnel met het schaamrood op de kaken weer aan de deur zouden staan, maar niets van dat alles. Toen hij/zij twee uur later zelf maar eens belde, zaten de heren alweer op kantoor in Driebergen, maar ze hadden de map nog niet gemist.

Naschrift: Een jaar later – in februari 2005 – werd bekend dat Justitie de bekende crimineel Mink K. als een van de daders van de Alkmaarse bom-moord beschouwt. Hij is hiervoor in zijn cel – waar K. voor een ander delict zat – aangehouden. De naam van K. kwam voor in het notitieblok dat de rechercheur in de woning had laten liggen. Het proces tegen K. moet nog plaatsvinden.

Een walm van corruptie en vriendjespolitiek

Na ruim vijfentwintig jaar misdaadverslaggeving denk ik wel eens dat ik alles wat er op dat gebied plaatsvindt wel een keer heb meegemaakt. Maar juist dan gebeurt er iets wat ik niet voor mogelijk had gehouden. Zo ben ik er altijd wel van uitgegaan dat Justitie zonder aanzien des persoons te werk gaat: of het nu een zwerver of een *captain of industry*, een prostituee of een professor betreft, het recht heeft gewoon zijn loop. Dat geloof is echter aan het wankelen gebracht door de affaire rond vlees- en vastgoedhandelaar Eddy de Kroes, eind 2003. Deze Wassenaarse zakenman werd in 1987 tot anderhalf jaar cel veroordeeld voor grootschalige fraude met vlees door de toenmalige slagerijketen De Vleeschmeesters. De zaak baarde destijds opzien omdat bij De Vleeschmeesters ook oud-premier Barend Biesheuvel, vakbondsman Jan Lanser en zakenicoon Anton Dreesmann waren betrokken. Zij werden nooit vervolgd.

In 2003 kwam door een interview in het zakenblad *Quote* plotseling aan het licht dat De Kroes geen dag van zijn celstraf had uitgezeten en dat daar geen haan naar had gekraaid. Hoe kan dat? Justitie werd tot actie gedwongen en De Kroes werd alsnog opgepakt. Maar toen gebeurde er iets merkwaardigs. De zakenman trok een aan hem gerichte brief – gedateerd op 16 maart 1992 – tevoorschijn, die was ondertekend door de Haagse officier van justitie mr. Hans Vos. In de brief stelde Vos dat De Kroes zijn straf niet hoefde uit te zitten. Dat was ongelooflijk, want zoiets is onwettig: een opgelegde straf móét worden uitgezeten en kan niet door een officier worden 'kwijtgescholden' om wat voor reden dan ook. Justitie dacht daarom aan een vervalsing, maar er was nog meer. De Kroes vertelde ook dat hij begin jaren negentig een keer op Schiphol was aangehouden, omdat gesignaleerd werd dat hij nog een straf moest uitzitten. De zakenman liet de brief aan de marechaussee zien en toen deze functionaris met officier van justitie Vos belde of dit wel klopte, kreeg hij inderdaad te horen dat men Eddy de Kroes moest laten gaan.

Toen hij in 2003 alsnog was opgepakt, spande zijn advocaat mr. G. Spong een kort geding aan, waarin zijn vrijlating werd geëist. De Kroes had een harde toezegging op zak en er was ruim vijftien jaar lang geen poging gedaan om hem zijn straf uit te laten zitten, dus deed de advocaat een beroep op het 'vertrouwensbeginsel': De Kroes mocht er op grond van deze omstandigheden van uitgaan dat hij vrijuit ging, aldus de strafpleiter. Justitie gaf zich niet direct gewonnen en nam het standpunt in dat als de brief al echt was, de officier dit niet had mogen doen en de straf alsnog moest worden uitgezeten. De rechtbank gelastte een nader onderzoek en daarin kwamen interessante dingen vast te staan. Om te beginnen leerde schriftkundig onderzoek dat de brief en handbeschreven enveloppe met 'aan zekerheid grenzende waarschijnlijkheid' door aanklager Vos waren geschreven. Ook het 'Schiphol-incident' bleek daadwerkelijk te hebben plaatsgevonden. En in het dossier van De Kroes werd op zijn zogenaamde 'executiekaart' de belastende aantekening gevonden: 'Signalering opgeheven, in overleg met ovj mr. H.M. Vos. Mr. Vos had afgesproken dat de straf niet geëxecuteerd zal worden.'

Van belang was natuurlijk wat de verklaring van aanklager Vos zelf zou zijn. Nou, die hield in wat we bij pijnlijke kwesties, zoals de IRT-affaire, al zo vaak bij politiefunctionarissen en magistraten hebben gezien: hij kon zich er niéts meer van herinneren... Hij moest schoorvoetend toegeven dat de brief door hem was geschreven. Hij bevestigde ook dat hij ooit een gesprek met een vriend van De Kroes over diens opgelegde celstraf heeft gevoerd, maar verder kon hij er geen zinnig woord over zeggen. De zaak zei hem niets, De Kroes zei hem niets, hij was het helemaal kwijt. De rechtbank kon dit nauwelijks geloven en formuleerde dit in de uitspraak subtiel, maar evenzogoed dodelijk: 'Het valt op dat het geheugen van mr. Vos, ook in meer recente zaken, belangrijke lacunes vertoont.'

Ik kom het vaak tegen in rechtszalen: politie- en justitiemensen die de eenvoudigste dingen ineens niet meer weten. Men komt er meestal mee weg. Zoals er bij hen ook altijd wordt gesproken van een 'vergissing' – en bij ieder ander van 'meineed'! – als er evident onwaarheid wordt gesproken. Het is bij Vos van tweeën een: of hij heeft iets te verbergen en liegt keihard over de gang van zaken, of hij weet werkelijk niet meer dat hij zoiets buitenissigs (en onwettigs) heeft gedaan. In beide gevallen is hij als rechtsdienaar volledig gediskwalificeerd. De Kroes kreeg onlangs te horen dat hij op grond van al het bovenstaande de cel niet meer in hoeft. Wat blijft hangen, is een walm van incompetentie, corruptie en vriendjespolitiek. En mr. Vos? Ik voorspel u dat hij binnenkort gewoon naar een hogere functie zal worden gepromoveerd...

NASCHRIFT: De achtergronden van de gewraakte brief zijn nooit duidelijk geworden. Het rumoer erover in de pers is weggeëbd en ook de politiek heeft nooit echt doorgevraagd over de affaire.

Ontsnapping van St. Helena

De vluchtende Hollander kapitein Willem Merk

Als misdaadverslaggever heb je te maken met criminelen die gevangen worden gezet, maar ook met veroordeelden die vervolgens weer weten te ontsnappen. Niets is zo sterk als de vrijheidsdrang van een mens. In mijn loopbaan heb ik veel uitbraken beschreven: simpele, brutale, geraffineerde en gewelddadige, maar de 'mooiste' en meest spectaculaire is zonder twijfel die van de Amsterdamse kapitein Willem Merk die in 1991 op het eiland St. Helena tot vijftien jaar cel werd veroordeeld wegens drugssmokkel. Nog nooit was er daar iemand ontsnapt uit de gevangenis. Zelfs keizer Napoleon had het lava-eiland uiteindelijk alleen in een doodskist kunnen verlaten. Dat lot werd ook de 54-jarige Amsterdamse kapitein Willem Merk voorgespiegeld, maar de zeebonk presteerde wat niemand voor mogelijk hield. Op miraculeuze wijze wist hij in april 1994 uit zijn cel te ontsnappen en in een gammele zeilboot de Atlantische Oceaan over te steken naar Brazilië. Terug in Amsterdam vertelde hij mij zijn adembenemende avontuur.

Zo ongeveer ter hoogte van de steenbokskeerkring was de stemming onder de zevenkoppige bemanning van de omgebouwde vistrawler *Frontier 90* bar slecht. Het vijfenveertig meter lange schip had wekenlang op en neer gependeld tussen de Rode Zee en enkele coördinaten in de Arabische Zee, waar een verboden lading aan boord zou worden genomen. Maar de leveranciers hadden telkens verstek laten gaan. Er was in de tussentijd gebivakkeerd in Aden, bij de bunkerplaats Fuijeira in de Arabische Republiek, maar de trawler had ook nog tussen Karachi, Bombay en de Malediven gezwalkt.

Het was de bedoeling dat er midden op zee zo'n vijftigduizend kilo hasj werd overgeladen op de *Frontier*, die vervolgens met deze recordlading koers zou zetten naar Nederland. Daar zou de hele bevolking met deze hoeveelheid moeiteloos wekenlang stoned kunnen worden gehouden. Amsterdammer Willem Merk, de 54-jarige kapitein van het schip, was tweeënhalf miljoen gulden toegezegd voor het volbrengen van deze smokkeltrip en ook de rest van de bemanning, de 46-

jarige Gerrit van V., de 43-jarige Joop V., de even oude Christiaan D. en drie Ghanese matrozen, zouden rijkelijk meedelen. Voor Willem Merk, die vanwege zijn gelijkenis met de zeebonk uit een visstick-sterspotje in het zeevaartwereldje ook wel Kapitein Iglo werd genoemd, moest de reis een zorgeloze oude dag garanderen. Met de opbrengst kon hij de *Frontier*, die hij kort daarvoor in Japan had gekocht, volledig laten opknappen en dienst laten doen als luxe onderkomen voor duik- en vakantiereizen.

Merk genoot enige bekendheid als de voormalige eigenaar-schipper van de beroemde klipper *Zeewolf*, een veertig meter lange tweemaster, die tijdens Sail-manifestaties altijd een van de blikvangers was. De Amsterdammer had dit varende monument in 1989 ingeruild voor de *Frontier*. De enorme verbouwingskosten hadden hem echter aan de rand van de financiële afgrond gebracht en tijdens deze 'vakantiereis' moest er dus vooral naar geld worden 'gedoken'. Het vervelende was dat bijna alles verkeerd ging. In plaats van vijftigduizend kilo hasj was er na heel veel moeite 'slechts' vijfduizend kilo aan boord genomen, nog geen tiende deel, wat pijnlijke gevolgen had voor de gage. En toen de zeven mannen goed en wel met enkele weken vertraging richting Amsterdam koersten, waren zij bij het ronden van Kaap de Goede Hoop op volle zee onverwachts geënterd door de Zuid-Afrikaanse kustwacht, die hen opdracht gaf mee te varen naar Kaapstad... Er ontstond paniek aan boord; was de hasjmissie uitgelekt?

Het is inmiddels bijna vier jaar later als Kapitein Iglo in zijn eenvoudige benedenwoning in Amsterdam de voorgeschiedenis vertelt van wat zou uitmonden in een hachelijk avontuur dat hij maar ternauwernood zou overleven. Willem Merk is inmiddels achtenvijftig jaar en zijn haar is witgrijs, maar zijn fiere gestalte, robuuste baard en krachtige handdruk geven hem nog steeds de allure van een zeeman. In gedachte zie je hem met een zuidwester op in een vliegende storm wijdbeens aan het stuurwiel staan, commando's schreeuwend tegen zijn bemanning. Aan de wand hangen een paar schilderijen van zeeslagen, want schepen en water zijn altijd z'n leven geweest. En, zoals zal blijken, ook bijna zijn dood.

Kapitein Willem Merk roert in een mok koffie en vertelt wat er vanaf dat moment gebeurde. 'Er was paniek aan boord. We hadden de hasj via een gat onder het fornuis in een laadruim onder de kombuis verborgen, maar ik twijfelde er niet aan of ze zouden het vinden. Overboord gooien ging niet meer, want er hing een vliegtuig van de douane boven ons. De bemanning keek me vragend aan. Zo van: wat nu? Op dat moment kreeg ik een idee. Stook het fornuis op, gebood ik de kok. Zo heet als je kunt en ga brood bakken... Tegen de tijd dat we de haven binnenliepen, stond dat fornuis roodgloeiend en de kombuis leek wel een sauna. Voor de douaniers die de *Frontier* doorzochten, was dat veel te warm. Het was zondag en ze hadden kennelijk weinig zin om zich echt in te spannen en hielden het al snel voor gezien. Ik maakte daarna een praatje met de inspecteur, die vertelde dat de *Frontier* internationaal als "verdacht" was gesignaleerd. Er was kennelijk iets uitgelekt van onze missie. Als door een wonder was de hasj niet gevonden en mochten we weer vertrekken. De vraag was alleen: waar naartoe? We wisten nu dat we werden gezocht en dat een volgende confrontatie minder goed zou aflopen.' En zodoende was de stemming aan boord van de trawler eind 1990 slecht. Het ruim bevatte maar een fractie van de verwachte hoeveelheid hasj. Het wekenlang op en neer varen had veel meer geld gekost dan was begroot, terwijl het oponthoud in Kaapstad akelig veel tijd had gekost en ook een bres had geslagen in de toch al te kleine voorraad gasolie. En *last but not least* was ook de pallet bier die zich aan boord bevond al soldaat gemaakt. Het leek alsof het moreel van de opvarenden gelijktijdig daarmee was verdwenen.

De smokkelkapitein wilde na de fortuinlijke aftocht in Kaapstad snel naar een andere haven toe. Niet alleen om gasolie in te nemen, maar ook om overleg met 'Amsterdam' te plegen over de gang van zaken. De *Frontier* voer op dat moment ten westen van Zuid-Afrika en de Atlantische Oceaan liet de bebaarde kapitein weinig bunkermogelijkheden. De Amsterdammer stipte op zijn zeekaart daarom een miniscuul eilandje aan: St. Helena. Het was in feite niet meer dan een vulkaanrots en het Britse eilandje had alleen een naam op de kaart gekregen, omdat keizer Napoleon er na zijn nederlaag in Waterloo vanaf 1815 tot aan zijn dood in 1821 door de Engelsen was vastgehouden. St. Helena was van oudsher een perfecte natuurlijke gevangenis. Het ligt op zo'n achttienhonderd kilometer uit de kust van Angola, is omgeven door gevaarlijke riffen en is uitsluitend per schip te bereiken. 'Ik kon me niet voorstellen dat de *Frontier* op dat stipje ook al gesignaleerd stond,' herinnert kapitein Merk zich de grootste misrekening uit zijn loopbaan.

Om te beginnen verkocht men op St. Helena geen gasolie en wat erger was: op de tweede dag, het was pal voor Kerstmis 1990, reed er ineens een busje de kade van Jamestown op en de hele bemanning werd ingerekend op verdenking van drugssmokkel. Willem Merk: 'Ze bleken toch een fax over ons te hebben gehad.' Zoete broodjes bakken hielp dit keer niet. Het schip werd binnenstebuiten gekeerd en de vijfduizend kilo hasj, met een geschatte straatwaarde van vijftig miljoen gulden, werd gevonden: een recordvangst.

Sinds de komst van Napoleon Bonaparte had men op het eiland niet meer zo'n sensatie gekend. Merk en zijn bemanning werden opgesloten in Her Majesty's Prison of St. Helena, de kleinste gevangenis van het Verenigd Koninkrijk. Het driehonderdvijftig jaar oude voormalige fort bevatte slechts drie cellen, waar op de stapelbedden in totaal twaalf gedetineerden konden verblijven. De smokkelbemanning van de *Frontier* zorgde prompt voor de hoogste bezettingsgraad van de laatste twintig jaar.

Willem Merk werd in een isoleercel opgesloten. De rest van de bemanning zat bij elkaar en stemde haar verklaringen keurig op elkaar af. Kapitein Iglo werd door de eilandpolitie als de genius gezien en versterkte dat beeld door geen verklaring af te leggen en te doen alsof hij geen woord Engels sprak. Merk: 'In totaal heb ik drie maanden in afzondering gezeten. Gewoon in een kale cel. Geen tafel, geen stoel, helemaal niks. En de bewakers werd verboden om iets tegen mij te zeggen. Dat is een zware tijd geweest.'

Zwaarder was echter nog de veroordeling die door een speciaal uit Londen overgekomen rechter werd uitgesproken: de bemanning kreeg achttien maanden cel, maar de 55-jarige *Captain Murk* werd maar liefst vijftien jaar opgelegd. 'Ik werd overgeplaatst naar de vrouwenvleugel van de gevangenis, waar overigens geen vrouw zat. Maar ik kreeg nu wel normale faciliteiten. Eer het zover was, moest ik overigens wel op de bijbel zweren dat ik geen ontsnappingspoging zou doen.' Merks donkerbruine ogen fonkelen even en hij glimlacht: 'Alsof ik me daaraan zou houden...'

Het gevangenisleven op St. Helena is snel beschreven. Om halfzeven 's morgens opstaan, met een ontbijt van drie sneetjes brood met kaas en jam. Daarna ging de celdeur open naar de gemeenschapsruimte en de kleine patio, waar kapitein Merk letterlijk op één vierkante meter grond tomaten mocht kweken. Tijdens de lunch waren er vier sneetjes brood, ditmaal met jam en kaas en reeds om halfvier was er warm eten, omdat de kok nog elders zijn kunsten moest vertonen. 'De avondmaaltijd was vooral in het begin een vieze kerriekledder. Vreselijk. Ook nooit warm. En toen ik daarover klaagde, hielden ze het bord met eten voortaan gewoon onder de warme kraan. *Here you are: now it's hot!'* Om zes uur ging de celdeur alweer dicht voor de nacht en die werd alleen om acht uur nog even geopend voor een kopje thee.

Willem Merk: 'De andere gevangen mochten voor twee pond per week op het eiland allerlei werkzaamheden doen zoals straatvegen of auto's wassen, maar mij vonden ze daarvoor te bijdehand. Ik had een speciale status. Ik had geen verklaring afgelegd en gedroeg me te brutaal. Afgezien daarvan had ik er met mijn vierenvijftig jaar ook geen zin in om de auto's van de politie te wassen. Ik las en schreef liever en schilderde met make-upkwastjes zeegezichten op hardboard.'

Ruim anderhalf jaar na zijn aanhouding raakte Willem Merk in een depressie. Zijn vrouw Ina had hem in Nederland laten vallen, hij had bijna geen geld meer, zijn schip de *Frontier* was verbeurd verklaard en hij voelde zich verraden door de bemanning. Wat was, als vijftiger, nou eigenlijk zijn toekomstverwachting nog met een straf van vijftien jaar? 'Ik werd opstandig. Ik vond die veroordeling waanzinnig. Ik heb serieus overwogen om er een eind aan te maken, maar volgens de Britse wet is zelfmoord verboden en krijg je er voor elke poging nog twee jaar cel bij. Voor elke ontsnappingspoging trouwens ook. Ik besloot daarom uit protest tegen mijn behandeling in hongerstaking te gaan. Dat maakte indruk en als bij toverslag kreeg ik van die stinkerds het heerlijkste eten voorgezet. Maar ik hield stug vol. En toen ik van zesennegentig kilo was afgevallen naar zesenzeventig kilo, begonnen ze zich zorgen te maken. Ik was een gevangene die ze per se in leven wilden houden. Ik belichaamde het grootste politiesucces aller tijden en daar waren ze zuinig op. Vanaf dat moment kreeg ik meer mogelijkheden. Ik mocht telefoneren met mijn Nederlandse advocaat en met de consul. Er konden ineens een paar faxen namens mij worden verstuurd. En ook zegde men mij toe dat ik drie keer per week een halfuurtje onder politiebegeleiding over het eiland mocht wandelen.'

Tijdens zijn uitstapjes merkte Kapitein Iglo dat hij op het eiland een beroemdheid was. Bewoners wilden met hem op de foto en spraken hem vol ontzag aan met *captain* of *chief*. 'Tijdens die wandelingetjes begon het me ineens te dagen,' weet Willem Merk nog. 'De andere gestraften waren inmiddels alweer thuis en ik zei tegen mezelf: Willem, als je hier wilt doodgaan, moet je rustig blijven zitten. Maar als je er nog wat van wilt maken, moet je in actie komen...' Vanaf dat moment gaf Willem Merk zijn ogen goed de kost en lette op alle details. Hij hoorde subtiel bewakers uit en bestudeerde tijdens zijn korte uitstapjes de gang van zaken in de baai van Jamestown. Kon hij er een boot stelen? Wat waren de zwakke plekken in de gevangenis? Hoe werkte de aflossing van de wacht?

Merk: 'Ik had weer een doel voor ogen en kikkerde daarvan op, hoewel ik aan een *mission impossible* begon. Eerst moest ik uit de gevangenis zelf zien te komen. Ik ontdekte al snel dat daar maar liefst drie verschillende sleutels voor nodig waren. Die moest ik in bezit zien te krijgen. Stelen ging niet. Ik moest ze zien na te maken, dat was mijn enige kans. Nu gebeurde het wel dat er bewakers in mijn cel kwamen om naar m'n schilderwerk te kijken. Ze legden dan hun sleutelbos op tafel en toen ze een keer even naar het toilet moesten, greep ik mijn kans. Ik slaagde erin een paar afdrukken in een stuk zeep te maken en begon ze na te maken.

Het waren gelukkig oude, eenvoudige sleutels, met zo'n baard met drie tanden, anders was het nooit gelukt. Eerder had ik al in het magazijn waar mijn verfspullen stonden een zaagblaadje en een vijltje meegepikt, die ik tussen mijn tomatenplanten verstopte. Een beetje extra ijzer daarbij kon nooit kwaad. En tijdens een wandeling had ik een stukje plaatstaal gevonden dat precies de goede dikte voor een sleutel had. Het was een heidens karwei, priegelwerk. In totaal heeft het me vier maanden gekost van vijlen, zagen, vijlen, opnieuw beginnen, vijlen, passen, bijvijlen en passen. Gek werd ik ervan! Maar ik ging door. Het zagen maakte een snijdend, piepend geluid dat de kans op ontdekking groot maakte. Maar toen ik het zaagblad met zeep insmeerde, was ook dat weer opgelost.'

Aanvankelijk was het problematisch dat de zeepafdruk te zacht was en tijdens het passen en 'sleutelen' steeds vervormde, maar toen Merk voor schilderwerkzaamheden de beschikking kreeg over wat plamuur, was dat leed snel geleden. 'Ik stopte die plamuur in een luciferdoosje en drukte daar de sleutel in. Daarna zette ik het doosje twee uur in de zon en dat leverde een keiharde, precieze afdruk op, die ik tot op de millimeter kon namaken.' De tijd verstreek, maar Willem Merk vorderde gestaag. Een voor een kwamen de sleutels er en tegelijkertijd bouwde hij aan een voorraadje voedsel, vitaminepillen en kleine gereedschappen. 'Eén ding stond vast: ik moest per boot weg, iets anders was onmogelijk.' Dat was al het probleem van Napoleon. En St. Helena lag zo verschrikkelijk ver weg van enig ander land, dat die overtocht levensgevaarlijk was. Daarom was het in die driehonderdvijftig jaar ook nog niemand gelukt om levend weg te komen. Maar Willem Merk, de eigenzinnige Amsterdammer, zou niet al ruim twintig jaar kapitein zijn geweest als hij liever op het land wilde sterven dan op het water.

Toch scheelde het niet veel of hij was al op het (ei)land de klos geweest, nota bene nog in het zicht van de gevangenispoort. 'In de baai had ik eind 1993 een aluminium zeilboot gezien, die ik voor mijn vlucht wilde gebruiken. Ik had verder alles klaar. Na mijn hongerstaking had ik van de dokter als bijvoeding een soort Ovomaltine-poeder gekregen en dat stiekem opgespaard. Daarmee kon ik een eind komen. Verder had ik wat kleding, papieren en een jerrycan water klaargezet. De sleutels had ik al een paar keer geprobeerd. Ik moest een beetje kracht zetten, maar ze werkten. Toen ik wist dat die boot er lag, wilde ik niet langer wachten en werd ongeduldig. Te ongeduldig.'

Op een donkere nacht, draaide Willem Merk zachtjes zijn celdeur open, liep naar de gangdeur en opende ook die. Een paar tellen later moest ook de buitendeur eraan geloven en stond de Amsterdamse kapitein in de buitenlucht. Vrij, maar nog steeds gevangen op een eiland. 'Ik sloop weg, mijn hart bonkte in mijn keel van spanning. Het lukt, je bent eruit! juichte ik in stilte. Maar na nog geen honderdvijftig meter werd ik plotseling duizelig en smakte zo – *pats!* – tegen de grond. Ik had totaal geen kracht meer. Ik leek wel verlamd. Die hongerstaking had me enorm verzwakt en ik sleepte te veel ballast mee. M'n knieën hielden het niet. Ik lag me te verbijten op de grond. Als ze me zouden vinden, was mijn kans voor altijd verkeken. Bovendien zou ik er nog eens twee jaar bij krijgen. Ik woog koortsachtig af wat ik moest doen. Zo maakte ik geen enkele kans, dan kon ik me beter meteen aangeven. Ik nam een beslissing en smeet mijn met veel moeite opgespaarde etenswaren en water weg. Daarna kroop ik over de grond terug naar de gevangenis, waar niemand nog iets gemerkt had. Godzijdank had ik de nagemaakte sleutels niet weggegooid en sloop terug naar binnen. Afgepeigerd viel ik op mijn bed, het zweet gutste van me af. Ik schold mezelf uit. Ik had mezelf overschat, ik moest eerst in conditie zien te komen.'

De volgende dag begon Willem Merk met oefeningen in zijn cel. 'Vooral mijn beenspieren moesten sterker worden. Ik gebruikte daarvoor de pisemmer. Ik vulde 'm met water, ging op de grond liggen, deed het hengsel om mijn enkel en probeerde mijn been dan op te tillen. Een keer, twee keer, elke dag meer. Ik verging eerst van de spierpijn, maar het ging steeds beter. Ik kon telkens meer water in de emmer doen. Ik voelde mijn krachten langzaam terugkomen. Na een paar weken kon ik het een halfuur volhouden. Verder deed ik ook setjes opdrukken, kniebuigingen en buikspieroefeningen.'

Kapitein Merk realiseerde zich dat hij niet nog een keer zoveel geluk zou hebben en bereidde zijn vlucht nog beter voor. Hij bleef 's nachts wakker om te observeren hoe vaak en op welke tijdstippen zijn cel werd gecontroleerd. Om een echte kans te hebben, had hij een flinke voorsprong nodig. 'Ik wilde met een zeilbootje vluchten, maar de kustwacht van St. Helena had de beschikking over een speedboot. Ik moest dus al buiten de territoriale wateren zijn, eer ze de ontsnapping zouden ontdekken.'

Willem Merk kreeg een lumineuze inval om de bewakers op het verkeerde been te zetten. 'Ze kwamen 's nachts zo'n twee, drie keer mijn cel controleren en schenen dan altijd even met een zaklantaarn in mijn gezicht. Dat moest ik zien te voorkomen, want dan zouden ze direct merken dat ik was verdwenen. Ik deed daarom alsof ik daar wakker van werd en gooide boos mijn pisemmer naar ze toe... *Fuck off with these lights!* Nou, dat werkte. Na twee keer hadden ze dat afgeleerd en deden alleen nog maar twee stappen in mijn cel om te kijken of ik werkelijk in bed lag.' Het vervolg van dit opzetje was nog ingenieuzer. Kapitein Merk mocht in zijn cel een dicteerapparaat hebben om bandjes in te spreken en die naar familie op te sturen. 'Ik kwam op het idee om op die bandjes snurkgeluiden op te nemen en die recorder vlak voor mijn vlucht in bed te leggen. Het was een recorder met "automatic reverse", waarbij het bandje dus vanzelf omdraaide en eindeloos door kon gaan.'

Het viel niet mee om een halfuur lang geloofwaardige snurkgeluiden op te nemen, maar na enig oefenen stond het erop. En toen was het tijd voor een riskante test. Merk: 'Ik vulde mijn bed op met kleren, dekens en een tas. Bij mijn hoofdeinde zette ik strategisch een stoel neer, die het zicht een beetje belemmerde. Ik legde de recorder onder de deken en verschool me achter de deur. Mijn cel was zo klein dat ik de binnenkomende bewaker bij wijze van spreken in zijn nek hijgde, maar ik wilde deze truc absoluut eerst een paar keer testen.'

Het werkte perfect. De bewaker draaide de deur open, deed twee stappen naar binnen, liet z'n ogen een moment aan de duisternis wennen en luisterde vervolgens even naar het monotone gesnurk van de vredig slapende kapitein, die in werkelijkheid achter de celdeur stond en zijn adem inhield. De bewaker draaide zich om en sloot argeloos de cel weer af. Alles in orde! Ook de dag erna lukte het en een week later had zelfs de grootste dienstklopper onder de bewakers niets in de gaten. Operatie 'De Vluchtende Hollander' kon worden voortgezet.

De nagemaakte sleutels waren oké, de snurktruc werkte, de proviand lag klaar, er was alleen nog geen boot om mee weg te komen. 'Ik wilde er eerst een stelen, maar dat vond ik toch iets te riskant. Stel dat er juist die avond geen een lag, of dat er toevallig mensen aan boord waren... Ik moest iets anders verzinnen.' Dat 'iets anders' diende zich vrij snel aan, maar het is het enige punt in zijn verhaal waar kapitein Merk terughoudend over is. 'Ik ben geholpen, maar wil niet zeggen door wie. Ik wil die persoon niet verraden. Zonder hem had ik nog steeds vastgezeten.' Hoe dan ook, die *mister X.* leverde Willem Merk tegen betaling van honderd pond een zelfgemaakte zeilboot, die hij op een afgesproken plek in de baai legde. Alhoewel, een zeilboot... Het betrof een van houten vrachtpallets en polyester in elkaar geflanste kruising tussen een surfplank en een vlot, dat vol was gestouwd met piepschuim om het onzinkbaar te maken. Maar dat wist Willem Merk, die altijd op de brug van imposante schepen had gestaan, nog niet.

De kapitein: 'Op een of andere manier voelden de bewakers toch nattigheid. Ik deed natuurlijk die krachtoefeningen elke dag en gedroeg me ook ineens vrij correct omdat ik geen strafmaatregelen wilde uitlokken. Ik kreeg een paar keer extra celinspectie, maar mijn tomaatjes lieten ze gelukkig met rust. Ook mocht ik vanwege die argwaan geen bezoek meer ontvangen van Nederlandse zeelui die St. Helena aandeden, af en toe een kop koffie kwamen drinken en me wat tijdschriften en kranten brachten. Het was voor mij het teken dat ik niet te lang meer moest wachten. Vooral ook omdat de weersgesteldheid kort daarna zou omslaan en mijn kansen de eerstkomende maanden verkeken zouden zijn.'

Inmiddels waren er na de arrestatie op de *Frontier*, vlak voor Kerstmis 1990, al ruim drie lange, eenzame jaren verstreken op het dunbevolkte lava-eiland. Merk: 'Ik had alles klaar staan en besloot er op tweede paasdag, in de nacht van 4 op 5 april, even voor twaalf uur vandoor te gaan. Ik wist dat dit het gunstigste tijdstip was omdat de dienst dan juist werd overgedragen. Ik had mijn papieren in cellofaan op mijn lijf geplakt. Van tien blikjes bonen had ik een soort riem gemaakt die ik met een stuk touw om mijn middel gordde. Verder had ik een jerrycan met vijfentwintig liter water bij me, vitaminepillen, wat vistuig, touw, elastiek en een tafelmes. Meer kon ik echt niet meenemen, want dat was me de vorige keer opgebroken.'

Die paasnacht was het erop of eronder voor Willem Merk. Om krachten te sparen, lag hij een paar uur op bed en dacht aan wat de toekomst hem brengen zou. Als het hem lukte uit z'n cel te ontsnappen, moest het grootste avontuur eigenlijk nog beginnen. Want voor hem lag dan een duizenden zeemijlen lange, barre tocht over de Atlantische Oceean in een gammele zeilboot. De bestemming: Zuid-Amerika. 'Brazilië lag misschien niet voor de hand, maar ik wist uit ervaring dat de passaat en de stroming die kant opgingen en dat ik me daardoor moest laten meevoeren. Het was eigenlijk krankzinnig, want ik had nog nooit in zo'n bootje gezeild. Ik had niet eens een kompas en om dan de oceaan over te steken in een wastobbe... Maar ja, wat moest ik anders? Doodgaan op het eiland?'

Om tien voor twaalf inspecteerde Willem Merk nog een keer zijn celruimte. Hij klikte onder de opgevulde dekens van zijn bed de recorder aan, die direct begon te snurken. Willem zelf was echter klaarwakker. Het was doodstil toen hij met z'n nagemaakte sleutels een voor een de celdeuren opende en naar buiten sloop. Het was een maanloze nacht en in de donkere baai van Jamestown brandden nog maar een paar lichtjes. 'Ik was eerst van plan geweest direct naar m'n boot te gaan, maar daar had ik de week voor de ontsnapping toch vanaf gezien. Zo'n zeilbootje vaart maar een paar mijl per uur, terwijl ik had gehoord dat die snelboot van de kustwacht wel tweeëntwintig mijl haalde. Ik zou binnen de kortste keren worden achterhaald en ik had daarom besloten me eerst twee dagen op het eiland te verschuilen. Ik wilde pas vertrekken, als de ergste opwinding voorbij was.'

Alles liep ditmaal volgens plan. Niemand merkte iets op en Willem Merk klauterde haastig de Westrock op, die op vijf minuten van

Her Majesty's Prison lag. Het was een ruwe, bijna onbegaanbare lavarots met honderden kloven, grotten en spleten en het viel niet mee om alle spullen mee te sjouwen, maar de maandenlange training met de pisemmer wierp nu z'n vruchten af. 'Het was heel spannend. Ik verwachtte ieder moment sirenes en zwaailichten, maar het bleef stil. Ik vond boven op de rots een mooie schuilplaats, waar vandaan ik alles in de baai kon overzien.'

In de gevangenis bleef het die nacht stil. De bandrecorder snurkte geduldig door alle celinspecties heen. Pas tegen halfacht hoorde Willem Merk boven op de lavarots dat er sprake was van paniek. Mensen liepen de gevangenis in en uit en riepen elkaar opgewonden toe. En ja hoor, luttele minuten later werd de snelboot van de eilandpolitie in het water getakeld, die de baai uit planeerde met politiemensen met verrekijkers en geweren aan boord. Kapitein Iglo zat op dat moment bloednerveus boven op de rots en had, anders dan zijn bijnaam doet vermoeden, alle moeite het hoofd koel te houden. De daaropvolgende uren kwam het erop aan. Er was geen weg terug meer. In de verte zag hij in de baai z'n zeilboot dobberen, waarmee hij de oversteek moest wagen. Zou het kunnen? Zou het lukken? Zou hij, kapitein Willem Merk, een inmiddels 58-jarige Amsterdamse zeeman klaarspelen wat Napoleon niet kon?

Boven op de Westrock, uitkijkend over de kleine baai van St. Helena, prees kapitein Willem Merk zich al snel gelukkig dat hij niet direct in het zeilbootje was gestapt dat hij nu in de verte rustig zag dobberen, maar dat hij zich eerst op de top van deze lavarots had verschanst. De consternatie op het eiland was enorm geweest, nadat men 's morgens bij het ontbijt in Her Majesty's Prison zijn verdwijning had opgemerkt. De Engelse kustwacht was ogenblikkelijk uitgevaren, kennelijk in de veronderstelling dat de voortvluchtige Nederlander al het ruime sop had gekozen. Ook een aantal particuliere jachten, gevorderd door de eilandautoriteiten, was op patrouille gegaan en Willem Merk besefte dat hij al tien keer achterhaald zou zijn als hij zijn oorspronkelijke plan had uitgevoerd en de oceaan was opgegaan. Ook alle liggende en binnenkomende schepen werden doorzocht, omdat men ervan uitging dat er hulp van buitenaf was geweest. Dat moest wel, redeneerde men, want hoe kon je anders van een eiland verdwijnen dat meer dan achttienhonderd kilometer vanaf het vasteland ligt en omgeven wordt door gevaarlijke riffen?

'Het mooie was dat er die nacht stom toevallig twee vissersschepen waren vertrokken en daar gingen ze als gekken achteraan. Maar dat was gewoon een miskleun. Merkwaardig is dat het kennelijk geen moment bij ze was opgekomen, dat ik nog gewoon ergens op het eiland zat. Ik heb in ieder geval niets van een speurtocht gemerkt,' vertelt smokkelkapitein Willem Merk nog steeds met duidelijke napret over zijn geslaagde afleidingsmanoeuvre. Een truc die ook elders bewondering had gewekt. De Engelse krant *The Mail on Sunday*, schreef, met ontzag voor de loer die Willem Merk iedereen had gedraaid: *Napoleon must be spinning in his grave.*

Merk, alias Kapitein Iglo, had zich voorgenomen om zich twee, hooguit drie dagen op zijn hoge uitkijkpost schuil te houden en dan in het donker naar het zeilbootje in de baai te zwemmen. Het bootje moest hem naar Brazilië brengen, een barre tocht van zo'n vierduizend kilometer over de Atlantische Oceaan. Zonder radio, zonder kompas, zonder navigatiespullen. Zonder zwemvest. Maar mét storm, honger, dorst en een verschroeiende hitte.

Gespannen hield Merk boven op de rots de wacht, af en toe wegzakkend in een hazenslaapje en spaarzaam gebruikmakend van zijn proviand. In de tweede nacht na zijn uitbraak achtte de Amsterdamse kapitein de kust veilig en daalde in het donker voorzichtig af. De jerrycan water, tien blikjes bonen, vitaminepillen, wat vistuig en lichte gereedschappen met zich meeslepend. 'Mijn boot lag aan de andere kant van de baai en ik durfde daar niet over het land naartoe te gaan. Ik wist dat op het strand 's avonds vaak vrijende paartjes lagen en die zouden natuurlijk de helden van de dag zijn als ze mij zouden ontdekken. Ik ging daarom meteen het water in, dat gelukkig niet koud was. Het was ongeveer een kilometer zwemmen naar mijn boot en met alle spullen die ik bij me had, was dat een zware opgave. Vooral die jerrycan, die ik met een touw op mijn rug had gebonden, klotste hinderlijk achter me aan. Ik zwom van boot naar boot, zo geruisloos mogelijk en rustte bij de verankering telkens even uit. Ik kwam zo ook nog terecht bij de *Frontier*, mijn omgebouwde trawler waarmee alle ellende op St. Helena was begonnen. Het schip was door de rechter verbeurd verklaard en aan de ketting gelegd en het deed me wel wat dat ik het nu zo moest achterlaten.'

Na een uurtje ploeteren en proesten, naderde kapitein Merk het bootje waar zijn leven de komende weken van zou afhangen. Het was een meter of zes lang en gemaakt van gesloopte houten vrachtpallets en dichtgesmeerd met polyester, Eenvoudiger kon bijna niet. Om het onzinkbaar te maken, had de Amsterdammer zijn hulp gevraagd het vol te stouwen met piepschuim. 'Ik klom in het donker moeizaam aan boord en merkte direct hoe wankel het scheepje was. Ik moest oppassen dat ik het niet over de kop trok. Ik zette mijn spullen neer, maakte het ankertouw los en zette de mast, of wat daar voor door moest gaan, overeind. Het was een bamboestok met een stuk afdekzeil, dat provisorisch was aangebracht. Ik had echter geen tijd om dat goed te bekijken, afgezien van het feit dat het nog erg donker was. Ik moest zo snel mogelijk zien weg te komen. Er kwamen 's nachts nog wel eens vissers terug uit zee en die moest ik omzeilen. Er stond een zacht windje en toen ik het anker losmaakte, kwam het bootje direct in beweging en gleed stilletjes de baai uit. Ik had op dat moment moeite om mijn opwinding te onderdrukken. Ik wist dat ik nu op de rand van succes stond. Zo ver was nog nooit iemand gekomen. Maar ik maande mezelf tot kalmte, want het was nog steeds mogelijk om letterlijk in het zicht van de haven te stranden. En dan zag het er niet best voor me uit. Zodra ik de baai uit was, hield ik een oostelijke koers aan. Ik rekende erop dat de kustwacht nog overal op de uitkijk stond, maar ik wist dat ik in deze richting onzichtbaar voor hen zou zijn. Want in het oosten keken ze 's morgens pal tegen de opkomende zon in. Dan zie je echt geen barst. En tegen de tijd dat ze wel wat konden zien, was ik al achter de horizon verdwenen...' Kapitein Merk gnuift even voldaan en steekt een sigaret op, die overigens in het vuur van het verhaal onaangeroerd in de asbak verbrandt. 'Haha, ja, ze hadden wel een kapitein met ruim twintig jaar ervaring als tegenstander.'

Toen die zon opkwam, had de 58-jarige zeeman ook de kans om zijn vaartuig eens even beter te bekijken. Het lachen was hem op dat moment snel vergaan. 'Pfff, dat was schrikken! Het was een soort vlot waar ik op zat en alles klapperde, wankelde en schommelde. Ik zweer het je, met dit bootje was ik normaal gesproken nog geen speelvijver opgegaan en nu moest ik er potdomme de oceaan mee oversteken. Ze hadden mij steeds gezegd dat Napoleon het eiland alleen in een doodskist had verlaten, maar dit was er ook een: een drijvende. Maar ja, ik had gekozen en wat ik al eerder had gezegd, gold nog steeds: moest ik dan maar als een ouwe sukkel op het eiland doodgaan? Nee, ik zou ze wel even wat laten zien.'

Zodra St. Helena uit zicht was en Willem Merk in zijn eentje op de Atlantische Oceaan dreef, buiten bereik van de kustwacht, kwam het tot een ontlading van alle spanning en vreugde. 'Ik keek achter me, balde mijn vuisten en begon te schaterlachen. Ja, echt... het bulderde over het water. De adrenaline spoot door me heen en ik schreeuwde: *Ik heb jullie te pakken bloody bastards! Het is gelukt! Hohaha, Fuck you!!!*'

Of het echt zou lukken, was nog maar de vraag. Gedurende bijna vierduizend kilometer op zee kon er nog heel wat misgaan, wist kapitein Merk als geen ander. 'In de bibliotheek van de gevangenis had ik in een atlas de zeestromingen en de passaatwinden bestudeerd. Als ik daar goed gebruik van zou maken, kon ik in Noord-Brazilië terechtkomen, bij de havenplaats Recife. Ik had echter geen kompas, geen kaart, helemaal niks aan boord om mijn koers te bepalen. Dat is ontzettend moeilijk. Probeer maar eens zonder kaart en zonder enige bewegwijzering van Amsterdam naar Bagdad te rijden, want daar heb je het dan over. Een heksentoer! Het enige wat ik kon doen was gebruikmaken van de stand van de zon en de sterren, om zodoende het noorden te vinden en vervolgens het westen als koers aan te houden. Ik wist bovendien dat als je horloge op Greenwichtijd staat en je de zon tussen de grote en de kleine wijzer laat vallen, je ook op die manier het noorden kunt bepalen en dat probeerde ik maar. Verder moest ik vertrouwen op mijn richtingsgevoel op zee, maar ja, wat blijft daarvan over als je eenmaal een dag of tien alleen maar water hebt gezien? Dan moet je oppassen dat je geen rondjes vaart. Ik had uitgerekend dat ik drie mijl per uur zo'n zeventig zeemijl per dag kon halen en dat ik er dan vijfentwintig tot dertig dagen over zou doen. Veel langer kon ook niet, want ik had maar vijfentwintig liter water bij me en ook bij een streng rantsoen had ik een kleine liter per dag echt wel nodig. Ja, het zou allemaal kantje boord zijn.'

Twee dagen lang hield Merk zich vooral bezig met het opkalefateren van zijn scheepje. Alles was ruw afgewerkt met lichte materialen en grote roestige spijkers, die dwars door het piepschuim heen staken. Het bootje had een grootzeil en een fokje, verder was er op uitdrukkelijk verzoek van de kapitein een kiel onder geplaatst, omdat hij anders op de oceaan helemaal op drift zou raken. Ook lagen er een paar ruw gezaagde palen aan boord met platte uiteinden, die als roeispanen dienden. De roeidollen werden gevormd door twee simpele stukjes touw. Kapitein Iglo: 'Ik heb even gedacht: Willem, Willem, dat red je nooit met dit wrak.'

Het roer dat de koers moest bepalen, was zo ongeveer van bordkarton gemaakt en het eerste wat Willem deed was dat verstevigen met de hengelstok die aan boord was gelegd. 'Als dat roer zou afbreken, was ik verloren. Daar moest ik echt mijn hengel voor opofferen, hoe gevoelig dat verlies ook was.' De enige kleding die Kapitein Iglo droeg, waren een korte broek, een T-shirt en een honkbalpet. Dat bleek te weinig. 'Het was gloeiend heet op het water en de eerste dagen verbrandde ik bijna levend. Ik had natuurlijk drie jaar lang in mijn cel gezeten en was niets meer gewend. Ik probeerde zo veel mogelijk in de schaduw van het zeil te blijven, maar dat lukte niet want de zon stond loodrecht boven me. En tot overmaat van ramp woei na drie dagen mijn pet overboord. De zon scheen vreselijk fel en ik heb nog even op het punt gestaan een stuk uit het zeil te snijden en daar een soort piratenhoofddoek van te maken. Maar dat zou ten koste gaan van de snelheid, waardoor mijn verblijf op zee weer langer zou duren. Dat soort afwegingen moest ik constant maken. Vervelend was ook dat ik tijdens het zwemmen naar de boot mijn blikopener had verloren. Het gevolg was dat ik telkens met spijkers bijna een uur moest prutsen om een blikje bonen open te krijgen. Ik had mezelf op een rantsoen van een half blikje per dag gesteld en hoopte onderweg nog de nodige vis te vangen. Maar ja, daar was het volgende probleem al: ga eens vissen zonder dat je een hengelstok en aas hebt.'

Kapitein Merk sloeg opnieuw aan het improviseren en liet de vislijn achter de boot aan slepen. Van zijn kleding haalde de zeeman wat pluimpjes textiel, die hij als kunstaas aan de haak deed: op hoop van zegen. De vissen beten echter niet, wat een grote streep door de rekening was. Als Merk onvoldoende voedsel zou binnenkrijgen, zou hij verzwakken en dat was dodelijk op de oceaan. Wie er in ieder geval wel kon bijten, was de enorme haai die een poos gelijk op zwom en groter was dan de boot. 'Ja, dan knijp je 'm wel hoor. Het was een loei van een beest en waarschijnlijk ongevaarlijk voor mij, maar je bent toch bang. Ik durfde bijvoorbeeld niet eens meer over boord te pissen, want ik had ooit gelezen dat zo'n beest dat vanaf een kilometer ruikt en dan kan reageren alsof je een prooi bent. Gelukkig zwom hij na een paar uur weer weg. Vooral 's nachts konden bepaalde geluiden heel beangstigend zijn. Hoewel ik al twintig jaar had gevaren, had ik nog nooit zo dicht op het water gezeten als in dit bootje. Op mijn eigen schepen had ik een keurige eigen hut, van alle gemakken voorzien. Nu voelde ik iedere deining, elke waterspetter. Een van de problemen die ik de eerste dagen moest oplossen was dat ik aan mijn slaap toekwam zonder van mijn koers af te wijken. Na veel gepriegel lukte het me om met wat elastiek een soort stuurautomaat te maken door het roer met de fok te verbinden.'

De zon was echter niet te manipuleren en de hitte werd een steeds groter probleem voor Kapitein Iglo. 's Morgens ging het nog, maar na een uurtje stond de vuurbal al loodrecht boven de boot en brandde er de rest van de lange dag onbarmhartig op los. 'Het probleem was dat er ook steeds water in de boot klotste. Het zeezout kristalliseerde op mijn huid, waardoor de zon nog sterker inbrandde. Ik kreeg wonden aan mijn armen, benen en voeten. Tussen mijn dijen werd het vlees helemaal rauw en het schrijnde enorm. Op mijn hoofd hingen de vellen er letterlijk bij, ik leek wel een vogelverschrikker. Het was permanent zo'n veertig graden en nooit kon ik even in de schaduw gaan zitten, al was het maar een paar seconden. Ik kreeg ook pijn aan mijn ogen, want ik had uiteraard geen zonnebril. Ik heb mezelf zo nu en dan echt wel even moed moeten inspreken, zeker toen ik ruim een week op zee zat. Kom op, Willem, wat ben je nou voor een papzak, mopperde ik dan op mezelf. Als je hier niet tegen kunt, had je lekker op St. Helena tomaten moeten blijven kweken. En dan ging het weer.'

Het hoogtepunt van de dag werd gevormd door een slok water. Vooral 's morgens om acht uur, wanneer de plastic jerrycan gedurende de nacht wat was afgekoeld en het water lekker fris smaakte. Om twaalf uur 's middags nam Merk altijd nog een half bonenblikje, dat als maatbekertje dienstdeed. Maar de watertemperatuur was dan al opgelopen tot ruim dertig graden. 'Ik vergruisde er een aantal vitamine-C tabletten in, zodat het net leek alsof ik een kop citroenthee dronk.' En om halfnegen 's avonds werd het derde en laatste blikje water van de dag opgedronken. 'Ik was daar heel streng in. Ik kon de hele dag wel blijven drinken, zo heet was het. Ik had constant een dorstgevoel. Ik heb die zon vervloekt, maar ik wist dat het mijn dood zou betekenen als ik zou afwijken van het rantsoen.'

Een opsteker van jewelste kwam op de twaalfde dag. Over de oceaan schalde plotseling Willems gejuich. Aan de vishaak met een plukje C&A-textiel spartelde een tonijn van zeker tien pond. En dat was hard nodig, want het einde van de bonenblikjes kwam aardig in zicht.

Met zo'n kanjer kon Kapitein Iglo, die zijn bijnaam nota bene te danken had aan een visstick-sterspot, weer even vooruit. 'Ik had alleen niets om 'm mee klaar te maken; er was geen fornuis, nee zelfs geen lucifer, aan boord. Ik moest 'm rauw opeten. Ik heb 'm schoongemaakt en vervolgens heel dun gesneden en geloof het of niet, ik heb er meer van genoten dan ik ooit van kaviaar en gerookte zalm heb gedaan. Ik heb 'm in vier dagen soldaat gemaakt. De kop ook, al begon die de vierde dag wel te stinken. Maar ja, kieskeurigheid leer je op zo'n tocht wel af. Zelfs de ruggengraat heb ik stuk gekauwd. Dat was best lekker, er zat merg in: vocht.'

Het was de enige vis die de vluchtende Hollander tijdens zijn zeereis zou verschalken. En het frustrerende was dat hij er wel de godganse dag honderden voorbij zag schieten. 'Ik heb nog geprobeerd ze met een roeispaan dood te slaan, maar het lukte niet.' En de keer dat het wel kon, was de vis wel érg groot. 'Behalve die haai heeft er ook nog een tijd een walvis met de boot meegezwommen. Echt een kanjer, van een meter of zeventien. Fascinerend, maar ook griezelig, want één klap van z'n staart en je bent weg. Dat beest zwom zo dichtbij, dat ik de lucht kon ruiken die hij telkens door dat gat op z'n kop naar buiten perste.'

De dagen verstreken akelig langzaam en Willem Merk kreeg het steeds moeilijker op zijn wankele zeilbootje. Alles deed zeer, schuurde en schrijnde, hij was vervuild, had honger en dorst en werd langzaam gek van de slopende hitte. 'De vijftiende dag werd ik misselijk en duizelig. Ik vreesde dat ik een lichte zonnesteek had. Toen de zon onderging, dacht ik ineens dat ik op de Kalverstraat in Amsterdam liep... Ik zag allemaal mensen die ik kende en ik stapte prompt overboord om naar hen toe te gaan Ik was compleet de kluts kwijt en hallucineerde. Drie slokken zout zeewater brachten me echter weer bij mijn positieven. Ik had mezelf gelukkig met een stuk touw aan de mast vastgemaakt en kon daardoor weer aan boord klimmen. Anders had ik de boot nooit meer ingehaald.' Merk lacht even cynisch en zegt: 'Dan was ik dus in de Kalverstraat verdronken...'

Het werd in de dagen erna nog erger. 'Ik voelde dat ik langzaam mijn verstand begon te verliezen. Ik kon mezelf bijvoorbeeld niet bedwingen om kinderliedjes te gaan zingen die ik al veertig jaar niet meer gehoord had. Zie je het voor je, hoe een kerel van achtenvijftig jaar, een zeebonk met een grote baard, midden op de Atlantische Oceaan ineens *Hop Marjanneke, stroop in 't kanneke* aan het zingen is? En *Drie kleine kleutertjes*... Het was heel gek, alsof iemand me dwong dat te doen... *Drie emmertjes water halen, drie emmertjes pompen.* Waanzinnig! Maar ik was dus nog wel zo bij de les, dat ik me dit realiseerde. Af en toe bekroop me een gevoel van pure wanhoop. Zo van: waar ben ik aan begonnen? Komt er nog wel een eind aan? Elke dag duurde zo immens lang. Ik voelde me eenzaam. Het vissen lukte niet. Het water raakte op en dan die zon, die felle zon...'

Twijfel of hij op de juiste koers zat, heeft kapitein Merk echter nooit gehad, ook niet op het laatst. 'Nee, ik wist dat ik zo'n vijf graden onder de zon moest blijven. Dat zat er ingehamerd bij me en ook toen ik geestelijk een beetje de weg kwijt was, hield ik dat in de gaten. 's Nachts had ik een vaste ster waar ik naar keek en die ik als richtpunt gebruikte. Ik sprak er ook mee. Als het dan donker werd, speurde ik de hemel af en zei: *ha, ben je daar weer, jongen... 's even kijken of je me vannacht weer de weg kunt wijzen.*

Na de twintigste dag veranderde er plotseling iets. De zee was anders dan de negentien dagen ervoor. Hoog boven zich zag Willem Merk ineens een albatros vliegen. Een albatros! Als zeeman wist hij direct wat dat betekende: er was land in aantocht! 'Even later kon ik het land ruiken, eerlijk waar. Ik kon het nog niet zien, maar ik wist zeker dat ik goed zat. Ik voelde een landwind. Het gaf me direct mijn power weer terug. Hier had ik het voor gedaan.'

En er was nog iets wat de bijna 60-jarige zeeman ontzettend veel voldoening gaf. 'In sommige kranten was ik na mijn arrestatie op St. Helena afgeschilderd als een prutskapitein, die in de Amsterdamse grachten nog geen koers kon houden. Dat had me pijn gedaan. Nu ik deze beproeving meer dan twintig lange dagen had doorstaan, dacht ik wel even: jullie hadden me eens moeten zien! Duizenden kilometers, zonder kompas, in m'n eentje. Hitte, dorst, honger en stormen had ik getrotseerd en mijn doel bereikt. Ik kreeg er een enorme kick van en schreeuwde tegen de golven: *Wat nou, pruts-kapitein... hè... Doe dit maar eens even na, prutsverslaggevers!*' Weer een dag later was er daadwerkelijk land in zicht. Maar Merk durfde niet rechtstreeks naar de kust te varen, hoewel hij er na tweeëntwintig dagen op zee als een magneet door werd aangetrokken. 'Ik moest wachten tot het donker werd. Ik wilde niet het risico lopen dat ik op het strand zou worden aangehouden en alsnog in een of andere gevangenis belandde. Ik zag eruit als een landloper. Ik had overal verwondingen, zag wit van het zout, had een lange baard en van mijn kleren kon je soep koken. Om te beginnen heb ik daarom eerst het zeil naar beneden gehaald, het piepschuim uit de boot gesneden en dat overboord gegooid. Ik wilde niet dat ze het bootje zouden vinden. Dat zou alleen maar vragen oproepen. Ik vond het wel jammer trouwens. Ik had 'm het liefst meegenomen, maar ja, op dat moment was er geen tijd voor sentimenten.'

Toen het 's avonds donker werd, liet Willem Merk zijn afgetakelde boot, wat eigenlijk meer een vlot was, langzaam naar de kust drijven. Op een paar honderd meter ervoor bevond zich een rif, waar hij hem tot zinken bracht. Vervolgens klom hij over de rotsen heen en zwom naar de kant. 'Het was een prachtig mooi breed strand met allemaal huisjes en parasollen en daarachter een boulevard, waar het nog een drukte van belang was. Na drie volle weken van tegen mezelf kletsen, hoorde ik ineens mensen praten. Portugees. Ik was in Brazilië. Het was gelukt! Ik kon wel juichen en janken tegelijk, maar begreep dat ik me vooral koest moest houden. Want het wemelde van de politiesurveillanten op de boulevard.'

Merk bleef die nacht op het strand, stilde zijn honger met een gestolen kokosnoot en probeerde zich de volgende dag in een strandtent – tevergeefs – een beetje op te frissen. Z'n haar leek kabeltouw, het zout was aangekoekt en zijn kleren stonden stijf van het zweet. 'Ik kreeg contact met de eigenaar, die toevallig als zeeman ooit in Rotterdam was geweest. Ik zei hem dat ik was beroofd en bijna al mijn spullen was kwijtgeraakt. Dat was nogal een raar verhaal, want ik zag er zelf uit als een struikrover, maar hij slikte het toch. Ik vroeg of hij honderd Nederlandse guldens kon wisselen, want dat bedrag had ik bij mijn papieren in het cellofaan meegenomen. Het was mijn laatste bezit. De man belde voor mij naar de bank en die noemde een koers, maar zei ook dat het in Brazilië geen gangbaar betaalmiddel was: sorry... En daar stond ik dan. Met geld, maar zonder geld.'

Kapitein Iglo begreep snel dat hij in Noord-Brazilië terecht was gekomen, in de plaats Natal, slechts een klein stukje boven de havenplaats Recife die hij in de gevangenis van St. Helena op de atlas had aangestipt. Hoezo een prutskapitein? Een 40-jarige Braziliaanse onderwijzeres Emalda, die Willem bij de strandtent had gezien en zijn relaas over de 'beroving' had gehoord, ontfermde zich gastvrij over de haveloze Nederlander. Zij vroeg niet veel, keek slechts af en toe bedenkelijk, maar gaf hem te eten en te drinken, waste zijn vieze kleren, verzorgde zijn zonverbrandingen, gaf hem scheerspullen, knipte zijn haren en leende hem geld. Een vrouw als een godsgeschenk. En zo stond er na een paar dagen een nieuwe, aangesterkte Willem zeeman die naar huis verlangde, naar Amsterdam. Bijna vier jaar waren er verstreken sinds hij kort voor Kerstmis 1990 op St. Helena met vijfduizend kilo hasj in de buik van zijn *Frontier* was gearresteerd.

Daarna ging het allemaal snel. Via de plaatselijke consul kwam er contact met ambassadepersoneel in de stad Brasilia, aan wie Willem Merk bij stukjes en beetjes vertelde wat hij had beleefd. Het leidde aanvankelijk tot een schampere reactie vol ongeloof. Van St. Helena naar Brazilië gezeild in een zelfgemaakt bootje? Kom nou! Willem Merk hoorde hoe de man zijn hand half op de telefoonhoorn legde en verbaasd zijn collega's op de ambassade aanriep. 'Hé, jongens, ik heb hier een halfgare matroos aan de lijn, die beweert dat hij met een zelfgemaakt zeilbootje van St. Helena is gekomen.' Dat ging de 58-jarige Amsterdammer net even te ver. Willem Merk: 'Op dat moment hervond ik mezelf weer. Ik hoorde Nederlands, ik wist dat ik het had gered en dat het nu op gang ging komen en ja, dan ben je weer die brutale Amsterdammer hè... Dus ik zeg tegen die man: *Hallo, matroos??? U spreekt met ka-pi-tein Merk... ka-pi-tein ja!* De ambassade was bereid behulpzaam te zijn bij een vertrek naar Nederland zodra de kapitein de kosten van het vliegticket had vergoed. 'Ik had alleen die honderd piek en die wilden ze dus niet eens wisselen... Ik belde daarop collect-call met mijn advocaat mr. Pieter Huisman in Amsterdam, die natuurlijk niet wist wat hij hoorde toen ik hem van mijn vlucht vertelde. Hij maakte direct van zijn kantoorrekening het geld over, wat uniek is, want meestal gaat dat bij advocaten omgekeerd...'

Vier dagen later landde Willem Merk via Brussel in Amsterdam. Op 5 mei om precies te zijn. Toevallig bevrijdingsdag ja...

Liever staande sterven dan op je knieën leven!

In april 2004 was ik in Hoofddorp voor een onderzoek naar de mysterieuze verdwijning van de 46-jarige Yvonne Catsburg. De vrouw is sinds 13 juli 2003 spoorloos, nadat zij een discussie met haar vriend Rob had gehad. Volgens hem heeft Yvonne haar woning vrijwillig verlaten, maar de politie vond later bloedspatjes in de gang die van haar afkomstig waren en een speciaal getrainde speurhond sloeg er aan op lijkenlucht. Het verhaal van vriend Rob vond men niet het toonbeeld van betrouwbaarheid, maar echt schot kwam er niet in de mysterieuze zaak. Familie van Yvonne benaderde mij daarom met de vraag of ik iets kon doen. En dus ging ik een poosje later met collega Chantal van Schuylenburch ter plekke kijken. Bij de woning in het flatgebouw raakten we aan de praat met een bewoner die toevallig rondom het tijdstip van Yvonnes verdwijning contact had gehad met haar vriend Rob, en toen iets belangwekkends had opgemerkt. Ik vroeg de man of hij voor de camera wilde vertellen wat er toen precies is gezegd, maar nog voor ik uitgesproken was, maakte hij een afwerend gebaar: 'Nee, nee... ik heb een zaak in Amsterdam.' Nou, die gaat echt niet failliet als u iets over de verdwijning van Yvonne zegt, wierp ik tegen, dat heeft er toch niets mee te maken? 'Dat kan wel zijn, maar toch pieker ik er niet over,' zei de man beslist. Het gaat wel om de verdwijning van een onschuldige vrouw, probeerde ik nog, maar tevergeefs...

Er zijn weinig menselijke eigenschappen die bij mij tot zoveel kwaadheid en onbegrip leiden als onnodige lafheid of bangheid. Ik schrijf 'onnodige', want ik begrijp wel dat in een oorlogssituatie niet iedereen een verzetsheld is. Ik snap ook dat niet iedereen zich geroepen voelt om een groep beschonken Hells Angels de les te lezen. De een is nu eenmaal meer mans en onverschrokken dan de ander. En natuurlijk ken ik ook de gevallen van mensen die wél verbaal in actie kwamen en dat met hun leven hebben moeten bekopen.

Maar ik ken nog veel meer voorbeelden van mensen die geen enkel risico liepen en toch een hazenhartje hadden. Ik herinner me het echtpaar dat in Groningen in de vroege ochtend van 1 mei 1997 wakker schrok van het angstige gegil van een vrouw. Het stel woonde twee hoog in een flat en snelde naar het zijraam van de woning. Vanuit het donker en zonder dat ze zelf werden gezien, zagen ze hoe een man een jonge, tegenstribbelende vrouw meesleurde in een soort houdgreep. 'O jee, dat loopt fout af, ik bel de politie,' zei de vrouw geschrokken achter de gordijnen in de flat. Haar echtgenoot greep in: 'Nee, niet bellen! Daar krijg je alleen maar last mee.' Er werd niet gebeld. De volgende ochtend werd het lijk van de 18-jarige studente Anne de Ruyter de Wildt ontkleed langs de spoorweg gevonden, een paar honderd meter voorbij de woning van het echtpaar. Als zij wel hadden gebeld, had Anne nu nog geleefd.

Het is een gekmakende bangheid, waar ik als misdaadverslaggever vaak tegenaan loop en waarvoor ik geen begrip heb. Toen de 15-jarige Andrea Luten uit het Drentse Ruinen in 1993 werd vermoord, was er een getuige die mogelijk iets had gezien, maar in haar verklaring het tijdstip expres verkeerd opgaf, omdat anders zou blijken dat zij die dag te laat op haar werk was gekomen... Maar ook in talloze andere misdaadzaken heb ik meegemaakt dat getuigen of betrokkenen de eenvoudigste verklaringen niet durfden af te leggen. Waarom niet? Egoïsme? Angst? Of beide? Wat had het stel in Groningen kunnen overkomen, als zij gewoon 112 hadden gebeld?

Ik herken die wezels inmiddels vrijwel meteen. Ik heb ook voor mijn programma al zo vaak meegemaakt dat mensen de meest bizarre uitvluchten verzinnen om maar niet behulpzaam te hoeven zijn in een onderzoek: 'Ik heb een zaak in Amsterdam...' Het liefst zou ik ze door elkaar rammelen en toebijten: 'Nou én! Ook al had je tien zaken, vertel gewoon wat je weet, doe je plicht!'

De moraal van dit verhaal is dat meer blauw op straat, hogere straffen of een hardere aanpak van criminaliteit allemaal niets helpen zolang wij zélf angsthazen blijven. Je kunt drie keer zoveel politie op straat brengen, maar als wij veilig in het donker, vanachter de gordijnen 112 niet durven te bellen, houdt het op. Een maatschappij die een beetje elementaire flinkheid mist, krijgt uiteindelijk het loon van de angst uitbetaald.

In dat verband wil ik u een spreuk voorhouden. Die luidt: liever staande sterven, dan op je knieën leven. Hij staat gebeiteld in de grafsteen van mijn vader. Ik doe mijn best om daarnaar te leven. U ook?

NASCHRIFT: De verdwijning van Yvonne Catsburg is nog steeds onopgehelderd. Een uitzending van mijn programma over de zaak leverde een aantal tips op, maar niet de gouden.

De moord op Gijs van Dam jr.

Het VU Medisch Centrum in Amsterdam, 27 januari 2003. Intensive care, zevende etage. Hij staat om veiligheidsredenen ingeschreven onder de gefingeerde naam 'De Boer'. Met een slangetje zuigt hij om de paar minuten slijm uit zijn mond en keelholte, anders kan hij niet praten. Zijn stem klinkt lijzig. Een van zijn ogen staat scheef en er zit een vers litteken omheen. Zijn onderlichaam is geheel gevoelloos: een dwarslaesie. Het gevolg van een kogel. 'De Boer' is in werkelijkheid Gijs van Dam jr. en als ik bij hem op bezoek kom, is het ruim zes weken geleden dat hij voor zijn woning in Buitenveldert slachtoffer werd van een liquidatiepoging.

In Amsterdam hebben dan al talloze wél gelukte aanslagen plaatsgevonden die nooit zijn opgelost. Als er iemand iets over het motief van een aanslag kan vertellen, is het een overlevende. De Amsterdamse hasjpionier Gijs van Dam sr., de vader van Gijs jr., is er het begin van het gesprek bij. Gijs jr. toont zich oprecht verbaasd dat hij met zoveel toewijding en zorgzaamheid dag en nacht wordt verpleegd, terwijl die 'meiden echt maar een kutsalarissie verdienen'. Zelf heeft hij nooit één dag een gewone baan gehad. Op zijn zestiende had hij wel een gouden Rolex om zijn pols. Hij komt uit een wereld waarin alles uit berekening gebeurt en dat verpleegsters met liefde lopen te sloven voor een maandsalaris dat hij vaak tijdens één avondje stappen stukgooide, heeft bij hem bewondering opgeroepen. Vader Van Dam hoort het aan en fluistert: 'Het is verschrikkelijk wat er is gebeurd, maar Gijsie wordt hierdoor wel een beter mens. Die jongen wist niet meer wat normaal was.'

Als Van Dam sr. is vertrokken, praten we over de liquidatiepoging. 'Publiceer niks, want anders kost het me alsnog mijn leven,' opent Gijs. Als ik hem vraag of hij de politie iets verteld heeft, antwoordt hij resoluut: 'Pfff... Natuurlijk niet!' Hij mag de rest van zijn leven dan verlamd zijn door de kogels die hem troffen: met de recherche praat je niet. In het lange gesprek dat volgt, biecht hij op dat de aanslag waarschijnlijk een gevolg is van een verkeerd gelopen drugsdeal, waar hij enkele tonnen in had gestoken. Het ging om een container van twintigduizend kilo, die een jaar eerder was 'binnengetrokken' en die voor het Oostblok was bestemd. Uit de container was een paar duizend kilo hasj verdwenen en daar was met de mede-financiers, drie Marokkanen, fikse bonje over ontstaan. Toen Van Dam desondanks aanspraak maakte op zijn deel, was hem botweg gezegd dat er 'niets van jou bij zit'. Heineken-ontvoerder Cor van Hout, met wie Gijs vanuit zijn jeugd vriendschappelijke contacten onderhield, had nog geprobeerd te bemiddelen. Van Dam kon uiteindelijk nog vijfhonderd kilo krijgen, maar had dit geweigerd. Alles of niets. Over wat er toen gebeurde, is hij vaag: 'Ik heb niet gedreigd en geen geweld gebruikt,' zegt hij. Maar na een korte stilte, met een ietwat verwrongen glimlach: 'Maar ik heb natuurlijk wel een grote bek opgezet.' In deze zaak zijn meer moorden gepleegd en ook mensen spoorloos verdwenen, vertelt Van Dam, vooral in de regio Utrecht. Nee, het heeft niets te maken met die zogenaamde vete in de Amsterdamse onderwereld. Namen wil Van Dam niet noemen en als ik naar meer details vraag, maakt hij een gebaar dat hij moe is.

Op 12 februari 2003 bezoek ik hem opnieuw in Heliomare in Wijk aan Zee, waar hij revalideert. Het Nederlands elftal speelt die avond tegen Argentinië en de tv staat aan. De blik in zijn ogen is anders deze keer. Hij is waakzamer en ontwijkt veel van mijn vragen, door nadrukkelijk naar het tv-scherm te kijken. 'Ik was niet helemaal in de stemming... Ik bel je nog,' zegt hij bij het afscheid.

Dat telefoontje is nooit meer gekomen. Wel hoorde ik dat hij ondanks zijn verlamming toch weer 'bezig' was. En begin mei 2004 werd ik benaderd door een wanhopige zakenman op Curaçao, met wie junior een duistere onroerendgoeddeal had gedaan. Er was ruzie om de afhandeling ontstaan. De man was bij Van Dam thuis door een paar kleerkasten al een keer behoorlijk afgetuigd en nu hij op Curaçao zat, was daar ineens een handlanger van Gijs opgedoken die dreigde met ontvoering van zijn vrouw en kinderen als zijn eisen niet direct werden ingewilligd. De man betaalde uit doodsangst enkele tienduizenden euro's, maar er moest nog meer op tafel komen.

Het volgende wat ik hoorde was dat Gijs van Dam jr. voor zijn huis in Zandvoort was neergeschoten en wéér naar de intensive care in het VUMC in Amsterdam was gebracht. Maar ditmaal konden ook de toegewijde verpleegsters en artsen niets meer voor hem doen...

Macht en seks

President Clinton trok zijn trouwste hondenblik toen hij bezwoer dat hij geen seksuele relatie met 'that woman, miss Lewinsky' had gehad. David Beckham beweerde dat alle verhalen over overspel vuige roddels waren, toen ene Rebecca Loos het tegendeel verkondigde. Prins Charles en Lady Diana jokten erop los als het over hun akkefietjes ging. Mabel Wisse Smit loog over haar relatie met maffiabaas Klaas Bruinsma. De tijd heeft wel geleerd dat je beter niet te goedgelovig kunt zijn als prominenten en hoogwaardigheidsbekleders uitspraken doen over hun amoureuze en seksuele escapades. En nu is de vraag: wat heeft Ruud Lubbers precies uitgespookt met zijn stafmedewerkster bij de Verenigde Naties, die een aanklacht tegen hem heeft ingediend wegens ongewenste intimiteiten/seksuele intimidatie?

Met wat uitschieters naar andere kanten is de teneur voornamelijk dat er eigenlijk niet zoveel is gebeurd, de aanklacht opvallend laat is ingediend en 'Ruud nou eenmaal zo is dat hij graag een arm om een vrouw heen slaat'.

Er gaat geen week voorbij zonder dat er dossiers over zeden-, ontucht- en seksuele intimidatiezaken op mijn bureau terechtkomen. In de loop der jaren heb ik alle varianten gezien en onderzocht, ook die van de valse aangiften, bedoeld om wraak te nemen, hogerop te komen of om aandacht te trekken. En hoewel elke zaak verschillend is, ga je op den duur toch bepaalde wetmatigheden en patronen zien. Zowel bij daders als bij slachtoffers.

In de kwestie Lubbers zijn mij bepaalde dingen opgevallen.

Toen de aanklacht een paar weken geleden was uitgelekt, verklaarde Lubbers: 'Ik heb geen tijd en geen wil om erover na te denken. Ik doe mijn werk.' Dat vond ik een merkwaardige, zeer onlogische reactie. Geen tijd en geen wil om na te denken over een aanklacht die wereldwijd de pers haalt en je toekomst op het spel zet? Is dat een absurd ver doorgevoerde plichtsgetrouwheid? Of is het misschien een staaltje verdringingsgedrag, dat ik in mijn vak vaker tegenkom?

Lubbers' echtgenote Ria wees erop dat de aangeefster een hogere baan was misgelopen en pas na vier maanden een formele klacht had ingediend: 'Ze is misschien wel een feministe die door anderen is opgestookt en niet lekker in haar vel zit.' Je kunt daar ook anders tegenaan kijken. De aangeefster is een volwassen vrouw van vijftig jaar en werkt al twintig jaar op redelijk hoog niveau voor de VN. Zij was dus geen Lewinsy-achtige stagiaire die uit balans raakte van de aandacht die zij kreeg, of juist moest ontberen. Een dienstverband van twintig jaar drukt een bepaalde verbondenheid en loyaliteit met de organisatie uit. Zij heeft misschien wel goed begrepen dat een officiële aanklacht de organisatie zou schaden en dat velen haar dit niet in dank zouden afnemen. Het feit dat de aangifte vier maanden uitbleef, hoeft niet te betekenen dat deze aan kracht verliest, integendeel: het kan er juist op duiden dat de vrouw gewetensvol en behoedzaam heeft geopereerd.

Lubbers heeft een paar keer beklemtoond dat hij zich 'niet onbetamelijk of onoorbaar heeft gedragen'. Als misdaadverslaggever heb ik echter wel geleerd dat je in dit soort zaken meer moet letten op wat iemand níét zegt, dan wat hij wel zegt. De verklaring van Lubbers is niks meer dan een waardeoordeel over zijn eigen gedrag en daardoor van weinig betekenis. Lubbers zegt niet wat er precies is gebeurd. Ja, na een vergadering had hij haar 'vriendelijk en hartelijk' uitgelaten: 'Ik beschouwde dat, en dat doe ik nog altijd, als een vriendschappelijk gebaar. Ik geloof dat zij dit verkeerd heeft begrepen.' Wát heeft zij precies verkeerd begrepen, meneer Lubbers? Met geen woord licht hij toe waar dat 'vriendschappelijke gebaar' dan uit heeft bestaan. Mystificaties en abstract, vaag taalgebruik duiden er meestal op dat iemand iets te verbergen heeft, want anders kun je de zaken gewoon precies benoemen. Verder is opmerkelijk dat geen van de andere aanwezigen bij de VN-vergadering openlijk voor de vaandeldrager in de bres zijn gesprongen. Zouden zij Lubbers laten bungelen als er louter sprake was van een ondubbelzinnig uit te leggen vriendelijk gebaar?

Verontwaardigd is Lubbers over het feit dat de VN-onderzoekers niet alleen de klacht van de vrouw hebben onderzocht, maar ook hebben geïnformeerd of er medewerksters met soortgelijke ervaringen zijn. Weet Lubbers niet dat dit in vrijwel elke zedenkwestie gebeurt? Juist het patroon van een bepaalde handeling kan de bedoeling ervan duidelijk maken.

Wat dat betreft is niet echt ontlastend in deze zaak dat Lubbers, toen de affaire op stoom kwam, moest toegeven dat hij eerder al een medewerkster schriftelijk excuus heeft gemaakt voor een eveneens 'vriendschappelijk gebaar', waarbij zij zich 'niet op haar gemak' had gevoeld.

Alles bij elkaar optellend, acht ik de kans groot dat Lubbers bij de VN binnenkort zelf ook 'vriendelijk en hartelijk' wordt uitgelaten...

NASCHRIFT: In februari 2005 is Ruud Lubbers inderdaad alsnog afgetreden, nadat het vertrouwelijke onderzoeksrapport naar het incident was uitgelekt naar de Engelse krant *The Independent*. Uit het rapport blijkt dat de onderzoekers een bepaald patroon van ongewenste seksuele toenaderingspogingen hebben geconstateerd en dat een aantal vrouwelijke medewerkers daarover – anoniem maar herkenbaar – verklaringen heeft afgelegd. Medestanders van Lubbers menen dat het uitlekken een goed geregisseerde zet is geweest van de VN-top om de eigen, door andere affaires geschonden reputatie, te redden. Anderen wijzen op de belastende inhoud van het rapport en stellen dat dit direct al aanleiding had moeten zijn om maatregelen tegen Lubbers te nemen en dat het onbegrijpelijk is dat VN-voorzitter Kofi Anan de uitkomsten in een eerder stadium niet zwaar genoeg vond om tegen Lubbers in actie te komen.

De pedofiel in het pashokje

In 1969 – ik was toen een jongen van twaalf jaar en woonde in Amstelveen – werd ik kort voor de zomervakantie door mijn moeder naar Peek & Cloppenburg in het plaatselijke winkelcentrum gestuurd voor het kopen van een zwembroek. 'Peek' was de kledingzaak waar het hele gezin zich eens in de zoveel tijd in het nieuw stak. Een zwembroekje kopen kon ik wel alleen af. Toen ik in de rekken mijn keus maakte, kwam er een verkoper achter mij staan. Een keurige man van middelbare leeftijd. Ik pakte een zwembroek en wilde naar de kassa lopen. 'Die móét je even passen, want zwemkleding mag niet worden geruild,' zei de verkoper nogal gebiedend, terwijl hij het gordijn van de paskamer al openschoof. Ik wilde het eigenlijk niet, maar zwichtte voor zijn natuurlijke gezag. Juist toen ik de zwembroek omhoog trok, kwam de verkoper ineens het pashokje binnen. Ik schrok. 'Gaat het, jongen?' vroeg hij vriendelijk. 'Pas op hoor, soms zit het prijskaartje aan de binnenkant.' Tegelijkertijd trok hij de band van het zwembroekje naar zich toe en voelde en graaide met zijn andere hand aan de binnenkant. Ik verstrakte. Het duurde even eer duidelijk was dat het prijskaartje niet aan de binnenkant zat – dat kón ook niet, realiseerde ik me later: het zat uiteraard gewoon aan de buitenkant. 'Past uitstekend hoor,' concludeerde de verkoper glimlachend en hij verliet geruisloos weer het pashokje. Ik was twaalf, misschien dertien jaar, en wat wist ik toen van het leven? Ik voelde drommels goed dat er iets onoorbaars was gebeurd, maar ik twijfelde. Was hij niet gewoon een behulpzame, misschien wat onhandige verkoper? Moest ik iets zeggen? Maar waar zou ik blijven als hij dan gewoon in de lach zou schieten: 'Ach jongen toch, hahaha... hoe kom je daar nou bij?' Onderweg naar huis besloot ik niemand er iets over te zeggen. Ik schaamde me voor wat er was gebeurd. Maar dat het indruk heeft gemaakt, blijkt wel uit het feit dat ik me het gezicht van de verkoper nog zo voor de geest kan halen. En later, als ik met mijn ouders weer in het filiaal kwam, hield ik goed in de gaten waar hij precies stond en verbrak ik in het pashokje menig maal het snelheidsrecord broek verwisselen.

Pas veel later besefte ik wat er toen eigenlijk is gebeurd. Door mijn werk als misdaadverslaggever weet ik inmiddels hoe geraffineerd en onopvallend pedofielen te werk kunnen gaan. Hoe ze kinderen subtiel de indruk kunnen geven, dat zij zélf iets fout doen of onbeholpen zijn. En dat het vaak juist aardige jeugdleiders, trainers, verkopers, verzorgers en toezichthouders zijn die hun positie misbruiken. Prijskaartjes die per ongeluk aan de binnenkant zouden zitten, zijn dan de geijkte smoesjes. Hun optreden is snel en onverdacht. Het is geen toeval dat het vaak jaren duurt eer kindermisbruik wordt ontdekt en de omgeving geschokt reageert dat men dit nooit achter de dader had gezocht. Maar ja, eer ik dat alles doorhad, waren er al vele jaren verstreken. Daarbij bleef ik toch ook twijfels houden of er nu sprake was van een incident of niet. Ik hield mezelf voor dat ik er helemaal naast kon zitten.

Maar in de zomer van 2004 – vijfendertig jaar later! – werd die twijfel toch nog onverwachts bij me weggenomen. Ik was toen een paar dagen bij SBS6 te gast op het EK-voetbal in Portugal en raakte er in gesprek met programmaleider Eric van Stade. We ontdekten toevallig dat we beiden in Amstelveen waren opgegroeid en zelfs op dezelfde school hadden gezeten. Hij een paar klassen lager dan ik. Aan de rand van het zwembad ontspon zich een geanimeerd gesprek over oude leraren, sportclubs, en favoriete cafés in het Amstelveense. Hoe het ter sprake kwam weet ik niet meer precies, maar op een gegeven moment merkte Van Stade op: 'Weet je wat mijn vriendjes en ik altijd vervelend vonden? Als we nieuwe kleren moesten kopen. In die tijd deed je dat altijd bij Peek & Cloppenburg in het winkelcentrum en daar was...' Ik keek hem ontzet aan. Het was alsof ik in een kwart seconde een reis van vijfendertig jaar door de tijd maakte. 'Stop! Stop!' riep ik. 'Ik weet wat je gaat zeggen! Je wilt het hebben over die verkoper, die vent... dat die in de paskamer aan je zat...' Het was een schot in de roos. 'Inderdaad,' beaamde Van Stade even later, 'altijd als je aan het passen was, kwam hij het hokje in om je blouse in je broek te stoppen en zat hij overal aan te frunniken, verschrikkelijk, altijd hetzelfde. Hij flikte dat bij iedereen.'

Als misdaadverslaggever wist ik het al, maar afgelopen week werd het in Portugal opnieuw bevestigd: de oplossing van delicten is vaak louter een kwestie van Tijd & Toeval...

NASCHRIFT: Na publicatie van deze column heb ik een groot aantal reacties van Amstelveense leeftijdgenoten ontvangen die exact dezelfde ervaringen hadden opgedaan. De behulpzame verkoper was een notoire pedofiel die ongehinderd jarenlang zijn gang heeft kunnen gaan.

De moordenaar van Gerard Fagel

'Als ik vrijkom, wil ik graag bloemen op zijn graf leggen'

Hij kwam als een dief in de nacht. Maar een krakende vloerplank haalde de bekende restauranthouder Gerard Fagel uit zijn slaap en maakte van de dief een moordenaar. Terwijl iedereen lang aan een goed georganiseerde afrekening dacht en ingewikkelde motieven, bleek de dader uiteindelijk een jonge kruimeldief die bij een inbraak zijn zenuwen niet meester was. En die uiteindelijk zelf de politie tipte, omdat zijn geweten bleef knagen. Zes jaar na zijn dodelijke schot geeft deze Siddik Z. één keer een interview over die fatale nacht, die een cause célèbre werd. 'Ik heb echt spijt en denk veel aan Fagels vriendin.'

De herinnering aan die nacht dat hij Gerard Fagel doodschoot – 9 juni 1989 – boven diens sterrenrestaurant De Hoefslag in het miljonairsdorp Bosch en Duin is zes jaar later nog niet vervaagd. Bijna elke dag en nacht wordt Siddik Z. er nog door achtervolgd. 'Het was pikdonker. Ik klom voorzichtig door het raam op de eerste etage naar binnen. Ik zag bijna niets, vooral ook omdat ik een zwarte nylonkous over mijn hoofd had. Door de openstaande slaapkamerdeur viel gelukkig wat licht van een ganglamp naar binnen. Zodoende kon ik een bed onderscheiden, waarin twee personen lagen te slapen. Achter mij klom intussen Ed L. naar binnen, met wie ik de inbraak pleegde. Buiten, in de auto, zat Mehmet O. te wachten. Hij was onze opdrachtgever en had me handschoenen, het masker en een Browning 9 mm met dumdumkogels gegeven. Volgens hem was er voor minstens een half miljoen aan sieraden en geld in het toilet van de slaapkamer verstopt. Ik was bloedzenuwachtig en ook een beetje bang. Ik zat onder de drugs en had gedronken. Eigenlijk had ik zoiets nog nooit gedaan.'

Siddik Z. is op het moment van het interview vijfentwintig jaar en zit een gevangenisstraf van acht jaar uit voor het doodschieten van Gerard Fagel. We zitten te praten in de bezoekersruimte van gevangenis De Geerhorst in Sittard. Door de zwaar getraliede ramen vallen de eerste warme zonnestralen van het voorjaar van 1995 binnen. Over de hoge gevangenismuur heen kijken we uit op een troosteloos DSM-complex. Siddik ziet er met een eendagsbaardje, een snorretje en een keurig gestreken overhemd verzorgd uit. Zijn gelaatstrekken zijn niet onvriendelijk. Hij spreekt vlekkeloos Nederlands en oogt rustig. Dat laatste is echter schijn. Naarmate hij met zijn relaas dichter bij het fatale moment van die 9e juni 1989 komt, begint hij meer te fluisteren. Ik kijk naar zijn almaar wringende handen en de griezelig ver afgekloven nagels. Het verleden knaagt zowel innerlijk als uiterlijk aan hem.

Siddik heeft mij zelf benaderd, omdat hij zich zorgen maakt over de toekomst. Hoe moet het verder als hij volgend jaar vrijkomt? Nieuw geweld is volgens hem onontkoombaar wanneer het tot een confrontatie met zijn eveneens veroordeelde opdrachtgever Mehmet O. komt. Maar niemand luistert, zegt hij. Niemand wil luisteren. De inbraak in restaurant De Hoefslag in Bosch en Duin was eigenlijk niet of nauwelijks voorbereid, vertelt Siddik, die als 6-jarig jongetje vanuit Turkije naar Nederland is gekomen, als hij het over de oorzaak van zijn gevangenisstraf heeft. Alle wilde verhalen daarover in de media ten spijt. 'Nee, ik werd die bewuste avond door Mehmet O. in Nijmegen gevraagd of ik mee wilde doen. Ik had hem wel eens wat gestolen spulletjes verkocht en hij had het over een gouden tip voor een heel makkelijke inbraak. Ik vroeg hem wat het precies was en toen zei hij: *Als ik het vertel, moet je meedoen ook. Dan is er geen weg terug.* Ik vond het best, ik was gedrogeerd en ach... inbraakjes en diefstallen had ik al zo vaak gepleegd. Dat was al in Turkije begonnen met het jatten van brood. Mehmet O. zei dat het om een beroemd restaurant in Bosch en Duin ging. Het zei mij niets. De naam Fagel had ik ook nog nooit gehoord. Ik had ooit op een jeugdinternaat bij Zeist gezeten, maar daar sprak men niet over restaurants. Het moest nog diezelfde nacht gebeuren, beweerde Mehmet, want anders was het geld misschien alweer weg. Ik moest het samen met Ed L. doen, een paar jaar oudere, ook verslaafde Nijmegenaar. Ik kende hem wel uit het helercircuit. Mehmet bracht ons 's ochtends vroeg met de auto naar het restaurant. Het was een uurtje of halfvijf. Hij leverde ons ook de attributen en de vuurwapens. Zelf bleef hij een eindje verderop in zijn Mercedes wachten. Hij gaf ons niet veel instructies mee, maar zei wel: *Denk erom, als ze je masker aftrekken, dan schiet je!* Ik weet nog dat ik dacht: wat nou schieten, man... je kunt mooi kletsen terwijl je zelf lekker in de auto blijft wachten! Nou, hoe dan ook, via een tafel waren Ed en ik dus even later naar het openstaande raam op de eerste verdieping geklauterd. Terwijl ik in de slaapkamer even stilstond, kwam ook Ed naar binnen. Ik stond vlak naast het bed waarin Gerard Fagel en zijn vriendin lagen te slapen. Ik meen dat ik aan haar kant stond. Ed L. deed een paar stappen in de kamer en toen gebeurde het... Het was een houten vloer en ineens kraakte er een plank. Ik stond als aan de grond genageld en keek verschrikt naar Ed. In de stilte van de nacht leek dat gekraak een enorm kabaal. Fagel schoot direct overeind: *Hé, wat is dat!* schreeuwde hij en hij kwam tegelijkertijd op me af. Ik riep nog zoiets als: *Stop of ik schiet*, ik weet het niet meer precies... Het was meer een impulsieve reactie dan een gemeend dreigement. Zijn vriendin begon toen ook te gillen en Fagel graaide naar mijn arm met het pistool. Op dat moment ging er een schot af. Ik schrok enorm van de knal en zag eigenlijk niet eens wat er gebeurde. Ik wist ook niet of ik Fagel geraakt had. Ik vloog naar het raam en gooide mezelf bijna naar buiten. Daarbij ging er per ongeluk nog een schot af, maar dat raakte niemand. Ik was helemaal verdoofd door de schrik van de knallen en hoorde alleen nog het schreeuwen van die vrouw. We renden naar de auto, waar Mehmet O. zat te wachten. *Wegwezen! Er is een schot gevallen*, zei ik hijgend. Maar Mehmet werd boos. *Hebben ze je gezien? Niet? Nou, ga terug dan idioot! Ga dat geld halen!* commandeerde hij. *Neem geen risico en schiet ze allemaal af*, riep hij ook nog. Hij werd helemaal gek. Maar ik weigerde en ruziënd reden we weg.'

Pas de volgende avond hoorde Siddik Z. de tragische afloop van de inbraak. De kogel was dodelijk geweest. Het NOS-Journaal maakte uitvoerig melding van de moord op Gerard Fagel, die als een van Nederlands beste kookkunstenaars werd beschouwd.

'Dat had ik niet verwacht, ik was er kapot van,' blikt Siddik Z. terug. 'De gedachte dat ik iemand van het leven had beroofd, vond ik verschrikkelijk. Ik was razend op mezelf en wilde me direct aangeven. Die avond ging ik bij Mehmet langs in zijn shoarmazaak in Nijmegen en zei hem dat ik mij wilde melden. Hij was ook razend, maar op een andere manier. Hij vond dat het mijn eigen stomme schuld was en dat ik nooit had moeten weggaan zonder buit. *Als je jezelf aangeeft, ben je dood. Eén woord en ik laat je kapotschieten*, dreigde hij.'

Een schlemielig voorbereide inbraak door een paar jeugdige drugsverslaafden was het laatste waar de recherche en media aan dachten, nadat Gerard Fagel was doodgeschoten. Verschillende complottheorieën deden de ronde over het motief van de 'liquidatie': drugs, overspel, financiële problemen. Het Nijmeegse trio Mehmet O., Ed L. en Siddik Z. kwam geen moment in beeld tijdens het onderzoek. Siddik Z.: 'Ik was radeloos en besloot naar mijn vader in Turkije te gaan. Ik biechtte hem alles op en zei dat ik mezelf het liefst wilde aangeven. Hij raadde me dat echter af. Ik ben zijn enige zoon en hij voorspelde dat ik heel lang zou worden opgesloten. Ik heb toen geprobeerd de zaak te verdringen, te vergeten, maar dat lukte helemaal niet. Het bleef me achtervolgen: die krakende vloerplank... het schot... het geschreeuw van zijn vriendin... Vanuit Turkije ben ik naar mijn moeder in Stockholm gegaan. Ik had haar zeventien jaar niet gezien en hoopte dat zij mij kon helpen. Ik ben in totaal anderhalf jaar in Zweden gebleven. Ook haar heb ik alles verteld, maar zij kon me niet helpen. *Zeg nooit iets tegen de politie,* zei ze alleen. Maar ik kreeg geen rust. In die tijd ben ik vanuit Zweden met een mij bekende politieman uit Nijmegen gaan bellen. De man had mij een paar keer voor diefstallen, inbraken en helinkjes ingerekend en ik vertrouwde hem. Heel voorzichtig heb ik hem bepaalde hints gegeven. Het onderzoek zat in die tijd muurvast en als ik mijn mond had dichtgehouden, was de zaak nu nog niet opgelost, maar ik kon er gewoon niet mee leven. Ik had te doen met die vriendin van Fagel, die haar partner kwijt was en ook nog eens tegen al die verhalen en roddels moest zien op te worstelen. Ik moest en moet nog steeds veel denken aan die vrouw... Ik heb haar veel verdriet gedaan en dat laat me niet los. Oké, ik was een crimineeltje in die tijd en verslaafd aan drugs, maar iemand doodschieten... nee, dat had ik nooit gedacht. Ik ben gebruikt, misbruikt, door die Mehmet O. Hij heeft me ertoe aangezet. Het was zijn plan, hij heeft me er in getrokken.'

Vanuit Zweden keert Siddik Z. terug naar Nederland, waar hij ook zijn advocaat mr. H. van der Linden uit Wijchen over de onopgeloste zaak polst: 'Wat krijg je normaal gesproken voor straf als je iemand bij een inbraak per ongeluk doodschiet?' Ook volgen er meer belletjes aan de Nijmeegse rechercheur en uiteindelijk, in augustus 1991, ruim twee jaar na de moord, wordt Siddik Z. in het huis van bewaring – waar hij op dat moment voor een vermogensdelict zit – gearresteerd. De dan 21-jarige inbreker biecht alles op: ook de identiteit van zijn mededaders. Zonder Z.'s hulp zou de moord nooit zijn opgelost, geeft de officier van justitie later toe.

Siddik Z., Ed L. en Mehmet O., worden veroordeeld tot respectievelijk acht, zes en negen jaar cel. De hardnekkig ontkennende O. wordt het zwaarst gestraft, omdat het Amsterdamse gerechtshof hem beschouwt als uitlokker van en brein achter de inbraak.

Inmiddels is de celstraf van Siddik Z. zo ver gevorderd dat hij voorzichtig kan beginnen met aftellen. Hij komt in 1996 vrij, maar is daar niet blij mee. Hij maakt zich zorgen en vreest dat nieuw geweld onontkoombaar is, omdat Mehmet O. zich door hem verraden voelt en via via heeft aangekondigd dat er nog met hem zal worden 'afgerekend'.

Siddik Z.: 'Ik heb in de gevangenis gezegd dat ik hulp wil hebben om na mijn straf een normaal leven te kunnen leiden, zonder criminaliteit. Ik ben begonnen als 6-jarige met het stelen van een brood en nog voor ik twintig was had ik iemand doodgeschoten... dat proces moet gestopt worden. Ik wil uit die criminaliteitsspiraal. Maar dat kan ik niet alleen. In Turkije zat ik als kleuter al in een tehuis en ook in Nederland ben ik in internaten, tuchthuizen en jeugdgevangenissen opgegroeid. Een "thuisgevoel" ken ik niet. Het is alleen maar van kwaad tot erger gegaan. Maar ik heb wel spijt van wat ik heb gedaan. Ik jat liever niet, geloof me. Maar als niemand helpt, moet ik wel. Tot nu toe wordt mijn vraag om hulp gewoon niet beantwoord. Luister, ik vraag niemand om mij te matsen met verlof, een halfopen inrichting of wat dan ook. Ik ben desnoods bereid om nu nog een tbs-behandeling of iets dergelijks te ondergaan, ook al moet ik er langer voor zitten. Als ik er maar beter van word. Maar niemand doet wat. Je moet gewoon je tijd uitzingen en dan laten ze je weer gaan: tot de volgende keer! Dat is het beleid. Ik heb iets verschrikkelijks gedaan, maar ik heb mezelf aangegeven, heb schoon schip gemaakt. Ik ben van de drugs en alcohol af en heb straks mijn straf uitgezeten. Maar ben ik er beter of wijzer van geworden? Welnee, na mijn vrijlating begint het gevecht pas. Ik heb nooit een opleiding gehad, ik kan niks. Ik ging verdrietig de gevangenis in en straks kom ik er nog verdrietiger uit. Wie zit er op een moordenaar te wachten? Ik wil gewoon hulp, maar ik schijn iets onmogelijks te vragen.' Siddik Z. heft zijn handen vragend op en kijkt mij aan met een blik van: zeg jij het maar, wat ik moet doen... Maar hij geeft zelf even later het antwoord: 'Zoals het er nu naar uitziet, is het eerste wat ik moet doen als ik vrijkom een pistool kopen, om me tegen die Mehmet O. te beschermen. Zo begint het dus. Voor O. ben ik een verrader door wie hij in de bak heeft gezeten. Hij heeft mij al via via bedreigd in de gevangenis. Ik ben al eens aangevallen met een mes. Gelukkig kan ik me hier goed redden, omdat ik toevallig kan kickboksen, maar buiten de gevangenis is hij in het voordeel met zijn geld en macht. Moet ik op die confrontatie wachten?' Siddiks gezicht verstrakt als hij zegt: 'Mehmet zal niet de kans krijgen mij buiten overhoop te schieten. Nooit! Zodra hij mij achterna komt, val ik terug in de criminaliteit. En dat zal dus wel gebeuren. Zoals het er nu uitziet is mijn enige perspectief dat ik dan wéér achter de tralies kom. Waarvoor? Wegens het schieten op Mehmet natuurlijk! Ik wil dat het liefst voorkomen, maar daar heb ik hulp bij nodig. Ik weet niet hoe ik dat probleem zelf moet oplossen. Maar ja, wat zeggen alle instanties als je om hulp vraagt: je bent niet gestoord en in principe ook niet gewelddadig. En dan houdt het voor hen op. In feite ben ik ook niet gewelddadig, maar op deze manier drijven ze je ertoe. Ik heb nooit het gevoel gehad dat ik iemand bewust heb doodgeschoten en dat wil ik ook niet. Fagel was een ongeluk, maar ik ben nu zover dat ik die Mehmet desnoods midden op straat doodschiet. Door hem zit ik vast. Hij heeft me meegesleurd, door hem moest ik vluchten, hij heeft me ervan weerhouden om mezelf direct aan te geven. Als we elkaar weer treffen is het een kwestie van: wie is het snelste? Ja, en dan kom ik mezelf niet weer aangeven. Dan moet de politie Siddik Z. echt zoeken, maar daar hebben ze het dan ook naar gemaakt. Ik heb gewaarschuwd.'

In gevangenis De Geerhorst in Sittard weten de meeste gedetineerden niet waarvoor Siddik 'zit'. Hij bemoeit zich niet met anderen en ontvangt nauwelijks bezoek. 'Ik ben heel stil hier,' zegt hij. 'Ik denk veel na en praat weinig. Aan dat "stoerpraten" dat gedetineerden doen, heb ik een hekel. Je hebt veel jongens die de gangster spelen hier: ik heb dit geflikt en ik heb dat gedaan... Daar doe ik niet aan mee. Het moeilijkste vind ik nog dat de bewaarders je ook altijd als een crimineel behandelen, want zo voel ik mezelf niet. Tuurlijk, ik heb verkeerde dingen gedaan, maar ik heb daar altijd een schuldgevoel over gehad. Ik heb er wel eens aan gedacht om contact met de familie van Gerard Fagel op te nemen, maar dat is moeilijk. Wat moeten zij nou met mij? De dominee hier heeft het me ook afgeraden. Ik zou dan zeggen: ik heb spijt, verschrikkelijke spijt en daarom heb ik mezelf ook aangegeven. Maar ja, ik begrijp hen wel, dat zij daar geen boodschap aan hebben.' Hij zwijgt even. Zijn handen wringen weer. En dan zegt hij: 'Als ik vrijkom, zou ik graag bloemen op het graf van Gerard Fagel willen leggen... maar kan dat? Mag dat, denk je?'

Naschrift

Het is na de celstraf van Siddik Z. niet tot de door hem gevreesde gewelddadige confrontatie met Mehmet O. gekomen. Het is mij onbekend wat er van Z. is geworden.

Siddik Z., Ed L. en Mehmet O. zijn door het Gerechtshof in Amsterdam juridisch gezien niet voor 'moord of doodslag' veroordeeld, maar wegens diefstal met geweld, de dood ten gevolge hebbend. De rechtbank in Utrecht was in eerste instantie wel uitgegaan van een vooropgezet plan om Fagel om het leven te brengen.

Het eigen hachje van justitiemedewerkers

Toen ik in de zomer van 2004 bij de rechtbank in Utrecht arriveerde om er bij de rechter-commissaris een getuigenverklaring af te leggen in de 'Baarnse moordzaak', stond er voor de ingang een rij wachtenden van minstens twintig personen. Het kostte mij een kwartier om binnen te komen in het Paleis van Justitie, wat toch geldt als een publiek gebouw. Binnen moest iedereen door een detectiepoortje, nadat men eerst alle metalen voorwerpen en sieraden had moeten afdoen. Tassen, dossiers en andere zaken gingen door een scanner. Als je 'piepvrij' door het poortje kwam, werd je evengoed nog door een beambte met plastic handschoenen van onder tot boven gefouilleerd. Pas daarna kon ik – te laat – door naar het kabinet van de rechter-commissaris. Terwijl ik daar even later in alle rust antwoord gaf op de vragen van de advocaat van de niet aanwezige verdachte, ging ineens de deur open. Erachter stond een aantal bezwete, opgewonden parketwachten. Toen wij hen verbaasd aankeken, werd de rechter-commissaris naar buiten gewenkt. Even later kwam ze enigszins beschaamd terug. De griffier, die alles noteerde, had per ongeluk op de alarmknop onder zijn bureaublad gedrukt, dus was men vijf man sterk aan komen stormen in de veronderstelling dat de rechter-commissaris ontzet moest worden. Omdat het verhoor iets uitliep, ging ik tussendoor even de parkeermeter bijvullen. Toen ik twee minuten later terugkwam, moest ik uiteraard weer alles afdoen en werd ik opnieuw van top tot teen gefouilleerd. 'Ja, meneer De Vries, zo werkt dat, ik hoop dat u daar begrip voor hebt.'

Eerlijk gezegd heb ik dat niet en vind ik het nogal mesjogge allemaal! Rechtbanken zijn vestingen geworden, waar kapitalen aan beveiligingsmedewerkers worden uitgegeven, die de normale gang van zaken dusdanig verstoren dat een bezoek een crime is geworden. Natuurlijk, er zijn een paar nare incidenten geweest in het verleden en ik snap ook wel dat een Paleis van Justitie geen zoete inval kan zijn, maar geregeerd door de angst is men nu volledig doorgeslagen. De inspanningen en kosten wegen totaal niet op tegen het resultaat en niet te vergeten de dagelijkse ergernis. Maar ja, het is me al eerder opgevallen dat er altijd driedubbele maatregelen volgen als het eigen hachje van justitiemedewerkers in het geding is, terwijl er natuurlijk veel meer overheidsgebouwen zijn waar wel eens iets voorvalt, zonder dat er een kordon omheen wordt gelegd. En dan heb ik het nog niet eens over gewone ondernemers, die regelmatig in hun bedrijven worden bedreigd, bestolen en geterroriseerd, maar vaak aan hun lot worden overgelaten als ze om bescherming vragen.

Hoe het werkt bij Justitie werd diezelfde week nog eens bevestigd door officier van justitie mr. Koos Plooy in het tv-programma *Spraakmakende Zaken*. Hij vertelde daarin hoe hij door een advocaat werd bezocht die hem meldde dat er Albanezen onderweg waren om hem te liquideren. Dat is natuurlijk geen feestelijk bericht, maar als *crimefighter* tegen de georganiseerde misdaad komt zoiets ook weer niet helemaal uit de lucht vallen. Plooy was echter direct zo van slag, vertelde hij in het programma, dat hij nauwelijks nog in staat was vragen te stellen aan de advocaat. Veel meer dan dat de Albanezen 'onderweg' waren, had de pleiter niet gezegd, bleek uit de uitzending. Als iemand die de afgelopen jaren zelf ook nogal eens dit soort boodschappen heeft gekregen, vind ik dat nogal een mager gegeven. Graag wat meer feiten, zou ik zeggen! Maar Plooy dook direct weken onder op een plek *in the middle of nowhere* en vertoonde zich aanvankelijk niet meer op het parket in Amsterdam. In de periode daarna werd hij dag en nacht door vier tot acht man bewaakt en kon geen normaal leven meer leiden. Natuurlijk, ook een magistraat heeft maar één leven, maar je kunt ook overdrijven. Ik weet niet of u het – zeer goed beveiligde! – kantorencomplex van Justitie aan de Parnassusweg kent, maar na twintig jaar weet ik zelfs nog niet bij benadering wie waar precies zit in de hoge torens en lange gangen. Al zouden ze de huurmoordenaars een vrijgeleide hebben gegeven, dan liepen ze er nu nog te dwalen. En dat niet alleen, er is ook een speciale ondergrondse parkeergarage waar justitiemedewerkers ongezien kunnen worden binnengeloodst, zeker in een onopvallende auto. Vanwaar dan toch dat cowboy-gedoe om wekenlang met een escorte van drie wagens en acht begeleiders het land door te crossen? Justitie beschuldigt de media er wel eens van de onveiligheidsgevoelens van de burgerij aan te wakkeren, maar men kan er zelf ook wat van. Kap 's met al die flauwekul!

De lijkenboerderij

Wist u dat gewone 'groene' vliegen van kilometers afstand een lijk kunnen 'ruiken' en dat zij reeds enkele minuten nadat de dood is ingetreden, neerstrijken in de vochtige lichaamsholten daarvan, zoals neus, mond en open wonden? Er wordt van het stoffelijk overschot gegeten, maar er worden ook eitjes in gelegd, waar larven uitkomen, die zich weer ontpoppen. De reden dat ik u dit nogal lugubere proces uitleg, is dat het vliegengedrag een sleutelrol kan spelen bij het oplossen van moorden...

Op het moment dat ik dit schrijf, is het zomer en zit de Nederlandse onderwereld aan de Costa Brava. Mijn tv-programma is even gestopt en ik gebruik deze windstille nieuwsperiode altijd om nieuwe inzichten op te doen voor het bestrijden van misdaad. Daar waar ik me tijdens het televisieseizoen vooral concentreer op specifieke dossiers, richt mijn aandacht zich nu meer op algemene recherchetechnieken. Terwijl veel mensen zich de afgelopen weken waarschijnlijk bekommerden om de vraag of het nog zomer- en zwemweer zou worden, hield ik mij bezig met de vraag wat de invloed van de brandende zon op een stoffelijk overschot is en wat er gebeurt met een lijk dat drie weken in het water ligt... Nee, dat is geen vorm van ziekelijke beroepsdeformatie, maar een serieuze poging om nuttige kennis op te doen. De afgelopen vijfentwintig jaar ben ik er regelmatig mee geconfronteerd dat gerechtelijke laboratoria dit soort vragen niet of onvoldoende konden beantwoorden, wat de oplossing van menig levensdelict in de weg heeft gestaan. In een moordonderzoek is het van groot belang dat het tijdstip van iemands dood nauwkeurig wordt vastgesteld. Aan de hand daarvan vindt het speurwerk plaats en bijvoorbeeld ook de alibicontrole. Hoe vager het tijdstip van overlijden is, des te groter het aantal potentiële verdachten. Een exact tijdstip kan iemands schuld vaststellen, maar natuurlijk ook diens onschuld en is dus letterlijk van levensbelang. In doorsneesituaties kan men het moment van overlijden aardig benaderen, maar het wordt moeilijker als een lijk bijvoorbeeld lang in de achterbak van een auto heeft gelegen, als het in water is gedumpt, in zand is begraven, of als er een poging is gedaan het te verbranden. In zulke gevallen houden de forensisch pathologen in hun sectierapporten vaak een slag om de arm en wemelt het van formuleringen als: 'Het is niet uit te sluiten dat...' En die zinsnede leidt tijdens rechtszittingen vaak tot oeverloze discussies tussen de advocaat van de verdachte, de officier van jusititie en de rechters. Omdat iets in theorie niet is uit te sluiten – hoe onwaarschijnlijk het soms ook is in de praktijk – zijn mensen vrijgesproken van misdaden die zij wel degelijk hadden gepleegd.

Ik bestudeerde tijdens mijn zomervakantie van 2004 daarom met veel interesse het werk van de Amerikaan dr. Bill Bass, die dit soort buitenissige situaties in de praktijk nabootst en zorgvuldig reconstrueert. Hij is de grondlegger van wat de *bodyfarm* is gaan heten. Het is een uniek instituut in Tennessee, waar Bass experimenteert met echte lijken, van mensen die hun stoffelijk overschot ter beschikking van de wetenschap hebben gesteld. Op de bodyfarm liggen tientallen doden waarvan onder wisselende omstandigheden van minuut tot minuut het ontbindingsproces wordt gevolgd en geboekstaafd. Het is een onsmakelijk, maar noodzakelijk onderzoek, waarover Bass ook een boeiend boek* heeft geschreven. Het interessantste vind ik op dit gebied de insectenleer (entomologie), aan de hand waarvan veel over het postmortale interval (de tijd die na het overlijden is verstreken) kan worden afgeleid. Insectenkenners kunnen aan de hand van de vliegenpopulatie op een lijk nauwkeurig vaststellen of terugrekenen hoe lang iemand dood is. De aanwezigheid van bepaalde vliegen, de hoeveelheid eitjes, larven en paparia (het schilletje waaruit maden zich ontpoppen) vertellen vaak een helder verhaal over de tijd die is verstreken sinds iemand is overleden. In Nederland is deze wetenschap nog geen gemeengoed. Het is nog niet zo lang geleden dat men de vliegen als een vieze bijkomstigheid van de sectie beschouwde. In de zaak van de 11-jarige Nicky Verstappen, die in 1998 tijdens een tentenkamp op de hei van Brunssum werd vermoord, heeft men er een paar jaar na het

* *De Bodyfarm*, dr. Bill Bass

delict alsnog een entomoloog bij gehaald, die vervolgens aan de hand van de (gefotografeerde en later uitvergrote) vliegen, eitjes, larven en paparia vaststelde dat het jongetje na zijn verdwijning aanmerkelijk langer moet hebben geleefd dan tot op dat moment steeds was aangenomen. Een opzienbarende ontdekking, die betekende dat de recherche zich al die tijd op het verkeerde overlijdenstijdstip had gefocust en dat de alibicontrole achteraf gezien van weinig waarde was geweest. Als dit direct was vastgesteld, zou het onderzoek wellicht heel anders zijn verlopen. Nu is de moord nog steeds onopgelost.

Daarom houd ik me in de vakantie met dit soort dingen bezig. Het is leerzaam en kan misdrijven ophelderen. Inderdaad: twee vliegen in één klap...

Hare Majesteit de voorlichtster

Op 17 juni 2003 verdween de 39-jarige Deborah Rosiek uit Amsterdam. Er werd vrijwel meteen gedacht aan een ernstig misdrijf, want de voormalig parkeerwacht was hoogzwanger van een tweeling en zou de volgende dag door middel van een keizersnee in het VU Medisch Centrum bevallen. Ze verheugde zich enorm op de kleintjes en bij haar thuis, in de Alblasstraat in de hoofdstedelijke Rivierenbuurt, lagen de speentjes, luiers en rammelaars al klaar in de babykamer. Deborah had de twee ongeboren kindjes zelfs al een naam gegeven: Deborah en Joshua.

Een van de laatsten met wie zij op de dag van haar verdwijning nog contact had, was haar ex-vriend Hans, die mede daardoor de eerste verdachte is. Hij heeft Deborah in Amsterdam-Zuid opgepikt om haar zijn nieuwe woning in Zaandam te laten zien. Daarna is Deborah niet meer gezien. De recherche is ervan overtuigd dat zij om het leven is gebracht, wat in dit geval trouwens een drievoudige moord is.

Al kort na de verdwijning vroeg de wanhopige moeder van Deborah of mijn tv-programma nader onderzoek naar het lot van haar dochter kon doen. In samenspraak met haar en het rechercheteam werd echter besloten dat we voorlopig pas op de plaats zouden maken om het politiewerk niet te verstoren. Een poosje daarna werd ex-vriend Hans gearresteerd en leek de oplossing nabij. Maar na een paar maanden hechtenis moest hij wegens gebrek aan bewijs – geen moord zonder lijk – weer op vrije voeten worden gelaten en liep het onderzoek vast. In die periode – mei 2004 – kreeg ik een telefoontje van de rechercheschef. We moesten toch maar een keer met elkaar om de tafel gaan zitten, wie weet waar het toe zou leiden. Hij zou mij snel bellen voor een datum en tijdstip. Dit tot vreugde van Deborahs moeder. Toen het telefoontje begin juni inderdaad kwam, meldde de recherchechef ineens dat de korpsleiding van de Amsterdamse politie hem 'verboden' had met mij te spreken en dat de afspraak dus niet doorging: 'Sorry, ik kan er ook niks aan doen.'

Verbaasd stuurde ik op 14 juni een fax naar Elly Florax, de woordvoerster van het korps Amsterdam-Amstelland en vroeg haar waarom dit informele gesprek op de valreep was verboden. Elly Florax is de opvolgster van de bekende Klaas Wilting. Hij was een voorlichter die altijd bereikbaar was en inhoudelijk precies wist waar hij het over had. Laat ik het vriendelijk houden en zeggen dat Florax een ruime inwerkperiode nodig heeft en dat niet elke journalist daar geduld voor heeft. Ik heb zelf wel eens gezegd dat Koningin Beatrix makkelijker te bereiken is dan Hare Majesteit van Bureau Voorlichting. De heimwee naar Wilting is onder collega-verslaggevers tamelijk wijdverbreid, zo heb ik gemerkt. Maar korpschef Jelle Kuiper is zeer tevreden met Florax. In het maandblad *Opzij* zei hij onlangs over haar: 'Ze kan goed praten. Ik zeg wel eens, die is pratend geboren.'

Leuk, maar de vraag is: zégt ze ook wat? Haar secretaresse liet weten dat de fax was ontvangen en dat we nader bericht zouden krijgen. Dat bleef echter uit, een gang van zaken die verslaggevers herkennen bij het bureau van Florax. Op 24 juni 2004 stuurde ik daarom een herinneringsfax met het verzoek 'binnen afzienbare tijd' alsnog te antwoorden. Je verwacht dan respons, al was het maar uit respect voor de moeder van Deborah, die dacht dat zij op 18 juni van het jaar daarvoor een tweeling in haar armen zou wiegen, maar nu kleinkinderen én dochter kwijt is. Maar nee, weer geen enkel antwoord. Op 11 juli stuurde ik daarom een derde fax naar Elly Florax met de vraag of zij 'nu' antwoord kon geven. Een maand later, acht weken na mijn eerste verzoek, is er nog altijd geen reactie gekomen. En de verdwijning van Deborah is uiteraard nog steeds onopgelost. Fijn, Jelle Kuiper, zo'n voorlichtster die zo lekker kan klet... eh praten! Het is echter merkwaardig, laakbaar gedrag voor een korpsleiding die geen mogelijkheid onbenut laat om erop te hameren dat het publiek heropgevoed moet worden, dat oude normen en waarden hersteld moeten worden en maatschappelijke verloedering een halt moet worden toegeroepen. Misschien kunnen ze dat binnenkort eens uitleggen aan de moeder van Deborah Rosiek, die daar na deze tenenkrommende ervaringen ook een mening over heeft.

Korpschef Jelle Kuiper gaat binnenkort met pensioen. Hij wordt opgevolgd door hoofdcommissaris Bernard Welten uit Groningen. Als Welten enig belang stelt in de beeldvorming van zijn korps tegenover de buitenwereld, heb ik een goed advies voor hem: neem ook je voorlichter mee!

NASCHRIFT: In mijn programma is alsnog een uitzending aan de verdwijning van Deborah Rosiek gewijd, zonder medewerking van de Amsterdamse politie, maar wel in samenspraak met de betrokken officier van justitie. De uitzending leverde een aantal concrete tips op, maar deze hebben niet tot de oplossing geleid. De positie van voorlichtster Elly Florax kwam na verloop van tijd steeds meer onder druk te staan. Zij is begin 2005 van haar functie ontheven, omdat er tussen haar en de nieuwe korpschef Bernard Welten geen 'klik' was, zoals zij dat zelf formuleerde.

De Koningin in actie – I

Ik weet niet hoe het u vergaat, maar ik ben de jankverhalen rond Amsterdammer Machiel Kuijt, die in Thailand is veroordeeld voor drugshandel, behoorlijk zat. Ik verbaas me er ook over hoezeer de Nederlandse bevolking, maar zeker ook de media in staat zijn om met twee maten te meten. Als er in Nederland een drugshandelaar wordt opgepakt, moppert men over de lage straffen, ergert men zich aan advocaten die om mededogen pleiten en worden de gevangenissen smalend hotels genoemd. Maar als een Nederlander toevallig in het buitenland voor drugshandel wordt opgepakt en na een veroordeling tot levenslange celstraf in een strenge gevangenis wordt gestopt, zijn de rapen gaar. Dan wordt de ambassadeur direct op het matje geroepen, draaft onze minister van Buitenlandse Zaken persoonlijk op en wordt zelfs Koningin Beatrix tijdens staatsbezoeken ingezet als pleitbezorger van nieuwe verdragen en gratiemogelijkheden die de veroordeelde zo snel mogelijk weer op Schiphol moeten brengen. De rechtspraak in zo'n land wordt vervolgens afgeschilderd als een goedkope poppenkastvoorstelling en er worden hulpcomités opgericht met kamerleden, bekende Nederlanders en europarlementariërs in de commissie van aanbeveling.

In de zomer van 2004 was het ook weer raak. Ondanks de persoonlijke bemoeienis van Koningin Beatrix was Machiel Kuijt nog steeds niet thuis en was ook zijn cassatieverzoek tegen de opgelegde straf niet behandeld. De Thaise regering deed bovendien kalm aan met het ondertekenen van het nieuwe verdrag dat uitwisseling van gedetineerden mogelijk maakt en die vertraging baarde kennelijk iedereen zorgen. Minister van Buitenlandse Zaken Ben Bot – geen moeite is te veel – kondigde daarop aan dat hij zelf wel even naar Thailand wilde vliegen om het verdrag daar te ondertekenen. In de tussentijd werd de moeder van Machiel met zijn twee jonge kinderen door de directie van het Twentse hotel Bad Boekelo feestelijk onthaald om even op adem te komen van deze 'schrijnende situatie'. In veel krantenpublicaties werd vervolgens uitgemolken dat Machiel zijn dochtertjes lang niet heeft gezien en dat ze nu weer een 'verjaardag zonder papa' moeten vieren. Ja, zo ken ik nog een paar duizend gedetineerden in Nederland, wier vrouw en kinderen trouwens nooit worden uitgenodigd om in een hotel een weekendje op krachten te komen.

Het is tijd om eens een paar dingen helder neer te zetten. Thailand is buitengewoon streng op drugs en verkondigt dat luid en duidelijk als je het land binnenkomt. De rechtspraak is daar niet half zo achterlijk als veel aanhangers van Kuijt willen doen voorkomen, maar wel consequent. Hoewel de meeste mensen de exacte feiten niet kennen, neemt men toch klakkeloos aan dat Kuijt slachtoffer is van een gerechtelijke dwaling. Welnu, dan moet u beseffen dat er in de Nederlandse gevangenissen honderden drugsgerelateerde gedetineerden zitten tegen wie net zoveel bewijs is of misschien zelfs wel minder. Die mogen overigens niet aan de lopende band – zoals Machiel Kuijt – pers ontvangen en interviews geven om zich over de rechtsgang te beklagen, maar dat terzijde. Wie in Nederland als ontkennende verdachte in zijn wanhoop een Kamerlid aanschrijft om hulp, krijgt een standaardbriefje terug dat 'onze rechtspraak onafhankelijk is' en de politiek zich dus 'afzijdig dient te houden'. Veel sterkte verder! En ambassadeurs van landen als Marokko, Turkije, Algerije en een aantal Aziatische landen die zich in Nederland komen beklagen over de rechtsgang tegen in ons land voor drugssmokkel veroordeelde landgenoten, worden de deur uitgehoond en krijgen geen regel aandacht in de pers.

Linda, de vriendin van Machiel en moeder van zijn kinderen, had bij haar arrestatie een halve kilo heroïne in haar bezit. Dat staat om te beginnen vast. Kuijt zelf had niets bij zich, benadrukken zijn voorvechters, maar in Nederland zijn ook legio – ontkennende – drugshandelaren tot hoge straffen veroordeeld, zonder dat ze met hun vingers in de cocaïnepoeder op heterdaad werden betrapt. Daar hoor ik de Koningin nooit over. En dan nog wat. Hoewel Kuijt vooral wordt geportretteerd als een pechvogel die niet zonder zijn dochtertjes kan, staat hij in de Amsterdamse onderwereld niet bekend als een lekkertje. Daar hebt u nooit één letter over gelezen of gehoord, want dát komt de Machiel-Moet-Vrij-Beweging natuurlijk niet van pas. Maar Kuijt is een 'oude bekende' van de politie. Vanaf 1984 is hij regelmatig met Justitie in aanraking geweest in verband met oplichting, (zware) geweldpleging, verboden wapenbezit en ook drugsdelicten en een keer wegens deelneming aan een criminele organisatie. Nu haast ik mij om te zeggen dat dit verleden geen bewijs is voor zijn schuld in Thailand, maar het maant wel om ook weer niet klakkeloos te geloven dat Machiel slechts een argeloze toerist was, die 'zomaar' is opgepakt en door een stelletje seniele Thaise rechters is veroordeeld. In de Amsterdamse onderwereld lacht men zich het 'leplazarus' over de kwestie, schreef een oude 'kennis' van Kuijt mij een poosje geleden: hoe krijgt Machiel het voor elkaar dat er geen kritische vraag wordt gesteld, zijn moeder in elke talkshow zit en zelfs de Koningin voor hem op de barricaden gaat?

De zwanenzang van criminelen

'Komen jullie kijken hoe ik sterf, tuig?'

'Is het blad wel scherp genoeg?' informeerde de Belgische graaf voorzichtig. Hippolyte de Bocarme lag onder de guillotine en keek de dood in de ogen na de gifmoord op een familielid. Ruim honderd jaar later, in januari 1977 stond de Amerikaan Mark Gary Gilmore voor het vuurpeloton én sprak prozaïsch: 'Laten we maar beginnen.'

Wat zegt een ter dood veroordeelde in die laatste seconden voordat het vonnis wordt voltrokken? Famous last words *van de elektrische stoel, de gaskamer, de guillotine en het schavot.*

Kenneth Neu:

'Ik voel me kiplekker en ben klaar voor de galg'

Kenneth Neu was in de jaren dertig in New York een talentvolle artiest, die echter weinig fortuin kende. Eerst doodde hij in 1933 in *The Big Apple* een handtastelijke theatereigenaar met een strijkbout en korte tijd later wurgde hij een winkelier die begon te schreeuwen toen Neu hem wilde beroven. Tijdens zijn proces probeerden de advocaten de zanger krankzinnig te laten verklaren door aan te voeren dat hun cliënt aan een hersenbeschadiging leed. De jury was daar echter niet gevoelig voor en in 1935 werd Neu naar de galg geleid. Hij zong er een door hem zelf geschreven liedje: 'Ik voel me kiplekker en ben klaar om opgehangen te worden.' Het werd geen hit.

Caryl Chessman:

'Mijn executie bewijst alleen dat ik dood ben...'

Aanmerkelijk meer diepgang spreidde de Amerikaan Caryl Chessman ten toon toen hij in 1960 naar de gaskamer van San Quentin werd gebracht. Chessman werd wegens roof, vrijheidsberoving en verkrachting tot de gaskamer veroordeeld, maar begon in zijn cel een langdurige en wereldwijd gevolgde strijd tegen zijn vonnis en wist de tenuitvoerlegging twaalf jaar uit te stellen. Hij voerde zijn eigen verdediging en ontpopte zich als een van de bekendste tegenstanders van de doodstraf – niet geheel zonder eigenbelang. In zijn cel schreef hij het beroemde boek: *Cell 2455, Deathrow*, een aanklacht tegen de doodstraf. Toch werd het vonnis uiteindelijk voltrokken en Chessman, die wist dat hij had verloren, maar ook dat deze strijd in de toekomst verder zou gaan, zei filosofisch: 'Het executeren van de man in cel 2455 zal alleen bewijzen dat hij dood is, meer niet.'

Peter Kurten:
'Ik wil mijn bloed horen gorgelen...'

Van dit soort wereldverbeterende overpeinzingen moest de Duitse massamoordenaar Peter Kurten helemaal niets hebben. Deze fabrieksarbeider werd wel het Monster van Düsseldorf genoemd vanwege een reeks meer dan gruwelijke lustmoorden op jonge meisjes. De bloedige misdrijven vertoonden veel gelijkenis met die van Jack the Ripper in Engeland. Min of meer bij toeval werd Kurten gepakt en toen bleek dat het 'monster' een keurig getrouwde, gelovige huisvader was, een gegeven wat in meer moordzaken voorkomt. Kurten werd negen moorden ten laste gelegd en voor alle negen werd hij ter dood veroordeeld. In 1931 stierf hij onder de guillotine. Van zijn weerzinwekkende lusten was de Duitser toen nog niet genezen, want tot ontzetting van de getuigen zei hij te hopen dat hij het 'bloed zou kunnen horen gorgelen' als zijn hoofd werd afgehakt. Het is maar wat je een 'mooie dood' noemt...

James Rush:
'Beul, mag de strop iets hoger?'

James Rush, een Brit die eveneens een dubbele moord pleegde, verbaasde de toeschouwers van zijn executie door zich op het schavot zeer voorkomend te gedragen tegenover zijn beul. Rush, die van beroep veilingmeester was, staat in de analen bijgeschreven als de *Killer in the fog.* Op een mistige novembernacht schoot Rush zijn buurman en diens zoon dood, omdat hij zijn schulden aan hen niet kon aflossen en een bankroet vreesde: een schrikbeeld voor iemand die zelf veilingmeester is. Rush werd echter herkend door twee bedienden en er werden bovendien enkele veelzeggende stille getuigen gevonden. Rush werd tot de strop veroordeeld en terwijl de beul alles prepareerde om er zo snel mogelijk een eind aan te maken, maande Rush hem tot rust: 'Doe kalm aan man, ik heb alle tijd.' En toen hem eenmaal de strop was omgedaan, zat deze kennelijk niet 'lekker' en vroeg de moordenaar nog beleefd: 'Beul, mag de strop misschien iets hoger?'

Henry Wainwright: 'Komen jullie kijken hoe ik sterf, tuig?'

Veel brutaler was Henry Wainwright, een handelaar in borstels – en een tijdgenoot van Rush – die zijn maîtresse Harriet Lane vermoordde. Wainwright onderhield haar aanvankelijk volledig, maar toen het in zijn zaken minder ging, werd dat een hele opgave, te meer omdat hij ook nog gewoon getrouwd was. Harriet, een mooie jonge vrouw, beklaagde zich steeds vaker over het afknijpen van haar toelage en op een dag was zij ineens verdwenen. Wainwright beweerde dat ze was verhuisd naar het Europese vasteland. Een jaar later, toen Henry Wainwright wegens schulden zijn winkel in het Londonse East End moest ontruimen, kwamen er echter twee pakketten tevoorschijn die verschrikkelijk stonken. Ze bleken het in stukken gesneden lijk van zijn maîtresse te bevatten. De borstelhandelaar werd voor de Old Bailey ter dood veroordeeld en toen hij in de gevangenis Newgate voor de galg stond, gromde hij naar de toeschouwers: 'Jullie komen zeker kijken hoe een man sterft, hè, stelletje tuig!'

John Lee: 'De heer hield mijn executie tegen'

Het 'laatste woord' is in dit verhaal aan de Engelsman John Lee, de enige man ter wereld die de galg tot drie keer toe op miraculeuze wijze overleefde en daarna gratie kreeg. John Lee was een nog maar 19-jarige bediende toen hij in 1884 werd gearresteerd voor de moord op zijn werkgeefster, een rijke, maar onredelijke en gierige vrouw. Lee had haar na een ruzie om een futiliteit de keel doorgesneden en daarna haar kamer in brand gestoken, maar dat had de aanwijzingen tegen hem niet uitgewist. Lee werd ter dood veroordeeld en stond met strop om zijn nek, en kap over het hoofd op het luik te wachten tot hij naar beneden zou vallen en zijn nek zou breken. De beul haalde de hendel over, maar gebeurde niets: het luik bleef dicht. Alles werd nagekeken en Lee werd voor de tweede keer op het luik gezet, maar opnieuw weigerde het luik dienst, hoewel het bij diverse tests perfect functioneerde. Het luik werd opnieuw uitvoerig getest en toen er 'niets meer mis kon gaan', nam de veroordeelde voor de derde maal op het valluik plaats. Tevergeefs, want toen de beul de hendel overhaalde, gebeurde er door nooit achterhaalde oorzaak wéér niets. Lee kreeg gratie en leefde nog 48 jaar, waarvan 26 in vrijheid. 'Het was de hand van de Heer die de wet tegenhield,' aldus de man die de dood te slim af was.

MARK GARY GILMORE:
'Laten we maar beginnen'

Voor sommigen is een doodvonnis geen straf, maar een verlossing. Daar waar de meeste veroordeelden alles op alles zetten om de tenuitvoerlegging van deze ultieme straf te voorkomen, zijn er echter ook beroemde gevallen van criminelen die er juist op stonden om geëxecuteerd te worden.

Een van hen is de Amerikaan Mark Gary Gilmore, die in 1977 het wereldnieuws haalde met zijn wens om de doodstraf te krijgen. Gilmore was een beroepsdelinquent en had in 1976 in Utah twee volkomen onschuldige mensen koelbloedig doodgeschoten. De rechtbank pakte daarop flink uit en veroordeelde hem tot de doodstraf, waarop Gilmore vriend en vijand verbaasde door er op te staan dat deze straf ook daadwerkelijk zou worden voltrokken, wat in die jaren niet gebruikelijk was. Gilmore bepaalde bovendien dat hij wilde sterven voor een vuurpeloton en hij wees een laatste poging tot uitstel van de executie resoluut af. Op zijn zaak is het beroemde boek *The Executioners Song* – *Het lied van de beul* – van Norman Mailer gebaseerd. En dat liedje was overigens toevallig 'Una Paloma Blanca' van onze eigen George Baker. Op 17 januari 1977 stond het vuurpeloton gereed en toen de beul aan de vastgebonden Gilmore vroeg of hij nog wat wilde zeggen, knikte hij met zijn hoofd en zei slechts: 'Laten we maar beginnen...' Dat begin was ook zijn einde.

Edgar Edwards: 'Ik heb hier erg naar uitgekeken...'

De Brit Edgar Edwards was aan het begin van deze eeuw ook een misdadiger die het aardse bestaan kennelijk met enig verlangen verwisselde voor de dood. Edwards werd in 1903 voor de beroemde Old Bailey aangeklaagd voor een drievoudige moord op het gezin van een winkelier in het plaatsje Camberwell. Hun in stukken gesneden lijken had hij in zijn tuin begraven, maar rechtstreeks bewijs voor zijn daderschap was er nauwelijks. Zijn arrogante houding tijdens het proces, waarbij hij de rechters soms vierkant uitlachte, heeft er ongetwijfeld toe bijgedragen dat hij tot de strop werd veroordeeld. Het deerde Edwards echter geenszins. Op het schavot bleek hij in het voorjaar van 1903 over de nodige galgenhumor te beschikken en sprak blijmoedig: 'Laten we er maar zo gauw mogelijk een eind aan maken... ik heb hier zeer naar uitgekeken.'

Gerald Chapman: 'Opgehangen worden is een vreemd avontuur...'

Gerald Chapman, een beruchte gangster uit het Chicago van de jaren twintig, vreesde de dood evenmin, maar stond toch iets gereserveerder tegenover zijn executie. Chapman was geen kleine jongen: in 1921 beroofde hij een geldauto en maakte maar liefst een miljoen dollar buit, in die tijd een astronomisch bedrag. Omdat hij bovendien ook nog regelmatig uit gevangenschap wist te ontsnappen, genoot hij bij het grote publiek een zekere populariteit. Hij werd in kranten de '*gentleman-criminal*' genoemd. Dat gentleman werd er echter ijlings weer afgehaald toen Chapman bij een overval in Connecticut in 1924 een politieman doodschoot. En daarop stond maar één straf: de dood. En toen Chapman werd opgehangen, zei hij met de hem kenmerkende waardigheid: 'Ach, de dood zelf is niet schrikwekkend, maar ophanging is een vreemde manier om aan dat avontuur te beginnen...'

Wilbert Coffin:
'Deze man was onschuldig...'

Een beul die het voor zijn slachtoffer opneemt is een unieke uitzondering en de *famous last words* waren in dit geval dan ook niet van de veroordeelde afkomstig, maar van de man die hem terechtstelde.

De Canadese goudzoeker Wilbert Coffin werd in 1954 tot de galg veroordeeld voor de moord op drie Amerikaanse jagers in Quebec. Van meet af aan was de zaak nogal discutabel. Coffin gaf toe dat hij de mannen had gezien, maar ontkende de moorden. Hij kreeg de doodstraf, maar wist met een knap gemaakt neppistool te ontsnappen. Zijn advocaat raadde hem aan zich weer te melden, in de hoop dat er een nieuw onderzoek zou volgen, waarin zijn onschuld zou blijken. Dit bleef echter uit en in 1956 werd de ontkennende Wilbert Coffin opgehangen. De hele kwestie had zijn beul echter niet onberoerd gelaten, want deze verklaarde na de voltrekking plechtig: 'Deze man, ik zweer het, was onschuldig.'

Twee jaar later werd een man aangehouden die de drie moorden op de jagers bekende.

Thomas Cream:
'Ik ben Jack the...'

De dood is niet zo fatsoenlijk dat hij mensen altijd laat uitspreken en in sommige gevallen is dat buitengewoon spijtig, want soms proberen mensen in de laatste seconden van hun leven hun geweten alsnog te ontlasten. Zodoende zal het altijd de vraag blijven wat de Britse arts en gifmenger Thomas Cream nu precies had willen zeggen toen het luik viel. Cream werd aan het eind van de vorige eeuw opgepakt wegens het vergiftigen van prostituees in Londen. De arts werd in een geruchtmakend proces aangeklaagd wegens moord. Hij ontkende alles, maar het bewijs tegen hem was waterdicht. Dr. Cream werd veroordeeld tot de strop en bleef tot het laatst toe ontkennen. Pas toen de beul de hendel overhaalde waardoor het luik onder hem naar beneden klapte, sprak de gifmenger: 'Ik ben Jack the...' Meer kon hij niet meer uitbrengen, maar algemeen werd verondersteld dat hij had willen zeggen: 'Ik ben Jack the Ripper', refererend aan een reeks bloedige moorden op prostituees in London, die altijd onopgelost zouden blijven.

Minnie Dean:
'O God, laat me niet lijden...'

Natuurlijk zijn de meeste mensen bang voor de dood en helemaal als deze in de vorm van een vonnis met dag en tijdstip wordt aangekondigd. Minnie Dean was in 1895 de eerste vrouw die in Nieuw-Zeeland werd opgehangen wegens moord op een aantal kleine kinderen voor wie zij in een opvanghuis zorgde. Ze begroef de kinderlijkjes in de bloembedden in de tuin. Miss Dean werd ter dood veroordeeld, maar bleef de gruwelijke misdrijven tot het laatst toe ontkennen. Op het schavot riep zij tot de beul: 'O God, laat me niet lijden...' Het is onbekend of haar gebed is verhoord.

Hippolyte de Bocarme:
'Is het blad wel scherp?'

Wat dat betreft had de Belgische graaf Hippolyte de Bocarme halverwege de vorige eeuw iets meer stijl toen hij de dood in de ogen keek. De Bocarme werd veroordeeld voor de gifmoord op een familielid, die hij in verband met een erfeniskwestie letterlijk uit de weg geruimd wilde hebben. Ditmaal was het niet de butler die het gedaan had. Het was in de tijd dat men voor de doodstraf nog de guillotine gebruikte, en toen de Belgische graaf op het schavot stond, keek hij met een schuin oog naar het apparaat dat een einde aan zijn leven zou maken en vroeg bezorgd aan de beul: 'Is het blad wel scherp genoeg?' Dat was het zeker, zo bleek luttele seconden later.

Frank Butler:
'Laat vallen dat luik!'

Frank Butler was aan het einde van de negentiende eeuw een gewetenloze Australische goudzoeker, die het goud voornamelijk zocht in de zakken van de deelnemers voor wie hij trips organiseerde. Butler plaatste advertenties in de kranten om gegadigden te lokken voor zijn goudzoekersreisjes, maar keerde dikwijls alleen terug. Hij werd ontmaskerd toen hij een van zijn slachtoffers niet diep genoeg had begraven en diens stoffelijk overschot bij een zoekactie werd gevonden. De avond voor zijn terechtstelling bekende hij de misdrijven en toen hij eenmaal op het valluik stond, moedigde hij de beul aan: 'Doe je plicht, laat vallen dat luik!'

John Graham:
'Kun je je dat voorstellen...'

Bizar zijn de laatste uitlatingen van de Amerikaan John Graham, die in 1955 een bom plaatste in het vliegtuig waarmee zijn moeder zou reizen. Het vliegtuig stortte neer in Colorado en alle vierenveertig inzittenden kwamen om het leven. Uit grootscheeps onderzoek bleek daarna dat John Graham kort voor de reis een flinke verzekering op het leven van zijn moeder had afgesloten en haar bovendien een 'kerstcadeautje' had meegegeven: een tijdbom. Graham haatte zijn moeder, omdat ze hem in zijn jeugd verwaarloosd zou hebben. Graham werd ter dood veroordeeld en toen hij naar de gaskamer werd geleid, kon hij niet nalaten nog eens smakelijk over de dood van zijn moeder te verhalen. Omdat ze zou gaan jagen, had zijn moeder hagelpatronen meegenomen in haar tas en die waren afgegaan toen de tijdbom ontplofte. John Graham kon er in de laatste minuten van zijn leven nog steeds om gnuiven: 'Kun je je dat voorstellen: mijn moeder, toen al die patronen begonnen af te gaan in dat vliegtuig?' vroeg hij zijn begeleiders in de gaskamer.

Marcel Petiot:
'Mag ik nog even naar de wc?'

De laatste woorden van de Franse massamoordenaar en arts Marcel Petiot waren eigenlijk buitengewoon triviaal. Petiot was een oud-verzetsman en werd gearresteerd toen er in de oven van zijn huis talrijke halfverbrande ledematen werden gevonden. De arts beweerde dat het allemaal Gestapo's waren die hij had omgebracht, maar daar werd geen geloof aan gehecht. Sterker nog, men verdacht hem ervan dat hij joden en andere vluchtelingen had vermoord om zo hun bezittingen af te kunnen pakken. Geschat wordt dat hij in totaal meer dan zestig mensen heeft vermoord, waarmee hij een van de grootste moordenaars uit onze wereldgeschiedenis zou zijn. Luttele seconden voor hij in 1946 onder de guillotine werd gelegd, vroeg Petiot om enig uitstel, omdat hij nodig naar de wc moest. Dat heb je op die momenten. De autoriteiten hadden daar, wat je in dit geval noemt, geen 'behoefte' aan en stonden geen vertraging van het vonnis toe. Marcel Petiot haalde berustend zijn schouders op en zei: 'Nou ja, als je op reis gaat, neem je tenslotte al je bagage mee.'

Bron: onder andere *Beruchte moordzaken* van J.H.H. Gaute en Robin Odell

De Koningin geen reactie – II

Op 17 november van 2003 werd in Thailand de 46-jarige Brabander ir. Jules Odekerken vermoord. Het zwaar verminkte lijk van de voormalige Rabo-bankier werd op een vuilnisbelt in Bang Lamung bij Pattaya gevonden. Odekerken was een man met een onberispelijke reputatie die in de Nederlandse gemeenschap in Thailand veel aanzien genoot en zelfs was onderscheiden als meest innovatieve ondernemer van het jaar. Een harde werker met een sociaal hart. Kort na de moord werden zijn Thaise echtgenote en haar geheime minnaar gearresteerd. Het had er veel van weg dat de bankier uit de weg moest worden geruimd om plaats te maken voor de nieuwe geliefde en om zijn levensverzekering te kunnen incasseren.

Duizenden kilometers van Pattaya, in het Brabantse Vught, hoorden de moeder, broers en zussen van Jules met ontzetting van zijn gruwelijke lot. Er volgden helse weken vol onzekerheid, want Thailand werkte aanvankelijk niet bepaald mee met het repatriëren van het stoffelijke overschot, waar ook de verdachte weduwe aanspraak op maakte. Wekenlang werd de familie daardoor aan het lijntje gehouden. En de vertwijfeling nam toe toen de minnaar, een voormalig burgemeester-met-connecties, na een aantal weken op borgtocht werd vrijgelaten en men het gevoel had dat hij druk doende was de bewijzen tegen hem te manipuleren. De familie realiseerde zich dat men het zonder hulp en enige 'procesbewaking' van buitenaf niet zou redden. Een aan de ambassade in Bangkok gelieerde Nederlandse politieman gaf echter direct aan dat hij niets kon betekenen. Zijn superieur van het KLPD in Zoetermeer was weliswaar van goede wil, maar liet weten dat alles 'zeer gevoelig' lag in verband met het op handen zijnde staatsbezoek van Koningin Beatrix aan Thailand. Men was 'niet competent om iets te ondernemen'.

Anneke, de bejaarde moeder van Jules stuurde daarop in haar wanhoop een handgeschreven brief aan de Koningin ('Graag richt ik mij tot u als moeder tot moeder…') die voor de zekerheid persoonlijk ten paleize in Den Haag werd afgegeven. Ze kreeg een briefje terug van het Kabinet der Koningin: 'Tot mijn spijt moet ik u berichten dat de Koningin u niet persoonlijk behulpzaam kan zijn.' Hare Majesteit zou de brief echter wel 'ter behandeling' doorspelen aan de minister van Buitenlandse Zaken. Van hem werd echter wekenlang niets van vernomen. Pas toen de familie keer op keer informeerde waar toch een reactie bleef, kwam er, bijna twee maanden na de moord, een brief van de Directeur Consulaire Zaken. De correspondentie was 'door onverklaarbare omstandigheden' te laat onder zijn aandacht gekomen. Maar na een excuus wees hij de familie er 'voor een beter begrip' op dat 'ieder land vrij is het strafprocesrecht naar eigen inzicht in te richten'. En dus: 'treedt de Nederlandse overheid dan ook niet in de rechtsgang van een ander land'.

Maar de familie gaf niet op. Drie dikke ordners met faxen en brieven getuigen daarvan bij moeder Odekerken in Vught. Er werden enkele politici persoonlijk benaderd. Zij zouden toch wel iets kunnen doen? Het D66 Kamerlid Boris Dittrich werd gebeld. Aan zijn secretariaat werd het hele verhaal uit de doeken gedaan. Ook sprak de familie nog twee keer zijn privé-antwoordapparaat in met het dringende verzoek contact op te nemen. Er werd nooit iets op gehoord. Hetzelfde geldt voor het voormalig VVD-kamerlid Geert Wilders: twee keer benaderd, maar nooit een reactie gegeven. Goed, dan europarlementariër Jules Maaten. Zijn secretaresse hoorde alles belangstellend aan, e-mailde de familie een bevestiging en zou alles snel met haar baas bespreken: nooit meer iets gehoord. Normen en waarden in de politiek! Ten einde raad werd ook contact gezocht met de persoonlijke woordvoerder van premier Balkenende. In een persoonlijk gesprek beloofde deze de zaak onder de aandacht te brengen van de verantwoordelijke ministers Jan Hein Donner en Ben Bot. Negen maanden na de moord is er nog steeds geen reactie. In een boze brief schreef de familie Odekerken: 'Tot onze verontwaardiging en ons intens verdriet kunnen wij niet anders dan constateren, dat de moord op een eerlijke, hardwerkende Nederlandse zakenman op geen enkele wijze aandacht krijgt van de Nederlandse overheid.'

Een meelevende overheidsfunctionaris bevestigde in een informeel gesprek met de familie deze conclusie. Letterlijk zei hij: 'Als Jules een drugscrimineel was geweest, had u waarschijnlijk meer hulp gehad.' Dat is ongetwijfeld waar, want voor politici is er aan de terugkeer van een veroordeelde heroïnehandelaar vandaag de dag nu eenmaal meer eer en publiciteit te behalen dan aan de stille repatriëring van een onschuldige, vermoorde zakenman...

Brieven van Kees B. – de Schiedammer parkmoord

10 december 2000. *'Geachte heer De Vries, hier een brief van Kees B., de verdachte van de moord op Nienke Kleiss in het Beatrixpark in Schiedam. Hoewel ik belastende verklaringen heb afgelegd, ben ik onschuldig. De verhoren waren erg zwaar, tot diep in de nacht. Er werd gescholden en gevloekt. Ik was moe en in de war en omdat ik rust wou, heb ik bekend wat ik niet gedaan heb.'*

10 april 2001. *'Na een moeilijke tijd te hebben gehad gaat het iets beter met mij en dat komt mede omdat er gelukkig nog mensen in mijn onschuld geloven. Iedereen praat over Putten, maar in mijn zaak gebeurt precies hetzelfde.'*

30 oktober 2001. *'Peter, waarom wil de officier van justitie de waarheid niet boven tafel halen? Is scoren belangrijker dan de waarheid? Beter iemand dan niemand in het verdachtenbankje?'*

21 november 2001. *'Het lijkt wel of het in het hoger beroep weer precies hetzelfde toegaat. Ik snap niet dat Justitie ongestraft kan liegen en dingen verdraaien. De rechter zei mij dat ik hier niet gezeten zou hebben als ik niet bekend had. Maar waarom zoekt hij niet uit hóé die verklaring tot stand is gekomen?'*

9 maart 2002. *'Ik weet niet waar ik moet beginnen... Achttien jaar en tbs! En dat terwijl ik onschuldig ben! De grond zakte onder mijn voeten weg. Ik snap nu dat ik tegen iets vecht wat ik niet kan winnen.'*

1 juni 2002. *'Ik ga de politie Rotterdam-Rijnmond een brief schrijven of ze alsjeblieft nog een keer met enige afstand naar de zaak willen kijken, want de moordenaar loopt nog gewoon vrij rond.'*

9 oktober 2002. *'Peter, help mij alsjeblieft de echte dader te vinden! Ik zit helemaal stuk. Het duurt allemaal zo lang, soms zie ik het leven niet meer zitten en wou ik dat ik dood was.'*

19 november 2002. *'Bedankt voor het opsturen van je boek met gebundelde columns. Helaas is het door de "censuur" in beslag genomen. Ik krijg het pas als ik vrijkom. Het merkwaardige is wel dat het boek gewoon in de gevangenisbibliotheek geleend kan worden! Wie is er hier nu gek?'*

20 december 2002. *'Van advocaat mr. J. Taekema heb ik een kopie van het rapport van prof. P. van Koppen gehad. Het is zeer gunstig voor mij. Dat kan ook niet anders, want ik ben onschuldig. Verder staan hier de lange, eenzame kerstdagen weer voor de deur.'*

1 februari 2003. *'Hoe lang word ik nog gestraft voor iets wat ik niet gedaan heb? Het is een hel, een nachtmerrie! Maar ze laten mij gewoon wegrotten in mijn cel.'*

10 maart 2003. *'Ik heb er wel eens over gedacht om zelfmoord te plegen, maar dan komt de gore waarheid nooit boven tafel.'*

15 september 2003. *'Ik ben depressief en lusteloos, maar mijn baantje als reiniger weerhoudt mij er van om de hele dag op bed te gaan liggen. Ik heb alle politieke partijen aangeschreven, maar niemand reageert.'*

11 oktober 2003. *'Ik ga op 15 oktober in hongerstaking, want ik ben het echt zat. De zaak moet heropend worden. Justitie weet dat ze fout zitten, anders hadden ze wel in jouw uitzendingen gereageerd, maar ja, ze waren natuurlijk bang voor lastige vragen. De lafaards!'*

22 oktober 2003. *'Ik heb de hongerstaking na een paar dagen toch maar weer beëindigd. Soms weet ik gewoon niet meer wat te doen en wat wijsheid is.'*

12 november 2003. *'Afgelopen nacht heb ik gedroomd dat ik werd vrijgelaten en de bewaarders heel vreemd stonden te kijken.'*

22 januari 2004. *'Op Nederland 1 werd bij de EO aandacht aan de zaak besteed. Ik werd weer afgeschilderd als een psychopaat, die ze nooit meer los moeten laten.'*

21 april 2004. *'Peter, als ik dit jaar niet vrijkom, maak ik er een einde aan. Ik ga met sprongen achteruit.'*

10 juni 2004. *'Ik weet nu wel dat prestige en eigenbelang bij justitie belangrijker zijn dan de waarheid. Op 22 juni is het precies vier jaar geleden dat Nienke om het leven werd gebracht en die dader loopt vrij rond. Terwijl ik onschuldig vastzit. Groeten, Kees B.'*

Eind september 2004 werd bekend dat Justitie het onderzoek naar de moord op Nienke Kleiss officieel heeft heropend. Er zit een andere man vast, Wik H., die heeft bekend dat hij de dader is en níét Kees B. De Nederlandse rechtspraak is goed, maar de grootste dwaling waar we ons schuldig aan kunnen maken is denken dat ze onfeilbaar is...

NASCHRIFT: Eind 2004 kwam vast te staan dat Kees B. inderdaad onschuldig is veroordeeld en slachtoffer is geworden van een gerechtelijke dwaling. Op de plaats delict aangetroffen DNA matchte met dat van de nieuwe verdachte Wik H.

Kees B., die vier jaar vast heeft gezeten voor de moord op Nienke, werd daarna op vrije voeten gesteld. De rechtbank in Rotterdam en het Gerechtshof in Den Haag kondigden aan dat zij een intern onderzoek zouden instellen naar de oorzaken van deze dwaling.

Tussen 2001 en 2004 heeft mijn tv-programma in diverse uitzendingen – samen met advocaat mr J. Taekema en rechtspsycholoog prof. dr. P. van Koppen – grote vraagtekens bij de veroordeling van Kees B. geplaatst en gewezen op een groot aantal ongerijmdheden en aantoonbare onjuistheden. Uit een reconstructie kwam bijvoorbeeld naar voren dat B. de tijd niet had gehad om het misdrijf en alle daarbij behorende handelingen te plegen. Ook bleek zijn 'bekentenis' talloze feitelijke onjuistheden te bevatten, waar nooit acht op is geslagen. Al deze bevindingen werden echter genegeerd of gebagatelliseerd door de politie en Justitie, die steeds bleven volhouden dat de juiste verdachte voor deze kindermoord was veroordeeld.

Een kogelvrije auto van de zaak

In de laatste week van september 2004 was het weer eens zover. Het was tegen zes uur en op kantoor nam ik nog wat dossiers door, toen de telefoon rinkelde: officier van justitie mr. Koos Plooy, van het Landelijk Parket. 'Kan ik je met spoed spreken?' opende hij. En hoewel ik toen eigenlijk al de bui voelde hangen, vroeg ik nog: 'Waarover?' Plooy antwoordde zonder omwegen: 'Over je eigen veiligheid.' De volgende ochtend zat ik op het kantoor van het Landelijk Parket op Schiphol met Plooy en zijn collega-officier van justitie mr. Fred Teeven aan tafel. Er was 'informatie binnengekomen' dat er voorbereidingen werden getroffen om in de maand november een moordaanslag op mij te plegen. Motief was te verhinderen dat mijn televisieprogramma aandacht zou besteden aan de liquidaties in de Amsterdamse onderwereld en dan met name aan de moorden op Jan Femer, Sam Klepper en vastgoedtycoon Willem Endstra. De informatie die de twee aanklagers hadden binnengekregen was behoorlijk concreet. De opdrachtgever zou een persoon zijn die 'een conflict' heeft met voormalig Heineken-ontvoerder Willem Holleeder. De tipgever was zo goed op de hoogte dat hij zelfs wist aan te geven dat de executie zou worden uitgevoerd door dezelfde – nooit gepakte – schutter die vier jaar geleden op de Amsterdamse Haarlemmerdijk de 56-jarige Jan Femer heeft doodgeschoten.

Een rechercheteam zou de komende tijd proberen de herkomst van de informatie te onderzoeken, tot die tijd moest ik in ieder geval 'voorzichtig' zijn, zo luidde de boodschap. Een uurtje later reed ik weer weg, broedend op de vraag hoe je dit nieuws inkleedt als er bij thuiskomst argeloos wordt geïnformeerd of er 'vandaag nog iets bijzonders is geweest'? Alhoewel, écht opkijken doen ze er niet meer van. De afgelopen tweeëenhalf jaar ben ik meer bedreigd dan in de vijfentwintig ervoor. Het meest tekenend is misschien juist wel dat het thuisfront inmiddels met een zekere 'gewenning' reageert op dit soort onheilstijdingen, al wordt wel steeds vaker de vraag opgeworpen of misdaadverslaggeving vandaag de dag in Nederland nog wel kan. Ik weet uit de eerste hand dat enkele collega's van mij dezelfde ervaringen hebben. De eerste 'kogelvrije auto's van de zaak' hebben hun intrede al gedaan.

De afgelopen jaren ben ik zo vaak door de Criminele Inlichtingen Eenheid (CIE) van diverse politiekorpsen benaderd met de boodschap dat er 'informatie was binnengekomen', dat ik de tel ben kwijtgeraakt. Ik herinner mij nog goed een kerst en jaarwisseling dat er permanent een politieauto voor de deur stond als bewaking, wat onze gasten en buren niet echt een feestgevoel gaf. Er zijn nachten geweest dat zwaar bewapende agenten met kogelvrije vesten aan in de keuken, garage en tuin zaten, omdat er 'elk moment iets kon gebeuren'. Tijdens een recente buitenlandse vakantie is de bevriende logees in mijn huis door de met vier auto's uitgerukte plaatselijke politie te verstaan gegeven dat zij beter 'per direct' een weekeindje weg konden gaan, want 'er was informatie binnengekomen...' En dikwijls is mijzelf ook geadviseerd 'voor de zekerheid' maar een lang weekend in een vakantiehuisje op de hei te gaan zitten. Het is echter niet alleen politie die waarschuwt. Soms ook het milieu. Verleden jaar meldde zich nog iemand op de redactie dat hij was aangezocht om mij 'om te leggen' vanwege mijn naspeuringen in een oude moordzaak die de dader niet goed uitkwamen. De opdrachtgever wist hem – correct – te melden waar en hoe laat ik altijd sportte: daar moest het gebeuren. Ook stelde hij een forse geldelijke beloning in het vooruitzicht als de klus naar behoren was geklaard. Ik heb daar officieel aangifte van gedaan bij de politie, maar toen ik een aantal maanden later informeerde wat het onderzoek had opgeleverd, bleek dat men er nooit iets mee had gedaan.

Tot op de dag vandaag hebben mijn collega-misdaadverslaggevers en ik eigenlijk nooit iets over deze buitenissige 'secundaire arbeidsvoorwaarden' van ons vak naar buiten gebracht, uit een soort van ongeschreven beroepscode: val je kijker of lezer niet lastig met de besognes van je werk. Ik denk echter dat het tijd wordt om een keer hardop te zeggen dat de tijden veranderd zijn en het zo langzamerhand de gewoonste zaak van de wereld is om ook in ons land misdaadverslaggevers met de dood te bedreigen als zij dingen schrijven en zaken onderzoeken die anderen niet aanstaan. (Vogel)Vrije pers! Tot nu toe is het gebleven bij dreigementen of was het loos alarm. Je hoeft echter geen helderziende te zijn om te voorspellen dat er ook een dag komt dat men een stap verdergaat. En wie durft er dan nog te zeggen en te schrijven wat gezegd en geschreven móét worden?

NASCHRIFT: Na de bespreking op het Landelijk Parket heb ik nooit meer iets over de november-bedreiging gehoord, ook niet of het onderzoek naar de herkomst iets heeft opgeleverd. In november is er overigens niets gebeurd...

Geen misdaad – wel een slachtoffer

Op maandagmiddag 29 maart 2004 stak Adri Gakeer bij de achterdeur van zijn Bruna-filiaal in het Brabantse Best een sigaretje op. Het was een drukke dag geweest en terwijl hij in gedachte zijn agenda voor de rest van de week doornam, viel zijn oog ineens op een lichtgroene Ford Escort. De bestuurder ervan observeerde de winkel aandachtig en krabbelde af en toe wat op een blocnote. Gakeer vertrouwde het niet helemaal en noteerde voor de zekerheid het kenteken.

De zakenman was het voorval alweer bijna vergeten, toen hij twee dagen later werd gebeld door zijn bedrijfsleidster. Ze was na haar werk bij haar woonadres opgewacht door de recherche, die haar vertelde dat men getipt was dat er binnenkort een gewapende overval zou worden gepleegd op de geldloper van het filiaal. De volgende dag zat Adri Gakeer met zijn bedrijfsleidster op het politiebureau en kreeg toen meer te horen. De anonieme tipgever had melding gemaakt van dagopbrengsten en afstorttijdstippen bij de bank die precies bleken te kloppen. De persoon die de filiaalgelden naar de bank zou brengen, zou vrijwel zeker worden overvallen. En, zo stelde de politie, de overvallers waren zo goed geïnformeerd dat het hier mogelijk een zogenoemde *inside-job* betrof. Op dat moment vertelde Gakeer van zijn waarneming twee dagen daarvoor en toverde het kenteken van de verdachte auto tevoorschijn. De recherche reageerde opgetogen. Het bleek de ontbrekende schakel te zijn. Gakeer was getuige geweest van zogenoemde voorbereidingshandelingen van een misdrijf en mede op basis van zijn informatie werd nog geen week later een bende opgerold, in totaal zes man.

Tot schrik van Adri Gakeer was een van hen de zoon van een van zijn werkneemsters; de bedrijfsgevoelige informatie kwam waarschijnlijk inderdaad van binnenuit. Een rechercheur vertrouwde Gakeer later toe dat tijdens de verhoren naar voren was gekomen dat de werkneemster thuis subtiel was uitgehoord door haar zoon. De overvallers wisten – ondersteund door hun eigen observaties – zodoende precies hoe er met de opbrengsten werd omgegaan.

Het zal geen verbazing wekken dat het in het filiaal tot een vertrouwensbreuk kwam. Het personeel en de leiding wilden niet meer met de vrouw samenwerken en zij werd op non-actief gezet, maar wel doorbetaald. Gakeer wilde haar ontslaan wegens schending van het geheimhoudingsbeding in haar arbeidsovereenkomst, maar dat was makkelijker gezegd dan gedaan. Daar moest hard bewijs van op tafel komen. De vrouw zelf ontkende. De filiaalhouder sprak daarop de rechercheur aan die hem had verteld dat de werkneemster loslippig was geweest, maar deze reageerde geschrokken: nee, nee... hij had dit slechts in vertrouwen verteld, dat mocht niet worden gebruikt, dat zou hém anders de kop kosten! Hij moest het proces-verbaal maar opvragen bij de officier van justitie. Gakeer schakelde daarop een advocaat in die naar het parket in Den Bosch schreef en kreeg als antwoord dat zijn brief was doorgeleid naar 'de privacycoördinator'. Ja ja, voor alles is een loket...

Het duurde vervolgens ruim een maand eer deze functionaris reageerde en ondertussen moest Gakeer de werkneemster gewoon blijven doorbetalen, dat spreekt voor zich. De 'privacycoördinator' meldde uiteindelijk dat alleen strafrechtelijke gegevens aan derden kunnen worden verstrekt 'mits dit past binnen de taakuitoefening van de officier van justitie en genoodzaakt wordt door een openbaar belang'. En omdat de medewerkster geen (mede)verdachte was en uit het procesverbaal niet van 'enig verwijtbaar gedrag' was gebleken, paste verstrekking van het proces-verbaal – u raadt het al – 'niet binnen de taakuitoefening van de officier van justitie'. Vrij vertaald: zoek het zelf maar uit, want het bijstaan van een gedupeerde ondernemer is natuurlijk ook geen 'openbaar belang'. Gakeer gaf niet op en zette er nog een gespecialiseerde advocaat op en vroeg de parketleiding dringend om de beslissing te herzien. Zonder de verklaring zou hij de werkneemster een flinke afkoopsom moeten betalen en het was toch te gek, zo schreef de raadsman, dat Gakeer daarvoor moest opdraaien, terwijl hij door zijn oplettendheid juist een overval had voorkomen en behulpzaam was geweest bij het uitschakelen van een bende? Het had geen enkel effect, de advocaat kreeg zelfs geen antwoord op de brief. Ook dat fatsoen hoort kennelijk niet tot de 'taakuitoefening' van een officier van justitie. En dus restte Gakeer zes maanden later niets anders dan zijn advocaat een 'schikking' met de werkneemster te laten treffen. Aan doorbetaald salaris, afkoop van de arbeidsovereenkomst en advocatenkosten kostte hem dat ruim zestienduizend euro. Een bedrag dat aardig de opbrengst van een wél geslaagde overval benaderde. Volgens de misdaadstatistieken is er in Best niets gebeurd en is er ook niets buit gemaakt. Maar er is wel een slachtoffer. Het recht wordt in ons land soms duur betaald...

De moord in het Zeven Heuveltjesbos

Marco Ros en de dood

Eind maart 1988 werd in de bossen bij Voorthuizen het lijk gevonden van de 13-jarige Hakim el Harchi. De politie verdacht zijn 18-jarige vriend Marco Ros ervan dat hij in een vlaag van woede de krullenbol met maar liefst vierendertig messteken had gedood. Maar het waarom van zijn dood en de noodzaak van het excessieve geweld kon men niet verklaren. Marco Ros werd uiteindelijk vrijgesproken door de rechtbank, maar was wel voor het leven getekend, vertelde hij in een interview aan mij. Maar dat leven duurde ook voor Marco maar kort, want ook hij kwam jong door geweld aan zijn eind: eveneens door (de hand van) een jeugdvriend...

Het graf waarin de 13-jarige krullenbol Hakim op maandagavond 28 maart 1988 bij toeval werd gevonden, ligt vier jaar later als ik er poolshoogte ga nemen, nog gewoon open en vormt in het Voorthuizense sparrenbos een ongewild gedenkteken voor een tienerjongetje dat met bruut geweld is vermoord. Tientallen messteken in hart, longen en lever. Het bewuste perceeltje in het Wilbrinkbosch, dat door de plaatselijke bevolking is omgedoopt tot het nogal sprookjesachtig klinkende Zeven Heuveltjesbos, is moeilijk te vinden. De dicht op elkaar staande sparren schermen het bosgraf af en het is bijna een wonder dat het stoffelijk overschot van Hakim ooit is gevonden. Het is nu een gat in de grond van ongeveer dertig bij honderdzestig centimeter. Nog niet eens een halve meter diep. Op de bodem groeit inmiddels mos.

Het graf zou misschien nooit ontdekt zijn, als een 18-jarige Voorthuizer die maandag niet door het bos had gestruind. Omdat hij er al jarenlang dagelijks kwam, kende hij de 'Zeven Heuveltjes' op zijn duimpje en van de wandelpaden maakte hij daarom nooit gebruik. In het perceel sparren, dat hemelsbreed op een paar honderd meter van de provinciale weg ligt, valt hem 's middags op dat de grond is omgewoeld en toegedekt met losse plaggen. Hij gaat naar huis en vertelt dit tijdens het eten aan zijn ouders. Omdat Nederland in die tijd in de ban is van de ontvoerde en spoorloze Gerrit Jan Heijn, oppert hij met jongensachtige onbevangenheid dat de Ahold-topman er misschien wel is begraven. Na het eten trekt hij met een schep opnieuw de Barneveldse bossen in en terwijl de avondschemering invalt, verwijdert hij nieuwsgierig de losse plaggen in het sparrenperceeltje. Tot hij ineens een hand boven de aarde ziet uitsteken...

Na identificatie blijkt dat het niet om Gerrit Jan Heijn gaat, maar om de nog maar 13-jarige Hakim el Harchi, een in Marokko geboren jongen die in zijn korte leven maar bitter weinig geluk heeft gekend. Toen hij vijf jaar oud was, werd zijn 29-jarige moeder Yanina door zijn vader in hun flatwoning in Ede vermoord, ook met een serie messteken. Hakims vader vond dat zijn echtgenote te veel vernederlandst was en zijn gezag als gezinshoofd onvoldoende respecteerde. Hakim, die door de politie bij het stoffelijk overschot van zijn moeder werd aangetroffen, ging vanaf dat moment als 'wees' van pleeggezin naar pleeggezin en verbleef het laatst in een opvoedingscentrum in Ede. Hakim was nog niet eens in de puberteit, maar was wel een sterke knaap. Wijs en brutaal voor z'n leeftijd. Hakim kon moeilijk zijn in de omgang, was een weglopertje ook. Om die reden had men ook niet echt groot alarm geslagen toen hij niet meer kwam opdagen.

Het Gelders recherchebijstandsteam probeert die achterstand van een maand snel in te halen. Men vindt uit dat Hakims boezemvriend ene Marco Ros is, een 18-jarige jongen die bij zijn moeder in een caravan aan de Harremaatweg in Voorthuizen, gemeente Barneveld, woont. Marco is voor zijn leeftijd een wat kinderlijke jongen en daardoor sluiten hij en de ouder ogende Hakim goed bij elkaar aan. Op zondag 28 februari, een maand voor de vondst van het bosgraf, hebben hij en Hakim in de bossen rondom Voorthuizen gespeeld, samen met de 11-jarige Michel B. en Christian J., een 12-jarig plaatsgenootje. Sinds die zondag hebben zij Hakim niet meer gezien, verklaart Marco Ros als hij wordt gehoord. Hij heeft Hakim 's avonds samen met Michel zo rond zeven uur naar de bushalte aan de Bosweg in Voorthuizen gebracht. Er was die dag op wat normaal jongensgeruzie na – Hakim had wat speelgoed van Marco gegapt – niets aan de hand geweest, zo verklaren de twee jongens.

Het rechercheteam twijfelt aan deze lezing en komt meer en meer tot de conclusie dat Hakim op die bewuste februarizondag vermoord moet zijn (hoewel diverse getuigen later hebben verklaard dat zij Hakim na die datum nog hebben gezien). Ze worden in die gedachte gesterkt door het sectierapport, waarin staat dat in Hakims maag zuurkool is aangetroffen. En aangezien Marco Ros zelf heeft verklaard dat zij die zondagmiddag een portie zuurkool hebben opgewarmd, neemt de recherche aan dat dit Hakims galgenmaal is geweest. De politie staat dan voor een moeilijk karwei. In plaats van dat de rechercheurs te maken krijgen met doorgewinterde criminelen, moeten zij hun aanknopingspunten in de schoolbanken zoeken en tieners van twaalf, dertien jaar horen, die door het misdrijf volkomen van slag zijn.

In dat stadium wordt de eerste blunder gemaakt. De ouders van Christian J., die op zondag enkele uren met Hakim, Michel B. en Marco Ros heeft gespeeld, zijn goed bevriend met een functionaris van de Barneveldse politie, hoofdagent Ben B. De vader van Christian J., Teun J., is zelf namelijk politiereservist. Kort na de vondst van het kinderlijkje onthult rechercheur Ben B. tegen de moeder van Christian J. dat er sprake is van maar liefst vierendertig messteken en dat de recherche Marco Ros als hoofdverdachte beschouwt. Moeder J. vertelt deze gruwelijke details allemaal nog diezelfde dag aan haar zoontje Christian, met de bedoeling dat hij uit de buurt van Marco Ros blijft. Wellicht een begrijpelijke moederreactie, maar wel een met fnuikende gevolgen.

Marco Ros, Michel B. en Christian J. worden langdurig gehoord. Hun relaas over wat er op die zondag is gebeurd loopt op enkele punten uiteen. Met name Christian, die dus via zijn moeder de nodige voorkennis had, legt afwijkende verklaringen af. Sterker nog, op een gegeven moment beschuldigt hij Marco Ros en Michel B. ervan Hakim op zondagavond te hebben vermoord en in het sparrenbosje te hebben begraven. Had Christian J. dat zelf gezien? Was hij er zelf bij geweest? Nee, hij had het alleen gehoord van zijn vriendje Michel B., die het ook weer niet met eigen ogen had gezien, maar wel zo dicht bij het sparrenbosje had gestaan dat hij de hulpkreten van Hakim had kunnen horen. En om het direct nog ingewikkelder te maken: Michel B. ontkende daarop weer in alle toonaarden dat hij zoiets ooit tegen Christian had gezegd. Ga er maar aanstaan als rechercheur. Sprak het scholiertje de waarheid, of was zijn kinderfantasie gevoed door de loslippigheid van een naïeve rechercheur en had hij vage veronderstellingen vertaald in zogenaamde feiten?

Het van-horen-zeggen-verhaal van de 'kroongetuige' Christian kwam er op neer dat Marco, Michel en Hakim 's avonds het Zeven Heuveltjesbos waren ingegaan, om naar een geldschat te zoeken die de plaatselijke melkboer Floor van de Bakkersweg daar begraven zou hebben. Hakim had dat verzonnen verhaal in zijn kinderlijke onschuld geloofd, en gewapend met scheppen was het trio gaan zoeken. Tijdens het graven was tussen Hakim en Marco ruzie ontstaan, aldus het relaas van Christian J. Marco zou Hakim toen met een schep hebben geslagen. Er was een fikse vechtpartij ontstaan, waarbij Marco een mes had getrokken en als een krankzinnige op zijn vijf jaar jongere boezemvriend had ingestoken. Toen Hakim was bezweken, had Marco koortsachtig doorgegraven, het lijk in de gedeeltelijk door Hakim meegegraven kuil gelegd en deze ten slotte dichtgegooid. Michel B. zou ondertussen, aldus Christian J., nog steeds buiten het bosje hebben staan wachten en Hakim alleen hebben 'horen schreeuwen en piepen', zoals het letterlijk in het procesverbaal staat.

Teruglopend naar huis had Marco Ros de tragedie aan Michel B. opgebiecht. Die vertelde het verhaal vervolgens weer door aan de zoon van politiereservist Teun J. Hij gaf op zijn beurt deze via-via-via-verklaring weer door aan de recherche.

Marco Ros en Michel B. worden gearresteerd, maar Michel B. moet gezien zijn jeugdige leeftijd direct weer worden vrijgelaten. Marco wordt evenwel aan de lopende band verhoord. Hij ontkent hardnekkig dat hij ook maar iets met de dood van zijn vriendje te maken heeft. Rechercheurs proberen de zachte en de harde aanpak en houden Marco onder meer uitvergrote foto's van het opgegraven stoffelijk overschot voor: 'Hier, kijk eens wat je gedaan hebt...' Marco blijft ontkennen.

De Voorthuizenaar, in geestelijke ontwikkeling wat achter op zijn achttien lentes, legt bij de vele verhoren echter ook verklaringen af die niet helemaal kloppen, of hij stelt ze gedurende de verhoren bij. Zo ontstaat er bijvoorbeeld verwarring over het tijdstip waarop Marco's moeder die zondagavond thuiskwam. Zij zegt zelf rond 20.00 uur en dat haar zoon toen op de bank televisie lag te kijken. Marco stelt echter dat zij pas om 23.00 uur kwam en de vriend die haar thuisbracht meende dat het 18.30 uur was. Soms weigert Marco ook alle medewerking of commentaar en mede daardoor blijft de recherche hem als hoofdverdachte zien. De vragen die echter ook de recherche niet kan beantwoorden, zijn: wat is het motief voor de moord op Hakim? De dader moet met vierendertig messteken in een absolute staat van razernij zijn geweest. En: waaruit blijkt nu precies dat Marco dat heeft gedaan? Als een ruzie tijdens een spelletje de reden is, zouden er elke dag kinderen overhoop worden gestoken. En het technisch bewijs? Dat is er helemaal niet, zo constateert de Utrechtse strafpleiter mr. Piet Doedens, die de verdediging van Marco Ros op zich neemt. Er is geen spatje bloed, geen vingerafdruk, maar dan ook helemaal niets gevonden wat in de richting van zijn cliënt wijst.

De recherche heeft in een washok achter de caravan van Marco's moeder wel een Kung Fu mes gevonden, maar bij microscopisch onderzoek wordt daar geen molecuul bloed op gevonden. Het laboratorium vindt alleen wat vezeltjes op het lemmet die 'mogelijk afkomstig zouden kunnen zijn' van de jas van Hakim. Maar dat is allemaal zo vaag dat het niet als bewijs kan dienen.

En er ontstaan meer vragen over de toedracht van een en ander. Want terwijl de politie blijft vasthouden aan de 28e februari als moorddatum (de zuurkooltheorie), staan er een paar getuigen op die met de hand op hun hart beweren dat zij Hakim in de weken daarna nog hebben gezien. Opvallend is bovendien dat het stoffelijk overschot van Hakim nauwelijks de sporen draagt van het ruim een maand in het bosgraf liggen. Lijkschouwer Cornelis Leeuwenburg uit Barneveld is bij de opgraving aanwezig geweest. Hij stelt in zijn verklaring dat het lijk van Hakim er afgezien van de steekwonden nog gaaf uitziet ('minimale tekenen van verweking') en hij schat dat de 'dood ten hoogste een week daarvoor is ingetreden'. En als de recherche hem later zegt dat de moord op 28 februari moet zijn gepleegd, verklaart hij: 'Daar ben ik wel verrast over.' (Een mogelijke verklaring is dat de kou het ontbindingsproces heeft vertraagd.) De getuigenverklaringen van Michel B. en Christian J. spreken elkaar ondertussen op alle punten tegen en als de recherche in arren moede de twee scholieren met elkaar confronteert, ontaardt dit in een 'welles-nietes' geruzie volgens de beste tradities van het schoolplein.

Ondanks het feit dat er geen bekentenis is, geen motief, geen snipper technisch bewijs en eigenlijk alleen maar elkaar tegensprekende verklaringen, wordt er op 30 november 1990, bijna twee jaar na de moordzaak, voor de rechtbank in Utrecht wegens doodslag vijf jaar cel tegen Marco R. geëist. Zijn advocaat mr. P. Doedens zegt met een verwijzing naar de wereldberoemde fokkerijen in Barneveld dat de gehoorde kinderen 'als een kip zonder kop hebben gekakeld' en dat deze verklaringen niets waard zijn.

Het is inderdaad een moeilijke zaak. Toch is het niet geheel onlogisch dat de recherche bij Marco Ros als verdachte is uitgekomen. De jongens hebben met elkaar gespeeld die bewuste dag en het stoffelijk overschot van Hakim is in het bos – waar zij de hele dag hadden verbleven – gevonden. Uit de maaginhoud – de zuurkool – komt bovendien naar voren dat deze geheel overeenstemt met de genuttigde maaltijd die dag. Stel nu eens dat Marco Ros niet de dader was en dat Hakim inderdaad aan het eind van de dag gewoon was vertrokken. Dan zou het zeer toevallig zijn als Hakim enkele dagen, of een week later, ook zuurkool zou hebben gegeten en de onbekende dader hem na de moord ook nog eens uitgerekend naar het Zeven Heuveltjesbos zou hebben gesleept om hem daar te begraven... Maar het recht is uiteraard – en gelukkig – niet op toeval of noodlot gebouwd en de Utrechtse rechtbank spreekt Marco Ros kort daarop dan ook vrij, omdat er geen enkel hard bewijs tegen hem is. De officier van justitie gaat niet in hoger beroep, wat aangeeft dat het eigen geloof in de zaak minimaal is.

Het is op de kop af vier jaar na de (her)begrafenis op 2 april 1988 van Hakim el Harchi op de begraafplaats van Barneveld. De caravan van Marco's moeder is verruild voor een woning aan de Wethouder Zandbergenlaan in een nieuwbouwwijk van Barneveld. Marco zelf woont nu in Luttelgeest, vlak bij Emmeloord. In de huiskamer van Marco's moeder liggen overal dossiermappen, documenten en processen-verbaal. In de open keuken bromt een groot zesdehands kopieerapparaat, waarin al het papier nog eens wordt vermenigvuldigd. De vraag of het leven sinds die dramatische gebeurtenissen in 1988 zijn normale gang weer gaat, hoeft hier niet gesteld te worden. Rita Ros, de 44-jarige moeder van Marco, voert het gesprek grotendeels op haar knieën op de grond, ondertussen zoekend tussen alle documenten om alles wat zij zegt direct officieel te kunnen staven en te kopiëren. Marco Ros zit in een pompeuze fauteuil en is inmiddels tweeëntwintig jaar oud. Hij is niet meer de nogal kinderlijk overkomende jongeman die ik in het dossier was tegengekomen, maar een flinke vent, die zich nu zelfs volwassener gedraagt dan hij in werkelijkheid is. Op de tafel kraakt om de paar minuten een politiescanner: 'Ja, hier Ha-bée over...' Op mijn vraag waarvoor dat is, antwoordt Marco: 'Als ik in Barneveld ben, wil ik altijd precies weten wat de politie doet. Dan weet ik of ze weer onderweg zijn.' Als ik mijn wenkbrauwen optrek, licht hij toe: 'Tussen mij en de politie in Barneveld is haat ontstaan. Sinds 1988 voeren ze een treitercampagne tegen me. Ze kunnen het niet uitstaan dat ik ben vrijgesproken en daarom word ik voor elk wissewasje aangehouden, moet mijn auto mee naar het bureau, word ik getreiterd en beledigd. Ik ben al eens mishandeld en er is zelfs een keer bij een aanhouding geschoten. Vandaar die scanner...'

'En jij doet zelf niks,' vraag ik. Er verschijnt een flauwe glimlach om zijn mond. Hij draait even aan een van de vijf ringen aan zijn handen. 'Ach, het is natuurlijk over en weer. Het punt is alleen dat zij macht hebben en ik niet. Als ik door hen wordt bedreigd, doet niemand er wat aan. Als ik een keer terugdreig, krijg ik direct een maand cel.'

Om los te komen van het verleden is Marco naar Luttelgeest verhuisd. Daar kan hij naar zijn zeggen tenminste gewoon over straat zonder dat er achter zijn rug wordt gefluisterd en zonder dat hij wordt uitgescholden voor 'vuile kindermoordenaar'. De zaak-Hakim heeft hem veranderd, zegt hij. Hij is door de rechter dan wel vrijgesproken, maar voor zijn gevoel is hij door de maatschappij toch veroordeeld. En dat snijdt diep. Te meer omdat hij voor de ten onrechte doorgebrachte voorlopige hechtenis ook geen schadevergoeding heeft gekregen. Volgens het Gerechtshof heeft hij niet optimaal aan het politieonderzoek meegewerkt, dus zijn er 'geen gronden van billijkheid aanwezig' voor een schadevergoeding.

Werk heeft Marco niet meer kunnen krijgen. Op onduidelijke gronden ('u hoort nog van ons') wordt hij telkens afgewezen. 'Daarom...' zegt hij met een schampere hoofdknik naar de vuistdikke dossiers die op de grond liggen. Hij had graag lasser op een boorplatform willen worden en daarvoor heeft hij ook alle diploma's, maar... Weer blijft zijn blik rusten op de dossiers. Op mijn vraag wat hij nu de hele dag doet, zegt hij: 'Ik zit thuis. De afgelopen jaren ben ik nogal geïsoleerd geraakt. De mensen mijden mij en zelf zoek ik ook geen contact meer, bang dat ze er toch weer over beginnen. Of nog erger:

afhaken als ze er van een ander over horen. In feite ben ik mensenschuw geworden.'

Rita Ros: 'Je merkt heel duidelijk dat je omgeving afstand van je neemt. Ze durven niet met je te praten, ze draaien hun hoofd in het voorbijlopen weg en willen eigenlijk niet met je gezien worden.'

De gebeurtenissen hebben Marco's persoonlijkheid blijvend beïnvloed. 'Ja,' beaamt hij. 'Voor die tijd was ik een beetje een watje: ik speelde met kinderen die vijf jaar jonger waren. Nu ben ik veel harder en moeilijker geworden...' Hij is even stil en hij hervat dan: 'Ik ben afstandelijker geworden en laat me door niemand meer commanderen, nee, niemand. Ik heb geen vertrouwen meer in de mensen. Dat komt door die zaak, ja.' Vrienden heeft Marco niet veel meer. En als hij ze heeft, worden ze in de Barneveldse gemeenschap voor hem gewaarschuwd door leden van het politiekorps. Alleen Michel B., die er op de bewuste februaridag ook bij was, is een trouwe kameraad gebleven. Maar is het toeval dat deze nu 16-jarige knul in een tehuis in Zetten zit en ook veel met de politie in aanraking komt? Marco en zijn moeder schudden hun hoofd. Marco heeft nu een vriendin, maar haar naam mogen we niet noemen. Haar ouders proberen de relatie te verbieden. Moeder Rita, mild: 'Ach, ik begrijp die mensen wel. Ze horen natuurlijk die verhalen dat Marco z'n beste vriend met vierendertig messteken zou hebben vermoord... dan denk je toch: laat mijn dochter liever een ander zoeken.'

Kwaad zijn ze echter nog steeds over de wijze waarop het Gelders rechercheteam de verhoren heeft gedaan. 'Kijk, als je als buitenstaander alleen de dossiers leest, dan zou het me niet verbazen als je denkt: hij heeft het wel gedaan. Gewoon door de manier waarop het op papier staat. Maar hoe gaat zoiets in de praktijk... ze vragen je hoe laat je een maand geleden thuiskwam. Nou, dat weet ik niet meer, zeg je dan. Ongeveer, dringt zo'n rechercheur dan aan, schat eens. Was het vroeg of laat? En als je er dan uiteindelijk maar een slag naar slaat omdat zij per se iets willen horen, dan zeggen ze ineens: dat klopt niet, je liegt.'

De toekomst ziet Marco somber in. Hij gelooft niet dat hij deze zaak ooit van zich zal kunnen afschudden. 'Nee, mijn leven is een puinhoop. Welk doel heb ik nu nog? Ik slaap slecht, ben zenuwachtig en schuw. De mensen zien mij als de moordenaar van mijn beste vriend, dat is nog wat anders dan de moordenaar van je gezworen vijand. Nee, ik zie het eigenlijk niet meer zitten als het zo door blijft gaan.'

Het enige wat deze spiraal zou kunnen doorbreken, is de opsporing van de werkelijke dader, die nog vrij rondloopt als Marco echt onschuldig is, zoals ze zeggen. Rita: 'Ik ben daarvoor al naar een paar paragnosten geweest, maar dat leidde nergens toe. Daarom hebben we nu de hulp ingeroepen van ex-commissaris Gerard Toorenaar uit Amsterdam. Hopelijk kan hij ons helpen. Er moeten toch nog steeds mensen zijn die meer weten, die informatie achterhouden?'

Die middag kijken we met Marco en zijn moeder rond in het Zeven Heuveltjesbos. Na enig zoeken vinden we het nog steeds openliggende graf van Hakim in het sparrenbosje. We staan rondom de kuil en zwijgen peinzend. Wat is hier vier jaar geleden gebeurd? Als ik Marco vraag wat het voor hem betekent hier te staan, zegt hij: 'Eigenlijk is het niet meer dan een gat in de grond... Kijk, aan de ene kant blijft Hakim altijd mijn vriend, maar aan de andere kant heb ik ook wel eens gedacht: verdomme, wat heb ik door jou een ellende in mijn leven gehad.'

Een uurtje later staan we op de Barneveldse begraafplaats, waar de 13-jarige jongen precies vier jaar geleden zijn definitieve rustplaats heeft gekregen. Op de grafsteen staat alleen zijn naam: Hakim el Harchi. Geen geboorte- of sterfdatum, helemaal niets. Eigenlijk even mysterieus als het raadsel rondom zijn dood. Op zijn graf staat een vers bosje met roze tulpen. Als ik daar een opmerking over maak, zegt Rita Ros zachtjes: 'Die heb ik er gisteren neergezet, dat doe ik elk jaar...'

Ex-commissaris Gerard Toorenaar heeft het dossier van de zaak bestudeerd en zegt: 'Je onschuld bewijzen is het moeilijkste wat er is. Ik denk dat deze zaak alleen nog wordt opgelost als de dader – er even van uitgaande dat Marco dat niet is – zichzelf meldt of door een ander misdrijf tegen de lamp loopt en dan een bekentenis met daderkennis aflegt, maar die kans is natuurlijk klein.'

Over de zaak zelf oordeelt Toorenaar, die in zijn loopbaan tientallen moordzaken heeft onderzocht: 'Een sterk punt is dat Marco onder zeer zware druk en uitputtende verhoren nooit heeft bekend. Dat zegt toch wel iets, want hij was toen nog maar een knaap van achttien jaar en tamelijk kinderlijk. Normaal gesproken slaat zo iemand tegenover doorgewinterde rechercheurs dan toch echt wel door. Zwak is natuurlijk verder dat de hele zaak eigenlijk is opgehangen aan het verhaal van een 12-jarige jongen. Uit ervaring weet ik dat het heel moeilijk is om kinderen te verhoren en hun fantasie en suggestie van de werkelijkheid te scheiden.'

In de jaren daarna hoor ik nog met enige regelmaat iets van Marco, met name door toedoen van zijn moeder Rita, die mij blijft voeden met dossierstukken en de laatste ontwikkelingen in haar strijd om eerherstel. Met Marco zelf gaat het langzaam maar zeker bergafwaarts. De contacten met de politie – en dan met name de recherche – nemen in frequentie en ernst toe. Vandaag de dag zouden we Marco waarschijnlijk een 'veelpleger' noemen. Hij werd gearresteerd voor geweldpleging, brandstichting, wapenbezit, inbraken, een ramkraak, vernielingen, heling en andere vormen van criminaliteit. De enige met wie Marco nog omgaat en dagelijks contact heeft is zijn jeugdvriend Michel B., die ook ten tijde van de moord op Hakim – hij was de 'oorgetuige' van de moord – al een prominente rol in het leven van Marco speelde. De gezamenlijke verdenking waar zij destijds aan blootstonden en hun daaropvolgende strijd tegen politie en Justitie heeft een onverbrekelijke vriendschapsband tussen de twee gesmeed. Een band die zes jaar later, eind april 1994, pas verbroken wordt door geweld en waarbij Marco Ros slachtoffer is en tot ieders verbazing Michel B. de dader...

In die week word ik gebeld door Rita Pen, die zeer geschokt is. Marco is dood. Doodgeschoten door zijn beste vriend. Ze verwijst me naar een stukje van drie zinnen in de krant, met als kopje FATAAL ONGELUK MET VUURWAPEN. Er staat:

> 'Een 24-jarige man is gisternacht in een ziekenhuis in Zwolle overleden nadat hij per ongeluk was neergeschoten bij het schoonmaken van een vuurwapen. Het incident gebeurde in Zwolle. Twee mensen zijn aangehouden.'

Het blijkt dat Marco en zijn inmiddels 18-jarige vriend Michel B. die avond samen met een vriend, ene Ad G., naar de bossen bij Apeldoorn zijn gereden om daar twee vuurwapens en munitie op te halen. Onderweg hebben ze bij Hattem even 'proefgeschoten' op wat verkeersborden en daarna zijn ze naar de kamer van Michel B. gegaan aan de Venestraat in Zwolle. Daar is een wat balorige stemming tussen de drie ontstaan en wordt er met de vuurwapens gespeeld. B. had een wapen 'losjes' in zijn hand en dat is plotseling en onbedoeld afgegaan, verklaart hij. De kogel treft zijn boezemvriend Marco, die op anderhalve meter afstand zit, in diens voorhoofd. Marco is direct naar het ziekenhuis gebracht, maar overlijdt daar nog dezelfde nacht. Volgens Michel B. is het een noodlottig ongeval en is er geen opzet in het spel. Hij meende dat het wapen ongeladen was, zegt hij. De officier van justitie is daar niet van overtuigd en gaat later tijdens de rechtszitting voor een tenlastelegging van moord. Hij vindt het tegen B. pleiten dat deze het wapen, nadat de fatale kogel is afgevuurd, heeft verstopt. Bovendien verklaart de eveneens aanwezige Ad. G. dat B. het wapen wel degelijk op Marco heeft gericht en dat hij grijnsde toen hij de trekker overhaalde. De officier van justitie demonstreert tijdens de rechtszitting ook dat het goed zichtbaar is als een vuurwapen is doorgeladen en acht het onwaarschijnlijk dat dit B. – die ervaring met wapens heeft – is ontgaan. De aanklager eist vijf jaar cel en tbs wegens moord, hoewel deskundigen van het Pieter Baan Centrum verklaren dat Michel B. volledig toerekeningsvatbaar was ten tijde van het delict/ongeval. B. op zijn beurt blijft volhouden dat het nooit de bedoeling is geweest zijn vriend te verwonden of te doden. Hij en zijn advocaat wijzen erop dat er ook geen enkel motief was en er die avond niets is voorgevallen dat op een ruzie lijkt, integendeel. De rechtbank veroordeelt B. later wegens doodslag tot een lagere straf van drie jaar en laat de tbs vallen.

De toedracht van de dood van Marco Ros is nooit helemaal duidelijk geworden. Rita Pen, zijn moeder, meende dat er meer aan de hand moest zijn dan een fataal ongeluk, maar kon ook niet aangeven wat dan precies. Tijdens het politieonderzoek en de daarop volgende rechtszaak suggereerden sommigen dat de 'geest' van Hakim el Harchi in 1988 boven de dood van Marco Ros in 1994 zweefde, maar deze bleef altijd onzichtbaar...

Naschrift

De moord op Hakim el Harchi is altijd onopgelost gebleven. Rita Pen, de moeder en pleitbezorgster van Marco Ros, is in februari 2000 overleden. Michel B. heeft zijn straf uitgezeten en is vrij. In maart 2004, bijna tien jaar na de dood van Marco, schreef hij mij een brief, waarin hij nog eens beklemtoonde dat het schot een ongeluk was geweest en dat Marco voor hem als een broer was geweest.

Het kind van de rekening?

Misdaadverslaggeving is vaak een hard vak. Je wordt dagelijks met het verdriet en de trauma's geconfronteerd van slachtoffers en nabestaanden. Frustraties over onopgeloste zaken of justitieel knoeiwerk knagen voortdurend aan je gemoed. Je staat dikwijls voor dilemma's waarin niemand je kan adviseren. En ik heb bovendien ervaren dat journalistiek gewroet in sommige zaken niet alleen het beoogde doelwit treft, maar ook onbedoelde schade kan aanrichten bij diens naasten, die part noch deel aan de gepleegde misdaad hebben.

In 1994 ontdekte ik in Paraguay, Zuid-Amerika, de voortvluchtige Heineken-ontvoerder Frans Meijer. Hij was tien jaar lang spoorloos en was Nederlands meest gezochte crimineel. Nadat ik hem voor zijn hamburgerrestaurant in een buitenwijk van Asunción op zijn schouder had getikt en hem de schrik van zijn leven had bezorgd, had ik nog een paar ontmoetingen met hem. Ik keek bij die gelegenheden in de ogen van een ontredderde man, die met heel veel moeite aan de andere kant van de wereld een nieuw bestaan had opgebouwd en dat nu zag instorten. Hij was in Paraguay hertrouwd, had drie jonge kinderen en had de misdaad vaarwel gezegd. Toen ik de avond voor mijn vertrek bij hem thuis kwam en hij wist dat de onthulling van zijn verblijfplaats nog een kwestie van tijd was, wenkte hij me naar boven: 'Kom even kijken...' Zachtjes opende hij de slaapkamerdeur. In twee bedden lagen drie kindertjes rustig te slapen, zich niet bewust van het snel naderende onheil dat het gezin uit elkaar zou trekken. Twee jongens en een meisje van nog maar twee jaar. Mooie kindjes. Meijer keek vertederd naar hen, schikte een dekentje, streek door hun haar en fluisterde tegen mij: 'Kijk goed... deze leventjes ga jij vernietigen, is het dat waard?'

Die scène op de kinderslaapkamer ben ik nooit vergeten. Ik had geen medelijden met Meijer, maar wel met zijn kinderen. Zij waren gelukkig en hielden van hun vader. Hun lot, hun toekomst, lag even in mijn handen. Als ik mijn bevindingen zou publiceren, veranderde hun zorgeloze kinderleventje in een nachtmerrie. Terug in Nederland heb ik de verblijfplaats van Meijer onthuld. Hij had Heineken ontvoerd. Hij had zijn straf niet uitgezeten. Hij was zelf gevlucht. Dat waren zijn keuzes. Niet de mijne. De meeste criminelen hebben een gezin waarvan ze veel houden, maar daarom worden ze nog wel gearresteerd en veroordeeld, hield ik me zelf voor. *If you can't do the time – don't do the crime!* Maar toch realiseerde ik me wel dat het hoogste recht – de opsporing van de voortvluchtige Meijer – voor die kinderen het grootste onrecht was.

En dat gevoel had ik weer een beetje toen ik met collega Chantal van Schuylenburch eind oktober 2004 in Oslo was. We waren in de Noorse hoofdstad voor de zaak van de vermiste Bebe Paña uit het Brabantse Nuenen, die drieënhalf jaar daarvoor onder mysterieuze omstandigheden spoorloos verdween en aan wie ik verschillende uitzendingen heb gewijd. Bebe's man Edwin ten W., een arts, speelde in het verdwijningsmysterie een merkwaardige, duistere rol en verhuisde kort na haar vermissing met hun zoontje naar Oslo. Net als bij Frans Meijer stonden wij onverwacht voor zijn deur, in een poging hem nog eens flink aan de tand te voelen. Het was op een zondagmiddag en toen Edwin opendeed, zag ik achter hem zijn zoontje lopen; hij had alleen een onderbroekje aan. De arts zelf had zich kennelijk ook haastig aangekleed, want zijn gulp stond nog open toen hij aan de deur verscheen, viel me op. Het bevreemdde me wel een beetje om twee uur 's middags, maar ik wuifde dat onbehagen snel weg: iedereen luiert wel eens zo op zondag. Hij vroeg ons of we een kwartiertje later terug konden komen – 'dan kan ik even een beetje opruimen' – en toen hij ons bij terugkeer binnenliet, zag ik het kindje – nu aangekleed – op de grond spelen met een ratelend hijskraantje. Een jongetje van vier jaar, dat al jarenlang zijn moeder moet missen. Het knulletje speelde aanvankelijk onverstoorbaar door, terwijl wij met zijn vader spraken. Toen de vraagstelling scherper werd en de gesprekstoon veranderde, merkte ik dat het 'ratelen' ineens ophield. Vanuit mijn ooghoek zag ik dat het knaapje stil en met grote, onzekere ogen het tafereel opnam. Hoewel we een aantal normale vragen over de verdwijning van Bebe hadden en over het doen en laten van Edwin daarin, wilde hij daar geen echte antwoorden op geven en zette hij ons na een minuut of twintig de deur uit.

De volgende ochtend werd Edwin op verzoek van het parket in Den Bosch in zijn woning aangehouden en waren we er getuige van hoe het kind overstuur de auto in werd gedragen en tussen twee rechercheurs een ongetwijfeld noodlottige toekomst tegemoet reed. Moeder verdwenen... waarschijnlijk vermoord... vader verdacht. Rampzaliger is nauwelijks denkbaar. Het was een poosje stil in onze auto. En later bleek dat we allemaal dezelfde gedachten hadden: wie is er eigenlijk mee gediend dat dit gebeurt? Wat kan dat jongetje er nou allemaal aan doen? Een kind verdient dat toch niet? Natuurlijk zijn er naast dit emotionele argument ontelbare rationele redenen aan te voeren waarom dit allemaal wél moet gebeuren en daar laat ik me als misdaadverslaggever doorgaans door leiden. En soms... soms, slaat de vertwijfeling over het effect van je inspanningen ineens weer om naar de andere kant. Terug in Nederland verscheen er op 28 oktober ineens een bericht in de krant: 'KINDERPORNO GEVONDEN BIJ NUENENSE ARTS.' Bij de huiszoeking in Oslo was een flinke hoeveelheid kinderporno op zijn computer gevonden en op een cd-rom. Toen ik dat las, zag ik zijn zoontje weer voor me. Ik moest meteen terugdenken aan het merkwaardige tafereel toen wij daar aanbelden. En nu dacht ik: ons werk is niet zijn ondergang, maar misschien juist zijn redding geweest...

Wordt vervolgd.

Bedreigde politici zijn een zegen voor het land

Eind oktober 2004 heeft de 47-jarige Fons N. in het Limburgse Landgraaf zijn 34-jarige vrouw Sandra en haar nieuwe vriend doodgeschoten. Vervolgens joeg hij zichzelf een kogel door het hoofd. Het motief: Sandra wilde scheiden en had sinds twee weken een andere relatie. Het wapen waar Fons N. mee schoot, had hij legaal in bezit omdat hij lid was van een schietvereniging. Dit gegeven was voor Kamerleden van CDA, VVD, PvdA en LPF reden om erbovenop te duiken. Zodra een misdrijf publiciteit trekt, reageren politici op een tv-camera als een kind op een snoeptrommel. In propagandataal, waarbij elke twee zinnen de naam van de eigen partij wordt genoemd, belooft men de 'verantwoordelijke minister' kritische vragen te stellen en reikt men vast oplossingen aan, die de indruk wekken dat het drama eigenlijk best voorkomen had kunnen worden. Zo stelden de fracties in deze kwestie dat een sportschutter voortaan direct zijn pistool moet inleveren als hij een 'slecht huwelijk' heeft. Nou, dan kan de helft van de vergunninghouders zijn wapen inleveren, schat ik. Hoe bedenk je het? Alsof zoiets van iemands voorhoofd kan worden afgelezen. En wat doen we als de man wel gelukkig getrouwd is, maar ruzie met de buren heeft, of heibel op zijn werk? En denken de geachte afgevaardigden soms dat als Fons N. zijn vuurwapen was afgepakt, hij de relatieproblemen met een bosje bloemen had opgelost?

Een fraai staaltje van dit politieke fingerspitzengefühl zagen we ook na de moord op Theo van Gogh in Amsterdam. Toen bekend werd dat de dader, Mohammed B., relaties had in een netwerk van honderdvijftig radicale fundamentalisten wier doen en laten wordt geobserveerd door de AIVD, spraken verschillende Kamerleden er schande van dat hij niet de godganse dag was gevolgd. Ontzet over zoveel onbenulligheid keek men verontwaardigd de camera in: als zij het voor het zeggen hadden gehad, nou, dan had die Mohammed B. geen stap ongemerkt buiten de deur kunnen zetten. Hun ogen zeiden dat Van Gogh dan nog had geleefd. Maar ook hier overtrof het IQ van de kamerleden weer nauwelijks hun schoenmaat. Kennelijk hebben de justitie- en veiligheidsspecialisten er geen flauw benul van wat er bij komt kijken om een 'divisie' van honderdvijftig extremisten plús alle honderden 'randfiguren' daaromheen de klok rond in de gaten te houden en af te luisteren. Daar zou zelfs een erkende politiestaat capaciteitsproblemen mee hebben.

En stel nu eens dat de AIVD die Mohammed B. wel voortdurend had geobserveerd. Wat was er dan gebeurd? Dan had men op dinsdagochtend 2 november geconstateerd dat de man om halfnegen op zijn fiets was gestapt en richting Linnaeusstraat was gereden. Was er dan ergens een alarmbel afgegaan, denkt u? Had men meteen alle mankrachten gemobiliseerd en hem voor het einde van de straat tegen de grond gesmakt, gefouilleerd en gevraagd: 'Waar gaat u naartoe?' Natuurlijk niet! Alleen al de onuitgesproken suggestie wekken dat de moord op Van Gogh voorkomen had kunnen worden door Mohammed B. te schaduwen, is tegenover de nabestaanden van Theo van Gogh een vorm van grafschennis. Waar de politici zich evenmin rekenschap van geven was dat zíj het juist zijn geweest die de AIVD de afgelopen twintig jaar hebben beknot tot een vleugellamme organisatie. En als de veiligheidsdienst al eens een groepering of instantie onder de loep nam en daarin een informant probeerde te werven, maakten Kamerleden er bijna een wedloop van wie de minister hierover op het matje kon roepen: kon de minister garanderen dat de betrokken instantie van dit soort activiteiten werd gevrijwaard?

Opvallend is ook de gedragswijziging sinds de politici zelf met enige regelmaat blootstaan aan bedreigingen. Pim Fortuyn en Theo van Gogh moesten het allemaal zelf maar uitzoeken, terwijl een kind kon begrijpen dat zij gevaar liepen. Nee, er hadden de bewindslieden 'geen signalen bereikt' dat er sprake was van 'specifieke' bedreigingen, verklaarden ze vanuit hun goed beveiligde ministeries. Alsof 'algemene' bedreigingen volkomen ongevaarlijk zijn. Maar nu politici zelf door het fundamentalisme op de korrel worden genomen, is de houding direct veranderd. Grimmige gezichten, verbeten commentaren. De terreur is terstond 'de oorlog verklaard'. U begrijpt, nu zijn de bedreigingen 'de bijl aan de wortel van onze democratie'. De AIVD krijgt er meteen honderd miljoen euro bij. Er komt met spoed nieuwe wetgeving.

Natuurlijk, terreur tegen onze politici is ernstig en mag niet worden getolereerd. Het is echter niet alleen een bedreiging voor onze democratie, maar in één opzicht ook een zegen: de politiek is eindelijk wakker geschrokken en komt in actie! Dat de daadkracht vooral wordt ingegeven door angst en eigenbelang nemen we maar op de koop toe...

Heimwee naar gewone misdaad

Het 'terreurnieuws' is na de moord op Theo van Gogh op 2 november 2004 zo overheersend dat ik enige schroom voel om het nog over 'gewone' misdaad te hebben. Als misdaadverslaggever met meer dan vijfentwintig jaar ervaring voel ik me sinds die fatale dag als een kat in een vreemd pakhuis, nu mijn werkterrein zich van obscure kroegen naar moskeeën lijkt te verplaatsen en ook de Koran zo langzamerhand tot de verplichte vakliteratuur gerekend moet worden. Nooit gedacht dat een criminele afrekening, een stevige bankoverval of een *crime passionelle* bijna een vertrouwd gevoel kunnen oproepen...

De verschuiving in het nieuws bevestigt overigens een oude theorie van mij. Ik heb altijd verkondigd dat de vele aandacht voor misdaad een – ietwat ongerijmd – bewijs was dat het ons land voor de wind ging: geen hongersnood, geen natuurrampen, geen volksziekten of epidemieën en geen burgeroorlogen of terrorisme. Het ontbreken van echte problemen zorgde ervoor dat we ons konden focussen op misdaad, zeg maar bij gebrek aan erger. En mijn stelling klopt: de weken na de moord op Theo van Gogh is het doorgaans nogal opgepompte misdaadnieuws verschrompeld tot eenkolommertjes op de binnenpagina's. Daar tegenover staat een explosie van (anti)terreurnieuws. Ik heb op mijn redactie tijdelijk een extra documentalist moeten inschakelen om de nieuwsstroom te kunnen kanaliseren.

En toch is die 'gewone' misdaad natuurlijk niet verdwenen als we er – door omstandigheden – een poosje minder oog voor hebben. Ons land is niet als bij toverslag minder crimineel en meer terroristisch geworden. Ik merk bovendien dat die *overkill* aan terreurnieuws juist de slachtoffers van de klassieke misdaad behoorlijk steekt. Zij constateren met lede ogen dat bij politie en Justitie nu ineens alles kan, geld geen rol meer speelt, wetten worden aangepast, blikken vol rechercheurs worden opengetrokken en geen moeite te veel is. Natuurlijk, ook zij hebben met afschuw kennisgenomen van het drama rond Theo van Gogh, maar zij constateren ook scherp dat de aandacht voor hun eigen leed daar soms wel heel schril tegen afsteekt. Dat er soms met twee maten wordt gemeten. Afgelopen week sprak ik met Berthie Verstappen, de moeder van de 11-jarige Nicky, die jaren geleden tijdens een zomerkamp op de hei bij Brunssum werd vermoord. De zaak is nog steeds onopgelost. Zij moest de afgelopen jaren hemel en aarde bewegen om te voorkomen dat het politieonderzoek werd gestaakt omdat er 'andere prioriteiten' waren. Na de moord op hun zoontje is er geen persconferentie van de 'driehoek' (burgemeester, hoofdofficier van justitie en korpschef) gehouden. Nicky is ook niet vermoord om wat hij zei, zoals Theo van Gogh. Het is nog erger: hij heeft niet eens iets kunnen zeggen...

'Waarom zijn er twéé officieren van justitie benoemd in de zaak van Theo van Gogh?' vroeg Berthie Verstappen mij. 'De dader is toch meteen gepakt? Moet alles nu meteen dubbelop?' Ik begreep de bittere ondertoon. Een paar weken na de moord op hun zoontje schreven Berthie en haar man Peter een wanhopige brief aan de hoofdofficier van justitie in Maastricht. Een hartverscheurend relaas, vol met vragen, maar bovenal was het een noodkreet om hulp van ouders die het ergste was aangedaan wat een mens kan overkomen: de moord op hun oogappel. De hoofdofficier vond het twee maanden lang niet nodig de brief te beantwoorden. Pas na mijn tussenkomst kwam er een schutterige reactie. Inmiddels zit de vierde of vijfde officier van justitie op de zaak van Nicky. De anderen zijn steeds tussentijds overgeplaatst, vertrokken, ziek thuis of gepromoveerd. En bij elke nieuwe officier van justitie ('sorry, ik moet me eerst inlezen...') zakte Peter en Berthie de moed verder in de schoenen. Nee, zij werden niet direct teruggebeld als er iets was, ook al was dat vaak plechtig beloofd. En als ze dan zelf maar weer contact zochten, klonk er regelmatig een diepe zucht aan de andere kant van de lijn. In november 2004 vroeg Berthie nog telefonisch aan de officier van justitie of zij eens op het parket konden worden bijgepraat over wat het rechercheonderzoek naar de moord op haar zoontje de afgelopen twee jaar had behelsd. Een heel redelijk verzoek. De officier van justitie nodigde haar echter niet meteen uit, maar stelde dat ze eerst een schriftelijk verzoek moest indienen, ondanks dat ze haar vraag al duidelijk mondeling had overgebracht.

Ambtenarij? Ontmoedigingstactiek? Hoe dan ook, de volgende dag ging de brief de deur uit. En vervolgens bleef het weer weken stil. Teruggebeld werd er uiteraard niet. Pas toen Berthie zelf een flink aantal keren reclameerde en vroeg of het voor Kerstmis misschien nog kon gebeuren, kreeg ze eindelijk te horen dat het verzoek zou worden ingewilligd. Duwen, trekken en sjorren eer er iets gebeurt.

De aandacht voor terreur is heel begrijpelijk... de aandacht voor gewone misdaad blijft hard nodig.

De grootste leugenaar van Nederland

Begin december 2004 kreeg ik een schokkend nieuwsbericht onder ogen. Het meldde dat de 36-jarige Tilburger Michiel B. door de rechtbank van Den Bosch tot zes weken cel en drie jaar ontzegging van de rijbevoegdheid was veroordeeld. De man was in maart van dat jaar samen met een vriend aangehouden na een wilde achtervolging, waarbij de binnenstad van Tilburg als circuit dienstdeed en er harder dan 160 kilometer per uur werd gereden. De Chevrolet van B. kwam uiteindelijk tot stilstand tegen een lichtmast. De wegpiraat stapte daar direct uit en wilde weglopen. De vriend bleef zitten. Toen agenten Michiel B. aanhielden, schreeuwde hij dat men niet hem moest hebben, maar dat er nog een derde persoon was en dat híj gereden had. B. had 1,7 promille alcohol in zijn bloed en die derde man bestond helemaal niet. Dat was een leugen om aansprakelijkheid te ontlopen.

Nu zult u zeggen: geen fraai verhaal, maar zó schokkend is het ook weer niet. En toch is het dat wel, want B. heeft wel eens eerder gezegd dat híj niet gereden had en dat gebeurde nadat hij een van de ergste auto-ongelukken uit onze verkeersgeschiedenis had veroorzaakt, waarbij vijf mensen om het leven kwamen. B. is bovendien met voorsprong de grootste leugenaar die ik in een kwart eeuw misdaadjournalistiek heb meegemaakt en dat veroorzaakte bij mij in ieder geval al een schok van herkenning toen ik dat nieuwsberichtje las.

Op eerste paasdag van 1994 reed Michiel B. met zijn vriend Has Steenbergen in een Porsche op de Nistelrodeseweg bij het Brabantse Heesch. B. had na cafébezoek zo'n tien glazen bier op en ooggetuigen zagen hoofdschuddend hoe hij alle geboden en verboden negerend, slingerend en scheurend over de (verkeerde helft) van de weg reed. Na een onmogelijke inhaalmanoeuvre knalde hij frontaal op een tegemoetkomende Volvo, waarin twee echtparen – familie van elkaar – zaten. Frans en Riet Verkuijlen en Joke en Bert Raaijmakers waren op slag dood. Has Steenbergen, de vriend van B., leefde nog even, maar overleed niet veel later ook.

Alleen B. was nagenoeg ongedeerd. Getuigen zagen hoe hij uit het autowrak klauterde en wegstrompelde, zonder zich om iets of iemand te bekommeren. In het ziekenhuis van Oss werd hij later die dag aangehouden en hij verklaarde toen dat niet hij de chauffeur was geweest, maar dat er nog een derde persoon in het spel was en dat die gereden had. Toen hij hoorde dat zijn vriend Has ook was omgekomen, stelde hij dat verhaal ineens bij. Nu zei hij dat ze toch met zijn tweeën in de auto zaten, maar dat Has had gereden en dat ze door de klap van de botsing van plaats verwisseld waren. Ook dat verhaal kon geen standhouden, want Has zat met zijn benen onder het dashboard beklemd en hoe kan dat als je ná de klap door de auto bent gehusseld? Toen kwam B. met de grofste, de steilste en brutaalste leugen die ik ooit heb gehoord. Hij beweerde dat Has Steenbergen reed en dat hij – B. – hem een fractie van een seconde voor de doodsklap achter het stuur in de benauwde Porsche had weggetrokken en zelf achter het stuur was gedoken in een poging het ongeluk te voorkomen. Has was dood en kon het niet tegenspreken, maar de technische sporen spraken andere taal. Er was een lang, recht ononderbroken remspoor – kennelijk was B. er tijdens het stoelverwisselen ook nog in geslaagd constant het rempedaal ingedrukt te houden... Has bleek bovendien zijn gordel keurig om te hebben op te passagiersstoel, wat zelfs boeienkoning Houdini niet gelukt zou zijn.

Tegen beter weten in liet Justitie een test doen en toen bleek dat twee nuchtere personen in een *stilstaande* auto, nadat ze een paar keer hebben geoefend en de handelingen goed met elkaar hebben afgesproken en volledig meewerken, vijf volle seconden nodig hebben om van stoel te verwisselen. In een hardrijdende Porsche die op het punt staat te crashen en waarin de bestuurder met alle kracht op de rem trapt, is dat on-mo-ge-lijk. Maar B. hield het tot ieders verbijstering stug vol. Toen ik in 1997 een uitzending over het drama maakte, noemde B. het zelfs 'sadistisch' dat hij voor deze zaak in voorarrest had gezeten. Uiteindelijk werd hij voor de dood van vijf mensen veroordeeld tot drie jaar en acht maanden cel.

Ik heb nadien nog regelmatig aan hem en zijn onvoorstelbare leugens moeten denken, maar hoorde niets meer over hem. Tot vorige week dus. Toen bleek dat B. wéér dronken had gereden, wéér een dolemansrit op zijn geweten had en wéér een derde – niet bestaande – persoon de schuld wilde geven. De grootste psychopathische leugenaars zitten in Nederland niet in een tbs-kliniek, maar gewoon achter het stuur. Dat is schokkend... of niet soms?

De moord op Mariëlle van Doorn

De leugens en waarheid van jaloerse Robert

Een eerder hoofdstuk in dit boek gaat over de moord op Milica van Doorn in 1992. Dit verhaal gaat over de moord op Mariëlle van Doorn in 1988. Milica (19) kwam uit Zaanstad, Mariëlle (21) uit Berlicum. Beide blonde meisjes werden gruwelijk vermoord. Maar daarmee houdt de vergelijking op. De moord op Milica is onopgelost, de moordenaar van Mariëlle is gepakt en veroordeeld, maar Robert van der V. bleef het misdrijf altijd hardnekkig ontkennen. Terwijl hij in de gevangenis zat, heb ik een paar jaar met hem gecorrespondeerd en toen dat in 1994 ook tot een aantal gevangenisbezoeken leidde, resulteerde dat in een onverwachte biecht...

Het is begin november 1994, zesenhalf jaar na de moord, en over de rooms-katholieke begraafplaats van Berlicum schijnt het zonlicht van een mooie herfstmiddag. Het graf van de 21-jarige Mariëlle van Doorn geeft de indruk dat het drama zich nog maar een paar weken geleden afspeelde: het is overdekt met verse bloemen, die elke dag worden verzorgd door haar moeder. 'Hier rust onze lieve dochter en zus Mariëlle van Doorn,' staat er op de steen, en boven deze tekst is de foto van een mooi, donkerblond meisje bevestigd. Heel anders waren de omstandigheden toen Mariëlle op maandagavond 9 mei 1988 aan de andere kant van Berlicum, op zo'n hondervijftig meter van haar ouderlijk huis, van het leven werd beroofd. Brabant werd die voorjaarsavond geteisterd door een wolkbreuk, maar Mariëlle was tegen acht uur, na haar werk aan de benzinepomp van garage Hoevenaars, toch op de fiets gestapt. Ongeveer halverwege, aan de rand van Berlicum, daar waar de Hasseltsedijk in de richting van Rosmalen een ventweg naast zich krijgt, werd zij opgewacht door haar toen 24-jarige ex-vriend Robert van der V. uit het naburige Oss. Juist om zo'n confrontatie te voorkomen, was Mariëlle de laatste weken dikwijls afgehaald door haar vader en ook de plaatselijke politie had regelmatig een oogje op haar gehouden. Want sinds de verkering was uitgeraakt, had Robert zich ontpopt tot een agressieve plaag. 'Als je niet bij me terugkomt, schiet ik je door je kop,' had hij zijn ex-vriendin gedreigd en daar ook een telefonische terreurcampagne aan verbonden.

Wat er die kletsnatte voorjaaravond precies is gebeurd, is nooit helemaal duidelijk geworden. Had Robert het vooropgezette plan zijn dreigementen uit te voeren? Of handelde hij na een woordenwisseling met een waas voor zijn ogen? Zelf heeft de Ossenaar altijd hardnekkig ontkend dat hij die avond in Berlicum is geweest. Maar een toevallig passerende ooggetuige verklaarde dat hij een jongeman en een meisje had zien staan. Het meisje wilde haastig wegfietsen, de man had haar hollend ingehaald en het slachtoffer was meteen daarna 'als een blok achterover gevallen'. Mariëlle van Doorn, slechts eenentwintig lentes jong, was door haar hoofd geschoten, precies zoals Van der V. al eens had gedreigd. De ooggetuige wees kort daarna bij een confrontatie zonder aarzeling Robert van der V. aan als de man die het Berlicumse meisje achterna was gerend.

Het was aan het eind van dat jaar dat ik voor het eerst contact kreeg met Van der V., die in de kranten werd aangeduid als 'Jaloerse Robert'. De rechtbank in Den Bosch had hem in november voor de moord (en een bijgevoegde fraudezaak) tot eenentwintig jaar cel veroordeeld. Hij schreef mij vanuit het huis van bewaring in Maastricht een brief, waarin hij zijn onschuld bezwoer. 'Ik wil niet twintig jaar voor niets opknappen omdat de politie slecht werk heeft geleverd. Ik ben onschuldig. Ik hou te veel van het leven om het weg te geven voor een vriendin. Kom nou toch! Help mij alsjeblieft.'

Ik verdiepte me in de zaak, kwam tot de conclusie dat hier geen sprake was van een gerechtelijke dwaling en liet Robert weten dat ik hem geen hulp kon bieden. In de jaren die volgden, hoorde ik niets meer van hem. Wel las ik in de krant dat hij in hoger beroep bij het hof in Den Bosch vijftien jaar en tbs had gekregen. Later vernam ik nog dat hij in gevangenis De Kantelberg in Scheveningen was geplaatst, bij Heijn-ontvoerder ir. Ferdi E. en de beruchte kindermoordenaars Michel S. en Koos H. Begin juli 1994 kwam ik zijn initialen weer in de krant tegen. Hij bleek de gedetineerde te zijn voor wie een in het Belgische Turnhout gekaapte helikopter boven de luchtplaats van de Scheveningse gevangenis had gecirkeld. De piloot had echter niet durven landen en had de kaper er bovendien op gewezen dat zijn toestel veel te licht was om er nog een derde passagier bij te nemen. De helikopter was vervolgens bij het Westerpark in Zoetermeer aan de grond gezet en daar had de ongeveer 22-jarige kaper zich uit de voeten gemaakt. De recherche had hem en zijn handlangers echter snel te pakken gekregen, omdat hij een tas met documenten in de heli had laten staan. Deze verwezen naar hem en Robert van der V. Makkelijker kon bijna niet. De kaping was georganiseerd door vier leden van een Haagse jeugdbende, die honderdvijftigduizend gulden in het vooruitzicht was gesteld als de ontsnapping zou slagen. Er was dertigduizend gulden daadwerkelijk aanbetaald door Van der V.

De ontsnappingspoging was nogal amateuristisch, maar kreeg een extra dimensie toen bleek dat Robert van der V. in de gevangenis bevriend was geraakt met ir. Ferdi E. en dat deze mogelijk meer wist van de vluchtplannen. In E.'s cel werden geld, brieven en andere bezittingen van Van der V. gevonden, die even deden vermoeden dat de Heijn-ontvoerder deel uitmaakte van een vluchtcomplot. Hoewel dit algauw werd ontzenuwd, werden de raadsels rondom Robert van der V. er voor Justitie niet minder op. Want wat was de altijd ontkennende gedetineerde precies van plan geweest? En hoe kwam hij aan het geld om zo'n ontsnapping te organiseren? Was Van der V. in de gevangenis soms opgeklommen in een criminele organisatie? Om geen risico te nemen, werd de Ossenaar in een extra beveiligde afdeling van het gevangeniscomplex De Schie in Rotterdam opgesloten en daarvandaan kreeg ik op 31 augustus 1994 ineens weer een brief van hem. 'Peter, zes jaar geleden heb ik je geschreven over mijn strafzaak. Ik werd veroordeeld tot eenentwintig jaar. Ik heb altijd ontkend, jongen, ik kon, wilde en durfde niet te praten. Het waarom en waardoor is er nu na zes jaar alsnog uitgekomen...' Mijn nieuwsgierigheid was gewekt. Toch een bekentenis?

Als ik Van der V. kort daarop in De Schie bezoek, blijkt dat Justitie met hem geen halve maatregelen neemt. Hij wordt door drie man begeleid, zijn handen op de rug geboeid. Op de gangen mogen zich geen andere gedetineerden bevinden als hij langskomt. En in het spreekkamertje zit een spiegelruit waardoor we vanuit de belendende ruimte permanent worden geobserveerd en afgeluisterd.

Van der V. ziet er haveloos uit. Hij draagt een kaki-overall, heeft een baard van een paar dagen en zijn haar is ongekamd. Zijn ogen staan schichtig, verwilderd. Hij is nog geen schim van de playboyachtige twintiger die ik ooit op een foto heb zien staan, met drie knoopjes van zijn overhemd open en een ietwat raadselachtige glimlach op zijn gezicht. Zijn handdruk verraadt echter nog steeds kracht. Hij zegt: 'Ik zit hier nu al weken, maar m'n eigen kleding ligt nog steeds in Scheveningen. Pesterijtje van de directie.' Als we in het kale spreekkamertje aan een tafel met vier stoelen en een asbak zitten, opent hij meteen met: 'Het gaat slecht met me. Heel slecht! Als er niet snel verandering in komt, loopt het niet goed af. Ik kan niet meer, ik ben op.' Hij zwijgt even en schudt mismoedig zijn hoofd. Via de intercom hoor ik de bewaarders in de kamer naast ons met kranten ritselen. Van der V. begint met een nogal onsamenhangend relaas, waarin de boventoon voert dat hij door de autoriteiten de afgelopen zes jaar is dwarsgezeten. Een nieuwe relatie met een tien jaar oudere vrouw, ene Wilni, die hij tijdens zijn detentie via een vriend heeft leren kennen, is daardoor op de klippen gelopen en dat zit hem hoog. Hij beweert dat dit ook de reden voor zijn uitbraakpoging is geweest. 'Ik voer al zes jaar strijd met Justitie, maar nooit hebben ze naar me willen luisteren. Nou, dan doe ik het op zo'n manier.'

Met horten en stoten komt er ook een soort levensverhaal uit. Van der V. vertelt hoe hij na wat Brabantse 'akkefietjes' vanaf zijn twintigste vooral z'n weg zocht in de Amsterdamse onderwereld. Hij was actief in de illegale 'gok' en zijn onverschrokkenheid zorgde ervoor dat de lange Brabander talloze aanbiedingen kreeg om met 'de grote jongens' mee te doen. Robert: 'Ik ben nergens op ingegaan, want ik weet van mezelf dat ik dan geen grenzen meer ken. Ik heb een enorm organisatievermogen plus een keiharde mentaliteit. Echt keien keihard. Daar zagen ze wel wat in, maar ik was daar zelf toen nog niet aan toe en heb een poosje maar raak geleefd: stappen, slapen, stappen.'

Tijdens dat stappen ontmoette Robert in 1987 in de Nulandse discotheek First Choice de mooie Mariëlle van Doorn, de 21-jarige dochter van een veehandelaar uit het Brabantse Berlicum. 'Ze kwam daar naar mij toe en zei: *hé, ik ken jou helemaal niet.*' Robert lacht: 'Nou, dat werd nog diezelfde avond anders.' Algauw bleek echter dat het tussen de twee niet veel kon worden. Al met al heeft het ook niet veel langer geduurd dan drie maanden. Robert: 'Mariëlle woonde nog thuis bij haar ouders en die moesten niets van mij hebben. Haar vader vond mijn gelanterfant maar niets. Ik had een strafblad en geen baan.' Er waren meer problemen. Van der V., die met gestolen en vervalste cheques rommelde, had in die periode naar zijn zeggen ook 'met een paar gasten een akkefietje om geld'. Robert: 'Ik wist dat ze bewapend waren en toen heb ik gezegd: *Oké, dan stop ik ook een kanon bij me.* Ik laat me namelijk niet bedreigen. Door niemand.' Dit wapenbezit vormt de inleiding van de dramatische gebeurtenissen op de avond van 9 mei 1988. De relatie tussen hem en Mariëlle is dan eigenlijk al stukgelopen, vertelt Van der V., die steeds meer fluistert en nerveus naar het spiegelraam blikt waarachter de bewaarders zitten. Onwillekeurig kijk ik ook die kant op en vraag me af of ze echt meeluisteren en beseffen dat Robert van der V., die altijd hardnekkig ontkende, meer en meer in de richting van een bekentenis zit te praten. 'Ik wilde geen verkering meer, maar Mariëlle bleef maar achter me aanzitten,' vertelt Robert van der V. 'Zij bleef mij bellen en lastigvallen. Ik heb gezegd: *Hou nou op, het is voorbij.* Maar een dag later belde ze dan weer en zei: *Ik heb je nodig.* Dat ging een poosje zo door en op 9 mei werd ik weer door haar gebeld. Ze móést me die avond zien. *Kan niet,* antwoordde ik, *ik heb al een afspraak.* Mariëlle werd toen boos en zei: *Je doet wat ik zeg! Je bent van mij en anders neem ik je te grazen!* Ik waarschuwde haar: *Doe geen gekke dingen Mariëlle, want je trekt aan het kortste eind.*'

Om acht uur die avond staat Robert van der V. dus op de parkeerplaats aan de Hasseltsedijk in Berlicum, waar Mariëlle van Doorn even later langs komt op weg naar huis. 'Het was bar slecht weer. Ik zat in de auto te wachten en toen zij bij me stopte, vroeg ik: *Wat is er nou? Wat wil je?* Mariëlle antwoordde: *Ik wil jou.* Ik probeerde het gesprek af te kappen en zei dat ik er schoon genoeg van had. Ze werd hysterisch en was niet te bedaren. Zo stonden we een minuut of twee tegenover elkaar.' Robert stopt even en kijkt me onzeker aan. Dit is het moment. Het moment waarover hij altijd heeft gezwegen. Hij zegt: 'Ineens greep ze in haar rok, pakte een revolver en richtte die op mij... Ik reageerde meteen! Ik sloeg het in een reflex uit haar hand en met mijn andere hand trok ik mijn eigen pistool en schoot haar zó door de kop heen, godverju... Zo in één keer! Het was meteen gebeurd. Mariëlle viel als een blok achterover... Nee, ik heb niet meer naar haar gekeken. Ik was zelf helemaal over de zeik en ging er meteen vandoor.'

Heeft de politie dat wapen van Mariëlle gevonden? vroeg ik.

'Nee, dat heb ik zelf nog opgeraapt en samen met mijn wapen in de Waal gegooid.'

Heeft ooit iemand gezien of verklaard dat zij een wapen had?

'Nee...'

Als het zo is gebeurd als jij zegt, waarom heb je dan altijd ontkend?

'Ja, hoor eens, ik wilde hier niet voor gaan zitten, natuurlijk. Nog geen seconde! Ik had andere dingen aan mijn kop op dat moment. Ik was met belangrijke contacten bezig...'

'Het bezoekuur is om, heren!' onderbreekt de bewaarder en er is geen tijd meer voor verdere vragen, hoewel die op mijn lippen branden. Ik moet daarvoor echter opnieuw een bezoek aanvragen. De volgende dag zoek ik het dossier van de moord op Mariëlle op. De bekentenis van Van der V. is opmerkelijk, maar zijn verhaal eromheen klopt van geen kant, zegt mijn gevoel en de stukken geven mij gelijk. Volgens Van der V. schoot hij uit noodweer, maar ik stel vast dat deze term hooguit op de wolkbreuk van die avond betrekking kan hebben en niet op het gedrag van het 21-jarige slachtoffer. Als er één ding in deze zaak vaststaat, is het wel dat Mariëlle niet hem lastigviel, maar Robert haar. En hoe! Er zijn talloze getuigen die bevestigen dat hij haar wekenlang als een maniak achtervolgde, bedreigde en intimideerde. Een reflex? Welnee, de ooggetuige was heel pertinent. 'Het meisje probeerde weg te fietsen... de man haalde haar in... zij viel als een blok achterover.' Niks reflex!

André Hoevenaars, de Berlicumse garagehouder bij wie Mariëlle op de fatale dag in dienst was, heeft nog altijd een foto van het meisje in zijn portefeuille, zo blijkt als ik hem opzoek. 'Hier, kijk maar, wat een prachtmeid! We missen haar nog elke dag,' zegt hij. In zijn garage wist iedereen dat Mariëlle door Robert werd geterroriseerd en dat zij elk contact met hem angstvallig uit de weg ging. 'Hij belde soms tien tot vijftien keer per dag op. We werden er gestoord van. Mariëlle was zichtbaar bang voor hem. Als de telefoon weer ging, zag je haar gezicht verstrakken. Ik weet ook nog dat hij Mariëlle een keer in een discotheek heeft mishandeld. Ze had 's maandags zijn duimafdruk nog in haar hals staan. De politie heeft toen hier aan dit tafeltje gezeten om daarover te praten.'

Het tweede bezoek aan Van der V. heeft al een paar dagen later plaats. Ik heb besloten hem met mijn bevindingen te confronteren. De directie heeft in de tussentijd echter bepaald dat Van der V. alleen nog achter glas bezoek mag ontvangen en daarom praten we nu door een intercom. Alhoewel, praten...

De eerste minuten zit Van der V. met het hoofd in zijn handen en schokschoudert zonder geluid te maken. Als hij opkijkt, lopen er tranen over zijn gezicht. 'Ze maken me kapot hier. Ik ga eraan onderdoor,' zegt hij met gesmoorde stem. 'Daarom wilde ik ook met die heli ontsnappen. Ik kan het niet meer aan. Ik wilde naar het buitenland, helemaal weg. Het was een geraffineerd plan, jongen. Geloof me, ze weten de helft er nog niet van, maar ja dat kan ik je allemaal niet vertellen...'

Zoals je ook in de zaak van Mariëlle niet alles hebt verteld? vroeg ik.

'Hoezo?'

Ik heb het nog eens nagekeken, maar jíj hebt háár achtervolgd. Zij niet jou... Jíj hebt háár bedreigd. Zij niet jou. Jíj hebt háár mishandeld. Zij niet jou. Dat hebben talloze getuigen verklaard.

'Eh... in die periode heb ik haar inderdaad een paar keer bedreigd ja. Gezegd dat ik haar door de kop zou schieten. Maar ja, zij speelde met mij. Ze wist dat ik jaloers was en gebruikte dat. Onze relatie was kapot, ik had er mee moeten kappen, maar deed dat niet. Ik ben jaloers, ik weet het, en neem maar van me aan dat het niet prettig is. Maar aan de andere kant heb ik meer relaties gehad die zijn stukgelopen en daarin is niks gebeurd.'

Ik heb daar andere verhalen over gehoord.

'O, ja?'

Ja, dat je ook een ander meisje hebt bedreigd en geslagen.

'Dat is één klap geweest, meer niet.'

Dat bedoel ik...

'Als je zo gaat praten.'

Het is toch een rechtszaak geworden?

'Ik ben er niet voor veroordeeld.'

Maar er is wel aangifte gedaan, toch?

'Dat wel ja.'

Robert stelt vervolgens dat hij voor de moord op Mariëlle inmiddels genoeg straf heeft gehad. 'Ik zit nu ruim zes jaar binnen. Het is mooi geweest, zou ik zo denken.'

Je hebt wel iemand doodgeschoten...

'Ja, maar de procureur-generaal van het parket in Den Bosch, mr. Gonsalves, die over mij oordeelt, heeft zelf ooit in Nieuw-Guinea papoea's in de rug geschoten. Dus dat zegt niks. Voor deze onzin ben ik toch niet op de wereld gekomen, of wel soms? Ach, het gaat ook niet om deze zaak, jongen. Weet je waarom ze zo moeilijk doen en ik niets voor elkaar krijg? Omdat ze mij van andere zaken verdenken. Da's het hele verhaal.'

Wat voor zaken?

'Onopgeloste zaken.'

Zoals?

'Overvallen, liquidaties. Ik ken belangrijke mensen.'

En, ben je daarbij betrokken geweest?

Voor het eerst glimlacht Van der V. even. Hij schuift zijn stoel naar achteren, rekt zich uit en zegt: 'Godverju, jij moet ook alles weten... Nee, ik weet niks. Ik heb me altijd alleen met vrouwen en gokken beziggehouden, meer niet.' Hij zwijgt. Maar zijn gezichtsuitdrukking krijgt even, heel even, iets spottends.

Ik verander van onderwerp en zeg dat het mooi is dat hij mij nu de moord heeft bekend, maar heeft hij wel eens iets van spijt aan de ouders van Marielle laten horen?

'Nee, ik heb nooit iets laten horen. Wat moet ik hen zeggen? Ik ben fout geweest. Maar wat hebben zij daaraan?'

Als ik hem vraag of hij in de gevangenis vrienden heeft, zegt hij: 'Alleen kennissen. Vrienden heb je niet meer als je zolang vastzit als ik. De enige die nu nog op bezoek komt, is mijn vader. Mijn moeder is op dit moment al anderhalf jaar niet geweest. Verder sta ik alleen.'

Wat vindt je vader van je?

'Hij steunt me altijd, maar wat hij van me vindt, weet ik niet.'

In een keurige doorzonwoning in Oss hoeft vader Jack van der V., vierenvijftig jaar en administrateur bij een wegenbouwer, niet lang na te denken als ik hem dezelfde vraag stel. 'Robert is ergens een heel goed joch, maar het is ook een draak. Hij legt altijd de schuld bij anderen en nooit bij zichzelf.' Vader en moeder Van der V. hebben vier kinderen, van wie Robert de oudste is. 'Eigenlijk had ik aan hem al meer dan genoeg,' zegt zijn moeder openhartig. Robert was van jongs af aan een buitengewoon drukke, nerveuze jongen, die overal voorop wilde lopen, een gebrek aan concentratie had en nooit tot tien kon tellen. Gevolg: altijd trammelant. Het probleem is, zo zeggen zijn ouders, dat Robert geen leiding accepteert. Van niemand. Hij móét de baas zijn en is nergens te handhaven. Daarom heeft hij nooit iets afgemaakt.'

Zijn vader: 'Robert wilde graag profvoetballer worden en hij was ook goed, maar conflicten met scheidsrechters, elftalleiders en teamgenoten zorgden ervoor dat hij op z'n twintigste gestopt is. En zelfs hier thuis kon hij soms zo over zijn toeren raken, dat hij ook mij wel angst inboezemde.'

De moord op Mariëlle en de arrestatie van hun zoon was een enorme schok, die zij nog steeds niet te boven zijn. Zijn moeder: 'We hebben Mariëlle niet veel meegemaakt, daarvoor was de relatie te kort. Maar we zagen wel dat Robert veel te bezitterig was. Zij moest naar zijn pijpen dansen. Hij klampte zich helemaal aan haar vast, wilde haar koste wat het kost behouden, terwijl zij veel vlinderachtiger was.'

De vader: 'De avond van de moord werden we door de politie gebeld met de vraag waar Robert uithing. Waarom zeiden ze niet. De volgende ochtend werden we al om zeven uur uit bed gebeld door de vader van Roberts vorige vriendin uit Geffen met wie ook toestanden zijn geweest. Hij zei: *Heb je de krant al gelezen?* Daar stond in dat Mariëlle door haar hoofd was geschoten.' Ook tegen zijn ouders heeft Robert jarenlang volgehouden dat hij onschuldig was, maar enige tijd geleden belde hij hen op en zei: 'Mam, ik heb het wel gedaan.'

Op de vraag of hij zijn zoon gelooft, zegt vader Van der V.: 'Nee, zijn verhaal dat het zelfverdediging was, geloof ik niet. Dat meisje kwam net van haar werk. Het lijkt me sterk dat ze dan een pistool bij zich heeft. Maar ja, dat zei ik dus al: Robert legt altijd de schuld bij een ander.' De ontsnappingspoging met de gekaapte heli kwam voor hen niet helemaal als een verrassing. De vader: 'Robert had ons al eens gezegd dat hij er voor zijn dertigste uit zou zijn. Ergens begrijp ik dat wel van zo'n jongen, maar de manier waarop, met wapens, keur ik enorm af. Ik had al zo'n voorgevoel, toen Robert zei dat we op 2 augustus niet op zijn dertigste verjaardag hoefden te komen. O jee, dacht ik... en ja hoor, een paar dagen later hoorden we wat er was gebeurd.'

Volgens zijn ouders is Robert in het huis van bewaring niet veel veranderd. Toen zijn relatie met de tien jaar oudere Wilni stukliep, kon hij dat opnieuw niet verwerken. 'Hij claimde haar weer volledig. De hele dag hing hij vanuit de gevangenis aan de telefoon. Hij wilde met haar trouwen en iets opbouwen en toen zij alle spanningen niet meer aankon en afhaakte, was het opnieuw foute boel. Robert ging natrappen. Hij belde haar familie op met vervelende verhalen over haar.'

In de penitentiaire inrichting De Schie blijkt dat deze verbroken relatie bij Robert de oorzaak van zijn huidige depressie en agressie vormt. Hij is teleurgesteld en verbitterd tegelijk, soms op het bedreigende af. 'Ik had met Wilni een fantastische relatie, maar die is door Justitie stukgemaakt,' zegt hij. 'Ze gaven ons niet de kans iets op te bouwen. Het werd daardoor steeds zwaarder voor haar. Eigenlijk had ik in 1990 al uit het huis van bewaring in Arnhem willen ontsnappen, alles stond klaar, maar zij heeft me daarvan weerhouden. Ze smeekte toen: *Doe het niet! Het wordt je dood.* Om haar heb ik het toen nagelaten, godverju. Anders was ik er al uit geweest! Ze heeft me gewoon laten barsten!' Roberts donkerbruine ogen fonkelen boosaardig en hij windt zich steeds meer op. 'Het is een klotestreek die ze me heeft geflikt! Voor haar ben ik al die jaren godverju binnen blijven zitten. Geloof me, ik hou nog steeds van haar, waanzinnig veel zelfs, maar dit kan ik haar niet vergeven. Nooit! Nee, dan zijn de consequenties voor haar!'

In Berlicum hebben de berichten over de ontsnappingpogingen van Robert veel onrust en nieuw verdriet veroorzaakt. Als ik bij de ouderlijke woning van Mariëlle aan de Hasseltsedijk aankom, loopt vader Van Doorn, blauwe overall, kaplaarzen en alpinopetje, juist met een melkbus over het erf. Een goedmoedige man die zijn hele leven hard gewerkt heeft en door het verlies van zijn oogappel van een genoeglijke levensavond is beroofd. Binnen, aan de keukentafel, zegt hij: 'Robert zag er aardig uit, daar verkeek ik me in het begin op. En Mariëlle ook. Ach, liefde maakt blind natuurlijk... Maar mijn zoon doorzag Robert direct. Hij kende hem uit het uitgaansleven en waarschuwde nog: *Kijk uit met die jongen, want dat is een klootzak.*' Vader Van Doorn rolt een sigaretje en mompelt dan: 'En dat hebben we gemerkt...' Toen Roberts dwingende natuur zich steeds nadrukkelijker manifesteerde, had vader Van Doorn gezegd dat hij niet langer welkom was op de boerderij en vanaf dat moment nam de terreur toe. 'Het leek wel alsof hij dag en nacht opbelde, echt waar. We hebben dikwijls de stekker van de telefoon eruit getrokken, maar als ik 'm er 's avonds om twaalf uur weer indeed, begon ie prompt te rinkelen. Híj weer. En maar eisen en maar dreigen. Ja, ook tegen mij en mijn vrouw. Hij heeft uit nijd onze auto vernield. Mariëlle was bang voor hem, ja zeker. Ik weet nog goed toen het allemaal begon dat mensen zeiden: ach, dat loopt zo'n vaart niet, dat Mariëlle dan zei: nou bij hem wel hoor!'

Terwijl wij in gesprek zijn, komt mevrouw Van Doorn thuis en als zij hoort waar ik voor kom, slaat zij de handen ontzet voor ogen: 'O god, laat die Robert niet horen wat wij zeggen, want hij zoekt ons gegarandeerd op... Hij zit alleen maar haat op te bouwen. Ik zou wel een heel boek over hem kunnen vertellen, maar ik durf het niet. Die vent is le-vens-ge-vaar-lijk.'

Mariëlles ouders weten inmiddels dat Robert heeft bekend dat hij hun dochter heeft doodgeschoten, maar zijn relaas over de toedracht van die avond leidt tot een schampere reactie. 'Hij zegt dat ie niet anders kon, hè. Dat het noodweer was, niet?' vraagt mevrouw Van Doorn. Ze maakt een woedend wegwerpgebaar. 'Ach, kom nou!' Ze loopt naar de gang, pakt een fotolijstje, zet dit voor mij op tafel en voor de derde keer tijdens deze reportage word ik geconfronteerd met het portret van een mooi, levenslustig meisje. Er valt een stilte in de keuken. Soms zegt een foto meer dan duizend woorden.

Mariëlles moeder: 'Ik lees elk bericht over ontsnappingen. Het eerste wat ik doe, is naar die initialen kijken, hè... of hij er soms bij zit.'

Een paar kilometer verderop, in Oss, zegt de moeder van Robert van der V.: 'Uit alles wat Robert doet, klinkt de roep om hulp. Hij loopt vast, hij komt er zelf niet meer uit. Zijn brieven zijn wanhopig. Ik denk wel eens: waar eindigt dit?'

Robert van der V. zelf, in De Schie: 'Ik wil het nog één keer proberen in de maatschappij. En als ze me die kans niet geven, kunnen ze beter nu direct een streep door mijn naam halen. Dan maakt het niets meer uit.'

Naschrift

De straf van vijftien jaar heeft Robert van der V. uitgezeten. Hij verblijft anno 2005 nog steeds in de Van Mesdagkliniek in Groningen en zit op het moment dat dit boek werd geschreven dus al zeventien jaar vast. De kans dat Van der V. binnen afzienbare tijd op vrije voeten komt, wordt gering geacht. Tijdens zijn berechting heeft hij altijd geweigerd zich psychiatrisch te laten onderzoeken. Voor de rechtbank zei hij: 'Daar werk ik onder geen voorwaarde aan mee. Jullie zullen mij er naartoe moeten slaan.' Uit een psychiatrische observatie, die tegen zijn wil is gemaakt, kwam naar voren dat men hem zonder behandeling tot 'nieuwe, ernstige gewelddadigheden in staat acht'.

Dienstklopperij of geldklopperij?

Gestrand in de befaamde Dakar-rally probeerden mijn racepartner Evert Kroon en ik in de tweede week van 2005 vanuit de woestijn in Mauritanië de weg naar de bewoonde wereld terug te vinden. De bezemwagen had ons afgezet in het plaatsje Tidjikja en vandaar moesten we zelf maar uitzoeken hoe we thuiskwamen. Vanaf dat moment begon voor ons een soort alternatieve rally, waarin we niet zozeer ten prooi vielen aan zandstormen, verraderlijke kuilen of onneembare duintoppen, maar aan de geldhonger van de plaatselijke machthebbers. De uitdrukking dat alles te koop is, betekent in Mauritanië vooral dat je voor alles moet betalen. Zolang de politie, gendarmerie of andere hotemetoten financieel niet wijzer van je zijn geworden, kun je een vertrek vergeten. Het begon al toen we met veel moeite zelf vervoer hadden geregeld naar de hoofdstad Nouakchott, ruim zeshonderd kilometer verderop. We hadden werkelijk nog geen vijfhonderd meter gereden of de auto werd tegengehouden door een gewapende militair, die ons verordonneerde uit te stappen. We waren verplicht een *taxi de ville*, een dorpstaxi te nemen, die ons daar keurig langs de kant van de weg 'toevallig' al stond op te wachten.

Andere uitvallers, die nog wel in hun eigen rallyauto reden, werden om de haverklap onderweg voor kleinigheden aangehouden. Er werd bijvoorbeeld graag gevraagd naar de verzekeringspapieren – waar de functionarissen geen letter van konden lezen! – maar die desondanks volgens hen niet deugden. Pas na betaling van een volstrekt willekeurig vastgestelde boete – en zonder dat er enig betalingsbewijs werd verstrekt – mochten zij doorrijden. Het geld verdween gewoon in het borstzakje van de politieman.

Toen Evert Kroon en ik na een lange reis in de vroege ochtend op het vliegveldje van Nouakchott aankwamen, werden we direct aangesproken door een luchthavenbeambte, die ondanks dat het nog donker was een zonnebril droeg. 'Paspoorten en tickets!' gebood hij. Vervolgens liep hij ermee weg en zagen wij hem druk converseren met een stuk of vijf militairen die telkens onze kant opkeken. Je hoefde geen helderziende te zijn om te begrijpen dat dit weinig goeds voorspelde. Even later werden wij door de man opgehaald en voorgeleid aan een soort wachtcommandant die lang en zwijgzaam door onze papieren bladerde. Vijf functionarissen keken onheilspellend over zijn schouder mee. 'Wat is het probleem?' vroegen we aan de man met de zonnebril, die meteen bezwerend zijn vinger – ssttt! – op zijn lippen legde, alsof we een soort van majesteitsschennis hadden gepleegd door ongevraagd iets te zeggen. Hij kon kennelijk ook gedachten lezen, want zonder dat de wachtcommandant ook maar iets had gezegd zei hij: 'Uw paspoorten zijn niet in orde.' Evert en ik keken elkaar verbaasd aan. Niet in orde? We hadden een officieel visum van de ambassade van Mauritanië, met het paspoort was niets, maar dan ook niets mis. Toen we het visum nogmaals toonden keek de zonnebril ons misprijzend aan: 'Nee, het paspoort is niet in orde!' En de vijf militairen schudden goed getimed hun hoofd en trokken een gezicht dat het nog heel lang kon gaan duren. Vastgoedmagnaat Evert Kroon werd vervolgens in een fouilleringhokje apart genomen. 'Hoeveel geld kunt u betalen?' klonk het gebiedend, waarbij het maar goed was dat men de *Quote*-500 van dat jaar niet paraat had... Aan mij werd gevraagd wat mijn 'profession' was. Ik rook een kansje en zei snel: 'policier'. Politieman. De vijf koppen keken met een ruk naar mij op: 'Policier?' Er werd even druk overlegd. Opnieuw in de paspoorten gebladerd. En toen ik ook nog mijn Nederlandse Politieperskaart als 'bewijs' op de balie legde, ging deze van hand tot hand. De wachtcommandant aarzelde even, maar zette toen toch een paar stempels en maakte met een handgebaar duidelijk dat we mochten doorlopen naar de gate. Juist toen we daar een zucht van verlichting slaakten, stond ineens toch die zonnebril weer naast ons, samen met een grote militair. 'Uw paspoort is niet in orde,' herhaalde hij. 'Dat kost u tweehonderd euro per persoon.' Evert Kroon draaide vervolgens demonstratief zijn lege broekzakken binnenstebuiten en zei dat we tijdens de rally waren uitgevallen en bijna alles kwijt waren. De prijs zakte direct: 'Oké, honderd euro dan.' Zuchtend betaalden we. Voor honderd euro maar niet te veel heisa maken, toch? De zonnebril was echter nog niet verdwenen of achter elkaar dienden zich de andere vijf militairen aan die claimden dat zij ook hadden 'meegewerkt' aan de doortocht. Zelfs aan de vliegtuigtrap werd ik nog staande gehouden door een functionaris die zei dat we hem nog geld schuldig waren.

We zijn inmiddels terug in Nederland en ik besef meer dan ooit hoe heerlijk het is om in een land te leven waar je een haarscherpe flitsfoto krijgt als je 54 kilometer per uur hebt gereden in plaats van 50...

De moord op Bebe Paña

De zaak had alles van een perfecte moord. Het slachtoffer was geruisloos verdwenen en haar echtgenoot wist de nabestaanden op geraffineerde wijze en met een aaneenschakeling van leugens en listen in de waan te brengen dat zij nog leefde op de Filippijnen, maar vanwege haar labiele karakter voorlopig met niemand contact wilde, ook niet met haar twee kleine kinderen. De politie deed niets. Het betrof een volwassen vrouw en het relaas van haar echtgenoot, een welbespraakte arts, dat zij met heimwee terug naar huis was, klonk betrouwbaar. Er waren geen aanwijzingen van een misdrijf en ja, dan kun je als politie weinig doen, hè?

Zo begon voor collega Chantal van Schuylenburch en mij een paar jaar geleden het mysterie van de verdwijning van de 31-jarige Bebe Paña uit Nuenen. Maar met één verschil: wíj gaan er altijd van uit dat als je niet zóékt naar aanwijzingen voor een misdrijf, je ze ook nooit zult vinden! En eerlijk gezegd hoefde je geen Sherlock Holmes te zijn om snel op verdachte omstandigheden te stuiten. Toen wij Edwin ten W. benaderden, de echtgenoot van Bebe, bleek al direct dat de arts bepaald niet op onze bemoeienis zat te wachten. Het ging om een 'privézaak', zei hij stroef. Nee, in televisieaandacht zag hij niets, terwijl zijn vrouw toen al ruim een jaar door niemand meer was gezien. Toen ik hem vroeg of hij zelf dacht dat zijn vrouw nog leefde, noemde hij dat boos 'een onbeschaamde vraag' waar hij geen antwoord op wilde geven, om vervolgens in de volgende zin te zeggen dat hij 'wist' dat zij nog leefde, want hij was immers zelf nog bij haar op bezoek geweest op de Filippijnen. Ten W. beweerde dat ze daar anoniem als bijleslerares werkte, maar depressief was en daarom rust nodig had. Een tv-uitzending zou ervoor zorgen dat de timide Bebe 'helemaal nooit meer terug durfde te komen', zo beklemtoonde hij. Op de vraag of hij een foto, telefoonnummer of iets anders van zijn vrouw kon overleggen, smaalde hij: 'Ik ben daar niet naartoe gegaan om voor u bewijs te verzamelen dat zij nog leeft, meneer De Vries, maar gewoon om mijn vrouw te ontmoeten.'

Het was een verhaal dat hij ook met verve ophing tegen de verontruste Filippijnse familieleden van Bebe, die eigenlijk nauwelijks konden geloven dat hun zus weer ergens op een steenworp afstand van hen woonde zonder contact op te nemen, maar tegelijkertijd niet aan een nog erger scenario durfden te denken. Edwin stelde ze jarenlang gerust, suste hun argwaan en gaf hen zonder enige scrupule valse hoop, op een wijze die Judas het schaamrood op de kaken zou bezorgen. Dat ging goed, totdat wij de moeite namen om zijn beweringen aan de andere kant van de wereld, op de Filippijnen, te controleren. En daar bleek dat zijn relaas één groot verzinsel was, ook al deed hij verwoede pogingen onze naspeuringen te saboteren. In het holst van de nacht belde hij met de familie op de Filippijnen. Wat hij niet wist was dat wij meeluisterden en zodoende hoorden dat hij mij een 'onbetrouwbare sensatiezoeker' noemde die 'helemaal niets om het lot van Bebe geeft'. Hij raadde hen af – zogenaamd in het belang van Bebe! – überhaupt met ons te praten. Ik heb gezien hoe de zussen van Bebe in opperste verwarring huilend aan de telefoon zaten met hem. Hun verstand zei dat ze ons behulpzaam moesten zijn en Edwin niet meer moesten geloven, maar hun traditionele respect voor de echtgenoot van hun verdwenen zus deed hen twijfelen. Voor ons was het op dat moment al duidelijk dat Bebe dood was, helemaal nooit meer was teruggekeerd naar de Filippijnen en dat Edwin daar alles mee te maken had. Ook na onze reis bleef hij hooghartig weigeren uitleg te geven over zijn merkwaardige doen en laten en liet hij geen mogelijkheid onbenut om onze intenties verdacht te maken. Hij gedroeg zich alsof we hem groot onrecht hadden aangedaan, zijn woorden hadden verdraaid, de nabestaanden hadden voorgelogen, informatie hadden gemanipuleerd en het lot van de kwetsbare Bebe botweg hadden opgeofferd aan onze kijkcijferjacht.

Half januari 2005 kwam de waarheid eindelijk boven tafel. Het lijk van Bebe werd ingemetseld in het huis van Edwins broer gevonden, die in Nuenen een straat verderop woonde. Ons vermoeden klopte als een bus: Bebe Paña had Nuenen nooit verlaten, ze was al die jaren dood en begraven en haar man deed ondertussen alsof ze nog leefde. Edwin ten W. zit nu vast op verdenking van moord, al heeft hij zijn nieuwste verzinsel alweer paraat. De arts beweert nu dat Bebe zelfmoord heeft gepleegd en dat er dus helemaal geen sprake van een misdrijf is. In paniek en ook omdat hij geen afstand van haar kon doen, had hij het stoffelijk overschot in de tuin begraven, om het een halfjaar later weer op te graven en in het beton te storten bij de woning van zijn broer. En ondertussen werd de hele goegemeente voorgelogen en bedonderd op een wijze die in een speelfilm een oscar waard is. Justitie gelooft daar allemaal – terecht – niet veel van. Een arts die thuiskomt en zijn vrouw dood met een plastic zak over haar hoofd vindt, reageert anders, menen zij. Edwin heeft geen alarm geslagen, niemand om hulp geroepen of om raad gevraagd, terwijl Bebe goedbeschouwd ook het slachtoffer van een misdrijf had kunnen zijn, want een afscheidsbrief was er niet in het verhaal van Edwin.

Als de rechtszaak komt, ga ik daar zeker naartoe. Ik hoop dat er dan een moment komt dat ik hem recht in de ogen kan kijken. Het liefst zou ik dan zeggen: 'VIEZE, VUILE, GORE LEUGENAAR!' Dat is echter niet professioneel. En daarom zal ik het niet doen. Maar denken zal ik het wel, Edwin...

Gerechtelijke miskleunen

Het gebeurde tijdens de behandeling van een grote zedenzaak voor de Amsterdamse rechtbank, alweer een poosje geleden. De president nam met de verdachte de stukken door, zoals dat heet. Hij las voor dat het slachtoffer in haar aangifte had laten opnemen dat de verkrachter haar door zijn doordringende, angstaanjagende blik deed denken aan Ted Bundy. De president keek de verdachte vragend aan, maar toen die niks zei, haalde de magistraat zijn schouders op en mompelde: 'Hmm, dat is zeker een of andere man... nooit van gehoord...'

Ik was met een reportage over de zaak bezig en was daarom bij de rechtszaak aanwezig. Ik had vooraf het hele dossier bestudeerd. Verbouwereerd hoorde ik de president aan. Dat de voorzitter van een strafkamer die zedenzaken behandelt nog nooit van een van de grootste en meest beschreven seriemoordenaars van de Verenigde Staten had gehoord, vond ik nogal gênant. Maar toch wekte dát niet mijn verontwaardiging op. Nee, die werd veroorzaakt door het feit dat ik wist dat elders in het dossier precies werd uitgelegd wie die Ted Bundy was en dat hij in 1989 – nadat hij de moord op achtentwintig vrouwen had bekend – op de elektrische stoel was geëxecuteerd. Met dit ogenschijnlijk onschuldige voorval werd klip en klaar bewezen dat de president zijn dossierstukken niet (goed) had gelezen, terwijl zijn rechtbank wel werd geacht de ontkennende verdachte te veroordelen of vrij te spreken. Zoiets boezemt bij mij niet echt vertrouwen in de rechtspraak in. Merkwaardig was ook dat de advocaat van de verdachte op dat moment zweeg, terwijl hij had moeten opspringen en zeggen: 'President, de stukken maken uitgebreid melding van deze Bundy. Als u dat is ontgaan, lijkt u mij niet de aangewezen persoon om deze zaak te behandelen.' Niemand maakte er een woord aan vuil, ook de aanklager niet, die goed beschouwd evenzeer een dienaar van het recht is en uit moet zijn op waarheidsvinding en niet op een makkelijk 'gewonnen zaak'. Dit soort gebeurtenissen, waarbij rechters niet precies weten waar ze het over hebben, en die regelmatig over de hoofden van verdachten, getuigen en slachtoffers heen tot stuitende spraakverwarringen leiden, heb ik te dikwijls meegemaakt om af te doen als incident.

De rechtspraak ligt onder vuur, nu in een aantal zaken duidelijk is geworden dat men de plank tot in hoogste instantie afschuwelijk mis kan slaan. Dat gebeurde in de Puttense moordzaak, en recenter ook in de Schiedammer parkmoord, waarvoor Kees B. ten onrechte tot 18 jaar en tbs werd veroordeeld. Rechtbank en Hof in de Schiedammer parkmoord hebben nu aangekondigd dat zij naar deze miskleun een intern onderzoek laten instellen. Nou, dat is niets te vroeg, want ik zeg u dat er meer van dit soort dwalingen zijn in Nederland. Veel mensen geloven nog in de onfeilbaarheid van ons juridische stelsel, maar dat is echt niet beter dan in de landen om ons heen, waar we ook talloze voorbeelden van gerechtelijke dwalingen kennen. Alleen al statistisch gezien is het onmogelijk dat er geen fouten worden gemaakt. Ik heb dikwijls meegemaakt dat een verdachte door de rechtbank werd vrijgesproken en in hoger beroep door het hof werd veroordeeld en omgekeerd. Er is natuurlijk geen enkele reden om aan te nemen dat de raadsheren in tweede instantie altíjd gelijk hebben en de rechters bij de rechtbank er in eerste instantie altíjd naast zaten. Geen zinnig mens zal dat willen betogen en dat betekent dus dat we de conclusie moeten aanvaarden dat er meer dwalingen zijn dan we nu weten.

De vraag is in hoeverre rechters daarvoor te blameren zijn. Hadden ze de dwaling kunnen voorkomen? Ik meen van wel. Zowel in de Puttense moordzaak als in de Schiedammer parkmoord is het mij opgevallen dat de rechters belangrijke punten over het hoofd hebben gezien, dan wel volkomen hebben genegeerd. De vermeende bekentenissen van de verdachten bijvoorbeeld bevatten onmiskenbare, spijkerhard aantoonbare onjuistheden, maar de wens om iemand te veroordelen was kennelijk groter dan het knagende geweten of de juiste verdachte wel terechtstond. Te vaak zie ik ook dat rechters – zeker als er nauwelijks pers en publiek bij zijn – waardigheid verwarren met arrogantie, onafhankelijkheid met afstandelijkheid, inzicht met vooringenomenheid en gezag met macht. Het is misschien tekenend voor de situatie, dat ik onlangs bij een rechtszaak tijdens de schorsing tegen de nabestaanden geruststellend opmerkte: 'Nou, de rechtbank kent het dossier goed, zeg!' Alsof je daar blij verrast over moet zijn.

Laten we ons goed blijven realiseren dat het heel erg is als daders hun straf ontlopen. Maar dat het nog veel erger is als onschuldigen onterecht worden veroordeeld. Ted Bundy was trouwens *guilty as hell*, edelachtbare!

Een noodkreet uit de vrouwengevangenis

Elke dag op mijn redactie begint met de post. In de loop der jaren is dat een flinke stroom geworden, die na bijvoorbeeld een spraakmakende uitzending behoorlijk buiten zijn oevers kan treden. Een paar honderd e-mails per dag is dan heel gebruikelijk en daarnaast komt er dan nog veel andere post binnen in de vorm van brieven en faxen, niet zelden vergezeld van dikke dossiers. De afzenders vragen om advies, willen dat wij dingen uitzoeken, onopgeloste zaken onder de loep nemen, reconstructies maken, politie en Justitie controleren, of dat we als journalistiek aanklager of verdediger optreden. Meestal kan ik aan een brief zelf al zien of het 'iets' is. Ook daar krijg je ervaring in. Zo levert een getypt half A4'tje vaak meer aanknopingspunten op dan een handgeschreven epistel van veertien kantjes, met doorhalingen en verwijzingen in de kantlijn. Inmiddels verbeeld ik me zelfs dat ik reeds aan het handschrift op de enveloppe iets kan afleiden (geslacht, leeftijd, opleidingsniveau enzovoort) en probeer ik me bij het openmaken reeds een beeld van de schrijver te vormen.

Zo kreeg ik begin 2005 een brief uit Zwolle. Het was een springerig, heel matig ontwikkeld handschrift, waar een bepaalde wanhoop uit sprak. In een flits analyseerde ik: jonge vrouw... huis van bewaring. Het klopte, waarbij ik eerlijkheidshalve wel moet aantekenen dat ik natuurlijk weet dat er in Zwolle een vrouwengevangenis zit... Hoe dan ook, het was een noodkreet van ene Mariska. Ze schreef: 'Alstublieft, help mij. Ik wil naar huis. Ik kan niet meer. Mijn moed is op. Voor medeplichtigheid hoef ik toch geen vijf jaar plus tbs te gaan zitten?'

Wat volgde was een huiveringwekkend relaas. Mariska was op haar zeventiende jaar zwanger van haar vriend René. Maar tegelijkertijd had ze ook contact met een andere jongen, Erik, die een oogje op haar had. Eind oktober 2002 had ze met deze knul een afspraak en reed samen met hem terug naar haar huis in Twello. Daar voltrok zich – onder invloed van drank – vervolgens een horror-scenario, dat haar vriend René het leven kostte. Hij kreeg ongemerkt pillen toegediend die hem verdoofden. Mariska boeide vervolgens zijn handen en deed hem een blinddoek om. Erik stelde dat hij Mariska voor zichzelf wilde hebben en dat René daarom vermoord moest worden. Mariska schrijft daarover: 'Ik moest René helemaal vastbinden. Daarna duwde ik het kussen op zijn gezicht en trok Erik aan het touw om de keel van René. Hij trok zo hard dat René van de bank viel en ik ook. Ik probeerde weg te komen. Ik ging achter in de hoek aan de tafel zitten. Erik deed daarop het touw om zich heen en trok tot René dood was. Erik had er later nog striemen van in zijn rug staan.'

Het misdrijf kwam al snel aan het licht. De twee hadden Renés lijk in hun auto gelegd met de bedoeling het ergens te dumpen. Toen zij onderweg een politiebusje zagen staan, maakten ze zo'n vreemde manoeuvre dat dit de aandacht trok van de surveillanten en zij werden aangehouden. Mariska werd tot vijf jaar cel en tbs veroordeeld. Ten onrechte, vindt ze. 'Ik heb toch niet aan het touw getrokken? Ik was zeventien, had faalangst en durfde geen nee te zeggen.' Inmiddels is het dochtertje van haar en de vermoorde René geboren. 'Ze is nu anderhalf jaar. Ik zie haar maar één keer een uurtje per drie maanden. Ik ben ten einde raad.'

Mariska wilde graag dat ik haar veroordeling aan de kaak zou stellen. 'Iedereen denkt dat ik de hoofddader ben en een moordenaar. Ik zweer op alles wat me lief is dat ik niet de oorzaak ben van de dood van René. Kunt u iets doen? Ik mis mijn dochtertje. Ik ben te jong om dit alles aan te kunnen. HELP ME!'

Ik schreef haar terug dat ik niets kon doen. Het recht had immers zijn loop gehad. Wie nu precies wat heeft gedaan, maakt strafrechterlijk gezien niet altijd iets uit. Feit is dat Mariska op de plaats delict was, heeft geholpen en in ieder geval vrijwel niets heeft gedaan of nagelaten om de moord te verhinderen. Het vonnis kan bezwaarlijk een gerechtelijke dwaling worden genoemd. Normaal gesproken laat ik 'afwijzingen' snel achter me. Daarvoor is de dagelijkse stapel post te groot. Maar de brief van Mariska bleef op een of andere manier in mijn gedachten spoken. Ik probeerde bij mezelf te achterhalen waarom. Ik vermoed dat het de verwondering is dat een tienermeisje uit het niets zo'n verschrikkelijk misdrijf pleegt, daar vervolgens oprecht weinig schuldbesef van heeft en in al haar kinderlijke hulpeloosheid volkomen onnodig haar eigen leven en dat van haar kindje en haar partner volledig heeft geruïneerd. Ja, dat is het... zoiets raakt me, ook na al die jaren misdaadverslaggeving.

Primeur in Paraguay

De ontdekking van Heineken-ontvoerder Frans Meijer

Een van de mooiste journalistieke scoops *uit mijn loopbaan is zonder twijfel de ontdekking van de laatste voortvluchtige Heineken-ontvoerder Frans Meijer in Paraguay. Meijer, een van de vijf kidnappers van bierbrouwer Alfred Heineken en diens chauffeur Ab Doderer, was bijna tien jaar lang Nederlands meest gezochte crimineel. Er gingen hardnekkige geruchten dat hij al jarenlang dood was. Anderen meenden dat hij plastische chirurgie had ondergaan en onherkenbaar was. Na een lange speurtocht vond ik Meijer, in de zomer van 1994 in Zuid-Amerika waar hij onder de naam Rudi Doves een nieuw leven had opgebouwd. Het verslag van een droom-primeur met een bijsmaak...*

Paraguay, Asunción

Donderdagochtend 28 juli 1994

Hoewel het officieel winter is in Paraguay, is het 's morgens om elf uur al ruim 35 °C als *Panorama*-fotograaf Paul Tolenaar en ik in de buitenwijk San Lorenzo van hoofdstad Asunción langzaam door de stoffige hoofdstraat rijden, die de naam draagt van een oude Zuid-Amerikaanse veldheer: de Mcal. J.F. Estigarribia/Sgto Silva. In de weken ervoor zijn we er door een tip en aanvullend eigen onderzoek achter gekomen dat de in 1984 tot twaalf jaar gevangenisstraf veroordeelde Heineken-ontvoerder aan deze weg met eenrichtingsverkeer een bier(!) en hamburgertent exploiteert, die momenteel wordt verbouwd. Het nummer was onbekend, want daar doet men hier niet aan, maar wel was duidelijk geworden dat er een uithangbord met BREMEN-BEER boven moest hangen. Maar, daar zien we er tot onze schrik in deze buurt wel een stuk of twintig van, want Bremen-beer is in Paraguay wat Heineken in Nederland is.

En dus rijden we rondjes. En kijken. En vragen. En twijfelen. Zou het waar zijn, zou het kloppen, zou Frans Meijer hier werkelijk zitten, of hoort de tip toch thuis in de categorie van losse flodders? Talloze keren ben ik de afgelopen jaren voor niets achter tips aangegaan, de een serieuzer dan de ander, maar nooit, nee nooit, durfde ik het risico te nemen informatie te verwaarlozen, zelfs niet als men beweerde dat Meijer zich inmiddels tot vrouw had laten ombouwen en al die jaren gewoon in Amsterdam rondliep. Tips over de verblijfplaats van 'Fransie' kregen altijd voorrang. En de informatie die enkele weken geleden op de *Panorama*-redactie binnenkwam, klonk zo geloofwaardig, dat we nu in de buitenwijk van Asunción rijden. Maar Asunción heeft nog wel altijd twee miljoen inwoners en dus vind je daar iemand niet zomaar terug. De twee kilometer lange hoofdstraat blijkt aan weerskanten te zijn afgezoomd met fruitstalletjes, snoep- en snuisterijenverkopers. In het midden van de halfgesmolten asfaltweg dendert het verkeer, twee rijen dik en elkaar rechts en links inhalend, er ronkend, rokend en toeterend doorheen, zoals dat alleen maar in een Zuid-Amerikaans land kan.

We hebben inmiddels al heel wat rondjes gemaakt en geconcentreerd spieden we door de chaos heen en juist als ik me afvraag hoe je in deze menselijke mierenhoop in 's hemelsnaam iemand moet kunnen opsporen, zie ik aan de rechterkant van de weg allerlei bouwmaterialen liggen, terwijl schuin erboven een bord BREMEN-BEER hangt. Ik kijk direct naar het bijbehorende pand en voel een schok. Ik zie een man met donker haar, bruine ogen en een blauw overhemd: daar staat ie! Gewoon op straat, alsof het zo is afgesproken. De man van wie ik zelf de afgelopen tien jaar ook minstens één keer per week dacht: waar zou hij toch zitten? Er is geen vergissing mogelijk. Hij leunt nonchalant tegen een pilaar en geeft zo te zien wat aanwijzingen aan een paar bouwvakkers, die een tegelvloer leggen.

'Hé, dat is 'm! Daar heb je 'm!' zeg ik opgewonden tegen fotograaf Paul Tolenaar, die Meijer nooit in levenden lijve heeft gezien en dus moest afgaan op een oude pasfoto. Bij mijzelf staan de markante beeltenis en het signalement van Frans Meijer op mijn netvlies gegrift, sinds ik hem ruim tien jaar geleden bij de rechtszittingen uitvoerig heb geobserveerd. Mijn waarschuwing komt echter te laat. Onze auto moet om een claxonconcert te voorkomen met de verkeersstroom meerijden en in een flits zie ik Frans Meijer door de achterruit van onze auto weer uit het zicht verdwijnen. Ik heb hem echter lang genoeg gezien om te weten dat we hem hebben gevonden, hier in Paraguay, het hart van Zuid-Amerika, ingeklemd tussen Brazilië, Argentinië en Bolivia. In die paar seconden dat ik hem daar zag staan, zijn alle verhalen en geruchten van de afgelopen tien jaar ontzenuwd. Nee, Frans Meijer is niet vermoord, zoals wel eens is geschreven. Nee, 'Stekel' heeft geen plastische chirurgie ondergaan om zich onherkenbaar te maken, zoals vaak is verondersteld. Hij is tien jaar ouder, er breekt wat grijs door in zijn donkere haardos en hij is misschien iets meer gezet, maar verder verrassend onveranderd, compleet met zijn kenmerkende zware, borstelige wenkbrauwen. Nee, Frans Meijer zwerft niet regelmatig door Amsterdam, zoals talloze 'tipgevers' telkens beweerden, maar hij zit duizenden kilometers daar vandaan, als anonieme 'Spanjaard' ondergedoken in de twee miljoen inwoners tellende hoofdstad van Paraguay. Een van de grootste mysteries die politie en pers de laatste jaren hebben beziggehouden, is opgelost.

En in de week die volgt op deze ontdekking vinden we in Paraguay nog veel meer uit over de inmiddels 41-jarige Amsterdammer, die in 1983 samen met zijn kameraden Cor van Hout, Willem Holleeder, Jan Boellaard en Martin Erkamps verantwoordelijk was voor de meest geruchtmakende ontvoeringszaak aller tijden, met een record-losgeld van 35 miljoen gulden.

Uit mijn onderzoek blijkt dat:
- Frans Meijer reeds twee maanden na zijn ontsnapping uit het Pieter Baan Centrum, op nieuwjaarsdag 1985, via België per vliegtuig naar Paraguay is gevlucht en daar vervolgens een verblijfsvergunning op de naam Rudi Doves heeft gekregen;
- hij opnieuw getrouwd is, met een Paraguayaanse vrouw, Maria Christilda, en inmiddels drie kinderen heeft: twee zonen en een dochtertje. De oudste is zeven jaar en is vernoemd naar Cor van Hout, zijn mededader en boezemvriend;
- hij in Asunción aanvankelijk met een eenvoudige 'patatzaak' is begonnen, maar nu twee luxere restaurants exploiteert;
- Frans Meijer streng gelovig is geworden en in Asunción zelfs een kerk – een *Templo Evangelista* – heeft gebouwd, waarin hij een van de leidende figuren is. Stekel zingt er wekelijks in een koor;
- Meijer in een luxueuze villa woont, in een buitenwijk van Asunción. Het huis is onmogelijk onzichtbaar te benaderen en wordt bewaakt door honden;

- in Paraguay niemand van zijn verleden afweet, zelfs zijn huidige vrouw Maria Christilda niet. Meijer, met zwart haar en bruine ogen, doet zich voor als een Spanjaard, die 'toevallig' in Zuid-Amerika verzeild is geraakt.

Nu ik met eigen ogen heb vastgesteld dat Frans Meijer, alias Rudi Doves, inderdaad in Asunción verblijft, proberen we in de dagen daarna zo dicht mogelijk bij hem in de buurt te komen, zodat fotograaf Paul Tolenaar hem ongemerkt kan fotograferen, wat toch het onomstotelijke bewijs van zijn aanwezigheid moet vormen. Dit moet uiterst omzichtig gebeuren, omdat we hebben gehoord dat Meijer bij het minste of geringste onraad voor enige tijd naar buurland Bolivia pleegt te verdwijnen. Ondanks dat er sinds zijn vlucht bijna tien jaar is verstreken, zal hij permanent op zijn hoede zijn, verwacht ik. Onze aanwezigheid moet voor hem daarom strikt geheim blijven. Dat is echter makkelijker gezegd dan gedaan, want als lange, blanke Nederlanders zijn fotograaf Paul en ik in Paraguay bijna een bezienswaardigheid. Ik moet er bovendien rekening mee houden dat Frans Meijer mij, als schrijver van een boek over de Heineken-ontvoering, ogenblikkelijk zal herkennen, en die confrontatie wil ik het liefst nog even uitstellen. Eerst moeten er foto's – en liefst een filmpje – gemaakt worden, daarna praten we wel.

Ik tooi mij daarom als Amerikaanse toerist, met Nike-baseballcap, zonnebril en videocamera, die ik vlak voor ons vertrek op Schiphol heb gekocht. Fotograaf Paul Tolenaar kan met zijn lange, donkere haren vrij makkelijk doorgaan voor Braziliaan of Argentijn en valt daardoor minder op. Vanaf dat moment schuiven we ik weet niet hoeveel keer per dag langs de marktstalletjes in de buurt van Meijers restaurant, dat El Encuentro blijkt te heten, wat vrij toepasselijk 'de ontmoetingsplaats' betekent. Kom maar op met die ontmoeting! Belangstelling veinzend voor de rommel en kitsch die door de opdringerige verkopers wordt aangeboden, spieden we ondertussen voortdurend naar de overkant van de weg in de hoop dat 'Rudi Doves' de verbouwing van zijn zaak weer komt inspecteren.

Het is buitengewoon moeilijk om dit onopgemerkt in de gaten te blijven houden en als de verkopers ons na een dag en zo'n twintig passages grijnzend beginnen te groeten – *Ola señores* – vrees ik dat we het nog moeilijk zullen krijgen. Meijer komt op ongewisse tijdstippen, verblijft meestal diep achter in z'n zaak en is soms ook weer snel verdwenen. Het zijn waarschijnlijk alleen werkbesprekingen of korte inspecties waarvoor hij naar zijn zaak komt. Hij rijdt bovendien dikwijls op een motorfiets, wat volgen bijna onmogelijk maakt. Ook weten we inmiddels dat hij in een Lada-patrol 1600 Nivo rijdt, waarmee hij behendig door het drukke verkeer en om de vele kuilen in de weg stuurt.

Paraguay, Asunción
Vrijdagavond 29 juli

Dan, aan het einde van de dag, terwijl de schemering invalt, de verkopers op het punt staan hun handel op te ruimen en ik voor de twaalfde keer zogenaamd afweeg of ik een paar sandalen van vijf gulden zal kopen, duikt Frans Meijer ineens weer op. Hij overlegt met een paar bouwvakkers, wijst wat dingen aan en bekijkt de gemaakte vorderingen. Het bevalt hem kennelijk wel, want hij kuiert op zijn gemak een paar keer voor de zaak langs. *Tsjak-tsjak-tsjak*, hoor ik vlak naast me en ik zie dat Paul Tolenaar snel zijn fototoestel met telelens uit z'n 'boodschappentas' heeft getrokken en het op de man met het blauwe overhemd aan de overkant richt: *tsjak-tsjak*. De verkopers kijken Paul een beetje verbouwereerd aan, maar zeggen niets. Zo langzamerhand moeten ze denken dat wij niet goed snik zijn. Het 'schieten' en doordraaien lijkt een oorverdovend lawaai te maken en mijn hart slaat een slag over. Ik vrees dat Meijer ons ieder moment zal ontdekken, maar hij is zich volkomen onbewust van het voor hem naderende onheil. Ik loop een stukje door en pak met trillende hand mijn videocamera uit het tasje. Ik voel dat mijn hart sneller gaat kloppen en ik moet mezelf manen kalm te blijven. Ik kan me niet herinneren dat ik eerder voor een journalistiek verhaal zo opgewonden ben geweest. Nog even en we hebben spijkerhard bewijs van onze ontdekking...

Om goed zicht te hebben op zijn twee verdiepingen tellende pand, loopt Meijer even later zelfs naar de overkant, waar wij staan, en leunt ontspannen met zijn rug tegen een auto. Hij steekt zijn handen in z'n broekzakken en blijft een minuut of vijf zo staan. Hij is slechts een paar meter van mij verwijderd en ik krijg bijna de neiging mijn adem in te houden. Het is een gedenkwaardig moment en ik bedenk me dat er de afgelopen negenenhalf jaar waarschijnlijk nooit een Nederlander zo dicht bij hem heeft gestaan. Ik sta verscholen achter het schoenenstalletje en heb uitzicht op het korte, springerige haar in zijn nek, de reden waarom hij door zijn medeontvoerders altijd 'Stekel' werd genoemd. Veiligheidshalve schuifel ik met afgewend hoofd langzaam een tiental meters verderop en richt dan mijn camera op Meijer die met zijn rug naar mij toe staat. Ik ben bang dat mijn hand weer begint te trillen en prijs me gelukkig dat er een 'steady-shot'-functie op de camera zit. Ik zie Meijer in de zoeker en druk op recording... Het verkeer op straat raast ondertussen gewoon door, maar zonder me om wie of wat dan ook te bekommeren, film ik door. Dit moment gaat niemand me afpakken! Ik zoom een paar keer in op Meijer om een close-up van zijn gezicht te hebben. Tien, twintig, dertig seconden beeld... Ik juich inwendig. Meijer loopt wat heen en weer en heeft niet in de gaten dat ik al zijn bewegingen aan de kant van de weg volg... vijftig, zestig seconden beelden, nog een inzoom... Er loopt ook nog een vrouw naast hem, dat moet Maria Christilda zijn... Ruim anderhalve minuut... Het is gelukt! Foto's en bewegende beelden van Nederlandse meest gezochte crimineel!

Even later voeg ik me bij Paul Tolenaar die met zijn telelens fantastische foto's heeft gemaakt. Ook hij is niet betrapt. We overleggen gejaagd met elkaar. Wat nu? We zijn allebei opgewonden, maar beseffen dat we juist nu kalm moeten blijven. Foto's en film alleen zijn niet genoeg. De lat voor deze verre missie wordt meteen wat hoger gelegd nu het eerste gedeelte is gelukt. Het liefst waren Paul Tolenaar en ik op dit moment de confrontatie met Meijer aangegaan, maar in de Paraguayaanse winter valt de duisternis 's avonds zo snel in, dat de fotograaf vreest dat hij geen licht genoeg meer heeft. Bovendien is het spitsuur en de kans dat Meijer zich met drie stappen in het drukke verkeer uit de voeten maakt is te groot. We besluiten daarom een geschikter moment af te wachten. Maar, beseffen we, de buit is in principe al binnen! We hebben foto's en video-opnamen gemaakt van de man die bijna tien jaar lang spoorloos was en we haasten ons om de films in de kluis van ons hotel te deponeren.

Het is hetzelfde hotel in Asunción waar Frans Meijer in februari 1985 arriveerde, nadat hij kort daarvoor uit het Utrechtse Pieter Baan Centrum had weten te ontsnappen door op nieuwjaarsdag een boenwasmachine door de ramen te gooien. Meijer, die van beroep tegelzetter en aannemer was, werd daar in afwachting van de rechtszaak tegen hem psychiatrisch onderzocht en zat daarom niet in een – beter beveiligd – huis van bewaring.

Uit ons onderzoek in Paraguay is komen vast te staan dat Meijer enkele weken later al, in gezelschap van een Spaans sprekende Nederlander, via Brussel naar de luchthaven Silvio Pettirossi in Asunción is gevlogen. Daar nam hij even buiten het stadscentrum zijn intrek in het Gran Hotel Del Paraguay S.A., een groot en oud familiehotel, waar voornamelijk buitenlanders logeren die een Paraguayaans kindje komen adopteren. Meijer, die zelf op zoek was naar een nieuw vaderland, viel daar niet op. Hij kon er enige tijd rustig om zich heen kijken en de eerste woorden Spaans leren, want met drie klassen lagere school sprak hij geen enkele buitenlandse taal. In zijn ouderwets ingerichte hotelkamertje, dat beslist niet groter en comfortabeler is geweest dan zijn cel, trof hij een internationale toeristengids aan, met als titel *Ontdek Paraguay*, waaruit bleek dat hij, als voortvluchtige gedetineerde, bepaald geen slechte keuze had gemaakt. Er stond: 'Paraguay heeft aan iedereen veel te bieden. De bevolking is vriendelijk en gastvrij. Het heeft een subtropisch klimaat, het landschap is ongeëvenaard en de mogelijkheden voor avontuur zijn ongelimiteerd...'

Het waren de ideale condities voor iemand die uit handen van politie en Justitie wilde blijven, zoals een generatie nazi's al eerder had ondervonden in het Zuid-Amerikaanse land, waar men bezoekers niets vraagt en alleen geld spreekt. Om die reden kreeg Stekel waarschijnlijk ook zo makkelijk zijn verblijfsvergunning op de naam Rudi Doves uitgereikt. Een bezoek aan een lokaal politiebureau en de betaling van wat Amerikaanse dollars waren daarvoor genoeg, zo blijkt uit ons onderzoek.

En hoewel Meijer duizenden kilometers van huis zat, waren er toch nog een paar dingen die hem bekend voorkwamen: bij het hotelzwembad werd hij door een paar wit-groene parasols met het Heineken-embleem (!) tegen de te felle zon beschermd en als hij een paar honderd meter verder langs het presidentiële paleis reed, dan wapperde daar nota bene onze vertrouwde rood-wit-blauwe vlag in top, want Paraguay en Nederland hebben toevallig allebei dezelfde driekleur. Frans Meijer begreep dat hij niet eindeloos in het adoptiehotel kon blijven en dat hij eigen onderdak moest versieren om zo op te kunnen gaan in de meer dan tweeënhalf miljoen mensen tellende massa die dagelijks in de metropool krioelen. Het geluk is met hem als hij na enige tijd via een vriendinnetje een tijdelijk onderdak krijgt in een van de sloppenwijken van Asunción, aan de Av. Guggiari. Het is een buurtje met scharrelende kippen, spelende kinderen, open riolen en gammele woningen, waar de bewoners het zo druk hebben met overleven dat zij geen aandacht voor anderen hebben. Hier leert Rudi Doves moeizaam het Spaanse dialect dat er in Asunción wordt gesproken en vervolmaakt daarmee zijn dekmantel die hem in de toekomst tegen de lange arm der wet moet beschermen.

Maar omdat hij natuurlijk niet voor niets betrokken is geweest bij een ontvoering, waarbij tientallen miljoenen guldens losgeld zijn betaald, verlangt hij na verloop van tijd naar iets meer dan het gribus van de sloppenwijk. In die periode maakt hij kennis met de mooie, langharige Maria Christilda, een op dat moment 25-jarige verkoopster uit Asunción, die wel gecharmeerd is van de ondernemende en avontuurlijk ingestelde *gringo*. Zij is het ook die hem opnieuw in aanraking brengt met het christendom, dat, zo blijkt uit ons onderzoek ter plekke, in de daarop volgende jaren in Paraguay een grote rol in zijn leven gaat spelen.

In Nederland is het rumoer over zijn ontsnapping dan inmiddels iets verstomd. Iedereen verwacht bovendien dat Stekel binnen afzienbare tijd gepakt zal worden, omdat 'Fransie toch niet buiten de Westertoren kan...' We mogen nu aannemen dat hij van die verhalen tevreden glimlachend kennis heeft genomen en iedereen ook vooral lekker in die waan heeft gelaten, want op dat moment had hij in een van de betere buurten van Asunción, hemelsbreed op een paar honderd meter afstand van hotel Del Paraguay, zijn intrek genomen in een – gehuurde – villa met zwembad. Inderdaad wat je noemt 'een ongelimiteerd avontuur' voor een Amsterdamse tegelzetter.

Na verloop van tijd kreeg Meijer echter door dat wie stilzit ook inteert. Ondanks het feit dat hij geacht moest worden wel de nodige 'slappe was' te hebben meegenomen, merkte hij dat de huur van een villa, het rijden van een auto, het samenleven met een vriendin – die al snel zwanger was – en verder vooral nietsdoen daar een flinke aanslag op deed. De riante woning werd na een halfjaartje dan ook weer ingeruild voor een veel kleinere en goedkopere. En op zoek naar een mogelijkheid om 'vers' geld te verdienen, kocht hij in de buitenwijk van Asunción een patatzaakje, El Encuentro I, en later nog een, die tot El Encuentro II werd gedoopt en door hem werd verpacht.

En Rudi Doves, die als Frans Meijer altijd gewend was geweest aan het grote geld, kwam er zodoende achter dat je in een land, dat vergeven is van de straatverkopers en waar men nog nooit van een winkelsluitingswet heeft gehoord, heel hard moet werken om heel weinig te verdienen. Volgens omwonenden was hij samen met zijn vrouw Maria en zijn nieuwe schoonvader bijna dag en nacht in zijn zaak te vinden en wonderlijk genoeg kreeg de man, die met de Heineken-ontvoering 'één grote klap' wilde maken, schik in deze kleine nering.

Maar ook in andere opzichten veranderde Meijer. Zijn belangstelling voor het geloof nam enorm toe, zeker nadat twee Belgische Jehova's getuigen in Asunción hem een Nederlandstalige Bijbel hadden gegeven. Hij was er aarzelend aan begonnen, maar nam 'm na verloop van tijd overal mee naartoe, nadenkend en filosoferend over wat er met bepaalde teksten werd bedoeld. En toen hun eerste kind werd geboren, dat werd vernoemd naar zijn Amsterdamse 'gabber' Cornelis van Hout werd het plechtig in de protestantse kerk gedoopt. De 'zondaar' Meijer werd 'een kind Gods'; voor de mensen die hem in Nederland niet hebben gekend, misschien bizar en ongelooflijk, maar wel waar.

Helemaal nieuw was zijn interesse in het geloof overigens niet. Toen in Nederland zijn zus Gloria onverwachts in het kraambed was overleden, had hij zich ook al kortstondig tot de Kerk gewend en het is bekend dat hij vroeger al graag las over vreemde religies, reïncarnatie en parapsychologie. En onvergetelijk is in dat opzicht ook de opmerking die Meijer tegen de officier van justitie maakte, toen er begin oktober 1984 voor de Amsterdamse rechtbank wegens de Heineken-ontvoering zestien jaar gevangenisstraf tegen hem werd geëist: 'Laat het zondag zijn in uw hart,' zo klonk Meijers enige commentaar.

In de jaren die volgden, groeide in Nederland het mysterie over de verblijfplaats van Meijer. Het door de Amsterdamse politie uitgesproken zelfvertrouwen dat men hem 'echt wel zou krijgen', vervloog langzamerhand. En ook van Alfred Heinekens beveiligingsdienst Proseco BV, die aanvankelijk nog wel eens opzichtig de achtervolging wilde inzetten, werd de laatste jaren niets meer vernomen. En wie wist eigenlijk nog hoe Frans eruitzag? Er werd wel gegrapt dat als hij op het hoofdstedelijke hoofdbureau van politie de weg zou gaan vragen, men hem die vriendelijk zou wijzen... Maar Frans Meijer was de weg niet kwijt in Asunción. Er werden nog twee kinderen geboren en de patatzaak ging steeds beter lopen, zodanig dat hij plannen tot een ingrijpende verbouwing kon maken.

En anderhalf jaar voor onze komst ruilde hij zijn bescheiden woning al in tegen een grote vrijstaande villa met inpandige garages aan de Tte Delgado in de buitenwijk Fernando de la Mora, waar hij, mede door zijn inzet en betrokkenheid bij de bouw van een nieuwe Templo Evangelico de las Asambleas de Dios tot een graag gezien man uitgroeide, van wiens verleden en voortvluchtige status men geen flauw benul had. Doves wordt er omschreven als een hulpvaardig man en als een aardige huisvader, die elke morgen zijn kinderen zelf in zijn Lada-patrol naar school brengt. Een schril contrast met zijn jonge kinderen in Amsterdam die het sinds zijn vlucht uit het Pieter Baan Centrum al die jaren zonder hem hebben moeten doen.

Toch zijn er ook talloze momenten geweest dat Frans Meijer zich afvroeg of zijn vrijwillige ballingschap in dat hete, chaotische, onderontwikkelde Zuid-Amerikaanse land wel zinvol was. Moest hij hier de rest van zijn leven slijten? Was er ooit nog een mogelijkheid van een terugkeer naar de Westertoren? Zou zijn straf in Nederland ooit nog verjaren? De twijfel of hij het allemaal wel goed had gedaan, werd vermoedelijk groter nadat zijn voormalige kameraden Cor van Hout, Willem Holleeder en Jan Boellaard na acht jaar gevangenschap in 1992 vervroegd vrijkwamen en in Nederland overal konden gaan en staan waar zij wilden. In zijn zaak El Encuentro, de 'ontmoetingsplaats' waar zijn échte gabbers nooit langskwamen, gebeurde het dan ook regelmatig dat Frans Meijer in gedachten verzonken voor zich uit staarde en alles in de zaak aan hem voorbij leek te gaan. Het personeel wist dan dat de baas even beter niet gestoord kon worden. Hij was dan kennelijk met zijn gedachten heel ergens anders. Alleen niemand wist waar. Het was ver weg. Overzee. In Amsterdam. Waar hij zo'n tien jaar daarvoor gewoon Fransie Meijer, alias Stekel was, in plaats van Rudi Doves.

En ja, nu we het bewijs hadden geleverd dat Frans Meijer – onder dekmantel – leeft, werkt en bidt in Paraguay, wordt het tijd om hem met dat verleden te confronteren...

Paraguay, Asunción-San Lorenzo

Maandagochtend 1 augustus, 7.00 uur

Er heerst alweer een gekmakende drukte, als wij 's morgens in alle vroegte San Lorenzo, de buitenwijk van Asunción, in rijden, waar Frans 'Stekel' Meijer z'n bier- en hamburgertent El Encuentro aan het verbouwen is. Overal weer kraampjes en verkopers met prullen, waarvan je je afvraagt aan wie ze dat in 's hemelsnaam zullen slijten. In ieder geval niet aan fotograaf Paul Tolenaar en mij; wij maken slechts dankbaar gebruik van de dekking die deze chaos ons biedt om zo dicht mogelijk bij de meest gezochte man van ons land in de buurt te komen. Vandaag is de Dag van de Confrontatie, hebben we bepaald en daarom zijn we ook zo vroeg op pad. Het is onze bedoeling Frans Meijer op te vangen als hij zijn werklieden in het restaurant instructies komt geven. En de kans dat hij dat aan het begin van een nieuwe week, op maandagochtend, komt doen, schatten we hoog in. Het moet nu gaan gebeuren, want verder verloopt zijn dagindeling nogal grillig, zo hebben we de week die aan deze maandagochtend voorafging, gemerkt.

Paraguay, Fernando de la Mora

Zaterdag 30 juli

Nadat wij er vrijdagavond, ook voor het restaurant, op het nippertje in zijn geslaagd Frans Meijer ongezien voor de lens te krijgen, is hij zaterdag niet meer in de hoofdstraat teruggekeerd, hoewel het werk er die dag gewoon doorgaat. Om te controleren of hij nog wel thuis is, nemen we daarom 's avonds, in het donker, een kijkje bij zijn huis in het Fernando de la Morakwartier – een tripje dat bijna op onze ontmaskering uitdraait.

De weg naar de vrijstaande villa van Meijer, waar hij sinds een jaar of twee met zijn vrouw Maria Christilda en drie kinderen woont, is een paar kilometer lang, grotendeels onverhard en vol met grote kuilen. Je wordt gedwongen stapvoets te rijden, waardoor iedereen je lang van tevoren ziet aankomen. Door de warmte speelt het familieleven zich bovendien op de veranda's en terrassen van de woningen af, zo merken we algauw aan de vele onderzoekende blikken die onze auto volgen. En als je toevallig geen buurtbewoners treft, word je onthaald door aanslaande, loslopende honden, die soms woest met de auto meerennen. Eigenlijk ondoenlijk dus, maar we besluiten er die zaterdagavond toch een keer langs te rijden: we kunnen altijd doen alsof we de weg kwijt zijn en in het donker, zonder straatverlichting, zal niemand ons snel herkennen.

Als we eindelijk Meijers woonstraatje in hobbelen, waar zijn fraaie huis afsteekt tegen de rest, omdat het eromheen zo keurig is opgeruimd, duikt de 41-jarige Amsterdammer plotseling weer voor ons op. Net zo onverwachts als de eerste keer dat ik hem bij zijn restaurant zag staan. Als we zijn huis op zo'n meter of twintig zijn genaderd, floepen ineens de koplampen van zijn voor de deur geparkeerde Lada-Patrol aan en wordt de motor gestart. Hij staat kennelijk juist op het punt om weg te gaan. 'Verdomme, daar heb je 'm!' vloek ik in een schrikreactie tegen de fotograaf. We kunnen niet meer terug en stoppen is helemaal fataal.

In een fractie van een seconde besluit ik daarom gewoon kalm door te rijden en trek in een snelle handbeweging mijn baseballcap iets dieper op mijn hoofd. Als hij mij herkent, is ie meteen foetsie. Godzijdank is het donker en ik prijs me gelukkig dat Meijer bovendien tegen mijn koplampen in kijkt. Even later passeren we elkaar langzaam. Niet te nadrukkelijk wegkijken, commandeer ik mezelf en even, heel even maar, kruisen onze blikken elkaar. Mijn hart klopt sneller, maar Meijer kijkt onbewogen, ongeïnteresseerd. Hij zit achter het stuur en wacht op zijn vrouw, die ik vanuit mijn ooghoek bij de voordeur zie staan. Ze is netjes gekleed, waarschijnlijk gaan ze uit. Later hoor ik dat ze naar een bruiloft gaan. Ik doe net alsof ik geen enkele belangstelling voor hen heb en rijd trefzeker de wijk uit. Pfff, het wordt tijd voor De Confrontatie...

Paraguay, Asunción

Maandag 1 augustus 7.30 uur

Terwijl we op honderdvijftig meter afstand van Meijers restaurant de apparatuur uit de auto pakken, bespreken fotograaf Paul Tolenaar en ik nog even ons actieplan: 'Eerst nog een paar foto's van hem en dan direct de confrontatie. En denk eraan, wat er ook gebeurt, blijf fotograferen! Daarna maak jij dat je wegkomt om de films veilig te stellen. We zien elkaar wel weer in het hotel,' vat ik alles nog eens samen.

Paul, de minst opvallende van ons tweeën, loopt voorop. Ik volg een minuutje later. Langzaam slenteren we langs de stalletjes en hun verkopers, die we inmiddels wel kunnen uittekenen en zij ons ook. Schuin tegenover Meijers restaurant is Paul Tolenaar in een soort portiek naast een sportzaakje gaan staan en rookt quasi-ontspannen een sigaretje.

'Ja, ik heb 'm gezien! Hij is er... hij is nu binnen,' fluistert hij, als ik langs loop en dat is voor mij het teken om achter hem aan te sluiten in het portiek. Ziezo! Dan kan het nu allemaal gaan gebeuren, denk ik. Na een week moeizaam observeren en verborgen blijven, zijn we geladen. Via de spiegelende etalageruit probeer ik zicht te krijgen op de overkant om te zien wanneer Frans Meijer op straat verschijnt. Er zijn wat bouwvakkers aan de voorkant bezig en we moeten heel voorzichtig zijn. Een van hen heeft al eens een keer nieuwsgierig in onze richting gekeken.

Het geluk is deze keer echter met ons. Al na vijf minuten verschijnt Stekel buiten, pal voor de ingang. De confrontatie moet midden op straat gebeuren, zo heb ik besloten, om Meijer niet de kans te geven naar binnen te vluchten en via de achteruitgang ervandoor te gaan. *Tsjak-tsjak*, hoor ik. *Tsjak*. Paul maakt snel een paar foto's. Ik sta intussen op scherp voor Het Moment van onze duizenden kilometers lange reis naar het hart van Zuid-Amerika: de confrontatie met de meest gezochte man van Nederland,

'Klaar? Kan ie?' vraag ik zachtjes. Juist op dat moment bukt Frans Meijer zich even, om iets schoon te kloppen op straat. Dat is een mooi moment. 'Ja, nu!' zegt Paul. Alsof het een startschot voor een wedstrijd betreft, schiet ik het portiek uit. Er is nu geen mogelijkheid meer dat Frans Meijer aan de confrontatie zal ontkomen, weet ik. Met grote stappen been ik de weg over. Achter me hoor ik nog een keer *tsjak*, maar dan vervaagt alles om me heen en zie ik nog maar één ding scherp: Francesco Meijer.

Als ik nog maar een meter of vijf van hem af ben, richt hij zich weer op en kijkt mijn kant op, waarschijnlijk omdat hij in zijn onderbewustzijn registreert dat er iemand – ik dus – recht op hem afloopt. Het is te laat voor hem. Nooit heb ik iemand zo zien schrikken als Meijer op het moment dat hij mij ziet. Zijn ogen sperren zich wijd open, hij verstijft volkomen, draait zich dan opeens om, trekt zijn hoofd in z'n nek en schuifelt de andere kant op, bij mij vandaan. Het moeten de spannendste ogenblikken van zijn leven zijn. Is hij herkend? Is hij de klos, of zal ik hem zo direct gewoon passeren en is er niets aan de hand?

Op- of omkijken durft hij niet meer. In een paar stappen – die voor hem waarschijnlijk een eeuwigheid duren – haal ik hem in en leg dan mijn hand zacht op zijn schouder. Meijer kijkt me van opzij aan, zijn hoofd nog steeds zo veel mogelijk afgewend. Maar dat heeft natuurlijk allemaal geen zin meer. En hoewel ik van tevoren na heb zitten denken over mijn openingszin – wat zeg je tegen iemand die negenenhalf jaar spoorloos is geweest? – vloeit het er spontaan uit: 'Hallo, Frans... hoe is het met je?' We staan stil. Meijer kijkt mij ontzet aan, maar zegt geen woord. 'Ik ben Peter de Vries, ik ben speciaal voor jou hier gekomen, Frans...' Maar Rudi Doves reageert niet. Hij lijkt versteend en kijkt mij niet-begrijpend aan, alsof hij mij niet verstaat. Tja, dat is misschien nog het enige wat rest in zo'n situatie. 'Ik wil met je praten, Frans. Ik begrijp dat je bent geschrokken, maar laten we ergens rustig gaan praten.'

Frans zegt nog steeds niets. Hij kijkt me schichtig aan en denkt ondertussen waarschijnlijk koortsachtig na: is er nog een kans, of ben ik verloren? De reden dat hij zwijgt, is waarschijnlijk dat hij niet wil verraden dat hij Nederlands spreekt, want daarmee zou een laatste restje van twijfel dat ik niet heb worden weggenomen. 'Frans, hou maar op,' zeg ik daarom. 'Of wil je dat ik je Rudi Doves noem? Ik volg je al een week. Ik weet alles van je. Waar je woont, waar je werkt, wat je doet...'

De bouwvakkers hebben het werk neergelegd en volgen verbaasd wat er op straat met hun *patron* gebeurt. Frans kijkt me met zijn bruine ogen onderzoekend aan. Hij wrijft nadenkend over zijn eendagsbaard. Dan loopt hij zijn restaurant binnen. Ik vraag me af of hij nu wegloopt, maar hij wenkt mij met een handbeweging, nog steeds zwijgend, mee naar binnen.

En daar, in het gangetje, waar beton voor een nieuwe vloer wordt gestort, opent hij eindelijk zijn mond: 'Wat wil je van me?' zegt hij schor. Hij is nerveus en gespannen. 'Ik wil met je praten,' antwoord ik. 'Laten we ergens een kop koffie gaan drinken.'

Meijer is even gedesoriënteerd. Hij loopt wat op en neer in zijn zaak, is volkomen van slag. 'Wat wil je dan?' vraagt hij wel drie keer achter elkaar. Dan loopt hij zonder iets te zeggen naar buiten. Ik loop achter hem aan. Hij opent de deur van zijn Lada en zegt: 'Oké, stap in!' De confrontatie is een feit.

Het eerste wat me opvalt, is de Nederlandse Bijbel die op het dashboard van de auto ligt. Het is de bevestiging van eerdere verhalen die we in Asunción hebben gehoord, dat de ontvoerder aan een zekere kerkverdwazing lijdt en zelfs een van de stichters van een Templo Evangelista is. Het is moeilijk voor te stellen: Meijer, in Nederland de man van de Heineken-ontvoering, een kerel die alles heeft gedaan wat God heeft verboden en bekend van onbesuisde kloppartijen met de politie, is hier de voorganger in een kerk en zingt twee keer per week vroom in een kerkkoor mee. Stekel mengt zich in het drukke autoverkeer. Fotograaf Paul Tolenaar blijft achter en ik vertrouw erop dat hij naar het hotel terugkeert. 'Gek is dat, maar ik had al een gevoel dat er iets was,' opent Meijer, terwijl hij blokjes in de buurt begint te rijden. 'Ik leef niet op mijn verstand, maar op mijn instinct en dat waarschuwde me. Maar ja, wat moest ik ermee?' Hij haalt zijn schouders op en kijkt me onderzoekend aan. Zijn hand trilt. Naast me zit niet zozeer een harde crimineel, maar een man in bouwvakkerskleren, die volkomen is overrompeld en alle grond onder zich voelt wegzakken.

'En nu, wat wil je van me? Wat wil je?' vraagt hij. Ik zeg hem dat ik rustig wil praten over zijn leven, zijn verleden, zijn toekomst. Hij kijkt me met zijn donkere ogen serieus aan en zegt: 'Praten, wat nou praten... Je gaat me verdriet doen, hè? Stuur je me terug de gevangenis in?' Hij wacht het antwoord niet af. 'Ik heb drie kinderen, jongen. Voor hen is het heel erg wat nu gebeurt.' Dan schudt hij beslist zijn hoofd: 'Het kan niet anders, je gaat me verdriet doen, ik voel het.' En als we weer langs zijn zaak rijden, waar de bouwvakkers het werk hebben hervat, mompelt hij: 'Het is hard, zo hard. Acht, negen jaar lang heb ik me rot gewerkt om hier iets op te bouwen. Zestien uur per dag. En dan dit...' Als ik Meijer vraag hoe het persoonlijk met hem gaat, antwoordt hij: 'Ach, jongen, het is zo zwaar hier, daar heb je geen voorstelling van.' Dan haalt hij zijn schouders op: 'Ach, aan één kant maakt het ook allemaal niets meer uit... Het zat er altijd in dat dit zou gebeuren. Het is Gods wil dat jij hier komt, dat kan niet anders. Maar ja, aan de andere kant: die kinderen, hè... Ik wil die geen verdriet doen.'

Hij schuift een parkeervak in en zet de motor af. 'Wat weet je eigenlijk van mij hier?' vraagt hij. Ik zeg: 'Alles, Frans... waar je woont, hoe je werkt, hoe je leeft. De kerk, hoe je kinderen heten, waar ze naar school gaan, wat voor motor je rijdt, waar je nog meer hebt gewoond... Alles.' Hij knikt begrijpend, knijpt zijn ogen een beetje samen en neemt me een poosje op. Dan lacht hij ineens en zegt: 'Je bent wel een apart mannetje, hè? Een volhouder, niet? Hoelang achtervolg je ons nu al?'

We maken een afspraak om 's avonds, bij hem thuis, verder te praten. 'Maar alleen, hè... je komt alleen, hè,' stelt Meijer als voorwaarde. 'Anders sla ik dicht, dan zeg ik niets.' Hij zet me af voor zijn restaurant en geeft me door het open raampje een hand. 'Zes uur vanavond.' Ik vraag me uiteraard af of hij in zijn radeloosheid misschien snode plannen heeft, maar ik ben niettemin vastbesloten aan de afspraak gehoor te geven. Het is jammer dat fotograaf Paul Tolenaar niet mee kan, maar ik wil de kans op een gesprek met Meijer ook niet frustreren door hier een punt van te maken. We hebben immers de foto's van de confrontatie al. Op deze kans heb ik bijna tien jaar gewacht en dan laat je 'm niet glippen.

Paraguay, Fernando de la Mora
Maandag 1 augustus, 18.00 uur

Als ik vijf minuten te vroeg mijn auto voor zijn villa parkeer, komt Meijer direct op me aflopen, met aan zijn arm z'n vrouw Maria Christilda. 'Mooi op tijd,' zegt hij opgeruimd. 'Mag ik je even voorstellen?' Maria, een mooie verschijning met lang haar, glimlacht vriendelijk en zegt: 'Daghh.' Verder zwijgt ze. Meijer is nu gladgeschoren, draagt een witte pantalon met gympen eronder en een wit vest. Hij ziet er goed uit en heeft zich kennelijk van de ergste schok hersteld. 'Wat doen we?' vraagt hij. Om er direct aan toe te voegen: 'Ik ga liever ergens naartoe.' Ik knik instemmend, maar zeg hem dat ik zijn huis even wil zien voor we gaan. Hij aarzelt, maar stemt toch toe. Terwijl hij de deur openmaakt, zegt hij: 'Anderhalf jaar geleden gekocht voor vijfenzeventig gulden. Niet slecht, hè? Er zit een hypotheek op van een ton, omdat ik wat verbouwd heb. Het is nog lang niet klaar, maar het geld is nu op.'

Het huis is van buiten mooi, maar binnen word ik verrast door de zeer sobere inrichting. Het is eigenlijk nogal kaal. Aan de muur hangen Jezusfiguren en geschilderde bijbeltaferelen. Veel van het tegelwerk in de gang en keuken is kapot, valt me op, terwijl Frans ooit toch tegelzetter van beroep was. Als we de trap oplopen, komt er ineens een jongetje naar beneden rennen, die in het Spaans enthousiast iets tegen Frans roept. 'Dit is mijn oudste zoon Cor,' zegt Meijer trots, maar dat had ik zonder die mededeling ook wel kunnen zien, de knaap lijkt sprekend op hem, heeft alleen de donkere huidskleur van zijn moeder.

We stappen in zijn auto en rijden de bonkige weg af. De Lada rammelt als een gek en omdat de raampjes niet dicht kunnen, overheerst het motorgeluid. Ik kan bijna niets verstaan, maar Meijer praat en vraagt honderduit. Als we zo'n twintig minuten hebben gereden, het pikdonker is geworden en al tientallen restaurants zijn gepasseerd, vraag ik waar we eigenlijk naartoe gaan. We zien wel...' mompelt Frans. Hij maakt een verwarde indruk, hoewel hij wel rustig is. Dat nerveuze, gejaagde gedrag van vroeger, wat hem kenmerkte, is hij zo te zien kwijt. Hij kijkt me van opzij aan. 'Ben je soms bang dat ik je iets zal aandoen?' Ik kijk rustig terug en zeg: 'Geloof je dan dat dat enige zin zou hebben?' Hij schudt zijn hoofd. 'Nee, de tijd dat ik zoiets deed, is voorbij. Ik moet er zelfs niet meer aan denken, dan word ik misselijk. Van mij heb je niets te duchten. Ik ben een kerkman geworden. Het is allemaal Gods wil wat nu gebeurt. Maar de gedachte dat mijn kinderen straks zonder mij verder moeten, vind ik toch heel moeilijk. Dat is ook het ergste van mijn verblijf hier geweest: het feit dat ik voor mijn kinderen in Nederland geen vader heb kunnen zijn. Dat kwelt me elke dag. Nog steeds. Die pijn draag ik altijd met me mee.'

Hij zwijgt even en zegt dan: 'En ook de pijn van die andere mensen, Heineken en Doderer. Ik kan dat niet vertellen, dat is zo erg. Ik bid elke dag voor hen, echt waar. Voor Alfred Heineken heb ik groot respect. Die man is een gigant. Zelfs hier in Paraguay is hij groot, kijk maar om je heen: overal zie je Heineken. Daar ben ik maar een heel nietig mannetje bij.'

Paraguay, Asunción

Maandag 1 augustus, 19.00 uur

Na drie kwartier te hebben rondgereden, parkeert Meijer bij een groot restaurant even buiten het centrum van de miljoenenstad. Als we gaan zitten, vraagt hij wat ik wil drinken. Een biertje graag. Zelf neemt hij cola. Als hij de bestelling heeft opgegeven, roept hij de reeds weggelopen ober terug en zegt: 'Heinekén, *por favor!*' Hij glimlacht. Aan tafel vraagt Meijer telkens wat ik van plan ben te doen. Of ik hem 'ga ophangen', 'verdriet ga aandoen', 'ga breken' of 'terug in de gevangenis' zet. 'Mijn vrouw en kinderen weten helemaal van niks, man,' vertelt hij. 'Nooit heb ik hier met iemand over mijn verleden gesproken. Ik heb het uit willen bannen, alsof het niet gebeurd is. Mijn vrouw weet dat ik uit Holland kom, maar dat is ook alles. Nadat jij vanmorgen bij me kwam, heb ik haar vanmiddag natuurlijk iets moeten vertellen. Ik heb haar gezegd dat mensen uit Holland zijn gekomen, omdat ik daar problemen heb gehad. Dat ik misschien de gevangenis in moet. Fiscale problemen, heb ik gezegd, want ik kon haar niet vertellen wat het precies was. Het was een schok voor haar en je mag gerust weten dat we samen hebben gehuild. Maar daarna hebben we gebeden. We hebben het in Gods handen gelegd: hij zal oordelen. Ach, ik wist natuurlijk dat het ooit zou gebeuren, dat kon bijna niet anders. Alhoewel, het heeft nog lang geduurd allemaal. Ik zit hier alweer bijna tien jaar. Maar toen jij vanmorgen je hand op mijn schouder legde, wist ik meteen: dit is het moment, nu is het afgelopen...'

Als het eten wordt opgediend, vraagt hij even om stilte en bidt. Daarna vertelt hij dat zijn keuze voor Paraguay een min of meer toevallige is geweest. 'Het enige wat ik toen, in 1985, wist, was dat ik in Zuid-Amerika moest zijn, maar het had net zo goed Brazilië of Argentinië kunnen wezen. Toen ik hier aankwam, had ik niemand. Ik sprak de taal niet, ik was nerveus, gejaagd en had van mijn leven een chaos, een puinhoop gemaakt. Ik was verslagen, was op, geestelijk dood. Ik zat in een crisis. In mijn wanhoop ben ik toen, direct die eerste week al, naar de kerk gegaan. En dat is de beste stap die ik ooit heb genomen. Die mensen hebben me zo fantastisch opgevangen... Onvoorstelbaar! Gaandeweg raakte ik steeds meer door het woord Gods gegrepen, helemaal toen ik via een paar Jehova's getuigen een Bijbel in handen kreeg en die begon te bestuderen. Het was alsof ik van het donker in het licht kwam. Een openbaring. Nu zeg ik: ik was een zondaar, een grote zelfs, maar ik ben een ander mens geworden. Ik rook niet, ik drink niet, ik maak geen drukte meer. Ik werk nu hard voor mijn vrouw en kinderen en mensen die hulp nodig hebben. Het is een wonder, maar God heeft mij, een man die niets waard was, gerepareerd.'

Meijer prikt in gedachten in het kippenpootje op zijn bord, maar eet nauwelijks. 'Ik begrijp wel dat Justitie in Nederland mij nog steeds hebben wil. Ze kunnen zoiets niet ongestraft laten, maar ik kan die gevangenisstraf niet verdragen. Daarom ben ik destijds ook uit het Pieter Baan Centrum ontsnapt. Ik móést daar weg, ik werd daar gek...' Hij weegt even zijn woorden en zegt dan, met nadruk: 'Maar het heeft me heel veel gekost hoor, heel veel. Ik heb alles achter me verbrand. Alles. Weet je wel wat dat betekent? En elke dag heb ik hier het leven van een vluchteling geleid. Wetend dat elk uur, elke minuut, de laatste kon zijn. Dat is ontzettend zwaar. Mijn geloof heeft me daar doorheen gesleept. Christus beschermt me, leidt me en geeft me vrijheid. Ik besef dat ik heel veel fout heb gedaan in mijn leven. Ik moest daarom iets regelen met God. Het kon zo niet verder. Nu werk ik voor hem. In ruil daarvoor heb ik nu de rust in mijn leven die ik altijd heb gezocht.'

Over het verleden zegt hij: 'Die oude man is verbrand, die bestaat niet meer. Daar wil ik ook eigenlijk niet over praten.' En verstoord: 'Ik begrijp ook niet dat ik hier met je zit. Ik vertel jou meer dan mijn eigen vrouw. En van haar houd ik.'

Met de 'oude man' bedoelt hij de Frans Meijer anno 1983, die toen samen met zijn kornuiten de meest geruchtmakende ontvoering aller tijden voltooide. 'Ik zie Heineken nu als een vriend, een man die ik respecteer. Hij heeft de macht om mij te helpen. Hij is een mens, dat voel ik. Hij weet wat liefde is. Hij kan zeggen: laat hem met rust. En dan gebeurt het ook.' Als ik Meijer vraag of hij voor Heineken en Doderer misschien een boodschap heeft, denkt hij even na: 'Met name Doderer heb ik veel pijn aangedaan. Ik begrijp het heel goed als die man doodziek is van mij. Ik zou hen één ding willen zeggen: vergeef mij alstublieft... Maar ik moet daaraan toevoegen dat ik tegelijkertijd bang ben dat zij dat niet doen. Zij zien me natuurlijk nog steeds als een crimineel, een afperser. De mensen die denken dat ik hier lekker in de zon feestvier, begrijpen er niets van. Ik heb al die jaren mijn moeder niet gezien. Vaak denk ik: wat heb ik haar en mijn kinderen in Nederland in 's hemelsnaam aangedaan? Het is een kruis dat ik moet dragen. Hier ben ik pas gaan beseffen wat een mooi land Nederland is: goed, rijk en waardevol. En wat is mijn bijdrage geweest? Ik heb me er als een schoft gedragen. Dat is toch verschrikkelijk? Paraguay is heel anders. Zolang je alles kunt betalen gaat het redelijk, maar als je geen geld hebt, kun je creperen. Daarom vind ik het ook zo erg dat jij hier nu bent.'

Hij kijkt me nu ineens verwijtend en doordringend aan. Zijn ogen samengeknepen. 'Wat moet er van mijn kinderen worden als ik weer ben opgepakt? Mijn vrouw wordt het huis uitgezet zodra de aflossing twee maanden uitblijft. Over een paar maanden zwerven ze langs de straat. Goed, ik zou nu naar een ander land kunnen gaan, maar moet ik dan weer alles achter me verbranden?' Meijer schudt beslist zijn hoofd, ontspant weer een beetje en verzucht: 'Nee, dat kan ik niet meer opbrengen. Dat doe ik niet... Dan vind ik geen rust. Zo'n gevecht kan ik niet nog eens aan. Mijn leven is hier, tenzij God dat anders wil. Ik wacht dat wel af.'

Het eten wordt koud. En Meijer wordt met steeds kortere tussenpozen emotioneler. Bozer ook. De gedachte dat het nu allemaal voorbij kan zijn, benauwt hem kennelijk toch, ook al is het Gods wil. 'Ik begrijp wel dat het recht z'n loop moet hebben, maar ik heb de afgelopen negen jaar heel veel terugbetaald hoor... heel veel. Méér dan Heineken en jij en iedereen denkt in Nederland. Veel meer. Maar kennelijk is het niet genoeg en moeten mijn kinderen zonder mij opgroeien. Tot wat? Tot analfabeten, bedelaars...' Hij kijkt me strak aan: 'Kan je hart daar blij mee zijn? Nou, zeg het eens? Is dat wat je wilt? Mijn gezin kapotmaken... Ik heb mezelf ooit gezworen deze kinderen goed op te voeden en nu kom jij me weghalen.'

Meijer beweert dat hij nooit naar zijn vonnis in Nederland en de eventuele verjaring daarvan heeft geïnformeerd. 'Nee, dat interesseerde me niets. Heb ik ook nooit iets van begrepen. Ik heb drie klassen lagere school gehad en al die advocatenverhalen daarover gingen langs me heen. Hoe lang moet ik nu nog zitten? Ik weet het niet eens. Vijftien, zestien jaar of zo? Dan ben ik bijna zestig als ik eruit kom.'

Als ik hem zeg dat dit niet waar is en er niet meer dan zeven jaar openstaat, reageert hij ogenschijnlijk oprecht verbaasd:'Meen je dat nou? Zeven jaar, zeg je?' Wel bevestigt hij dat Nederland nog altijd in zijn gedachten is. 'Natuurlijk heb ik heimwee, elke dag zelfs. Naar de Jordaan, naar mijn moeder, m'n kinderen, een harinkie, de Amsterdamse grachten, de zee, noem maar op.' Zijn ogen lichten even op. Hij schrikt als ik hem vertel dat zijn medeontvoerder Jan Boellaard in Nederland opnieuw in de cel zit en ervan wordt verdacht begin dat jaar – 1994 – in Amsterdam een douaneambtenaar te hebben doodgeschoten toen hij op heterdaad werd betrapt bij het smokkelen van cocaïne. 'Echt waar? Waarom dan?' Als ik Meijer de achtergronden uiteenzet, schudt hij mismoedig zijn hoofd: 'Daar schrik ik van. Dan moet het erg met Jan gesteld zijn. Heeft hij dan helemaal niets geleerd in de gevangenis?' Vervolgens informeert hij hoe het met zijn andere mededaders, Cor van Hout en Willem Holleeder, is. 'Nee, ik heb geen contact meer met ze. Al heel lang niet meer. Dat heeft geen zin. Zij zijn vrij en hebben een ander leven dan ik. Zij begrijpen niet waarom ik mij aan de Heer heb overgegeven. Bovendien hebben we elkaar al meer dan tien jaar niet gezien. Ik wil hen nu niet meer tot last zijn. Ik wil alles van destijds vergeten en daar horen zij in feite ook bij.'

Na een paar uur praten rekenen we af en rijden weg bij het restaurant. Onderweg vallen nu lange stiltes. Ik heb Meijer uitgelegd dat ik over zijn verblijf in Paraguay ga publiceren en deze confrontatie met Het Onvermijdelijke valt hem zwaar. 'Het ergste is, dat ik ben verraden, verkocht, door een Judas. Dat doet zeer,' zegt hij ineens tamelijk grimmig. 'Bijna niemand wist dat ik hier zat. Je bent getipt, dat kan niet anders. Zeg op, wie is dat geweest? Ik moet dat weten.' Hij kijkt mij in het donker dwingend aan. Ik zeg hem echter dat ik niets te vertellen heb over de wijze waarop ik hem heb gevonden. Meijer maakt weer een onverklaarbare lange omweg en denkt ondertussen na. Ik vraag me af wat er omgaat in zijn hoofd. Na een poosje parkeert hij de auto op een donkere plek langs de kant van de weg. Hij draait zich naar mij toe. Zijn eerder zo rustige oogopslag is veranderd. Zijn ogen fonkelen nu boosaardig. Zijn lichaam spant zich. 'Je maakt me kapot. Jij zorgt ervoor dat mijn kinderen vaderloos opgroeien. Je hangt me op, je breekt me! Hoe kun je dat, man!' Zijn stem klinkt verbitterd en scherp. Hij heft zijn vinger naar me op en zegt dan, dreigend: 'Maar ik garandeer je één ding, jongen... Ooit, en misschien wel eerder dan je denkt, zal er een dag komen dat ik net zo onverwachts, net zo plotseling achter jou opduik. Hou daar heel goed rekening mee!'

Het gesprek wordt dreigend. Ik hou er rekening mee dat er vervelende dingen gaan gebeuren. Toen Meijers toonhoogte toenam, had ik al even stiekem gekeken waar de deurklink precies zat, voor het geval ik het raadzamer acht de auto uit te rollen als het uit de hand loopt. Ik heb meer aangehoord, in de hoop ook dat hij wat stoom zou afblazen, maar nu de thermometer toch in de buurt van de rode zone komt, denk ik dat het tijd wordt wat tegengas te geven.

‘Moet je goed luisteren, Frans...’ antwoord ik, ‘ík heb Heineken niet ontvoerd! En ík ben ook niet ontsnapt tien jaar geleden. Dat heb jíj gedaan! En niemand anders. Dus ga nu niet mij de schuld geven, omdat ik je toevallig heb gevonden, want die schuld moet je bij jezelf zoeken. Als je je straf gewoon had uitgezeten, was je nu al vrij geweest. Je hebt al die tijd willens en wetens zélf dit risico genomen.’

We kijken elkaar een moment strak aan. Dan zakt Meijer terug in zijn autostoel en verzucht: ‘Vergeef me. Vergeef me dat ik agressief werd, maar ik wist me even geen houding te geven. Het is allemaal te veel voor mij. Ik ben verward. Wees niet bang: als ik ooit achter je sta, is het als vriend, als naaste. Ik vergeef je, wat je ook doet. Het moet zo zijn.’

Paraguay, Fernando de la Mora

Maandag 1 augustus, 22.30 uur

Even later rijden we naar zijn huis, waar z’n vrouw de deur opent als ze de auto hoort. Ze kijkt Frans vragend aan. Hij geeft haar een kus en een bemoedigend klopje. Dan wenkt hij mij mee naar boven: ‘Kom even kijken...’ Zachtjes opent hij de deur van de kinderslaapkamer. In twee bedden liggen de drie kinderen er vredig te slapen, zich nergens van bewust. Twee jongens en een meisje van twee jaar. Mooie kinderen. Frans Meijer kijkt vertederd, schikt een dekentje en fluistert: ‘Kijk... kijk goed, deze leventjes ga je vernietigen, is het dat allemaal waard?’

We gaan beneden in de huiskamer zitten. In het donker. In het huis hangen nog maar een paar lampen, in de keuken en de kinderkamers, ook al woont hij er al bijna twee jaar. ‘Hebben we nog geen geld voor,’ legt hij uit. ‘Alles is in de verbouwing gestoken en nu het restaurant ook platligt, komt er helemaal geen geld binnen. Dat moet allemaal wachten.’ Hij grijnst even. ‘De mensen die dachten dat ik hier met miljoenen ben binnengekomen, vergissen zich. Da’s allemaal flauwekul. Was het maar waar! Ik kon met veel moeite een patatzaakje kopen en dat heb ik met hard werken kunnen uitbouwen tot wat ik nu heb. Dat is alles. Op alle bezittingen zit een hypotheek en ook mijn auto moet ik nog afbetalen, terwijl die al bijna van ellende uit elkaar valt. Niks miljoenen! Ik moet gewoon veertien uur per dag werken om te overleven.’

In het donker zitten we nog een uurtje te praten. Het is echter grotendeels een herhaling van zetten: 'Wat ga je met me doen?' vraagt Meijer voortdurend. Zijn vrouw zit er zwijgend, bijna lijdzaam, bij. Ze kan niets van het gesprek verstaan, maar voelt intuïtief aan dat er iets dramatisch gebeurt. 'Je hebt ze nu gezien, mijn kinderen en mijn vrouw,' zegt Meijer. 'Moet ik dat nu in de steek laten om in Nederland boete te gaan doen? Hebben jullie dan je zin?' Meijer pakt een zakdoek uit z'n zak. In het donker zie ik een glinsterende traan over zijn gezicht rollen. 'Kijk naar mijn vrouw, man... Wat moet er van haar worden, zonder mij? Heb ik dan alles helemaal voor niets gedaan?'

Bij mijn vertrek houdt hij me bij de buitendeur staande: 'Wacht even.' Hij vouwt zijn handen en sluit zijn ogen. Zijn vrouw Maria doet hetzelfde. 'Heer...' bidt hij, 'weest u zo goed en begeleidt u deze man op zijn verre reis naar huis, opdat hij behouden bij zijn vrouw en kinderen aankomt. En schenkt u hem de wijsheid dat te doen, wat hij moet doen...' Als ik in de auto stap, staat hij zwijgend in de deuropening en kijkt mij na. De handen nog steeds gevouwen.

Naschrift

Terug in Nederland hoorde ik dat Frans Meijer direct na de eerste confrontatie met mij naar Cor van Hout in Nederland heeft gebeld met de boodschap dat ik in Paraguay was en de vraag wat hij met mij moest doen. Van Hout, die van niets wist en die ik ook niet had verteld dat ik op reis zou gaan, checkte eerst of ik daadwerkelijk weg was uit Nederland. Toen dat bleek te kloppen, zei hij tegen Meijer: 'Laat 'm gaan, Frans, laat 'm gaan...' Van Hout vertelde mij dit op de nacht van mijn terugkeer uit Paraguay. Hij vroeg of hij mij kon spreken en voor motel Jan Tabak in Naarden troffen we elkaar om een uurtje of halfeen. Het was een kort gesprek. 'Wat ga je doen?' vroeg Van Hout. 'Publiceren, Cor,' antwoordde ik. Van Hout zei mij daarop dat hij 'verkankerd' was door deze situatie en dat dit in 'onze vriendschap' niet kon. Ik hield hem daarop voor dat ik nooit informatie van hem had gebruikt of misbruikt en dat ik dus geen vorm van verraad had gepleegd en hier gewoon mijn beroep had uitgeoefend. De keren dat Cor van Hout op het punt had gestaan om – vertrouwelijk – iets over Meijer te zeggen, had ik altijd een afwerend gebaar gemaakt en gezegd: 'Doe maar niet,

Cor.' Ik vroeg hem, terwijl we door de zwoele zomernacht een rondje om het motel liepen, of ik daar gelijk in had. Van Hout beaamde dat, maar zei dat hij toch hoopte dat ik niet zou publiceren omdat Meijer ooit zijn beste vriend was. Cor vertelde me toen dat Meijer hem had gebeld vanuit Paraguay en behoorlijk in paniek was. 'Ik heb toen je leven gered, Peet, door te zeggen dat ie je moest laten gaan. Geloof me, anders had je hier nu niet gestaan. Laat hem nu gaan...' Ik zal niet verhelen dat ik dit het moeilijkste moment uit mijn carrière, of zelfs uit mijn hele leven vond, maar ik zei tegen Van Hout dat dit niet kon. 'Volgende week wordt dit gepubliceerd, Cor. Ik ben journalist. Ik heb Meijer zelf opgespoord en niemand daarvoor verraden of misbruikt. Het is een risico dat Frans zelf heeft genomen en er altijd in heeft gezeten. Nu heb ik hem gevonden, maar over drie maanden was het misschien een ander geweest.' Cor zweeg even, dacht een moment na en zei: 'Oké. Ik weet genoeg. Normaal gesproken zou ik dit niet pikken, maar ik ken je te lang en we hebben te veel meegemaakt om je te bedreigen, dus dat zal ik niet doen.' Vervolgens draaide hij zich om, liep naar zijn auto en reed weg. Ruim twee jaar heb ik hem daarna niet gezien of gesproken. Ons contact was verbroken.

De publicatie in het weekblad *Panorama* van augustus 1994 – in twee delen – was een enorme onthulling, maar ook een met een bijsmaak. Ik wist dat mijn verhaal grote consequenties zou hebben voor Frans Meijer en zijn gezin en dat is ook uitgekomen. En daarnaast kostte het me op dat moment mijn vriendschap met Cor van Hout. Ik heb mijn beslissing nooit betreurd. Ik heb gedaan wat ik vond dat ik als misdaadjournalist moest doen, maar ik had wel het gevoel dat ik daar niet alleen voor ben beloond, maar dat ik daar ook een prijs voor heb betaald.

De gevolgen van de 'Meijer-*scoop*' staan uitvoerig beschreven in de epiloog van mijn boek over de Heineken-ontvoering, dus dat zal ik hier niet doen. Meijer is na lang touwtrekken en een langdurig voorarrest in een Paraguyaanse gevangenis uiteindelijk op 30 maart 2003 aan Nederland uitgeleverd en heeft hier het restant van zijn straf inmiddels uitgezeten. Cor van Hout is twee keer bij hem in Paraguay op bezoek geweest en heeft hem zowel financieel als juridisch – door middel van de inzet van advocaat mr. A. Moszkowicz – ondersteund. In Nederland hebben Cor van Hout en Frans Meijer elkaar niet meer gezien. Cor van Hout werd op 24 januari 2003 in Amstelveen doodgeschoten en Frans Meijer kwam twee maanden later in Nederland aan. Na het uitzitten van zijn straf, in januari 2005, heeft Frans Meijer het graf van Cor van Hout aan de begraafplaats Vredenhof aan de Haarlemmerweg in Amsterdam bezocht. Eind februari 2005 is Meijer teruggekeerd naar Paraguay, naar zijn vrouw en kinderen.

Het contact tussen Cor van Hout en mij is twee jaar na mijn bezoek aan Paraguay hersteld, nadat de eerste mislukte aanslag op hem werd gepleegd in de Deurloostraat in Amsterdam. Ik schreef hem een briefje in het ziekenhuis en een paar weken later liet hij weten dat hij mij graag wilde spreken. We hebben toen eerst de kwestie Meijer uitgesproken en daarna bleek dat we over en weer het contact hadden gemist. In de loop van de jaren die volgden, bleek dat het verschil van inzicht over deze zaak onze vriendschap niet definitief in de weg had gestaan. Toen ik in 2003 mijn jubileum als vijfentwintig jaar journalist vierde, en mijn familie en vrienden een liber amicorum samenstelden, schreef Cor van Hout daar ook een verhaal in. Hij schreef onder meer: 'Toen ik vastzat had ik altijd plannen om samen met jou heel veel leuke dingen te doen en te gaan sporten. Dat kwam er helaas niet altijd van, omdat mijn kennissenkring vooral bestond uit mensen die gemengde gevoelens hadden over jouw aanwezigheid in verband met jouw programma. Jij voelde je vaak niet op je gemak en zij ook niet. En jij had ook niet altijd tijd meer. Maar ondanks dit alles zijn we heel goede vrienden gebleven en daar ben ik blij om!'

Twee dagen nadat Cor van Hout zijn 'hoofdstuk' had geschreven en ingeleverd, werd hij in Amstelveen doodgeschoten.

Politiespelletjes tijdens de nachtdienst

Het is nog niet zo lang geleden dat bij de meeste politiebureaus in Nederland de Latijnse spreuk *Vigilat Ut Quiescant* in de gevel stond gebeiteld. Vrij vertaald betekent dit: hij waakt opdat u kunt slapen. Vandaag de dag kom je dit credo veel minder tegen en wie 's nachts wel eens ontredderd of in paniek voor de dichte deur van een politiebureau heeft gestaan, begrijpt dat. Veel politiebureaus zijn tegenwoordig alleen overdag open, terwijl er 's nachts wordt 'gewaakt' door één politiepost die de hele regio waarneemt. Begin maart 2005 heb ik ontdekt dat je beter überhaupt niet kunt slapen als de politie wordt geacht over onze eigendommen en veiligheid te waken, want juist 'tijdens de voor de nachtrust bestemde uren', zoals de politie dat altijd fraai formuleert, spookt de Sterke Arm zelf soms rare dingen uit. Veel burgers klagen vaak dat de politie er niet is als je ze nodig hebt en daar is bij de politie Zuid-Holland-Zuid in ieder geval een verklaring voor. Bij dit korps hield men er in het eerste kwartaal van 2005 tijdens de nachtdienst een wel heel merkwaardige beroepsopvatting op na. Politiemensen van District I (Dordrecht en omgeving) deden met de collega's van District II (Gorinchem en omgeving) wekenlang wedstrijdjes wie 's nacht het verste uit het district durfde weg te rijden. Het bewijs van het plichtsverzuim moest telkens worden geleverd door het maken van een digitale foto, waarop de surveillanceauto liefst voor een landelijk bekende attractie moest staan. En terwijl de inwoners van de Zwijndrechtsewaard en de Alblasserwaard ervan uitgingen dat de politie in een noodgeval binnen enkele minuten ter plekke kon zijn, scheurden de surveillanten met hun dienstauto's over 's lands snelwegen naar Madurodam in Den Haag, naar Artis in Amsterdam, maar ook naar een partytent in Rotterdam. Fotootje maken... gauw weer terug... lachen!

Dit was niet zomaar een incident, nee, de prestigestrijd tussen de twee districten was behoorlijk opgelopen en velen wisten ervan. Dat kon ook niet anders, want in de meldkamers van de betrokken districten is op beeldschermen door satellietzenders tot op de meter te zien waar elke surveillanceauto zich bevindt. En ja, als deze toont dat het voertuig in Amsterdam-Oost rijdt, kun je als agent moeilijk beweren dat dit een buitenwijk van Gorinchem is en je daar een buurtonderzoekje doet. Gevolg was dat Gorkummers die 's nachts in hun buurt iets verdachts hadden gezien, te horen kregen dat 'alle wagens druk bezet' waren... Je leven zal maar afhangen van de reactiesnelheid van de politie ('Als elke seconde telt', heet geloof ik de 112-campagne), die uit balorigheid even honderd kilometer of meer het district uit rijdt! Uit betrouwbare bronnen weet ik dat de Afsluitdijk nog op het programma stond en dat het ultieme reisdoel de Eiffeltoren in Parijs was. Men had al uitgerekend dat deze afstand precies tijdens één nachtdienst op en neer kon worden gereden. Voor de surveillanten die dit zouden flikken, wachtte eeuwige roem in het district. De burgers van dat zelfde district konden vooral wachten totdat zij een ons wogen...

Parijs is uiteindelijk niet gehaald, omdat een van de surveillancewagens, die op weg was om het Artis-ritje van het andere district te overtreffen, op de hoofdstedelijke ringweg werd geflitst wegens een forse snelheidsovertreding. De prent daarvoor kwam bij een leidinggevende terecht en toen ging het balletje rollen. Half maart 2005 confronteerde ik het korps Zuid-Holland-Zuid met deze feiten, waarop lichte paniek uitbrak. Kon ik misschien zeggen hoe ik daar aan kwam, werd mij door twee voorlichters expliciet gevraagd. Ik begreep zeker wel dat men dat héél graag wilde weten? Kennelijk vond men het feit dat er was gelekt erger dan het plichtsverzuim zelf. In een poging de schade te beperken, werd er direct na mijn telefoontje een summier persbericht uitgegeven, waarin werd gemeld dat twee zondaars buiten functie waren gesteld en dat 'vooralsnog' is vastgesteld dat de 'grensoverschrijdingen' in totaal twee keer plaatsvonden. Ja, en 'vooralsnog' is dat niet de waarheid! En, zo werd er aan toegevoegd: 'De politie Zuid-Holland-Zuid laat weten dat deze grensoverschrijdingen niet ten koste zijn gegaan van de dienstverlening, zo blijkt uit onderzoek.' Alsof dat achteraf is vast te stellen. Aan wie hebben ze dat gevraagd? Aan de politiemensen in de meldkamer zeker, die evenzeer boter op hun hoofd hebben. Boze tongen in het korps beweren nu dat de top de affaire liever onder de pet houdt, uit angst dat een paar zondebokken anders nog wat andere bommetjes – diefstal, dronkenschap, declaratiefraude door leidinggevenden – binnen het politiedistrict tot ontploffing brengen.

Maar 'vooralsnog' zullen we het daar maar niet over hebben. Het is al erg genoeg dat wanneer je 's avonds een keer politie in de buurt ziet... die er niks te zoeken heeft en ze aan het spelen is in plaats van aan het werk. En de politietop ondertussen maar klagen over een tekort aan manschappen... Welterusten!

NASCHRIFT: Het plichtsverzuim was inderdaad groter dan de politie aanvankelijk bekendmaakte. Enige tijd na de publicatie van dit verhaal werden twaalf medewerkers van de politie Zuid-Holland-Zuid voor hun doen en laten in deze kwestie gestraft. Twee brigadiers en een agent werden ontslagen. Vier medewerkers hebben een 'laatste waarschuwing' en een strafoverplaatsing gekregen, vijf politiefunctionarissen hebben een schriftelijke berisping gekregen, terwijl zes anderen nog een 'brief van ongenoegen' van de korpsleiding op hun deurmat vonden. De korpschef stelde bij het bekendmaken van de sancties dat de betrokkenen 'het imago van de politie Zuid-Holland-Zuid ernstig hadden aangetast'.

De prijs van een mensenleven

Dat een mensenleven in de misdaad weinig waarde heeft, is genoegzaam bekend. Vaak wordt dit gegeven aangegrepen om te illustreren hoezeer de samenleving is afgegleden. Toch mag zo langzamerhand ook de vraag wel eens worden gesteld wat voor gewicht een mensenleven nog in de weegschaal van Vrouwe Justitia legt, want soms word je geconfronteerd met merkwaardige gerechtelijke uitspraken en moeilijk verklaarbare verschillen.

Begin maart 2005 werd door de rechtbank in Dordrecht de 51-jarige Arie V. veroordeeld tot twintig jaar cel, omdat hij zijn zieke vriendin Tilly elke vorm van medische zorg had onthouden, waarna zij overleed. Vrijwel gelijktijdig werd in Amsterdam de 27-jarige David A. veroordeeld tot vijftien jaar cel wegens de 'hotelmoord' op Fred Hoekstra en Gijs de Mol van Otterloo op 30 december 2002. De twee volkomen onschuldige mannen waren door A. tijdens een roofoverval – waarbij slechts honderdtachtig luizige euro's werden buitgemaakt – afgeslacht toen zij in het hotel na een avondje stappen nog een afzakkertje namen. Het duurzame, weloverwogen karakter van de eerstgenoemde zaak werkt strafverzwarend ten opzichte van een gelegenheidsmisdrijf, dat meer in een impuls wordt gepleegd – om ontdekking te voorkomen – zoals dat bij de 'hotelmoorden' het geval was. Maar de vraag is dan toch: 'weegt' één slachtoffer veel meer dan twee?

En wat dacht u van de Nomads-zaak, de berechting van de verdachten die Hells Angels-president Paul de Vries, diens schoonzoon Cor Pijnenburg en Serge Wagener begin februari 2004 in hun motorclubhuis in Oirsbeek zouden hebben doodgeschoten? Na een eis van levenslang werd een dozijn verdachte Hells Angels eind maart 2005 veroordeeld tot niet meer dan zes jaar cel. Goed beschouwd komt dat neer op twee jaar per slachtoffer. En als je dan weet dat van die zes jaar een derde deel afgaat (vervroegde invrijheidsstelling) en ook het voorarrest van een jaar wordt afgetrokken, kunnen de veroordeelde Angels alweer voorzichtig informeren naar overplaatsing naar een halfopen inrichting met weekeindverlof.

De rechtbank in Amsterdam begreep zelf ook wel dat de opgelegde straf met 'verbijstering' zou worden ontvangen, zo schreef men in het vonnis, maar had daarvoor een uitleg. Serge Wagener en Cor Pijnenburg waren tijdens een tumultueuze clubvergadering doodgeschoten. Het was uit de verhoren van de – zwijgende! – Angels niet duidelijk geworden wie dat precies had gedaan. Voorzitter Paul de Vries wist aanvankelijk nog te ontkomen door uit het raam te springen, maar werd gepakt en alsnog om het leven gebracht. De rechtbank stelt nu dat de aanwezigen zich niet van het doodschieten van Wagener en Pijnenburg hadden kunnen distantiëren – het gebeurde plotseling – en dat men daarvoor dus allemaal moest worden vrijgesproken, nu immers niet is komen vast wie er precies schoot. Voor de dood van De Vries gold dat niet, omdat hij eerst was gevlucht en de aanwezigen zich op dat moment aan de gang van zaken hadden kunnen onttrekken. Doordat men dat niet gedaan had en was blijven 'zitten' toen De Vries vervolgens ook werd doodgeschoten, was men voor zijn dood wel collectief juridisch aansprakelijk: zes jaar cel.

Zit hier logica in? Als ik op een verjaardagsfeestje ben en iemand trekt plotseling een pistool en schiet twee mensen dood, kan ik daar moeilijk voor worden veroordeeld, omdat ik er part noch deel aan had. Ik kon me daar dan inderdaad niet van distantiëren. Althans niet op dat moment, maar natuurlijk wel erna! Want zodra de politie arriveert, zou ik – als onschuldige – zonder voorbehoud vertellen wat er is gebeurd. Een moordenaar bescherm je niet. En daar wringt in deze zaak de schoen. De aanwezige Angels hebben zich geen moment gedistantieerd van de gang van zaken! Integendeel, zij hebben eendrachtig de sporen weggewerkt, de lijken vervoerd en gedumpt, een toneelspel opgevoerd tijdens de begrafenis, de schutters gedekt en zich tijdens de rechtszaak vervolgens beroepen op hun zwijgrecht, omdat een soort padvinderseed die zij er onderling op na houden kennelijk zwaarder weegt dan hun rechtsgevoel. En die houding is nu beloond met een buitengewoon milde celstraf van zes jaar cel, terwijl er toch drie mensen zijn doodgeschoten.

Toevallig had ik op de dag van de uitspraak net de Canadese journalist William Marsden op bezoek, die een boek over de Hells Angels (*The road to Hell*) heeft geschreven. 'Are you guys crazy here?' vroeg hij mij met zichtbaar ongeloof in zijn ogen toen ik hem het vonnis voorhield. En een week later kreeg ik een mailtje van Sandra de Vries, de dochter van de doodgeschoten Paul de Vries en echtgenote van de eveneens omgebrachte Cor Pijnenburg. Zij verwoordde haar 'verbijstering' en schreef: 'Zwijgen is toestemmen. Als je erbij bent en je stapt niet naar Justitie om te vertellen wat er is gebeurd, ben je net zo schuldig. Hoe moet ik nou aan mijn zoontje uitleggen dat zijn vaders leven nog niet één minuut gevangenisstraf waard is voor de moordenaar?'

Inderdaad, je hoeft geen strafrechtgeleerde te zijn om te begrijpen dat de weegschaal soms flink naar de verkeerde kant doorslaat...

NASCHRIFT: Het Openbaar Ministerie is tegen de celstraf van zes jaar in beroep gegaan. Dat moest op het moment dat dit boek verscheen nog dienen.

Vliegen is georganiseerde misdaad

Als een bureaustoel op kantoor niet helemaal volgens de regels staat afgesteld, heb je binnen de kortste keren de arbodienst op je nek. Als de Amerikanen in de Abu Ghraib-gevangenis in Irak een aantal krijgsgevangenen in een vervelende houding dwingen, veroorzaakt dat wereldwijd een enorme rel. Als illegalen over de grens worden gesmokkeld in een benauwde vrachtwagen, spreekt de officier van justitie over 'mensonterende toestanden'.

Het zijn situaties die iedereen herkent en waarvan niemand zal aanvoeren dat de reacties op die ongerechtigheden onredelijk zijn. Het merkwaardige is echter dat luchtvaartmaatschappijen mensen ongestraft in onmogelijke posities mogen wringen en er nog voor betaald worden ook, zonder dat dit ooit tot een serieuze klacht of protest uit de samenleving leidt. Telkens als ik moet vliegen, verbaas ik me er weer over hoe passagiers als kistkalveren mogen worden vervoerd. Met mijn 1 meter 90 en vijfennegentig kilo ben ik niet de kleinste, maar zeker ook geen uitzondering en elke vliegreis is voor mij een beproeving. Tegenwoordig is een stoel in een vliegtuig niet meer dan een veredeld kinderzitje. Mijn knieën zitten altijd pijnlijk tegen de stoelenrij voor mij gedrukt en met de passagier naast mij moet ik altijd ongegeneerd 'armpje drukken' om uit te maken wiens elleboog op de leuning mag rusten. Als ik aan de buitenkant van de stoelenrij zit, probeer ik een beetje ruimte te creëren door mijn been in het gangpad te plaatsen, maar nadat de stewardess daar drie keer een trolley tegenaan heeft geragd, prop je je been toch maar weer binnenboord. En bijna altijd zit er iemand voor je, die zonder even om te kijken gewoon zijn rugleuning naar achteren kwakt, waardoor je letterlijk de rest van de vlucht 'klemvast' komt te zitten.

Een poosje geleden checkte ik in voor een zakenreis en kreeg aan de balie te horen dat er slechts twee van de drie stoelen op mijn rij bezet waren. Mooi zo, dacht ik tevreden, dat is een meevallertje. In het vliegtuig aangekomen, zag ik dat er in de middelste stoel een man van zo'n honderddertig kilo zat. 'Als u bij het raampje gaat zitten, neem ik de stoel aan het gangpad,' opperde ik. 'Dan hebben we allebei wat meer ruimte.' De man schudde direct zijn hoofd en zei: 'Nee, het spijt me... de stoel bij het raam is te krap voor mij... ik heb uitdrukkelijk om de middelste stoel gevraagd.' Ik zuchtte eens en wrong mij vervolgens in de stoel aan het gangpad. De onderarmen van de zwaargewicht waren zo dik als mijn bovenbenen en zonder acht op mij te slaan liet hij die op de leuning ploffen. Hij puilde letterlijk uit zijn stoel – en dus in de mijne! De hele vlucht kon ik mij niet bewegen. Ik kon geen krantje openslaan, laat staan met het botte antikapingsbestekje mijn plastic broodje snijden. Overigens heb je met drie mannen van negentig kilo op een rij hetzelfde effect. En als de purser dan na de landing opgewekt omroept dat hij hoopt dat je een 'plezierige vlucht' hebt gehad en dat hij je graag snel weer aan boord hoopt te ontvangen, nou, dan knapt er iets hoor... Zo'n mededeling is je reinste oplichting, die strafrechtelijk vervolgd behoort te worden: plezier en een vliegtuigvlucht zijn twee onverenigbare begrippen! Vliegen is in feite een vorm van georganiseerde misdaad.

Er zijn mensen die reizen een genot vinden, maar het kan mij gestolen worden. Je moet een wel heel erg blijmoedige natuur hebben, wil je van zoiets kunnen genieten. Elke vlucht, zelfs die naar Londen of Parijs, is voor mij een Abu Ghraib-achtige kwelling. Iedere keer dat ik weer als een haring in een ton in een vliegtuig geperst zit, vraag ik me af waarom niet een van de vele overheidsdiensten die ons land rijk is, ingrijpt. Is er iemand die mij kan uitleggen waarom op mijn kantoor wordt gecontroleerd of de bureaustoelen wel correct zijn afgesteld, terwijl een luchtvaartmaatschappij zijn klanten gedurende de vlucht ongestraft mag martelen? Ook de service aan boord zit al jarenlang in een duikvlucht. Vroeger kreeg je aan boord nog wel eens een redelijke maaltijd en werd je lichamelijk ongerief handig even afgeleid met een krantje. Tegenwoordig krijg je op de Europese vluchten vrijwel niets meer en is het enige wat je te lezen krijgt de verfomfaaide noodlandingprocedure in de stoelzak voor je. En als je al iets te eten krijgt, zijn het van die rantsoenbroodjes waarover in een doorsnee-gevangenis al snel een oproer zou ontstaan.

Deze ellende is veroorzaakt door de prijzenslag die al jaren in de luchtvaart woedt. Een ticket mag niets meer kosten, maar gevolg is natuurlijk dat er meer mensen in een toestel worden gepropt en de kleine geneugten zijn wegbezuinigd. En als je daarbij dan ook nog optelt dat je tegenwoordig steeds minder mag meenemen, je steeds zwaarder wordt gecontroleerd, je nóg vroeger aanwezig moet zijn, de instap-*gate* op Schiphol minstens twintig minuten lopen is, er bijna geen toestel meer op tijd vertrekt en je vervolgens van en naar de startbaan ook nog een stief kwartiertje taxiet, moet je wel iets heel belangrijks in het buitenland te doen hebben wil je daar je toevlucht toe nemen. Waarom pikken we dat eigenlijk nog? Ik zou zeggen: vlieg er niet in!

De prins-gemaal en zijn tienerliefje

Het koningshuis in Nederland is heilig. Dat is na de dood van Prins Bernhard, eind 2004, wel weer gebleken. Een omkopingschandaal (Lockheed), twee buitenechtelijke kinderen (Alexia en Alicia), vele kinderloos gebleven scharrels en een verraderlijk uitgespeelde huwelijkstwist met Koningin Juliana (Greet Hofmans-affaire) deerden de reputatie van Bernhard niet, integendeel. Het gezegde 'van de Prins geen kwaad weten', lijkt voor hem gemaakt. Alle misstappen werden gezien als de schalkse ondeugden van een bon vivant, waar met een knipoog op milde toon over werd gesproken. 'De enige Oranje die heeft gelééfd, leeft niet meer,' werd bij de dood van de Prins gezegd. Alsof we zelf wel zo'n leven hadden willen leiden. In de kranten werd vooral benadrukt dat Bernhard voor de twee bastaardkinderen 'altijd een lieve vader was'. Bernhard zelf zei ook in zijn 'afscheidsinterview' in *De Volkskrant*: 'Mensen mogen mij een deugniet vinden, maar ik wil niet dat ze denken: hij deugde niet.' En het leek alsof heel Nederland daarmee instemde.

En dat is toch merkwaardig, want de Prins heeft gedrag vertoond waarover het gros van de Nederlanders in eigen kring bepaald niet zo tolerant is en al helemaal niet zo vergevingsgezind. Ik heb me afgevraagd waar dan toch die Bernhard-verering vandaan komt. Wil men het niet weten, of wordt het misschien veroorzaakt door de versluierde, haast devote manier waarop de pers nog altijd over het koningshuis bericht? Lezen de mensen misschien te weinig tussen de regels door?

Neem nu de affaire die de Prins heeft gehad met het Franse fotomodel Hélène Grinda, waaruit in 1967 hun dochter Alexia werd geboren. Wat veel lezers zich waarschijnlijk niet hebben gerealiseerd, is dat Hélène toen ze een verhouding met de Prins kreeg, nog maar negentien jaar oud was. Een tiener nog, die bij wijze van spreken net van de middelbare school kwam. Misschien nog wel maagd, het waren andere tijden dan tegenwoordig. De Prins was op dat moment 56 jaar... Stelt u zich even voor: Bernhard is op dat moment de prins-gemaal van onze vorstin, die jarenlang tijdens troonredes en kersttoespraken de bevolking oproept niet toe te geven aan maatschappelijke verloedering, normen en waarden te respecteren en zedelijk verval te bestrijden. En ondertussen ligt de 56-jarige Koninklijke Hoogheid in Parijs wanneer hij maar kan te... eh... met een 19-jarig meisje. Ziet u het voor u? De Prins was op dat moment zevenendertig jaar ouder dan zijn (toen nog) minderjarige minnares. En niet veel later verwekt hij ook nog een buitenechtelijk kind bij haar.

Begrijp me goed, Hélène Grinda valt niets te verwijten. Zij is ongetwijfeld bezweken voor de glamour, de koninklijke entourage en de charmes van de Prins. Een 19-jarig meisje is daarvoor geen partij. Ik twijfel er niet aan dat zij (uiteindelijk) ook echt wel van hem heeft gehouden. Maar je hoeft echt geen puritein te zijn om de Prins in dit opzicht wel degelijk iets aan te wrijven. Zijn geheime geliefde was op dat moment meer dan tien jaar jonger dan zijn eigen dochter Beatrix... Zijn gedrag als machtige vijftiger, grenst moreel gezien aan pedofilie en neigt naar seksueel misbruik. Anders kan ik dat niet zien als een vent van zesenvijftig jaar zich verlustigd aan een grietje van negentien. Laten we wel zijn, de mensen die nu zo met de Prins dwepen, noemen zo iemand normaal gesproken gewoon een viespeuk. En god mag weten wat hij op dat vlak allemaal nog meer heeft uitgespookt. Het is natuurlijk niet zo dat de Prins maar twee keer buiten de pot heeft gepiest nu er toevallig uit die twee escapades buitenechtelijke kinderen zijn geboren. Nee, dit is ongetwijfeld het spreekwoordelijke topje.

Ik heb zelf een dochter van achttien jaar. Zelf ben ik nog lang geen zesenvijftig. En als ik ontdek dat een kerel van dik in de vijftig haar het hof probeert te maken en haar met zijn geld of status probeert in te palmen, kan ik u verzekeren dat ik hem wel even opwacht... Ik zal hem één keer vriendelijk, doch wel resoluut te verstaan geven dat hij bij ons een straatverbod heeft en de eerstvolgende keer dat ik hem toch weer pogingen zie doen om in de nabijheid van mijn dochter te komen, vrees ik dat hij de aftocht blaast in een ambulance.

We hoeven het er eigenlijk niet lang over te hebben. Het is simpel. Ik kan daarvoor de woorden van de Prins zelf parafraseren. Als je het als 56-jarige aanlegt met een kind van negentien, dan ben je geen deugniet, nee, dan deug je niet...

NASCHRIFT: Deze column, in februari 2005 gepubliceerd in het tijdschrift *Must* leidde tot behoorlijke commotie toen de uitgever met de inhoud ervan wilde adverteren in een radiocommercial. Daarin werd gemeld dat Peter R. de Vries schreef dat hij 'het gedrag van Prins Bernhard, moreel gezien, vindt grenzen aan pedofilie'. De commercial werd door de Ster geweigerd. In het land dat prat gaat op zijn vrijheid van meningsuiting, waar men na de moord op Theo van Gogh massaal de straat voor is opgegaan, mocht deze tekst de ether niet in. Mijn stelling – in de column – dat men in Nederland van de Prins geen kwaad wil weten, ook al wordt een persoonlijke mening met argumenten en omstandigheden onderbouwd, werd hiermee onbedoeld bevestigd.

De reportagen en columns zijn eerder gepubliceerd in *De Telegraaf*, weekblad *Panorama*, maandblad *Must Magazine* en weekblad *Aktueel*. Voor dit boek zijn ze, dikwijls aanzienlijk, geactualiseerd en uitgebreid.